SOMEONE LIKE YOU – NEUES GLÜCK MIT DIR

WILD WIDOWS 1

MARIE FORCE

Die ergreifende Geschichte der jungen Witwe Roni, bekannt aus der beliebten Fatal-Reihe

Nach dem plötzlichen Tod meines geliebten Mannes stehe ich vor den Scherben meines Glücks. Zwar tun meine Freunde und meine Familie alles, um mir durch die schwere Zeit zu helfen, aber das ändert nichts daran, dass es letztlich an mir ist, die Kraft zum Weitermachen zu finden – vor allem als sich völlig unerwartet eine weitere große Veränderung in meinem Leben ankündigt.

Inmitten von all dem Aufruhr sind die Wilden Witwen ein Geschenk des Himmels. Doch um Teil dieser Selbsthilfegruppe zu werden, muss man eine Bedingung akzeptieren: Man muss offen sein für eine neue Liebe. Auch wenn ich nicht den Rest meines Lebens allein verbringen möchte, ist das etwas, was ich mir im Moment nur schwer vorstellen kann. Doch manchmal hält das Schicksal ja noch eine Überraschung für einen bereit …

»Sag mir, was willst du anfangen mit deinem einen wilden und kostbaren
Leben?«

Mary Oliver

1

____

Roni

Heute auf den Tag genau vor fünfeinhalb Monaten habe ich Patrick Connolly, die Liebe meines Lebens, geheiratet. Während des Frühlingssemesters meines dritten Jahrs an der University of Virginia, wo Patrick ebenfalls studiert hat, ist er eines Tages mit dem Freund meiner Mitbewohnerin Sarah bei uns im Wohnheim vorbeigekommen und war seither mit mir zusammen. Wir waren von dem Moment an, in dem wir uns das erste Mal getroffen haben, ein Paar. Sarah hat mir später erzählt, sie habe nie zuvor erlebt, dass zwei Menschen so unmittelbar eine derart tiefe Verbundenheit entwickelt hätten. Nachdem Patrick am 10. Oktober, also vor etwas mehr als zwei Monaten, erschossen wurde, hat sie gemeint, dass sie immer noch kein Paar kennt, das »mehr zusammengehört« als wir beide.

Vielleicht sollte ich besser sagen: »zusammengehörte«, denn jetzt ist es vorbei. Mit nur einunddreißig Jahren ist er nicht mehr da, und ich muss mich dem Rest meines Lebens ohne ihn stellen. Witwe mit neunundzwanzig, und es ist meine Schuld, dass Patrick tot ist. Zwar habe ich die Kugel, die ihn direkt in die Brust getroffen und auf der Stelle getötet hat, nicht persönlich abgefeuert, aber ich war am Abend vorher zu faul gewesen, um noch einzukaufen. So kam es, dass wir nichts zu essen im Haus hatten, was er für seine Mittagspause hätte mitnehmen können. Also hat er sein Büro an der 12th Street verlassen, um sich ein Sandwich zu besorgen, und war gerade auf dem Rückweg, als ein Streit auf der anderen Straßenseite eskalierte und mit dem Schuss endete, der ihn getötet hat.

Natürlich hätte auch Patrick zum Supermarkt gehen können, doch gemäß unserer Aufgabenverteilung war ich dafür zuständig, genau wie für die Wäsche und das Abholen unserer Sachen aus der Reinigung. Als aufstrebender IT-Mitarbeiter der Drug Enforcement Agency, der amerikanischen Drogenbehörde, auch DEA genannt, arbeitete er wesentlich mehr Stunden als ich in meinem Job als Verfasserin von Nachrufen für den *Washington Star*. Ich kann meine Arbeit mit nach Hause nehmen, aber aufgrund der sensiblen Informationen bei seinen Fällen war das bei ihm nicht möglich. Daher habe ich die Dinge übernommen, die ich leicht für uns beide erledigen konnte. Und so werde ich mich für den Rest meiner Tage fragen müssen: Wenn ich an jenem Abend einkaufen gewesen wäre, wäre Patrick dann jetzt noch am Leben?

Meine diesbezüglichen Schuldgefühle habe ich nur ein einziges Mal laut ausgesprochen – in der Trauergruppe für Hinterbliebene der Opfer von Gewaltverbrechen, zu der mich meine neue Freundin Sam Holland eingeladen hatte. Sie ist Mordermittlerin bei der Polizei von Washington, D. C., und die neue First Lady des Landes. Aus irgendeinem Grund hat sie beschlossen, dass wir Freundinnen werden müssen, was lustig ist, denn ich hatte schon lange heimlich für sie geschwärmt. Sie ist ein verdammt guter Cop und zufällig mit unserem neuen Präsidenten verheiratet, doch das hält sie nicht davon ab, weiter Mörder zu jagen. An dem Tag, an dem Patrick getötet wurde, war sie es, die mir die schlimme Nachricht überbracht hat.

Diesen Tag werde ich niemals vergessen. Wie ich innerhalb von zehn unerträglichen Sekunden von einer glücklich mit ihrer großen Liebe verheirateten Frau zur Witwe geworden bin. Ich kann nicht mal an den Tag denken, ohne gleich wieder ein langes, einsames Leben ohne Patrick vor mir zu sehen. Anfangs war ich ständig von Leuten umgeben, die sich um mich gekümmert haben. Vor allem meine Eltern, meine Schwestern, mein Bruder, die weitere Verwandtschaft und meine Freunde. Sie haben mir in der albtraumhaften ersten Woche zur Seite gestanden und auch während der wunderschönen Trauerfeier in der National Cathedral. Sie haben sich um all das viele Essen, die Blumen, Geschenke und die Beileidsbekundungen gekümmert.

Aber einer nach dem anderen musste irgendwann in sein normales Leben zurückkehren, und so blieb ich allein zurück, um die Scherben meiner zerschmetterten Existenz aufzulesen. Meine Mutter hat am längsten durchgehalten. Sie war volle drei Wochen bei mir und hat viele Nächte mit mir in meinem Bett gelegen und mich in den Armen gehalten, während ich mich in den Schlaf geweint habe. Einmal hat sie mich um zwei Uhr morgens auf dem Fußboden im Badezimmer gefunden. Ich habe keine Ahnung, wie ich dorthin gekommen bin oder wie lange ich da am ganzen Körper zitternd lag, bevor sie mich entdeckt hat.

Das Zittern hat auch im Bett stundenlang nicht nachgelassen.

Mir ist einfach nicht warm geworden.

Manchmal frage ich mich, ob mir je wieder warm sein wird.

Die Bettwäsche, der Patricks Geruch anhaftete, riecht nun nach meiner Mutter. Ich muss allein in dem Apartment in Capitol Hill leben, das wir gemeinsam ausgesucht und an unzähligen auf Flohmärkten und bei Antiquitätenverkäufen verbrachten Wochenenden liebevoll eingerichtet haben. Wir wollten etwas anderes, ausgefallen und besonders, nicht einfach ein Wohn- oder Schlafzimmer wie von der Ausstellungsfläche eines Möbelhauses. Unser Zuhause sollte uns und unsere Wesenszüge widerspiegeln – ein wenig künstlerisch (ich), ein wenig nerdig (er), mit Betonung auf Musik (wir beide) und Kochen (wir beide, allerdings hauptsächlich ich). Außerdem wollten wir eine gemütliche Wohnung, in der wir unsere Freunde und Familien empfangen konnten. Und sie ist wirklich toll. Das sagen alle. Doch jetzt ist sie, wie alles andere, was uns etwas bedeutet hat, nur noch ein Ort, an dem Patrick nie wieder sein wird.

Um mich abzulenken, unternehme ich lange Spaziergänge in meinem Viertel, verliere mich stundenlang in den kleinen Nebenstraßen. Alles, um bloß nicht in der Wohnung sein zu müssen, in der ich meinen verstorbenen Ehemann überall sehe, wo ich hinschaue, nicht nur in den gerahmten Hochzeitsfotos im Wohnzimmer und auf dem Nachttisch. Ich sehe ihn auf dem Sofa, wie er Football, Eishockey oder Baseball guckt. Ich sehe ihn auf dem Bett, nackt und erregt, ein Lächeln auf dem attraktiven Gesicht, während er die Hände nach mir ausstreckt und mich zu sich auf die Matratze zieht, mich lachen und seufzen und dann laut schreien lässt unter dem Gefühlssturm, den er jedes Mal in mir geweckt hat, wenn wir uns geliebt haben.

Ich vermisse seine Umarmungen, seine Küsse, die Art, wie er mich berührt hat, wenn er in der Nähe war. Ob auf dem Sofa, im Bett oder im Auto, er hat mich immer berührt. Ich sehne mich nach diesen Berührungen, nach seinem Duft, seinem Lächeln, der Art, wie er aufgestrahlt hat, wann immer ich den Raum betreten habe. Ich fürchte, niemand wird mich je wieder so anblicken oder lieben, wie Patrick es getan hat.

Unser gemeinsames Leben war einfach perfekt. Von Sonntagen mit Ella Fitzgerald zu Montagen mit The Moody Blues zu Taco-Dienstagen mit Santana und italienischen Mittwochen mit Bocelli. Jede Woche sieben unterschiedliche Themen, ausgewählt von meinem musikverrückten Ehemann aus den tausendfünfhundert Schallplatten, die er gesammelt hat, seit er vierzehn war und sein Großvater ihn mit seiner Begeisterung für Vinylscheiben angesteckt hat.

Die ersten Minuten eines jeden neuen Tages sind die schlimmsten. Wenn ich aufwache, die Hand nach ihm ausstrecke und mich wieder die Erkenntnis trifft, dass er für immer fort ist. Er war der wichtigste Mensch in meinem Leben. Wie kann er weg sein? Er war einunddreißig Jahre alt und hatte sein Leben noch vor sich: eine traumhafte Karriere, eine frisch angetraute Frau und mehr Freunde, als die meisten Leute im ganzen Leben haben.

Der Zufall eines Sekundenbruchteils im exakt falschen Moment am exakt falschen Ort, und alles ist vorbei. Darüber denke ich nach, wenn ich meilenweit durch das Viertel wandere und mich an Stellen wiederfinde, die ich in den fünf Jahren, in denen ich schon hier wohne, noch nie zuvor gesehen habe. Ich bin direkt nach dem College nach Washington gezogen und habe ein paar Jahre in Patricks fürchterlichem Apartment in Shaw gewohnt, bevor er eine Beförderung mit entsprechender Gehaltserhöhung bekommen hat und wir in unsere Traumwohnung in Capitol Hill gezogen sind.

Zum Glück hatte er durch seine Arbeit auch eine großzügige Lebensversicherung, was bedeutet, dass ich nicht umziehen musste. Wobei ich irgendwann vermutlich schon woanders leben möchte, wo die Erinnerungen an das Leben, das ich mit ihm hatte, nicht in jeder Ecke unseres ehemals gemeinsamen Zuhauses lauern.

Es ist jedoch nicht nur das emotionale Trauma, das an mir zehrt. Niemand erzählt einem, wie viel *Arbeit* der Tod verursacht. Die endlosen Formulare, die ausgefüllt werden müssen, ganz zu schweigen von den unzähligen Malen, bei denen man eine Sterbeurkunde vorzeigen muss, um ein Konto zu schließen oder irgendeine geringfügige Änderung an etwas vorzunehmen. An jedem Brief, den man erhält, hängt jemand, dem man die Neuigkeit mitteilen muss – eine Kreditkartenfirma, eine Studentenverbindung, ein Versicherungsmakler. Es ist endlos und ermüdend und reißt kaum verheilte Wunden auf, wann immer jemand seinen Schock über Patricks plötzlichen Tod äußert.

Und dann ist da die zusätzliche Belastung, dass er einem Verbrechen zum Opfer gefallen ist. Das bedeutet Anhörungen, denen beizuwohnen man als Hinterbliebene des Mordopfers verpflichtet ist. Dazu gehört die ganz spezielle Erfahrung, mit den gequälten Angehörigen des Schützen konfrontiert zu werden, der einen tragischen Fehler begangen und innerhalb von wenigen Sekunden mehrere Leben zerstört hat. Ich habe Mitgefühl mit seiner Mutter, deren Herz gebrochen ist, seiner Schwester und seiner Freundin. Wirklich. Aber er hat Patricks

Tod auf dem Gewissen, und so hat dieses Mitgefühl auch seine Grenzen.

Das ist alles so verkorkst, und jeden Tag frage ich mich, wie mein perfektes, wundervolles Leben sich in diesen nicht enden wollenden Albtraum hat verwandeln können. Gott sei gedankt für meine Eltern, Schwestern, meinen Bruder und einige meiner engsten Freunde, die so unermüdlich für mich da sind. Ich sage absichtlich: *einige* meiner engsten Freunde, denn ein paar von ihnen sind seit Patricks Tod wie vom Erdboden verschluckt.

Sarah, meine Mitbewohnerin vom College, die von Anfang an ein Teil von uns gewesen ist, hat einer gemeinsamen Freundin – die aktiv für mich da war – erzählt, dass sie es einfach nicht erträgt. Das weiß ich, weil ich die gemeinsame Freundin angefleht habe, mir zu erklären, was mit Sarah los ist, woraufhin sie mir widerstrebend verraten hat, was Sarah ihr gestanden hatte. Wie traurig für Sarah, dass sie den Verlust *meines* Ehemanns nicht erträgt. In der Minute, in der ich das gehört habe, war meine seit zehn Jahren engste Freundin für mich gestorben. Wenn sie ihre eigenen Befindlichkeiten nicht beiseiteschieben kann, um mir in meiner dunkelsten Stunde beizustehen, dann waren wir wohl nie wirklich befreundet. Manchmal bin ich versucht, sie aus unseren Hochzeitsfotos herauszuschneiden.

Das Sahnehäubchen auf diesem ganzen Mist ist, dass ich mich die meiste Zeit über furchtbar fühle. Ich kann nicht essen, ohne den Drang zu verspüren, mich zu übergeben. Ich kann nicht länger als eine oder zwei Stunden am Stück schlafen. Mein Kopf tut weh, meine Augen sind vom ganzen Weinen vermutlich entzündet, und selbst meine Brüste schmerzen, als trauerten selbst sie um Patrick. Ich habe fast sieben Kilo abgenommen – was ich mir nicht wirklich leisten kann, denn ich bin eine von den Frauen, die von ihren Geschlechtsgenossinnen nur zu gern gehasst werden, weil ich mich im Gegensatz zu so vielen anderen anstrengen muss, um zuzunehmen.

Es ist in Ordnung, mich dafür zu hassen. Das bin ich inzwischen gewohnt. Aber sieben Kilo zu verlieren ist für mich nicht gut, und meine Familie macht sich deshalb große Sorgen und besteht darauf, dass ich bei einem Arzt vorstellig werde. Darauf darf ich mich morgen freuen.

In der Zwischenzeit gehe ich spazieren. Es ist noch nicht mal sieben Uhr morgens, und ich bin schon seit einer Stunde unterwegs. Langsam begebe ich mich auf den Rückweg nach Capitol Hill. Als ich in der Nähe des Eastern Market die Seventh Street entlanglaufe, bemerke ich einen Mann auf der anderen Straßenseite, der die gleiche Richtung eingeschlagen hat. Daher kann ich sein Gesicht nicht erkennen. Doch er hat die gleiche leicht schlaksige Statur wie Patrick und diesen schnellen Schritt, der mich immer so genervt hat, wenn ich versucht habe, mit ihm mitzuhalten. Wir hatten es uns angewöhnt, bei Spaziergängen Händchen zu halten, damit ich nicht zurückblieb.

Ich beschleunige meine Schritte, weil ich neugierig bin, wo der Mann hinwill. So richtig weiß ich nicht, was mich dazu treibt, ihm zu folgen, aber hey, so habe ich wenigstens etwas zu tun. Zwei Wochen nach Patricks Tod bin ich zur Arbeit zurückgekehrt und habe festgestellt, dass ich noch nicht bereit bin, über den Tod zu schreiben. Deshalb hat das Management des *Star* darauf bestanden, dass ich ein paar weitere Wochen bezahlte Trauerzeit nehme. Was unglaublich großzügig von ihnen ist, mir jedoch viel zu viel Zeit lässt, in der ich nichts zu tun habe. Einem Mann nachzulaufen, der von hinten aussieht wie mein verstorbener Ehemann, scheint mir eine gute Möglichkeit zu sein, fünfzehn oder zwanzig Minuten herumzukriegen.

Als er einen meiner Lieblingscoffeshops betritt, folge ich ihm und stelle mich hinter ihm an. Er trägt eine graue Hose und einen schwarzen Wollmantel, den ich anstarre, während wir darauf warten, an die Reihe zu kommen. Er riecht auch gut. Wirklich gut. Was zum Teufel mache ich hier? Ich trinke nicht mal Kaffee. Ich hasse den Geschmack und den Geruch, und Patrick hat sein morgendliches Koffeinbedürfnis meist erst nach Verlassen unserer Wohnung befriedigt, damit ich es nicht riechen musste.

Ein Blick auf die Karte hinter dem Tresen zeigt mir, dass sie auch heiße Schokolade anbieten, und ich beschließe, mir eine zu gönnen, und dazu eine Zimtschnecke, weil ich die Kalorien brauche und das Gebäck lecker wirkt. Es fällt mir schwer, mich daran zu erinnern, wann ich das letzte Mal Appetit verspürt habe. Meine Mom hat mir einige von diesen besonders nahrhaften Fertigdrinks besorgt, die man alten Leuten in Pflegeheimen gibt, weil mein Gewichtsverlust nach Patricks Tod ihr wirklich Angst eingejagt hat.

Ich beuge mich ein wenig vor, um zu hören, was der Mann vor mir bestellt: einen großen Kaffee mit fettarmer Milch und einen Bagel mit Knoblauchflocken und Frischkäse zum Mitnehmen.

Mehr braucht es nicht, damit mir schwindelig wird. Patrick hat diesen Bagel mit Frischkäse *geliebt*. Ich habe mich oft darüber beschwert, dass er danach so nach Knoblauch roch.

Ich drehe mich um und verlasse den Laden, bevor ich vor den Augen von Fremden, die einfach nur vor der Arbeit einen Kaffee trinken wollen, in Tränen ausbreche. Keiner von ihnen will inmitten seiner morgendlichen Routine mit meiner überwältigenden Trauer konfrontiert werden. Auf dem Weg nach Hause laufen mir die Tränen über die Wangen. Mir ist wieder schlecht. Es sind bloß noch wenige Meter bis zu unserem Haus, als der Drang, mich zu übergeben, so schlimm wird, dass ich mich über ein Gebüsch lehne. Da ich kaum etwas gegessen habe, ist es mehr das trockene Würgen, das mich seit Wochen schon Tag und Nacht quält.

»Eklig«, sagt ein Mann hinter mir. »Das ist mein Busch, in den Sie sich da übergeben.«

Ich bringe es nicht über mich, mich zu ihm umzudrehen. »Tut mir leid. Ich habe versucht, es bis nach Hause zu schaffen.«

»Haben Sie zu viel getrunken?«

»Nein.«

»Ja, klar. Verschwinden Sie, okay?«

Ich will herumwirbeln und ihn anschreien, dass mein Mann vor Kurzem *ermordet* worden ist und er netter zu Fremden sein sollte, weil man nie wissen kann, womit sie sich gerade herumschlagen müssen, aber ich werde meinen Atem nicht an jemanden verschwenden, der die Mühe vermutlich nicht wert ist. Stattdessen tue ich, was er gesagt hat, und lege die restlichen Meter zu meinem Gebäude im Laufschritt zurück. Drinnen stürme ich die Stufen zu meiner Wohnung im zweiten Stock hoch, die voller Erinnerungen an meinen verstorbenen Ehemann steckt.

Vor einem Verlust dieser Größe kann man sich nirgendwo verstecken. Und jetzt fange ich schon an, so irre Dinge zu tun, wie Männern zu folgen, die mich an Patrick erinnern. Ich bin froh, dass ich das Gesicht des Fremden nicht gesehen habe. So kann ich mich für den Moment noch an die Illusion klammern, dass er Patrick hätte sein können, auch wenn ich weiß, dass das unmöglich ist. Vielleicht war es eine Nachricht von ihm, mir jemanden zu schicken, der ihm von hinten ähnelt. Manchmal ist es fast so, als wäre er nah bei mir, doch diese Momente sind immer sehr flüchtig.

Die meiste Zeit fühle ich mich fürchterlich allein, selbst in einem Raum voller Menschen, die mich lieben. Dem Himmel sei Dank dafür, dass sie versuchen, mir zu helfen, nur gibt es nichts, was sie tun oder sagen können, um den brutalen Schmerz zu lindern, den Patricks Tod in mir hinterlassen hat. Ich habe irgendwo gelesen, dass dieser Schmerz mit der Zeit abnimmt, aber ein Teil von mir will das gar nicht. Solange ich seinen Verlust so tief empfinde, ist es, als ob er auf etwas verquere Weise noch bei mir wäre.

Mir ist durchaus bewusst, dass ich vermutlich Therapie oder irgendeine andere Art von professioneller Unterstützung benötige. So etwas wie das, was ich von Sams Gruppe für Angehörige von Opfern von Gewaltverbrechen erfahren habe. Es war hilfreich, zu wissen, dass es da draußen andere wie mich gibt. Menschen, deren Leben ebenfalls innerhalb von einer Sekunde komplett auf den Kopf gestellt worden ist. Andererseits ändert diese Tatsache für mich nicht wirklich etwas. Patrick ist immer noch tot.

Der Gedanke an Sam erinnert mich daran, dass ich sie noch anrufen muss, um zu fragen, ob sie ihr Angebot ernst gemeint hat, mich als ihre Kommunikationschefin und Sprecherin im

Weißen Haus einzustellen. Vor ein paar Monaten wäre ein Anruf der First Lady, die mich bittet, Teil ihres Teams zu werden, das Größte gewesen, was mir je im Leben passiert ist. Jetzt muss ich sogar aufpassen, dass ich nicht vergesse, sie anzurufen oder ihr eine Textnachricht zu schicken, doch beides erfordert mehr Energie, als ich im Moment aufbringen kann.

Nachdem ich Mantel, Mütze und Handschuhe abgestreift und auf einen Sessel geworfen habe, gehe ich zum Sofa, auf dem ich seit Patricks Tod quasi lebe. Ich strecke mich aus und ziehe mir eine Wolldecke bis zum Hals, und zum ersten Mal seit ein paar Tagen spüre ich Müdigkeit in mir aufsteigen. Ich hoffe, es macht Sam nichts aus, wenn ich sie erst morgen anrufe. Oder vielleicht übermorgen. Sie meinte, sie würde mir die Stelle frei halten, bis ich so weit bin. Was, wenn ich das niemals sein werde? Und wie soll »so weit sein« im Kontext meines tragischen Verlustes überhaupt aussehen?

Ich bin so verwirrt und verloren und versuche, herauszufinden, wer ich ohne Patrick bin. Das wird nicht über Nacht geschehen. Vermutlich werde ich dafür eher den Rest meines Lebens brauchen.

Vor lauter Erschöpfung fallen mir die Augen zu, und als ich sie später wieder aufschlage, stelle ich mit Erschrecken fest, dass ich ein paar Stunden am Stück geschlafen habe. Ich bin nur wach geworden, weil meine Mutter mit ihrem Schlüssel die Tür zu meiner Wohnung aufgeschlossen hat.

»Oh, Gott sei Dank, du hast bloß geschlafen.« Meine Mom ist groß und gertenschlank, hat kurzes graues Haar und trägt eine Brille. »Ich habe mir Sorgen gemacht, als du nicht ans Telefon gegangen bist.«

Während sie anfängt, in der Küche herumzuhantieren, um mir etwas zu essen zu kochen, schaue ich auf mein Handy und sehe, dass ich vier Anrufe von ihr verpasst habe. Meine Familie quält insgeheim die Sorge, dass ich mir das Leben nehmen könnte, obwohl ich ihnen versprochen habe, ihnen so etwas niemals anzutun. Nicht dass die Vorstellung nicht verlockend ist, aber ich liebe das Leben zu sehr, um auch nur mit dem Gedanken zu spielen, meinem vorzeitig ein Ende zu setzen.

Selbst wenn das bedeuten würde, dass ich früher wieder mit meinem Geliebten zusammen sein könnte anstatt erst in einigen Jahrzehnten.

Jahrzehnte – fünf, sechs, sieben. So lange werde ich vermutlich ohne Patrick leben müssen. Dieser Gedanke ist so überwältigend, dass ich nicht zu lange bei ihm verweilen darf, wenn ich irgendwie mit meinem Leben weitermachen will.

Über das Konzept von Zeit habe ich nie viel nachgedacht, als ich noch glaubte, ich hätte mehr als genug davon. Jetzt weiß ich, dass das nicht notwendigerweise stimmt. Warum sollten wir auch an so etwas denken, wenn wir Ende zwanzig oder Anfang dreißig sind und gerade erst mit unserem Leben anfangen? Erst wenn die Katastrophe eintritt, verstehen wir, dass Zeit das Kostbarste ist, was wir haben, und wir verstehen das erst, wenn es zu spät ist.

Früher hat sich die Zeit als endloses Band von Möglichkeiten vor mir erstreckt. Jetzt ist sie ein Ödland aus Nichts, das mit etwas gefüllt werden will, bis sie abgelaufen ist.

Bloß habe ich keine Ahnung, was dieses »etwas« sein soll.

2

Roni

*M*orgens checke ich meist als Erstes meine E-Mails. Dazu muss ich mich zwingen, weil es meine Aufgabe als Patricks Erbin ist, mich um die Millionen von Formularen und Anfragen zu kümmern, die der Tod eines Menschen so mit sich bringt. Ich hatte keine Ahnung, was für eine Herausforderung es ist, jemandes Existenz quasi zu löschen. Vor allem, wenn es das Letzte ist, was man tun will.

Ich versuche, abends nicht mehr an meinen Computer zu gehen, weil ich nicht gut schlafe, wenn all die Dinge, die zu tun sind, durch meinen Kopf kreisen.

Während ich heißen Kakao aus einer von Patricks DEA-Tassen trinke, öffne ich die E-Mail von einem mir unbekannten Absender.

Hey, ich bin's, Mia. Ich schreibe Dir vom E-Mail-Konto meines Mannes aus.

O Gott, unsere Hochzeitsvideografin …

Es tut mir so, so leid, dass der Schnitt des Videos so lange gedauert hat. Ich bin mir nicht sicher, ob Du gehört hast, dass bei mir die Wehen frühzeitig eingesetzt haben und unser Sohn Jack drei Monate auf der Neugeborenen-Intensivstation verbracht hat. Als wäre das nicht genug, ist unser Haus von einem Blitz getroffen worden, der meinen Laptop getötet hat, womit auch alle E-Mail-Adressen weg waren. Argh! Ich warte nur noch darauf, dass eine Heuschreckenplage über uns hereinbricht. Wie auch immer, hier ist das Video von Eurer wundervollen Hochzeit. Sie war wirklich eine der schönsten, auf denen ich je gewesen bin. Du und Patrick, Ihr seid etwas ganz Besonderes, und ich hoffe, Ihr genießt Eure Flitterwochen. Sag Bescheid, wenn Ihr irgendetwas verändert haben wollt. Ich bin ständig am Schneiden, das ist also kein Problem. Danke noch mal für Eure Geduld!

XO

Mia

Unter Mias Signatur ist ein Link zu unserem Hochzeitsvideo.

Ich starre ihn an, als wäre er eine Atombombe, die neben mir zu explodieren droht.

Ich kann nicht. Ich kann mir das auf keinen Fall anschauen, sonst breche ich endgültig zusammen.

Ich schließe die E-Mail, stehe auf, tausche meinen Schlafanzug gegen eine Yogahose und ein Sweatshirt, ziehe meine Nikes an und schnappe mir Mantel, Handy und Schlüssel, bevor ich aus der Wohnung hetze, als stünde sie in Flammen.

Das verdammte Video.

Um ehrlich zu sein: Das hatte ich ganz vergessen.

Mia hatte mir gesagt, dass es einen oder zwei Monate dauern könne, bis sie es uns schickt, und ich habe seitdem nicht mehr daran gedacht. Seltsam, wie etwas, das mir vor gar nicht langer Zeit so wichtig war – wie Blumen und Musik, Fotografen und Videografen –, jetzt nur noch trivialer Unsinn ist, aus einem Leben, das ich nicht länger wiedererkenne.

Ziellos wandere ich stundenlang durch die Straßen. Alles ist besser, als zu Hause zu sitzen, vor allem jetzt, wo diese Videobombe in meinem Postfach gelandet ist.

Erschaudernd versuche ich, diese Information aus meinem Kopf zu löschen. Wenn ich so tue, als hätte ich Mias E-Mail nie gesehen, kann ich vielleicht vorgeben, dass das Video nicht existiert. Das Letzte, was ich mir im Moment anschauen kann, ist mein wundervoller Ehemann, wie er quicklebendig am schönsten Tag unseres jetzt zerstörten Lebens vor Glück strahlt.

Ich könnte meine Schwestern bitten, es sich runterzuladen und irgendwo abzuspeichern, und sie würden es tun. Sie würden es so lange gut verstecken, bis ich so weit bin, dass ich mich damit befassen kann. Falls ich jemals so weit sein werde. Aber ich rufe sie nicht an. Ich gehe einfach weiter, in einem großen Kreis, der mich an der National Mall, an Denkmälern und majestätischen Verwaltungsgebäuden vorbeiführt, in denen es von Angestellten nur so wimmelt, die sich auf das Wochenende freuen, das sich vor mir wie ein nicht enden wollender Albtraum erstreckt.

Oh, Mist! Der Arzt. Mein Termin ist um halb elf, deshalb biege ich rechts ab in Richtung Capitol Hill und nähere mich dem Coffeeshop, in dem es gestern die lecker aussehenden Zimtschnecken gab und wo ich zum ersten Mal seit Langem Appetit hatte – bevor Nicht-Patrick seinen Bagel bestellt und mich damit zur Flucht getrieben hat. Das mache ich in letzter Zeit oft: weglaufen, wenn mir alles zu viel wird.

Bevor ich Patrick verloren habe, bin ich nie vor irgendwas weggelaufen.

Allerdings hat sich gezeigt, dass ich nie wirklich mit schweren Dingen konfrontiert worden bin. Ja, ich habe meine Großeltern verloren, die ich von ganzem Herzen geliebt habe, und habe sehr lange um sie getrauert, doch das ist nicht das Gleiche, wie seinen Ehemann nur wenige Monate nach der Hochzeit zu verlieren, weil er von einem Querschläger getroffen wurde.

Trauer ist Trauer, und sie ist nie angenehm, aber es gibt einen Unterschied zwischen dem dumpfen Schmerz, der den Tod eines älteren Verwandten begleitet, der ein gutes, langes Leben geführt hat, und der entsetzlichen Qual, den wichtigsten Menschen seines Lebens viel zu früh zu verlieren.

Ich bin beinahe am Coffeeshop angelangt, als ich ihn sehe: Nicht-Patrick.

Heute trägt er eine dunkelblaue Anzughose und wieder den

schwarzen Wollmantel. Er hält sich das Handy ans Ohr und ist völlig auf das Gespräch konzentriert.

Auch wenn ich einen Termin habe, kann ich mich nicht davon abhalten, ihm in den Coffeeshop zu folgen und seine Unterhaltung zu belauschen.

»Ich habe es neben ihrem Rucksack auf den Küchentresen gelegt.« Er klingt gestresst. »Ich bin mir nicht sicher, wo es sonst sein könnte. Zur Not kann ich kurz nach Hause kommen.« Nach einer Pause sagt er: »Danke, Patrice. Das weiß ich zu schätzen. Ruf mich an, wenn die Übergabe nicht gut läuft. Ich kann vor der Arbeit vorbeischauen.«

Mit einem tiefen Seufzer legt er auf und lässt die Schultern kreisen, als würde das Gewicht der Welt darauf lasten.

Ich will ihm versichern, dass, was immer ihn belastet, nicht das Gleiche ist, wie zu erleben, dass der eigene Mann von jemandem erschossen wird, der ihn nicht einmal gekannt hat, doch das kann ich nicht tun. Jeder hat seine Probleme. Nur weil meine größer sind als einige andere, macht mich das nicht zu etwas Besonderem.

Dieses Mal bin ich darauf vorbereitet, dass er den Bagel ordert, und es trifft mich nicht so hart wie gestern.

Als er seinen Kaffee nimmt und sich wegdreht, halte ich den Blick abgewandt, weil ich sein Gesicht nicht sehen will. Das Letzte, was ich jetzt gebrauchen kann, ist die Bestätigung, dass er wirklich Nicht-Patrick ist. Die Fantasie am Leben zu halten kommt mir im Moment überlebenswichtig vor. Ich verlange eine heiße Schokolade und eine Zimtschnecke, um zu feiern, dass der heutige Tag ein kleines bisschen besser zu sein scheint als der gestrige.

Okay, definiere »besser«. Ich bin nicht in Tränen ausgebrochen, als der Mann, den ich stalke, weil er mich an Patrick erinnert, sich den gleichen Bagel bestellt hat wie mein verstorbener Ehemann. Jemand überreiche mir eine Medaille oder einen Pokal. Ich gewinne gerade Megapunkte in diesem Spiel, das sich Trauern nennt.

Bis mir das verdammte Video wieder einfällt, das in meinem Postfach liegt und nur darauf wartet, all die Wunden wieder aufzureißen, die gerade angefangen haben, ansatzweise zu verschorfen. Ich bin stolz auf diesen Schorf. Ich habe ihn mir hart erarbeitet.

Als ich den Coffeeshop verlasse, ruft meine Mom an. Ich gehe bloß ran, weil ich nicht will, dass sie sich Sorgen macht. Ich hasse es, wie meine Familie sich um mich sorgt.

»Guten Morgen.«

»Oh, hi.« Sie wirkt überrascht darüber, dass ich ihren Anruf überhaupt angenommen habe. »Wie geht es dir?«

»Ganz okay. Bin spazieren gewesen und habe mir gerade einen Kakao und eine Zimtschnecke geholt, damit ich nicht einen deiner Alte-Leute-Drinks trinken muss.«

»Wichtig ist nur, dass du überhaupt etwas isst. Du denkst an deinen Termin beim Arzt, oder?«

»Ja.«

Meine ältere Schwester Penelope hat mir einen Termin bei ihrem Arzt besorgt, nachdem sie bei meiner Ärztin angerufen und erfahren hat, dass die einen Monat lang Urlaub hat. Ich bin nicht gerade überglücklich bei der Aussicht, mich von einem Mann untersuchen zu lassen, sage mir aber, Arzt ist Arzt.

»Willst du, dass ich dich begleite?«

»Nein, ist schon in Ordnung, Mom. Ich komme klar.«

»Ich wünschte nur …«

»Was?«

»Dass wir etwas für dich tun könnten. Es bringt uns um, dich so leiden zu sehen.«

»Ich weiß. Und ich bin euch sehr dankbar für alles, was ihr für mich getan habt. Ich schaffe es einen Tag nach dem anderen. Im Internet habe ich viel über junge Witwen gelesen, und einige der Geschichten geben mir Hoffnung, dass es nicht immer so schlimm bleiben wird.«

»Es ist gut, das zu wissen.«

Mein Handy piept wegen eines Anrufs meiner Schwester Rebecca. »Hey, Mom, Rebecca ruft gerade an. Ich melde mich nach meinem Termin, okay?«

»Klingt gut. Ich hab dich lieb.«

»Ich dich auch.« Ich drücke auf den Knopf, um Rebeccas Anruf anzunehmen. »Hey.«

»Wie geht es dir?«

Dieses Ritual wiederhole ich beinahe jeden Tag mit beinahe jedem Mitglied meiner Familie. »Ganz gut. Und dir?« Vor Kurzem hat sie ihr zweites Kind zur Welt gebracht, eine Tochter namens Deborah. Früher haben wir oft darüber gesprochen, wie es sein würde, wenn wir beide Mütter wären, doch das ist noch etwas, das jetzt nicht mehr passieren wird.

»Meine kleine Prinzessin war die ganze Nacht wach, aber ansonsten ist hier alles gut. Du hast heute deinen Arzttermin, oder?«

»Ja. Kannst du vielleicht, nachdem wir aufgelegt haben, Pen eine Nachricht schicken, dass ich es nicht vergessen habe? Mom hat auch schon nachgefragt.«

»In Ordnung. Jeff und ich wollten dich in das Haus unserer Freunde am Lake Moomaw einladen. Sie haben uns angeboten, es zu nutzen, solange wir oder du es brauchen.«

Bei dem Gedanken, eine Weile die Stadt zu verlassen, erfasst mich eine Welle der Erleichterung. »Das klingt gut.«

»Oh, sehr schön! Ich hatte gehofft, dass du das sagst.«

Es tut mir weh, wie verzweifelt alle nach etwas suchen, das mir hilft, mich besser zu fühlen. Ich hasse es um ihretwillen und auch um meinetwillen. »Wann können wir los?«

»Wann immer wir wollen.«

»Du hast ein Neugeborenes, Rebecca. Du musst nicht mit. Ich kann auch ohne dich hinfahren.«

»Ich will nicht, dass du da allein bist. Jeff und ich haben darüber gesprochen, und er meinte, er bringt uns hin und besucht uns an den Wochenenden.«

»Das müsst ihr nicht. Du brauchst deinen Mann. Ich schwöre, ich werde auch allein gut klarkommen.«

»Bist du sicher?«

»Ganz sicher. Und ich fände es schön, dem Ganzen hier eine Weile entfliehen zu können.«

»Okay. Ich rede mal mit Val, der das Haus gehört, und

melde mich dann mit den Einzelheiten. Ruf mich nach dem Termin heute an.«

»Mach ich. Hab euch lieb. Und vielen Dank.«

»Wir lieben dich auch.«

Zu Hause esse ich die halbe Zimtschnecke, bevor ich dusche und mir eine Jeans und einen Pullover anziehe. Da die Arztpraxis auf der anderen Seite der Stadt in der Nähe von Georgetown ist und ich mit der Metro nicht nah genug rankomme, bestelle ich ein Uber und warte vor der Tür.

Die kalte Dezemberluft ist eine Erleichterung nach der warmen, gemütlichen Ausstrahlung der Wohnung, die ich einst so geliebt habe. Alles darin hat eine Geschichte – eine Spazierfahrt, ein Städtetrip übers Wochenende, eine Erinnerung, die unauslöschlich mit Patrick verknüpft ist. Es hat zwei Jahre gedauert, die Wohnung an den Punkt zu bringen, an dem wir sie als »fertig« bezeichnet haben. Was eine Feier mit Champagner und Nat King Cole erforderte. Wir hatten Sex auf dem Fußboden im Wohnzimmer, umgeben von all den Schätzen, die wir gemeinsam gesammelt hatten.

Eine einzelne Träne rollt mir über die Wange, und ich wische sie mit dem Handschuh ab. So kurz vor dem Arzttermin kann ich nicht die Fassung verlieren, denn manchmal dauert es Stunden, bis ich sie wiedergewinne. Als der schwarze Toyota Camry vor meinem Gebäude anhält, brauche ich eine Sekunde, um mich zusammenzureißen und zu merken, dass das mein Uber ist.

Im Inneren des Wagens ist es so warm, dass ich meinen Mantel aufknöpfe, den Schal ablege und mir die Handschuhe ausziehe.

Alles, was ich tue – selbst so einfache Dinge, wie Schal und Handschuhe abzulegen –, fühlt sich an, als bräuchte es eine Unmenge an Energie, die vor dem Verlust von Patrick nie nötig war. Jetzt ist es anstrengend, zu atmen, zu essen, zu duschen, sogar zu schlafen. Die Trauer ist eine so seltsame Reise, die jeden einzelnen Aspekt des Lebens verändert. Vom Einfachsten bis hin zum Kompliziertesten. Es ist ein Gewicht, das ich jede Minute eines jeden Tages mit mir rumschleppe, selbst wenn ich schlafe und von Träumen über das Leben gequält werde, das ich einst als selbstverständlich betrachtet habe.

Das zu akzeptieren ist schwer. Mir ist es schlicht niemals in den Sinn gekommen, dass ich mir über irgendetwas Sorgen machen müsste. Patrick hat zwar bei der DEA gearbeitet, aber er hatte einen Schreibtischjob und war deshalb niemals in Gefahr. Wir waren jung, gesund, erfolgreich in Berufen, die wir mochten. Wir haben ausreichend Geld verdient, um uns ein komfortables Leben zu leisten und gleichzeitig zu sparen. Was hätte mir Sorgen bereiten sollen?

Als wir vor dem Praxisgebäude anhalten, denke ich immer noch darüber nach, wie naiv ich gewesen bin. Ich danke dem Fahrer, gehe hinein und fahre mit dem Fahrstuhl in den zweiten Stock hinauf. Pen hat mir genau aufgeschrieben, wo ich hinmuss, damit ich vor der richtigen Tür lande. Als ich eintrete, bin ich erleichtert, nur eine weitere Frau im Wartezimmer sitzen zu sehen.

Wegen des Urlaubs meiner Ärztin hat meine Schwester mir einen Termin bei ihrem Gynäkologen besorgt, von dem sie total begeistert ist. »Arzt ist Arzt«, hat sie erklärt, als ich meinte, dass ich keinen Gynäkologen bräuchte. »Du brauchst einen Arzt, und er ist der beste.«

Nachdem ich mich angemeldet und die Karte der Krankenkasse überreicht habe, bei der ich dank Patricks Arbeitgeber versichert bin, nehme ich der anderen Frau gegenüber auf einem Stuhl Platz. Eine Woche nach Patricks Tod hat mich jemand aus der Personalabteilung der DEA angerufen, um mit mir über die Zusatzleistungen zu sprechen, die mir als Hinterbliebener zustünden. Darunter eine weitere Lebensversicherung, von der ich nichts gewusst hatte, sowie drei Jahre Krankenversicherung für mich und weitere unmittelbare Familienangehörige.

»Es gibt nur mich«, habe ich der mitfühlenden Frau geantwortet, die dieses Telefonat mit mir führte.

»Ihr Mann wurde hier sehr geschätzt. Ihr tragischer Verlust tut uns allen so leid.«

Diese Worte haben sich in mein Herz gebrannt. Patrick hat so hart dafür gearbeitet, sich einen guten Ruf aufzubauen. Der

Tsunami von Lob über seine Brillanz im Job hat mich nach seinem Verlust schier überwältigt. Patrick war nach dem College von Unternehmen und Behörden aus allen möglichen Bereichen umworben worden. Er hat sich für die DEA entschieden, nachdem er mit dem FBI, der CIA und das ATF gesprochen hatte, weil er einen engen Freund aus der Highschool an eine Überdosis verloren hatte und für die Agentur arbeiten wollte, die in der nationalen Drogenkrise an vorderster Front kämpft. Jetzt bin ich unendlich dankbar für die unglaublichen Zusatzleistungen, die er als Angestellter der Behörde erhalten hat.

Während ich warte, blättere ich in einer Zeitschrift, ohne wirklich etwas wahrzunehmen. Das ist noch etwas, das mir seit dem Tod von Patrick passiert ist: Ich habe zum ersten Mal in meinem Leben ernsthafte Konzentrationsstörungen. Mein Gehirn weigert sich, sich länger als ein paar Sekunden mit etwas zu beschäftigen, was Lesen und Fernsehen – zwei meiner Lieblingsbeschäftigungen – beinahe unmöglich macht.

Laut dem, was ich im Internet von anderen Frauen gelesen habe, die mit dem plötzlichen Tod ihres Mannes zu kämpfen hatten, lässt das nach einiger Zeit nach, und die Fähigkeit, sich auf etwas anderes als den enormen Verlust zu konzentrieren, kehrt zurück.

Was mich daran erinnert, dass ich mich bei Sam melden muss.

Uff. Mein Gehirn ist im Moment wirklich ein Katastrophengebiet.

Ich werde aufgerufen und in das Untersuchungszimmer geführt, wo ich mich auf eine Waage stellen muss. Mein Gewicht von neunundvierzig Kilo schockiert mich. Das sind fast zehn Kilo weniger als vor Patricks Tod.

Verdammt. Das ist um gut drei Kilo schlimmer, als ich gedacht hatte.

Ich werde gebeten, mich auszuziehen und in einen Untersuchungskittel zu schlüpfen. Im Zimmer ist es kalt, und ich zittere, während ich auf den Arzt warte. Als er hereinkommt, würde ich meine Schwester am liebsten ohrfeigen. Ihr Dr.

Gordon ist lächerlich jung, sexy und hat ein umwerfendes Lächeln, das mich sofort beruhigt.

»Hallo, Roni, tut mir leid, dass Sie warten mussten.«

Wie ich meine Schwester kenne, hat sie ihm bereits meine ganze Geschichte erzählt, damit ich das nicht noch mal durchmachen muss.

Er setzt sich auf einen Hocker und schaut mich an. »Wie geht es Ihnen?«

»Oh, einfach super. War nie besser.«

Sein kleines Lächeln strahlt Mitgefühl aus. »Das mit Ihrem Mann tut mir sehr leid. Ich habe davon gelesen. Was für eine Tragödie.«

»Danke.« Ich weiß nie, was ich erwidern soll, wenn die Menschen mir ihr Beileid ausdrücken. Was kann man schon sagen, außer »Danke«?

»Penelope hat erwähnt, dass Sie in letzter Zeit stark an Gewicht verloren haben.«

»Zehn Kilo, die zu verlieren ich mir nicht leisten konnte. Aber ich kann mich irgendwie nicht überwinden, etwas zu essen. Da ist dieser Kloß in meiner Kehle, der mir das Gefühl gibt, mich ständig übergeben zu müssen.«

»Haben Sie das auch getan?«

»Ja.«

»Wie oft?«

»So ziemlich jeden Tag.«

»Nun, das ist nicht gut. Hatten Sie diese Probleme schon vor dem Verlust Ihres Mannes?«

»Nein, aber ich musste immer darauf achten, nicht abzunehmen – und ja, ich weiß, dass mich die meisten Frauen da draußen darum beneiden.«

Lächelnd sagte er: »Damit sind Sie tatsächlich eine Ausnahme, doch es ist gut, dass Sie sich dessen bewusst sind und auf ein gesundes Gewicht achten. Wann hatten Sie Ihre letzte reguläre Untersuchung?«

»Vor über zwei Jahren.«

»In dem Fall würde ich Sie gern gründlich untersuchen.«

»Sie sind der Arzt.«

Nachdem er in meine Ohren geschaut und die Lymphknoten an meinem Hals abgetastet hat, bittet er mich, mich auf den Untersuchungstisch zu legen, damit er meine Brüste untersuchen kann. Es verrät viel über meinen aktuellen Zustand, dass ein junger, sexy Typ meine Brüste anfasst und es mir nicht egaler sein könnte. Bei der Unterleibsuntersuchung verspanne ich mich ein bisschen, aber das tue ich immer.

»Wann war Ihre letzte Periode?«

Darüber muss ich nachdenken, denn ich weiß es wirklich nicht. »Ich, äh …«

»Vor mehr als einem Monat?«

»Vielleicht vor zweien?«

»Kommt sie normalerweise regelmäßig?«

»Auf die Minute.« Patrick und ich haben immer Witze darüber gemacht, dass er, wenn ich so pünktlich wäre wie meine Tage, nicht ständig auf mich würde warten müssen.

Bei der Erinnerung muss ich die Tränen zurückhalten, die nie fern sind, sobald ich an etwas denke, das mit Patrick und unserem gemeinsamen Leben zu tun hat.

Nachdem sich der Arzt die Handschuhe abgestreift und die Hände gewaschen hat, hilft er mir, mich aufzusetzen, bevor er auf seinen Hocker zurückkehrt. »Ich glaube, Sie könnten schwanger sein, Roni.«

Ich bin mir sicher, mich verhört zu haben. Mein Mann ist tot. Wie kann ich da schwanger sein?

»Ihr Uterus ist vergrößert, und da Ihnen übel ist und Sie seit einer Weile keine Periode hatten, würde ich gerne einen Schwangerschaftstest machen.«

Ich schüttle den Kopf schon, bevor er das Wort »übel« ausgesprochen hat. »Das kann nicht sein.«

»Ich glaube schon«, beharrt er sanft.

»Nein.« Ich kann mir das nicht anhören. Ich will hier raus, aber da ich unter diesem albernen Papierkittel nackt bin, muss er erst den Raum verlassen, damit ich mich anziehen kann.

»Roni.«

Ich ertrage weder seinen sanften Ton noch das Mitgefühl, das ich in der Art höre, wie er meinen Namen ausspricht. Ich will weder seine Freundlichkeit noch sein Mitleid, und ganz sicher will ich nichts darüber hören, dass ich schwanger sein könnte. Ich bin *nicht* schwanger. Mein Mann ist *tot*. Wie sollte das überhaupt passiert sein? Bevor dieser Gedanke sich richtig setzen kann, schluchze ich schon so heftig, wie gleich nachdem mich die Nachricht von Patricks Tod erreicht hatte.

Ich breche vollkommen zusammen. Ich bin mir nicht sicher, ob ich eine Minute, eine Stunde oder eine Woche hier bin, aber Dr. Gordon bleibt an meiner Seite und ignoriert es sogar, als jemand an die Tür klopft.

»Soll ich Penelope anrufen?«, fragt er irgendwann.

»Nein. O Gott, nein.« Ich will nicht, dass irgendjemand jemals hiervon erfährt. »Wie können wir sichergehen?«

»Urin- und Bluttest, das muss allerdings nicht heute sein.«

»Ich will nicht noch mal herkommen müssen.«

»Kann ich Sie für eine Minute allein lassen, während ich meine Sprechstundenhilfe hole, damit sie Ihnen Blut abnimmt und alles bringt, was Sie für die Urinprobe benötigen?«

Ich nehme das dritte – oder vierte? – Taschentuch an, das er mir hinhält, und nicke.

»Ich bin sofort zurück.«

3

Roni

D

as kann nicht wahr sein.

Der gleiche Gedanke, der während der ersten Woche nach Patricks Tod endlos durch meinen Kopf gekreist ist, ist zurück und lauter als je zuvor. Das. Kann. Nicht. Wahr. Sein. Mein Herz sehnt sich so sehr nach ihm wie nie, seitdem ich ihn verloren habe. Ohne ihn schaffe ich das nicht. Wir wollten gemeinsam eine Familie gründen. In diesem Jahr. Im Juni habe ich aufgehört zu verhüten, und wir wollten sehen, was passiert.

Jetzt ist er tot, und ich bin … ich bin …

Schwanger.

»Nein.« Ich breche erneut zusammen, während ich unter dem Schock und von der Kälte im Untersuchungszimmer zittere. Meine Gedanken rasen, gehen die letzten Wochen durch. Meine ständige Übelkeit, die ich auf die Trauer geschoben habe. Die empfindlichen Brüste und ausgefallenen Perioden, die ich dem Herzschmerz zugeordnet habe. Ich war so sicher, dass diese Dinge etwas mit meinem Kummer zu tun hatten. Wie sollten sie auch nicht?

Die Tränen laufen mir unkontrolliert übers Gesicht und tropfen auf den dünnen Papierkittel. Ich kann mich nicht aufraffen, sie abzuwischen, denn ich weiß, dass dahinter gleich neue folgen. Langsam dämmert mir, dass sie nie aufhören werden. Gerade als ich mich wieder einigermaßen berappelt habe, zieht mir diese unvermutete Neuigkeit erneut den Boden unter den Füßen weg.

Was nur ein weiterer Beweis dafür ist, wie mein plötzlicher Witwenstand mich verändert hat. Bevor ich Patrick verloren habe, hab ich nie etwas nicht mitgekriegt. Er hat oft gewitzelt, dass er mich niemals betrügen würde, weil ich es wüsste, bevor er es überhaupt tun würde. Nicht dass er ansonsten auch nur mit dem Gedanken gespielt hätte. Einer seiner Spitznamen für mich war »Bluthund«. Wie konnte mir das hier entgehen?

Dr. Gordon kehrt mit einer Arzthelferin zurück.

Ich vergesse ihren Namen in dem Moment, in dem er sie mir vorstellt.

Ihr Lächeln ist mitfühlend, wie man es einer frisch Verwitweten eben schenkt, die gerade herausgefunden hat, dass sie womöglich schwanger ist, und nimmt mir schnell und dankenswerterweise ohne großes Gewese Blut ab.

»Wann werden wir es wissen?«, frage ich den Arzt.

»In einer halben Stunde. Ziehen Sie sich an, und kommen Sie dann in mein Büro auf der anderen Seite des Flurs. Brauchen Sie Hilfe?«

»So weit ist es noch nicht.« Ich lächle grimmig. »Also *noch* nicht.«

»Ich weiß, es ist im Moment schwer, sich das vorzustellen, aber Sie werden das schaffen, Roni. Penelope sagt, Sie seien der stärkste Mensch, den sie kennt.«

Ich schüttle den Kopf. »Bin ich nicht.«

»Ich glaube Penelope«, erwidert er.

Warum treibt die Freundlichkeit eines Fremden mich zum Weinen?

Er verlässt den Raum, damit ich mich anziehen kann, was mich beinahe meine ganze Energie kostet. Ich nehme meinen Mantel, schlüpfe in meine Laufschuhe und überquere den Flur zu seinem Büro, wo er hinter dem Schreibtisch wartet.

»Sie können mich gern allein lassen, wenn Sie noch andere Patientinnen haben«, erkläre ich.

»Wir machen gerade Mittagspause.«

Mist. Wie lange bin ich schon hier?

»Ist es für Sie in Ordnung, wenn ich schnell einen Happen esse, bis wir das Ergebnis haben?«

Ich bedeute ihm mit einer Handbewegung, sich nicht aufhalten zu lassen.

Als er mir etwas von dem geschnittenen Obst anbietet, das er in einer Plastikschüssel dabeihat, fällt mir der Platinring an seiner linken Hand auf.

»Nein, danke.« Ich schaue zu Boden, damit er nicht das Gefühl hat, ich würde ihn beobachten. »Wie lang sind Sie schon verheiratet?«

»Etwas über ein Jahr.«

»Wie heißt Ihre Frau?«

»Monica.«

»Wie haben Sie sich kennengelernt?«

»Ihre Schwester ist mit einem meiner besten Freunde verheiratet.«

»Das muss schön sein.« Verglichen mit meinem Leben klingt ihres perfekt. Andererseits schneidet beinahe jedes Leben im Vergleich mit meiner neuen Realität super ab.

»Ja, das ist es. Wie haben Sie Ihren Mann kennengelernt?«

Es überrascht mich, dass er fragt. Die meisten Menschen, darunter auch die, die mir am nächsten stehen, scheuen davor zurück, über Patrick zu sprechen, was ich traurig finde. Er ist der Mensch, über den ich am liebsten rede. »Wir sind uns in meinem dritten Studienjahr auf dem College begegnet, als er mit dem Freund meiner Mitbewohnerin in unser Wohnheim gekommen ist.«

»Also waren Sie lange zusammen.«

Ich nicke. »Beinahe zehn Jahre. Wir haben sieben Jahre zusammengelebt, bevor wir geheiratet haben.«

»Bei uns waren es vier. Ich frage mich oft, warum so viele Leute darauf verzichten. Das gibt einem schließlich die Chance, etwaige Stolpersteine aus dem Weg zu räumen, bevor man sich offiziell aneinander bindet.«

»Ja, das stimmt.« Es überrascht mich, dass wir uns über solche Dinge unterhalten. »Patrick und ich hatten gar nicht vor, zu heiraten. Wir waren glücklich so, wie es war. Doch unsere Eltern wollten es gern.« Ich zucke mit den Schultern. »Wir haben es mehr für sie als für uns getan, aber dann … Die Hochzeit war … ziemlich spektakulär, und es hat sich tatsächlich anders angefühlt, verheiratet zu sein. War das bei Ihnen und Ihrer Frau auch so?«

»Auf jeden Fall. Das hat uns total überrascht.«

»Uns auch.«

»Hatten Sie aktiv versucht, schwanger zu werden?«, fragt er in diesem sanften Tonfall, der ihn zu so einem guten Arzt macht.

»Im Juni hätte ich mir die nächste Verhütungsspritze geben lassen sollen. Doch wir haben entschieden, diese Runde auszusetzen und abzuwarten, was passiert. Wir dachten, es würde eine Weile dauern.« Ich tupfe mir die Augen mit einem neuen Taschentuch ab. »Wie soll ich das allein schaffen?«

»Sie werden nicht allein sein. Penelope hat mir von Ihrer wundervollen Familie erzählt, und ich bin mir sicher, dass Patricks Familie auch helfen wird. Sie haben Menschen, die Sie lieben, Roni. Sie werden für Sie beide da sein wollen.«

»Ohne Patrick kann ich das nicht«, flüstere ich. Der Gedanke ist so groß, so überwältigend, dass er mich unter die massivste Welle der Trauer ziehen will, die ich bisher erlebt habe.

»Es gibt andere Optionen«, sagt er leise.

Diese Worte drücken wie ein Gewicht auf meine Brust. »Nein, gibt es nicht.« Patricks Baby nicht zu bekommen ist keine Option.

Ein Signal von seinem Computer erregt seine Aufmerksamkeit.

»Das Testergebnis ist da. Sie sind schwanger«, bestätigt er, was wir bereits wissen.

Ich muss aufstehen, die Praxis verlassen und diese welter

schütternde Neuigkeit mit in die kalte Realität nehmen, die mein neues Leben ist, aber ich schaffe es nicht, mich zu bewegen.

»Was kann ich für Sie tun, Roni?«, fragt er auf eine so bezaubernde Art, dass ich ihn für immer in mein Herz schließe.

»Es gibt nichts, was irgendjemand tun kann. Mein Mann ist tot, und ich kriege sein Baby.« Wenn es nicht so wehtun würde, würde ich darüber lachen, wie absurd dieser Satz klingt. Mein ganzer Körper brennt unter dem Schmerz des Vermissens.

»Lassen Sie mich jemanden für Sie anrufen«, schlägt Dr. Gordon vor. »Sie sollten jetzt nicht allein sein.«

»Aus irgendeinem Grund ist das aber genau das, was ich jetzt brauche – allein damit zu sein. Ich kann das niemandem erzählen, bis ich nicht selbst damit ins Reine gekommen bin.« Ich bin mir nicht sicher, woher ich das weiß, doch das überwältigende Bedürfnis, allein zu sein, lässt mich schließlich aufstehen.

Dr. Gordon erhebt sich ebenfalls, um mich hinauszubegleiten. »Schaffen Sie das wirklich?«

»Ja.«

»Versprechen Sie es mir? Ich hab kein gutes Gefühl dabei, Sie einfach so gehen zu lassen.«

»Ich bin sehr dankbar für Ihre Sorge und Unterstützung in den letzten …« Ich schaue auf mein Handy. Meine Güte. »Zwei Stunden. Sie waren wunderbar, und das werde ich niemals vergessen. Jetzt brauche ich allerdings etwas Raum, um das alles zu verarbeiten, ohne dass mir jemand über die Schulter sieht und mich ständig fragt, was ich nun tun werde.«

»Das verstehe ich. Trotzdem möchte ich, dass Sie sich in den nächsten Tagen bei mir melden. Versprechen Sie mir das?« Er reicht mir eine Visitenkarte. »Da steht meine Handynummer drauf. Nur eine kleine Nachricht, um mich wissen zu lassen, dass alles so weit in Ordnung ist, damit ich mir keine Sorgen mache.«

»Das geht aber weit über Ihre Pflichten als Arzt hinaus.«

»Ich möchte gerne glauben, dass wir jetzt Freunde sind. Und Freunde kümmern sich umeinander.«

Dankbarkeit für diesen herzlichen, großzügigen Mann erfüllt mich. »Okay, ich verspreche es.« Dann blicke ich ihn an und füge hinzu: »Sie begleiten mich auf diesem Weg, oder?«

»Darauf können Sie wetten.«

»Ihre Frau hat Glück, Sie zu haben.«

»Ihr Mann hatte Glück, *Sie* zu haben. Ich hege keinerlei Zweifel daran, dass Sie eine wundervolle Mutter sein und Patrick mit Stolz erfüllen werden.«

»Das hoffe ich.«

An der Rezeption vereinbaren wir einen Termin für eine Ultraschalluntersuchung in einem Monat, außerdem bekomme ich ein Rezept für Vitamine, die ich ab sofort nehmen soll.

Dr. Gordon begleitet mich zur Tür. »Wenn die Übelkeit und das Erbrechen anhalten, müssen wir uns darum kümmern. Für den Moment versuchen Sie einfach, so viel zu essen, wie Sie können. Was immer Ihnen schmeckt und was Sie bei sich behalten können. Nehmen Sie lieber mehrere kleine Mahlzeiten am Tag zu sich als drei große. Den Magen gefüllt zu halten kann gegen die Übelkeit helfen.«

»Ich werde tun, was ich kann.«

»Ich bin hier, wenn Sie etwas brauchen. Schicken Sie mir einfach eine Nachricht. Egal, um welche Uhrzeit.«

»Tut mir leid, dass ich einen Zusammenbruch hatte und Ihren Terminplan vermutlich total durcheinandergebracht habe.«

»Bitte, entschuldigen Sie sich nicht. Dafür bin ich doch da.«

»Nochmals danke. Ich werde nie vergessen, wie nett Sie heute zu mir waren.«

»Passen Sie gut auf sich auf, Roni. Sie müssen für Ihr Baby stark sein.«

Ich nicke und trete durch die Tür, die er mir aufhält. Dann fahre ich mit dem Fahrstuhl ins Erdgeschoss, von wo aus ich sofort Rebecca anrufe.

»Hey, wie ist es beim Doc gelaufen?«

»Gut. Nichts, worüber man sich Sorgen machen müsste. Aber diese Hütte von deinen Freunden … Wäre es in Ordnung, wenn ich da quasi sofort hinfahre?«

»Was ist mit Weihnachten?«

»Darüber kann ich dieses Jahr nicht nachdenken.«

Mein Herz zieht sich zusammen, als ich höre, dass meine starke, unerschrockene Schwester mit den Tränen kämpft. »Ich hasse es so sehr, dass das passiert ist. Für dich, für Patrick, für alle, die euch beide lieben. Es ist so unfair.«

»Ja, das ist es, doch ich kann es nicht ändern und muss einen Weg finden, damit zu leben.«

»Ich rufe meine Freundin an. Bist du sicher, dass ich nicht mitkommen soll?«

»Ganz sicher. Du musst zu Hause sein, bei Jeff und euren Babys. Ich schaffe das, versprochen.«

»Du würdest nicht, du weißt schon, irgendetwas Furchtbares und Unwiderrufliches tun, während du da oben ganz allein bist, oder?«

»Ich schwöre auf Patricks Grab, dass ich das nicht tun werde.« Das ist die beste Versicherung, die ich auf eine Frage hin geben kann, die vor zwei Monaten noch undenkbar gewesen wäre. »Niemals. Sosehr ich die Vorstellung hasse, für den Rest meines Lebens ohne ihn zu sein, hat mich sein Verlust auch daran erinnert, dass das Leben ein Geschenk ist und wertgeschätzt werden sollte.«

»Danke, dass du das sagst. Ich würde alles geben, um dir diesen schrecklichen Schmerz zu ersparen.«

»Und dafür liebe ich dich. Ich liebe euch alle dafür, dass ihr mich unterstützt, aber ich muss einen Weg finden, das allein hinzukriegen, und das kann ich nicht, wenn ich in unserer Wohnung sitze, mit seinen Schallplatten und seinen Klamotten und all den Dingen, die wir zusammen gekauft haben.«

»Ich habe meiner Freundin eine Nachricht geschickt, während wir sprechen, und sie meinte, du kannst das Haus so lange haben, wie du willst. Sie fahren im Winter nie dorthin.«

Die Erleichterung hüllt mich ein wie eine warme Decke. »Danke, Bec.«

»Für dich immer. Ich schicke dir die Adresse und die Anfahrtsbeschreibung. Wann willst du los?«

»Morgen.«

»Ich könnte dich begleiten. Jeff kann mich dann abholen.«

»Mir geht es gut, das verspreche ich dir.«

»Schickst du mir eine Nachricht, wenn du angekommen bist? Und meldest dich jeden Tag?«

»Das mache ich.« Ich werde wohl einen Gruppenchat für all die Leute einrichten müssen, die jeden Tag von mir hören wollen.

Als ich in die kalte Dezemberluft hinaustrete, für immer verändert von der Information, die ich in der Praxis erhalten habe, bin ich dankbar für meinen Plan, die vertraute Umgebung zu verlassen. Nie habe ich etwas mehr gebraucht als diese Zeit, um mein Leben neu aufzubauen.

<hr>

NACHDEM ICH AM Nachmittag das Rezept für die Vitamintabletten in der Apotheke eingelöst habe, wandere ich wieder durch mein Viertel. Als ich irgendwann aufschaue, habe ich keine Ahnung, wo ich bin. Es wird schon dunkel, und ich sollte mich auf den Heimweg machen. Nachdem ich mich kurz orientiert habe, gehe ich in Richtung meiner Wohnung an der E Street, als ich Nicht-Patrick aus einem dunklen SUV aussteigen sehe, der am Bürgersteig parkt. Nicht-Patrick tritt auf ein Backsteinhaus zu, als ihn ein lautes »Daddy!« von einem Kind innehalten lässt. Ein kleines Mädchen kommt den Bürgersteig heruntergelaufen und wirft sich ihm in die Arme.

Sie ist bezaubernd, mit blonden Locken, die unter einer violetten Strickmütze hervorlugen. Ihre Wangen sind von der Kälte gerötet, und sie freut sich offensichtlich sehr, ihn zu sehen.

Als er sie durch die Luft schwenkt, erhasche ich zum ersten Mal einen Blick auf sein Gesicht. Ich bin am Boden zerstört, als ich erkenne, dass er definitiv Nicht-Patrick ist. Für einen Moment bleibe ich stehen und schaue zu, wie er sich mit einer hübschen blonden Frau unterhält, mit der er vermutlich verheiratet ist. Wer immer dieser Mann ist, ich bin froh, dass er eine nette Familie hat, zu der er abends nach Hause kommt. Erneut wirbelt er die Kleine im Kreis herum, wobei er bemerkt, dass ich ihn beobachte. Sofort verhärtet sich seine bis dahin freundliche Miene.

Ich gehe weiter, bevor er mich fragen kann, warum zum Teufel ich ihn und sein Kind anstarre wie die unzurechnungsfähige Irre, zu der ich in letzter Zeit geworden bin.

Immer noch erschüttert von der Neuigkeit über die Schwangerschaft und dieser seltsamen Begegnung mit Nicht-Patrick, bin ich von einer seltsamen Energie erfüllt, die mich viel zu lange aufbleiben lässt, um zu packen. Oder um zu *überpacken*, wie Patrick es nennen würde. Er hat immer gesagt, ich würde wirklich *alles* mitnehmen, egal, wie kurz wir wegfahren. Letztes Jahr hat er mir zu Weihnachten den größten Koffer geschenkt, den ich je gesehen habe. Wir haben ihn Big Bertha genannt, und nun ist selbst die einfache Aufgabe, für meine Auszeit zu packen, schmerzhaft.

Eigentlich hatte ich erwartet zu verschlafen, aber ich wache früher auf denn je. Das Adrenalin treibt mich um halb sieben Uhr morgens für einen Spaziergang aus dem Haus. Da ich keinen festen Zeitplan habe, entscheide ich, den morgendlichen Berufsverkehr abzuwarten, bevor ich zur Hütte rausfahre. Außerdem ist es gut möglich, dass ich es vor mir herschiebe, weil wegzufahren mich dazu zwingt, Patricks geliebten silbernen Audi zum ersten Mal seit seinem Tod aus der Garage zu holen.

Als Stadtbewohner hatten wir immer nur ein Auto, also heißt es: den Audi oder nichts. Doch ich weiß bereits, dass zum ersten Mal ohne Patrick in seinem »Baby« zu sitzen – wie er ihn genannt hat – verdammt wehtun wird. Also laufe und laufe und laufe ich immer weiter, bis ich wieder in meinem Viertel lande und um kurz vor sieben vor dem Coffeeshop stehe. Ich tue so, als hielte ich nicht nach Nicht-Patrick Ausschau, als ich eintrete, lasse meinen Blick aber sofort über die Wartenden schweifen und entdecke ihn drei Plätze vor mir. Wieder trägt er den schwarzen Wollmantel, der mir inzwischen so vertraut ist, seitdem ich ihm ständig begegne.

»Ihm zu begegnen« klingt besser als »ihn zu stalken« …

Mit nur so wenigen Menschen zwischen uns kann ich mich nicht verstecken, als er sich zum Gehen wendet. Unsere Blicke kollidieren. Ich bin geschockt, als er mich am Arm packt und aus dem Coffeeshop führt.

Seine goldbraunen Augen mustern mich misstrauisch. Er ist sehr attraktiv, allerdings auf ganz andere Art als Patrick. Wo Patrick charmant und fröhlich war, hat dieser Mann einen dunklen, intensiven Ausdruck, der jedoch nicht weniger anziehend ist. Natürlich für jemand anderen. Nicht für mich. »Wer sind Sie, und was wollen Sie von mir?«

Verstört von seiner Eindringlichkeit schüttle ich seine Hand ab. »Ich will gar nichts von Ihnen.«

»Warum verfolgen Sie mich dann und starren mich an?«

Ich will gerade leugnen, dass ich das tue, aber stattdessen kommt etwas ganz anderes über meine Lippen: »Ich dachte, Sie wären jemand, den ich mal gekannt habe. Es tut mir leid.«

Das scheint ihn ein wenig zu beruhigen. »Hören Sie auf, mich zu verfolgen.«

»Das tue ich gar nicht. Ich wohne in der Nähe, und wir scheinen ähnliche Tagesabläufe zu haben.«

Ich spüre, dass er nicht sicher ist, ob er mir glauben soll. »Ich habe keine Zeit für solchen Unsinn. Wer auch immer Sie sind, lassen Sie mich einfach in Ruhe, okay?«

Abwehrend hebe ich die Hände. »Es tut mir leid«, wiederhole ich.

Er wirkt ein wenig zerknirscht, als er erkennt, dass ich keine Bedrohung für ihn darstelle. »Meine Tochter und ich haben viel durchgemacht. Ich will sie nur beschützen und hatte nicht vor, merkwürdig zu sein.«

»Ich auch nicht.«

»Okay. Ich schätze, dann sehen wir uns.«

»Einen schönen Tag noch.«

»Ja, Ihnen auch.«

Nachdem er gegangen ist, bin ich noch faszinierter als zuvor. Er und seine Tochter haben viel durchgemacht. Was ist passiert? Warum hat er seine Frau nicht erwähnt? Er hat keinen Ehering getragen, nur heißt das heutzutage gar nichts. Viele Männer entscheiden sich dagegen.

Da die tägliche Übelkeit sich wieder meldet, vergeht mir die

Lust auf die heiße Schokolade, die ich mir eigentlich holen wollte. Also laufe ich, die Hände in den Manteltaschen vergraben, nach Hause und achte darauf, dem Busch nicht zu nahe zu kommen, in den ich mich gestern übergeben habe.

Ich brauche nicht noch einen weiteren Nachbarn, der mich für seltsam hält.

Die nicht verwitwete Roni hätte nichts von den Dingen getan, aus denen meine Tage heute bestehen. Ich hätte keine Zeit dafür gehabt, weil ich zu sehr damit beschäftigt war, zu arbeiten und mit meinem wunderschönen Mann superglücklich zu sein, um auch nur einen Gedanken daran zu verschwenden, ob ein Fremder, der eine flüchtige Ähnlichkeit mit Patrick aufweist, verheiratet ist und was er und seine kleine Tochter wohl durchgemacht haben.

Seit Patricks Tod habe ich mich verändert, bin jemand, den ich kaum wiedererkenne. Meine Begegnung mit Nicht-Patrick hat mich so gefesselt, dass ich für ein paar Minuten glatt vergessen habe, dass ich mit dem Baby meines toten Ehemanns schwanger bin. Doch die Realität kehrt mit aller Macht zurück und lässt mich auf der obersten Treppenstufe nach Luft schnappen. Ich brauche eine volle Minute, in der ich nur atme, bevor ich die Wohnungstür aufschließen kann.

Dieser Trauerkram ist nichts für schwache Nerven, das kann ich sagen. Er bedarf des täglichen Einsatzes von Zeit, Energie, Gefühlen und Mut, die einem schnell ausgehen, wenn man täglich damit zu tun hat. Ich bin wirklich erschöpft, und ich weiß, es liegt nicht nur daran, dass mein Mann tot ist, sondern auch daran, dass er mir ein Abschiedsgeschenk hinterlassen hat, das für die nächsten zwanzig Jahre mein Leben bestimmen wird.

Die Vorstellung, dieses Kind allein aufzuziehen, ist so ungeheuerlich, dass sie mich lähmt. Also versuche ich, nicht allzu weit in die Zukunft zu denken, während ich dusche, mir die Haare föhne und die restlichen Sachen in den Koffer packe. Da mir vor meiner Abreise nichts mehr zu tun bleibt, kann ich meine Wiedervereinigung mit Patricks Auto nicht länger vor mir herschieben.

Ich habe gerade meinen Mantel angezogen, als es an der Tür

klopft. Ich öffne und sehe mich meiner Mutter gegenüber. Ihr beunruhigter Blick verrät mir, dass ich etwas vergessen habe.

»Hattest du vor, mir zu sagen, dass du die Stadt verlässt?«

»Ich wollte dich vom Auto aus anrufen.«

»Ehrlich, Roni. In deinem Zustand kannst du nicht einfach allein in irgendeine Hütte in den Bergen fahren.«

Auch wenn ich den Grund ihrer Besorgnis verstehe, verletzt es mich, dass sie meinen Zustand erwähnt. Weil sie seit Eintreten des Katastrophenfalls mehr für mich da gewesen ist als jeder andere, schlucke ich meine erste Reaktion – die nicht nett gewesen wäre – runter. »Ich weiß deine Besorgnis zu schätzen, Mom, aber ich brauche einen Tapetenwechsel.«

»Ich komme mit dir.«

»Und ich brauche Zeit allein, um nachzudenken und zu überlegen, wie meine nächsten Schritte aussehen. Ich brauche einfach etwas Raum.«

»Wir haben dir Raum gegeben, Roni. Und wenn du glaubst, es ist einfach, zu dieser Tür rauszumarschieren und dich hier allein zu lassen, wenn du so zerbrechlich bist, dann lass dir versichern, das ist es nicht.«

Das Zittern in der Stimme meiner Mutter zerrt an meinem Herzen. Ich ziehe sie in meine Arme und halte sie ganz fest. »Es tut mir leid, dass ich dir so viele Sorgen bereite.«

»Du musst dich nicht entschuldigen. Nichts von allem ist deine Schuld. Es ist etwas, das dir und dem armen Patrick angetan wurde.«

Mir wird zum ersten Mal bewusst, dass sie ebenfalls trauert, dass sie einen geliebten Schwiegersohn verloren hat. »Es tut mir leid, wenn ich deinen Schmerz verschlimmert habe.«

»Das hast du nicht. Diese ganze Sache ist einfach … Dich leiden zu sehen bricht mir das Herz.«

»Mir geht es gut. Das schwöre ich. Es ist schlimm und grausam und schwer. Sehr, sehr schwer. Doch ich stehe das durch.« Ich löse mich von ihr und schaue sie an. »Ich habe auch gute Neuigkeiten, die ich noch niemandem verraten habe.«

»Und das wäre?«

»Erinnerst du dich an meine neue Freundin Sam?«

Mom zieht die Augenbrauen in die Höhe. »Du meinst die First Lady?«

»Jap, genau die.«

»Was ist mit ihr?«

»Sie hat mich gebeten, ihre Kommunikationschefin im Weißen Haus zu werden.«

»Roni! O mein Gott. Wann war das?«

»Ich weiß nicht mehr genau, wann sie mich gefragt hat, aber es ist natürlich noch nicht so lange her.« Nick ist an Thanksgiving Präsident geworden, nachdem Präsident Nelson im Wohnbereich des Weißen Hauses tot aufgefunden worden war.

»Wieso hast du nichts gesagt?«

»Ich wollte es einen Moment sacken lassen, um zu sehen, wie ich mich damit fühle.«

»Und?«

»Ziemlich gut«, antworte ich mit einem Lachen, das uns beide überrascht.

Wann habe ich das letzte Mal gelacht? Ich habe keine Ahnung, doch es ist eine ganze Weile her.

»Das sind wirklich wundervolle Neuigkeiten. Das gibt dir etwas, auf das du dich freuen kannst.«

»Das stimmt.« Auch wenn ich mich frage, wie ich als alleinerziehende Mutter den Job und ein Neugeborenes auf die Reihe kriegen soll. Aber das muss ich nicht heute herausfinden. Ich würde meiner Mom so gern von dem Baby erzählen, doch das kann ich noch nicht. Weil es mir körperlich so schlecht geht, will ich warten, bevor ich meiner Familie die Neuigkeit mitteile. Ich würde es schrecklich finden, wenn ich in ihnen Hoffnung wecke, nur um sie gleich wieder zu zerstören, sollte etwas bei der Schwangerschaft schieflaufen. Bei dem Gedanken, diese letzte Verbindung zu Patrick zu verlieren, werde ich von einer neuen Welle der Trauer gepackt. Das darf auf keinen Fall passieren.

»Wann wirst du mit dem Job anfangen?«

»Nach den Feiertagen. Deshalb will ich mir jetzt ein wenig Zeit nehmen, um mich zu sammeln, bevor das neue Abenteuer beginnt.«

»Ich bin deiner Freundin sehr dankbar, dass sie dir diese Möglichkeit bietet. Das ist genau das, was du brauchst.«

»Finde ich auch. Du siehst also, mir geht es gut, und ich freue mich auf eine kleine Pause von all den Erinnerungen an Patrick hier.«

»Bist du sicher, dass ich nicht mitkommen soll? Ich könnte ein paar Termine umlegen ...«

»Ich bin mir sicher.«

»Meldest du dich jeden Tag?«

»Versprochen.«

»Okay.« Sie seufzt und umarmt mich fest. »Ich hab dich lieb und bin so stolz darauf, wie du mit allem fertigwirst.«

Das bringt mich erneut zum Lachen, denn wenn man mich fragt, werde ich mit gar nichts fertig. »Ich bin nur froh, dass ich nicht die Hauptrolle in einem Trauer-Trainings-Video spiele. Präsentiert von *Total durchgedreht Productions*.«

»Du bist nicht total durchgedreht. Du bist der Inbegriff von Stärke unter den verstörendsten Umständen. Patrick zu verlieren ist beinahe mehr, als ich ertragen kann. Ich weiß nicht, wie du das schaffst, aber du machst uns alle sehr stolz.«

»Es ist schön, das zu hören.« Zum Glück können selbst die Leute, die mich am meisten lieben, nicht unter die Oberfläche schauen. Sie wissen zum Beispiel nicht, dass ich einen Mann in meinem Viertel gestalkt habe, der mich an Patrick erinnert, oder dass dieser Mann mich heute Morgen zur Rede gestellt hat, weil ich mich seltsam und unheimlich benehme. Das behalte ich für den Moment lieber für mich und sonne mich stattdessen im Stolz meiner Mutter.

Sie hilft mir, meinen Koffer die Treppen runterzutragen, bevor wir uns auf dem Bürgersteig mit einer Umarmung voneinander verabschieden.

»Ich warte darauf, zu hören, dass du gut angekommen bist.«

»Ich melde mich sofort, wenn ich da bin.«

»Und wenn du irgendetwas brauchst, selbst mitten in der Nacht, ruf mich an.«

»Das mach ich. Danke, dass du in alldem mein Fels in der

Brandung bist, Mom. Das meine ich ernst. Ohne dich hätte ich das nicht geschafft.«

»Das stimmt nicht. Du, meine süße Veronica, bist der stärkste Mensch, den ich kenne. Das warst du schon immer, und während der letzten Monate hast du es mir wieder und wieder bewiesen.« Sie küsst mich auf die Stirn. »Sei lieb zu dir, meine Süße. Das hätte Patrick auch gewollt.«

Ihre Worte treiben mir die Tränen in die Augen, und ich nicke nur. Sie hat recht. Patrick hat mich so sehr geliebt. Er hätte gewollt, dass ich glücklich und zufrieden bin. Nun muss ich bloß noch herausfinden, wie ich das ohne ihn sein kann.

4

Roni

Die erste Stunde der Fahrt ist hart. Das Auto riecht nach Patrick und erinnert mich an Tausende Ausfahrten, die wir gemeinsam unternommen haben – er am Steuer, normalerweise mit einer Hand auf meinem Bein, wenn er nicht schalten musste. Zum Glück hat er, nachdem er den Wagen gekauft hatte, einen ganzen Samstag damit verbracht, mir beizubringen, wie man mit Schaltgetriebe fährt. Ich wollte das gar nicht, aber er hat darauf bestanden. Beinahe so, als hätte er gewusst, dass der Tag kommen würde, an dem er nicht da sein würde, um mich herumzukutschieren.

Darüber denke ich manchmal nach. Hat er gewusst, dass seine Tage gezählt waren? Er war so aufmerksam, was Lebensversicherungen und Nachlassplanung anging. Welcher Einunddreißigjährige kümmert sich schon um so etwas? Mein Mann, und ich vermute, es lag daran, dass er eine Vorahnung hatte. Nicht, dass er je mit mir darüber gesprochen hat. Das hätte mich ausflippen lassen, und das wusste er. Doch er hat sich um so vieles gekümmert, was mir jetzt zugutekommt, während ich seinen Verlust betrauere.

Ich liebe ihn so sehr dafür, dass er sichergestellt hat, dass ich auch ohne ihn gut versorgt bin.

Mein Konto hat nie besser ausgesehen. Es reicht, um einige Jahre behaglich zu leben, sollte ich mich entscheiden, erst mal nicht zu arbeiten. Selbst wenn das keine Option ist, denn ich habe keine Ahnung, was ich ohne Arbeit mit mir anfangen sollte. Das Geld von Patricks Versicherung wird mir helfen, einen Kitaplatz oder eine Nanny zu bezahlen, was es mir leichter machen wird, alleinerziehend zu sein. Der Gedanke ist heute immer noch so ungeheuerlich wie gestern, selbst nachdem mich eine weitere heftige Welle der Übelkeit überrollt hat.

Ich kann noch immer nicht richtig glauben, dass ich schwanger bin, ohne es gemerkt zu haben. Das ist noch etwas, das vor der Katastrophe undenkbar gewesen wäre. Mir wäre aufgefallen, dass nicht nur einmal, sondern zweimal meine Tage ausgefallen sind. Ich komme mir vor, als würde ich langsam aus einem dichten Nebel auftauchen und erkennen, dass alles in dem Leben, das ich einst so sehr geschätzt habe, sich verändert hat. Patrick ist fort. Ich bin schwanger. Mir wurde der Job meines Lebens im Weißen Haus angeboten. Ich fahre Patricks Auto ohne ihn. Was ist dieses Leben, mit dem ich zurückgeblieben bin, und was soll ich damit anstellen?

Das ist die brennende Frage, die mich auf den Interstates 66 und 81 in Richtung Virginia treibt, wo ich die wunderschöne »Hütte« (wenn man dieses unfassbar tolle Haus so nennen kann) am Lake Moomaw erreiche. Der Name gefällt mir. Ich sage ihn laut vor mich hin, erst mit Betonung auf *Moo* und dann auf *Maw*, so wie Patrick und ich es tun würden, wenn er hier wäre. Wir haben über alles Witze gemacht. Nichts war tabu, und ein Name wie Moomaw wäre von uns gründlich auseinandergenommen worden.

Ich vermisse ihn so sehr. Wir hätten hier so viel Spaß zusammen gehabt.

Ich rufe die Nummer an, die Rebecca mir gegeben hat, um die Verwalterin wissen zu lassen, dass ich angekommen bin.

»Ich bin gleich da«, versichert sie mir fröhlich, bevor die Verbindung abbricht.

Als ich aus dem Auto steige, strecke ich mich erst mal, um die Steifheit der vierstündigen Fahrt aus meinen Knochen zu vertreiben. Dann atme ich die kühle, klare Bergluft ein. Das Haus steht direkt am Ufer des Sees und hat einen Steg, der förmlich nach mir ruft. Ich wandere den Steinweg hinunter, der um das Haus herum- und zu den Stufen hinunter zum Steg führt. Dort bleibe ich für ein paar Minuten stehen, schaue auf den riesigen See hinaus und spüre, wie ich mich entspanne, so wie immer, wenn ich am Wasser bin.

Als ich oben auf der Auffahrt eine Autotür zufallen höre, gehe ich die Treppe wieder hinauf, denn das muss die Verwalterin sein, eine Frau namens Chelsea Stowe.

»Oh, da sind Sie ja«, sagt sie und lächelt, als sie mich kommen sieht. Sie hat blaue Augen und lockiges braunes Haar, auf dem eine mit Schneeflocken bestickte Strickmütze sitzt. Ich schätze, sie ist ein paar Jahre älter als ich, aber maximal Mitte dreißig.

»Ich konnte nicht widerstehen und habe mich ein wenig umgeschaut.«

»Das kann ich Ihnen nicht verdenken. Ich bin Chelsea.«

Ich ergreife ihre ausgestreckte Hand. »Roni.«

»Kommen Sie rein, dann zeige ich Ihnen alles.«

Ich folge ihr zur Haustür, wo sie den Code eingibt, den man mir geschickt hat.

Wir betreten einen warmen, gemütlichen Raum, der eine Fensterfront zum See hin hat, die einen wirklich spektakulären Ausblick bietet. »Ich war vorhin schon mal da, um die Heizung einzuschalten. Wenn niemand hier ist, heizen wir bloß minimal, damit die Leitungen nicht einfrieren.«

»Es ist wunderschön.«

»Das hier ist eins meiner Lieblingshäuser in dieser Gegend. Die Renfrews waren beim Bau sehr gründlich und haben an sehr viele schöne Details gedacht. So wie …« Sie nimmt etwas in die Hand, was wie eine Fernbedienung für einen Fernseher aussieht, und zeigt mir, wie ich an der Fensterfront die Jalousien schließen kann, die mir bis dahin gar nicht aufgefallen sind. »Damit Sie nicht das Gefühl haben, die Leute könnten abends reinschauen – auch wenn hier niemand ist.«

»Es besteht immer die Chance, dass das Ungeheuer von Loch Ness auftaucht.«

»Das stimmt wohl«, sagt sie lachend.

Ich bin erleichtert, dass ich mich nachts so abschotten kann. Als Nächstes zeigt sie mir, wie man den Gasherd und den Holzofen bedient, bevor wir nach oben gehen, um uns die vier riesigen Schlafzimmer anzusehen. »Ich habe das Hauptschlafzimmer für Sie hergerichtet. Dort finden Sie alles, was Sie benötigen – Extradecken, Handtücher und so weiter. Melden Sie sich, wenn ich etwas vergessen habe.«

»Das ist super. Vielen Dank, Chelsea.«

»Und hier ist meine Visitenkarte, für den Fall, dass Sie etwas brauchen. Darauf stehen sowohl meine Festnetz- als auch meine Handynummer. Manchmal ist der Handyempfang hier etwas unzuverlässig, deshalb sollten Sie Ihrer Familie die Festnetznummer des Hauses geben. Die steht auf einem Zettel in der Küche. Und ich habe ein paar Lebensmittel für Sie eingekauft – ein kleiner Gruß von Ihrer Schwester Rebecca.«

»Ach, das ist so lieb. Vielen Dank.«

»Ich wollte nur sagen … Das mit Ihrem Mann tut mir unendlich leid. Es bricht mir schier das Herz.«

»Ja, mir auch. Danke.«

»Ich hoffe, diese kleine Auszeit wird Ihnen guttun.«

»Das tut sie bereits.«

»Ich habe hier eine Gruppe von Freundinnen im Ort. Wir versuchen, uns mindestens einmal in der Woche auf einen Drink zu treffen. Wenn Sie Lust haben, würde ich mich freuen, wenn Sie dazukommen.«

»Das klingt lustig. Sagen Sie mir einfach vor dem nächsten Mal Bescheid, und ich gucke, ob es ein guter Tag für mich ist.«

»Perfekt. Ich melde mich. Und bitte zögern Sie nicht, mich anzurufen, wenn Sie irgendwelche Fragen haben.«

»Okay. Nochmals vielen Dank.«

Nachdem Chelsea mit einem Hupen und einem Winken davongefahren ist, hole ich Big Bertha aus dem Auto und sperre die Haustür hinter mir ab. Meine Schritte hallen in dem leeren Haus, während ich herumwandere und es mir so gemütlich wie möglich mache. Den Anweisungen von Chelsea folgend, entzünde ich ein Feuer im Ofen und lehne mich zurück, um den Flammen zuzuschauen.

Wenn Patrick bei mir wäre, würde er das erledigen, aber nun muss ich mich um alles selbst kümmern, eine weitere Sache, an die ich mich gewöhnen muss. Wir haben uns gegenseitig vieles abgenommen, haben uns die Hausarbeit geteilt, und auch das ist nun vorbei. Während ich beobachte, wie die Flammen um das Anschürholz züngeln, wünsche ich mir zum millionsten Mal, dass ich es an unserem letzten gemeinsamen Abend in den Supermarkt geschafft hätte. Für den Rest meines Lebens werde ich mich fragen, ob er immer noch bei mir wäre, wenn ich nicht zum schlimmstmöglichen Zeitpunkt so faul gewesen wäre.

Mir fällt ein, dass ich versprochen habe, mich bei meiner Mutter und meinen Schwestern zu melden, also stehe ich von dem dicken, flauschigen Teppich vor dem Kamin auf und hole mein Handy, um der Familien-WhatsApp-Gruppe eine Nachricht und ein Foto von der Aussicht sowie dem knisternden Feuer zu schicken. *Hab's heil hergeschafft. Das Haus ist umwerfend. Bitte richte den Renfrews meinen Dank aus, Rebecca. Ich bin wirklich dankbar für diese Auszeit.*

Penelope antwortet als Erste: *Bin froh, dass du gut angekommen bist und es toll ist. Melde dich bitte in regelmäßigen Abständen, damit wir uns keine Sorgen machen.*

Wie schön, von dir zu hören, schreibt Mom. *Dad sagt, du sollst vorsichtig sein und Spaß haben.*

Na klar! Ihr müsst euch nicht um mich sorgen. Der Tapetenwechsel fühlt sich gut an. XOXO

Rebecca schickt mir eine private Nachricht. *Freut mich zu hören, dass das Haus schön ist. Deinen Dank geb ich gerne weiter. Ich will mit dir noch über etwas anderes sprechen. Melde dich mal, wenn du eine Sekunde Zeit hast.*

Diese Nachricht macht mich zum ersten Mal seit einer Ewigkeit neugierig, was ich als Zeichen werte, dass ich einen wichtigen Schritt nach vorn getan habe. Ich rufe sie sofort an.

»Hey, ich meinte nicht sofort, falls du etwas Besseres zu tun hast.«

»Hab ich nicht. Ich sitze in diesem umwerfenden Haus vor einem flackenden Feuer und sehe zu, wie die Sonne hinter dem See untergeht.«

Im Hintergrund höre ich ihr Baby weinen. »Ich bin grün vor Neid«, erklärt Rebecca. »Zum Glück ist Jeff zu Hause und kann sich einen Moment um die beiden kümmern.« Sie keucht auf. »Tut mir leid. Das hätte ich nicht sagen sollen.«

»Was? Warum nicht? Natürlich bist du froh, dass er zu Hause ist, nachdem du den ganzen Tag mit den beiden allein warst. Tu das bitte nicht, okay? Es ist nicht deine Schuld, dass Patrick nicht mehr da ist. Du hast jedes Recht, deinen Ehemann und deine Familie zu genießen.«

»Ich will nur nicht gemein klingen.«

»Das tust du nicht. Bitte führ keinen solchen Eiertanz um mich herum auf. Das ertrage ich nicht.«

»Okay. Tut mir leid. Meine Hormone drehen durch, und ich heule wegen allem und jedem.«

»Das verstehe ich. Keine Sorge. Worüber wolltest du mit mir reden?«

»Erinnerst du dich an meine Nachbarin Iris, deren Mann vor ungefähr einem Jahr bei einem Flugzeugabsturz umgekommen ist?«

»Ja.« Er war geschäftlich mit einem kleinen Privatjet unterwegs, der während eines Sturms abgestürzt ist, was er, zwei seiner Kollegen und die beiden Piloten nicht überlebt haben. »Wie geht es ihr?«

»Sie hat gute und schlechte Tage. Die Kinder halten sie auf Trab, dennoch ist es schwierig.«

»Wie alt sind ihre Kinder?«

»Zwei, vier und sechs.«

»Uff.«

»Ich weiß. Aber sie hat mich vor Kurzem kontaktiert, weil sie deine Nummer haben wollte.«

»Meine Nummer?«

»Ja. Um dir von der Gruppe für junge Witwen zu erzählen,

zu der sie geht und von der sie glaubt, sie könnte für dich interessant sein. Sie meinte, für sie wäre es wie ein Gottesgeschenk, und es hat sie mit Menschen in Verbindung gebracht, die wirklich verstehen, was sie durchmacht.«

»Das klingt spannend, auch wenn ich nicht sicher bin, ob ich für so etwas schon bereit bin.«

»Ich soll dir von Iris ausrichten, dass du sie gerne anrufen kannst, wann immer du sie brauchst, oder eben auch nicht. Sie wollte dir nur davon erzählen, für den Fall, dass es dir helfen würde. Für sie war es laut ihrer Aussage lebensrettend, und sie hat dort einige neue Freundinnen gefunden, die sie auf eine Art und Weise verstehen, wie es niemand sonst in ihrem Leben jemals könnte.«

Diesen Gedanken finde ich sehr ansprechend. Trotzdem muss ich erst darüber nachdenken, bevor ich etwas unternehme. »Schick mir ihre Nummer, dann melde ich mich bei ihr, wenn mir danach ist.«

»Das klingt gut.«

»Danke übrigens für diese Auszeit und das Lebensmittelpaket. Du bist die Beste.«

»Ich wünschte, ich könnte mehr für dich tun. Ich würde alles geben ...«

»Ich weiß, und das bedeutet mir echt viel.«

»War da sonst noch etwas, das du mir mitteilen wolltest?«

Kurz denke ich, dass sie das Baby meint. Aber wie sollte sie davon wissen? Und dann fällt mir ein, dass ich meiner Mom von Sams Jobangebot erzählt habe. »Mom hat das vom Weißen Haus erwähnt.«

»Heilige Scheiße, Ronald. Wie hast du so eine Bombe so lange für dich behalten können?«

»Was früher mal eine Riesensache gewesen wäre, ist jetzt nur noch eine Veränderung unter vielen. Auch wenn es eine ziemlich gute ist.«

»Sam ist so cool. Ich bin ein totaler Fan. Und ihr Mann ist h-e-i-ß.«

»Ist er? Ist mir gar nicht aufgefallen.«

»Ja, klar ... Der heißeste Präsident, den wir je hatten. Alle, die ich kenne, freuen sich so darüber, dass die beiden im Weißen Haus sind. Und *meine kleine Schwester* wird für sie arbeiten! Das ist so verrückt. Du nimmst den Job doch an, oder?«

»Ja, allerdings erst im neuen Jahr.« Das erinnert mich daran, dass ich beim *Star* noch kündigen muss, was mir sehr leidtut. Meine Chefs und Kollegen waren einfach großartig, seitdem mein Leben implodiert ist. Ich hasse es, ihnen sagen zu müssen, dass ich gehe.

»Das ist so großartig. Und ich liebe Sam dafür, dass sie dir etwas Neues gibt, worauf du dich konzentrieren kannst.«

»Dafür liebe ich sie auch. Sie ist ziemlich toll.«

»Ich kann nicht fassen, dass du mit ihr *befreundet* bist.«

»Aber nur, weil Patrick gestorben ist.«

»Stimmt. Trotzdem … Es ist klasse, dass du sie kennst und mit ihr zusammenarbeiten wirst.«

»Ja, das ist es«, stimme ich seufzend zu.

»Was ist los?«

»Ach, das alte Thema. Ich freue mich auf den Job, doch alles ist so viel weniger aufregend, als es vorher gewesen wäre.«

»So schlimm es im Moment auch ist, du musst daran glauben, dass es nicht immer so bleiben wird«, erwidert Rebecca zögernd, als fürchte sie, das Falsche zu sagen.

»Ich habe gelesen, dass der Schmerz immer da sein wird, aber im Laufe der Zeit nachlässt. Ich muss einfach nur die Zeit überstehen, bis ich den Punkt erreiche.« Ich will ihr so sehr von dem Baby erzählen, ihr und dem Rest meiner Familie etwas Wundervolles geben, worauf sie sich freuen können, doch ich bin abergläubisch und will es nicht beschreien. Mindestens den ersten Ultraschall will ich abwarten.

»Bislang machst du das super. Ich gehe jetzt besser mal Jeff retten. Ich fürchte, sie tanzen ihm auf der Nase rum.«

Das bringt mich zum Lachen. »Aber doch nicht mein kostbarer Neffe und meine süße Nichte.«

»Um diese Tageszeit sind sie die reinsten Terroristen. Ich rufe dich morgen an, um zu hören, wie die Lage ist.«

»Ich freue mich darauf. Bitte sag Iris vielen Dank für ihr Angebot. Ich melde mich irgendwann bei ihr.«

»Okay. Hab dich lieb, Ronald McDonald.«

Der Spitzname aus meiner Kindheit entlockt mir ein Lächeln. »Hab dich auch lieb, Becs.«

Nachdem ich aufgelegt habe, finde ich eine Nachricht von meinem Bruder Corey. Er ist der Älteste von uns vieren, arbeitet für ein Tech-Start-up in San Francisco, ist verheiratet und hat zwei Kinder. Als er den Anruf wegen Patrick erhalten hatte, ist er in den ersten Flieger gesprungen, um für mich da zu sein, was ich ihm nie vergessen werde.

Freut mich, dass du mal eine Pause von allem kriegst, schreibt er. *Ich denke jeden Tag an dich und Pat. Toni und ich schicken dir all unsere Liebe, Kleines.*

Seine von Herzen kommenden Worte treiben mir die Tränen in die Augen. Er ist zwölf Jahre älter als ich und ist ausgezogen, um aufs College zu gehen, als ich gerade einmal sechs war. Wir sind also nicht wirklich miteinander aufgewachsen, aber er ist trotzdem immer für mich da gewesen.

Ich tippe eine Antwort: *Danke! Ich vermisse euch und hab euch lieb.*

Wir hoffen, in den Frühlingsferien mit den Kids bei dir vorbeischauen zu können. Ich halte dich auf dem Laufenden. XO

Angesichts ihres hektischen Lebens in der Bay Area bezweifle ich, dass sie ohne Patricks Tod auch nur darüber nachdenken würden, nach Washington zu kommen. Aber ich hoffe, dass sich die Chance ergibt. Seine Kinder sind sechs und acht, und ich hab sie nicht mehr gesehen, seitdem Patrick und ich vor einem Jahr im Herbst während eines Urlaubs in Kalifornien ein Wochenende bei ihnen verbracht haben.

Bei dem Gedanken an diese Reise beginne ich nach den Fotos zu suchen, die wir bei Corey mit seiner Familie gemacht haben, und von all den Orten, die wir in Kalifornien besucht haben. Mit einem Cabriolet sind wir den Pacific Coast Highway hinuntergefahren, das Verdeck zurückgeklappt, das Radio auf voller Lautstärke.

Als ich auf Patricks lächelndes Gesicht zoome, werde ich

von einer Sehnsucht erfüllt, die hier, an diesem neuen Ort, genauso intensiv ist wie zu Hause. Es gibt eben Dinge, die auch ein Tapetenwechsel nicht ändern kann.

IN DER ERSTEN Nacht im Haus am See träume ich zum ersten Mal seit seinem Tod davon, Sex mit Patrick zu haben. Es ist so lebendig und real, dass ich keuchend und am Rande eines Orgasmus aufwache. Als ich an die dunkle Decke hinaufstarre, schwer atmend und noch verstört von den Erinnerungen, fällt mir ein, dass Nicht-Patrick auch dabei war.

Okay, das ist superseltsam und vermutlich ein Beweis dafür, dass ich langsam den Verstand verliere.

Warum sollte ich davon träumen, dass Nicht-Patrick da ist, während ich Sex mit dem echten Patrick habe? Und was ist überhaupt noch echt?

Kurz überlege ich, zu beenden, was meine Traumlover begonnen haben, kann aber den dafür notwendigen Enthusiasmus irgendwie nicht aufbringen und stehe auf, um mich ins Bad zu schleppen und mir danach unten in der Küche ein Glas Eiswasser zu holen, mit dem ich an die Hintertür trete, von der aus man auf den See hinausschauen kann. Der Mond zeichnet einen hellen Pfad aus Licht aufs dunkle Wasser, und Raureif hat sich auf den Rasen gelegt. Der Winter erstreckt sich endlos vor mir, eine Abfolge kalter Morgen und dunkler, einsamer Nächte.

Was für ein deprimierender Gedanke.

Ich bin umgeben von einem Meer aus Menschen, die alles für mich stehen und liegen lassen würden, doch der Einzige, den ich will, ist der, den ich nicht haben kann. Nach meinem Traum muss ich plötzlich daran denken, wann oder ob ich wohl jemals wieder Sex haben werde.

Hier kommt ein ehrliches Geständnis: Ich bin bisher nur mit Patrick zusammen gewesen.

Meine Collegefreunde haben immer Witze darüber gerissen, dass ich die letzte zwanzigjährige Jungfrau in Amerika wäre. Sie fanden es zum Schreien, dass ich es noch nicht getan hatte, als das dritte Studienjahr begann, und hatten es sich gemeinsam zur Aufgabe gemacht, dafür zu sorgen, dass ich das nächste Jahr nicht wieder in diesem traurigen Zustand beginnen würde. Sie waren unermüdlich in ihren Bemühungen, einen Penis für mich zu finden – *irgend*einen, wie sie sagten.

Bei der Erinnerung muss ich lachen, und ich erinnere mich auch an den riesigen Blumenstrauß, den sie mir nach Patricks Tod geschickt haben. Sie gehören zu den wenigen Menschen, die wissen, dass er mein Erster und Einziger war.

Ich habe eine Ewigkeit gebraucht, um dorthin zu kommen, aber sobald es passiert war, haben Patrick und ich die verlorene Zeit mehr als wettgemacht. Wir waren von Anfang an unersättlich, und die Funken zwischen uns sind in den beinahe zehn Jahren nie schwächer geworden. Wie soll ich es jemals mit jemand anderem als ihm tun? Und würde ich lieber für immer darauf verzichten, als mit einem anderen zu schlafen?

Ich bin noch nicht mal dreißig! Das ist eine lange Zeit dafür, ohne Sex zu leben, doch die Vorstellung, dass mich ein Mann so berührt, wie Patrick es getan hat, verursacht mir Übelkeit.

Als die Sonne gegen fünf Uhr durch die Baumwipfel lugt, stehe ich immer noch hier und denke über diese großen Fragen nach, ohne einen Schritt weitergekommen zu sein.

In diesem Moment beschließe ich, mich bei Iris zu melden.

Wenn jemand die Antworten auf diese Fragen kennt, dann eine andere junge Witwe.

Ich warte bis acht, bevor ich ihr eine Nachricht schicke. *Hi, Iris, ich bin Rebeccas Schwester Roni. Sie hat mir erzählt, dass du dich bei ihr gemeldet hast, und ich würde mich gern mit dir austauschen. Danke für das liebe Angebot. Im Moment brauche ich alle Unterstützung, die ich kriegen kann. Ich freue mich darauf, von dir zu hören.*

Fünf Minuten später kommt eine Reaktion von Iris: *Hast du in ungefähr einer Stunde Zeit, zu telefonieren? Ich muss meine Kinder erst vor einem Film parken, damit ich ein wenig Ruhe habe.*

Ich habe den ganzen Tag nichts Besonderes vor, schreibe ich zurück. *Bis nachher.*

Zu wissen, dass ich gleich mit einer anderen jungen Witwe sprechen werde, erfüllt mich seltsamerweise mit Energie. Ich dusche, koche mir einen Tee und toaste mir eine Scheibe Weißbrot, und nachdem ich was im Magen habe, nehme ich meine Vitamine und bete, dass ich alles bei mir behalte. Während ich auf Iris' Anruf warte, checke ich zum ersten Mal seit Tagen meine E-Mails, wobei ich einen großen Bogen um die Bombe mit dem Hochzeitsvideo mache, die immer noch in meinem Postfach steckt. Eine E-Mail vom Managing Director des *Star* erregt meine Aufmerksamkeit.

Hi, Roni,

ich hoffe, es geht Dir so gut, wie es unter den gegebenen Umständen möglich ist. Wir alle denken an Dich und Patrick und schicken Dir unsere besten Wünsche. Ich hasse es, zu so einem Zeitpunkt Geschäftliches anzusprechen, ich wüsste nur gern, ob Du schon eine Ahnung hast, wann Du zur Arbeit zurückkehren willst. KEINE EILE. Mr Jestings hat die Buchhaltung angewiesen, Dir so lange, wie es nötig ist, weiter Dein volles Gehalt und alle Zusatzleistungen zu zahlen. Wann immer Du so weit bist, wir sind hier. Bitte, sag Bescheid, sobald Du etwas Genaueres weißt.

Mit besten Grüßen

Don

Diese Erinnerung an Ray Jestings' Großzügigkeit treibt mir die Tränen in die Augen. Er hat die Leitung des *Star* übernommen, nachdem seine Frau verhaftet wurde, weil sie die Morde an zwei Spielern des D.-C.-Feds-Baseballteams angeordnet hatte, das ihnen ebenfalls gehört. Das war damals eine verdammt große Story.

Tja, es gibt vermutlich keinen besseren Zeitpunkt dafür als diesen Moment, den Boss, der seit meinem ersten Tag beim *Star* vor zwei Jahren so gut zu mir gewesen ist, in meine Pläne einzuweihen.

Hi, Don,

vielen Dank für Deine freundliche E-Mail und Nachfrage. Bitte richte Mr Jestings meinen Dank für seine unglaubliche Groß-

zügigkeit aus. Eure Unterstützung und die meiner Kollegen während dieser schwierigen Zeit haben mir sehr viel bedeutet. Deshalb schmerzt es mich auch, jetzt meine Kündigung auszusprechen, selbst wenn der Grund dafür die eine positive Sache ist, die sich aus meiner Tragödie ergeben hat. Ich habe Sam Holland Cappuano das erste Mal getroffen, als sie in mein Büro gekommen ist, um mir die Nachricht von Patricks Tod zu überbringen. Seitdem sind wir Freundinnen geworden, und zu meiner großen Überraschung hat sie mich gebeten, Teil des Teams der First Lady im Weißen Haus zu werden.

Wie Du Dir sicher vorstellen kannst, habe ich nie mit so etwas gerechnet! Den Star nach so vielen wundervollen Erlebnissen dort zu verlassen, zerreißt mich förmlich, aber bitte nimm dies als meine Kündigung zum 31. Dezember an. Da ich immer noch im Sonderurlaub bin, hoffe ich, dass Du darüber hinwegsiehst, dass ich die zwei Wochen Kündigungsfrist nicht ganz einhalte. Ich erinnere mich, dass mir in einem vorherigen Job mal gesagt wurde, aus Buchhaltungsgründen sei es besser, am Ende eines Jahres aufzuhören, statt noch für eine Woche im neuen Jahr beschäftigt zu sein.

Danke noch mal für Deine Güte und Fürsorge während dieser für mich so schweren Zeit. Das werde ich Dir nie vergessen.

Mit herzlichen Grüßen

Roni

Ich lese die E-Mail noch zweimal durch, bevor ich sie abschicke. In meinem Bauch flattert ein ganzer Schwarm Schmetterlinge. Dies ist die erste wichtige Entscheidung in meinem Leben, die ich ohne Patrick getroffen habe. Bei der Vorstellung, was er davon halten würde, dass ich im Weißen Haus arbeiten werde, muss ich lächeln, bis mir wieder einfällt, dass es nie dazu gekommen wäre, wenn er nicht gestorben wäre.

Ein Teil von mir fühlt sich schlecht, weil ich mich über etwas freue, das eine direkte Folge seines Todes ist. Doch ich rede mir gut zu, schüttle das Gefühl ab und beschließe, meinen neuen Job zu feiern.

Da ich meine Kündigung eingereicht und es somit offiziell gemacht habe, schreibe ich auch gleich Sam.

Hi, Du! Danke, dass Du Dich über Darren nach mir erkun-

digt hast. Darren Tabor ist mein Kollege beim *Star* und ein Freund, der über Sam und ihre Mordermittlungen berichtet. Auch nach Patricks Tod haben wir weiter Kontakt gehalten. *Tut mir leid, dass ich mich so lange nicht gemeldet habe. Es war alles ein wenig verrückt, wie Du Dir vermutlich vorstellen kannst. Ich hab zum 31. Dezember beim* Star *gekündigt, und wenn Du mich immer noch haben willst, freue ich mich darauf, im Januar zu Deinem Team dazuzustoßen. Ich habe Euren Weg ins Weiße Haus aufmerksam verfolgt und bin so stolz, dass die neue First Lady meine »schlechte« Freundin ist.*

Ich lache leise, als ich mich daran erinnere, wie Sam mir mal gesagt hat, sie wäre eine denkbar »schlechte Freundin«, weil sie kaum Zeit hätte, zu atmen, geschweige denn neue Freundschaften zu schließen. Aber sie hat sich trotzdem bei mir gemeldet, und die Freundschaft mit dieser Frau, die ich schon so lange bewundere, war ein unerwartetes Geschenk in der ersten schlimmen Trauerphase.

Bitte lass mich wissen, was ich tun muss, um alles offiziell zu machen. Und danke noch mal dafür, dass Du mir diesen Rettungsring zugeworfen hast. Du wirst nie auch nur erahnen können, was es mir bedeutet, mich auf etwas so Aufregendes freuen zu können. Ich wünsche Dir und Deiner Familie frohe Feiertage! XOXO, Roni

Wenige Minuten später kommt eine Antwort von Sam: *Ich freue mich so, von Dir zu hören. Ich habe viel an Dich gedacht und gehofft, dass es Dir gut geht. Januar ist perfekt! Lilia wird sich wegen der Formalitäten wie Sicherheitsüberprüfungen und anderer lustiger Dinge bei Dir melden. Wir werden vom 26. Dezember bis zum 1. Januar in Camp David sein (haha, ich kann immer noch nicht glauben, dass ich das schreibe!). Scheu Dich trotzdem nicht, mich anzurufen, bevor Du bei uns anfängst, damit wir ausführlich reden können.*

Das mache ich, schreibe ich zurück. *Ich wollte außerdem noch sagen, dass ich finde, Du und Nick habt die Tragödie in Des Moines mit großer Haltung, Klasse und Mitgefühl gemeistert. Ich war sehr stolz auf Euch beide. Habt viel Spaß in Camp David (das ist so cool!) und ein wundervolles Weihnachten mit der Familie. Ich will Dich während dieser Zeit nicht stören, also ruf mich an, wenn*

Du mal eine Minute hast. Ich tue im Moment mehr oder weniger nichts, und genau das brauche ich gerade, damit ich im Januar einen klaren Kopf habe. Das hoffe ich zumindest – haha. Ich denke auch an Dich an diesem ersten Weihnachten ohne Deinen Dad. Ich weiß, dass es schwer für Dich sein wird, aber ich muss einfach glauben, dass er und Patrick gut auf uns aufpassen und im neuen Jahr nur das Beste für uns wollen. Deine Freundschaft war inmitten dieser Tragödie ein großes Geschenk für mich. Danke noch mal dafür, dass Du Du bist und dass Du für mich da warst. Dicke Umarmung.

Ich bin überrascht, als sie gleich darauf antwortet. Ist sie nicht die vermutlich am meisten beschäftigte Frau des Landes mit zwei Vollzeitjobs, von denen einer der der First Lady ist?

Uff, Des Moines war brutal. Wie kann jemand unschuldige Kinder abknallen, die Schlange stehen, um den Weihnachtsmann zu sehen? Es macht mich krank, an die armen Familien zu denken, die danach irgendwie Weihnachten überstehen müssen. Seufz. Ich bin so froh, dass ich dieses Jahr eine neue Freundin gefunden habe. Für so etwas bin ich sonst nicht gerade berühmt. LOL! Ich kann es kaum erwarten, mit Dir im WH zusammenzuarbeiten und Dich noch besser kennenzulernen. Danke, dass Du an mich und meinen Dad denkst. Ich vermisse ihn sehr. Ich werde in Gedanken auch bei Dir, Patrick und Euren Familien sein und wünsche Euch allen nur das Beste. Halte durch. Ich werde definitiv versuchen, Dich von Camp David aus (IMMER NOCH SURREAL, haha) anzurufen.

Ich liebe es, wie authentisch sie ist und dass ihr die neue Rolle nicht zu Kopf gestiegen ist. Sie ist genau der gleiche Mensch, der sie war, als ihr Mann »nur« Vizepräsident war. Ich kenne sie nicht allzu gut, aber ich habe ihre Karriere als Leiterin der Mordkommission von Washington, D. C., schon verfolgt, lange bevor ich das Pech hatte, sie nach dem Mord an meinem Mann kennenzulernen.

Sam war so fürsorglich und voller Mitgefühl, als sie mir die entsetzliche Nachricht überbracht hat. Im Nachgang der Katastrophe hat sie mir unglaublich geholfen, unter anderem damit, dass sie mich in ihre neue Trauergruppe für die Hinterbliebenen von Opfern von Gewaltverbrechen eingeladen hat. Dadurch ist mein Respekt für sie ins Unendliche gewachsen, ganz zu schweigen davon, wie gut es ihr gelingt, ihren Job bei der Polizei und ihre Aufgaben im Weißen Haus unter einen Hut zu bringen. Meine Freunde werden vor Neid umfallen, wenn sie hören, dass ich für sie arbeiten werde.

5

Roni

*I*ch lese gerade noch mal meinen Austausch mit Sam, als Iris mich auf dem Handy anruft.

»Hi.«

»Hi«, antwortet sie. »Passt es gerade?«

»Ja, das Timing ist perfekt.«

»Tja, dann hallo und willkommen in genau dem Club, zu dem du niemals dazugehören wolltest.«

Ich lache über ihre Formulierung. »Ja, echt, oder?«

»Es ist grauenvoll. Das kann man sich wirklich nicht schönreden. Ich hasse es, diese dumme Frage überhaupt zu stellen, aber: Wie geht es dir?«

»Ich habe nicht ganz so furchtbare Tage, wirklich schlechte Tage, seltsame Tage und traurige Tage.«

»Das klingt vertraut. Es ist jetzt zwei Monate her?«

»Ja. Diese Woche zweieinhalb.« Wie habe ich *fünfundsiebzig* Tage ohne Patrick überstanden?

»Die gute Nachricht – falls es so eine gibt – ist, dass der Anfang das absolut Furchtbarste ist. Der Schock, die Leute, die Trauer, die Beerdigung … Das Schlimmste hast du hinter dir, auch wenn es sich im Moment vermutlich nicht so anfühlt.«

»Doch, das kann ich nachvollziehen, auch wenn ich immer

noch keine Ahnung habe, wie ich zukünftig so viele Dinge ohne ihn schaffen soll.«

»Das verstehe ich. Ich treffe jeden Tag Entscheidungen für mich und unsere Kinder und frage mich dabei immer: Würde Mike das auch wollen? Wäre er damit einverstanden, sie auf diese Schule zu schicken oder sie in dieses Footballteam zu stecken?«

»Ich kann mir nicht mal ansatzweise vorstellen, wie viel schwerer es sein muss, wenn man Kinder hat, die alt genug sind, um zu verstehen, dass etwas Entsetzliches passiert ist.«

»Ja, das war für mich das Schwerste. Meinen zwei, vier und sechs Jahre alten Kindern wieder und wieder zu erklären, warum Daddy nie mehr nach Hause kommen wird.«

»Das muss brutal sein.«

»Ist es. Du hörst bestimmt oft von anderen das verdammte ›Sei froh, dass ihr keine Kinder habt‹, oder?«

»Ja, ein paar Leute haben das gesagt. Aber gestern habe ich erfahren, dass ich schwanger bin.«

»Wow.«

»Du bist die Erste, der ich das anvertraue, weil es mir immer noch nicht real vorkommt. Wie soll ich es da meiner oder Patricks Familie mitteilen?«

»Du musst es niemandem erzählen, ehe du dich dazu bereit fühlst. Ich hoffe, dass du es trotzdem als Geschenk betrachten kannst.«

»Auf jeden Fall, auch wenn der Gedanke, alleinerziehende Mutter zu sein, mehr als beängstigend ist.«

»Du musst das nicht allein machen. Ich kenne Rebecca gut genug, um zu wissen, dass du eine wundervolle Familie und Freunde hast, die dich unterstützen. Und ich hoffe, ich kann dich überzeugen, Mitglied in unserer Gruppe zu werden.«

»Es ist eine offizielle Gruppe?«

»Ja. Wir nennen uns die Wilden Witwen.«

Über den Namen muss ich lachen. »Okay …«

»Dazu hat uns ein Zitat von Mary Oliver inspiriert: ›Sag mir, was willst du anfangen mit deinem einen wilden und kostbaren Leben?‹«

»Das gefällt mir.«

»Uns auch. Wir wollen damit vermitteln, dass wir zwar unsere Partner verloren haben, jedoch trotzdem ein langes, wildes Leben vor uns liegt. Unser Ziel ist es, einander durch die Herausforderungen zu helfen, die nur andere junge Witwen verstehen.«

»Das klingt genau wie etwas, das ich brauche. Letzte Nacht habe ich von Patrick geträumt …«

»Der Sex-Traum?«

Ich bin überrascht. »Woher weißt du das?«

»Das ist schon ziemlich vielen von uns passiert.«

»Wow, das ist interessant. Mir ist dadurch klar geworden, dass ich noch nicht mal dreißig bin und es vermutlich zu irgendeinem Zeitpunkt mit jemand anderem tun werde, und mein Gott, wie schafft man das? Und woher weiß man, dass man dazu bereit ist, und … Sorry, ich quassele wild drauflos. Ich habe so viele Fragen.«

»Die haben wir alle, und es ist wichtig, zu wissen, dass die Zeitachsen ganz individuell sind. Wir haben Frauen, die sich relativ schnell nach ihrem Verlust auf jemanden eingelassen haben, nur um es hinter sich zu bringen und sich nicht länger davor zu fürchten. Okay, ich gebe zu, das ist es, was ich getan habe.«

»Wie war es?«

»Genauso schlimm, wie ich erwartet hatte. Aber zumindest muss ich jetzt keine Angst mehr vor dem ersten Mal danach haben.«

»Das stimmt.« Es mit jemand anderem als Patrick zu tun ist für mich allerdings immer noch unvorstellbar.

»Andere sind schon seit Jahren verwitwet und haben sich bisher nicht mal auf ein Date eingelassen. Bei uns wird niemand verurteilt. Jede muss tun, was für sie am besten ist, denn der Weg einer jeden Witwe ist einzigartig.«

»Das gefällt mir. Nicht verurteilt zu werden.«

»Als junge Witwe wirst du mit unzähligen Vorurteilen konfrontiert, denn wenn die Leute an Witwen denken, stellen sie sich Frauen mit weißem Haar vor, die den größten Teil ihres

Lebens schon hinter sich haben. Unsere Erfahrungen sind anders, denn wir sind jung genug, um uns ein ganzes neues Leben mit einem anderen Partner aufzubauen. Oft suchen junge Witwen früher nach einem Weg, mit diesem zweiten Kapitel ihres Lebens anzufangen, als die Menschen es für richtig halten, obwohl es natürlich eigentlich niemanden außer der Betroffenen etwas angeht. Doch viele haben Probleme, das zu verstehen.«

»Selbst ich habe Probleme, das alles zu verstehen.«

»Und das wird auch noch eine Weile so bleiben, bis wirklich gesackt ist, dass du noch ein langes Leben vor dir hast und die Chancen gut stehen, dieses Leben mit jemand anderem zu teilen.«

Das ist an diesem Punkt beinahe zu viel für mich. »Gehst du inzwischen wieder mit Männern aus?«

»In den letzten sechs Monaten hatte ich drei Dates. Alle sehr nett, aber es hat nie ein zweites Treffen gegeben. Wenn ich Zeit habe, schaue ich in die Online-Apps, bei denen ich mich angemeldet habe, doch so richtig ernsthaft betreibe ich das Ganze nicht.«

»Wie lange ist es her, dass du deinen Mann verloren hast?«

»Achtzehn sehr lange Monate.«

»Das tut mir für dich und deine Kinder so leid.«

»Danke. Wir vermissen ihn weiter sehr, vor allem jetzt, wo Weihnachten vor der Tür steht. Und dann noch die Geschichte in Des Moines obendrauf …«

»Das ist extraschlimm.«

»Genau. Meine Freundin Taylor und ich haben die Gruppe gegründet, kurz nachdem wir beide unsere Männer verloren hatten, weil wir uns verzweifelt nach Unterstützung von Leuten gesehnt haben, die verstehen, was wir durchmachen. Alle bemühen sich so sehr, zu helfen, aber sich mit Menschen zu vernetzen, die das Gleiche erlebt haben, ist etwas ganz Besonderes.«

»Das kann ich mir gut vorstellen.«

»Der harte Kern unserer Gruppe besteht aus zwölf bis fünfzehn Frauen, doch es gibt auch welche, die immer wieder mal reinschauen, wenn sie besondere Unterstützung brauchen. Wir treffen uns mittwochabends abwechselnd in unseren Wohnungen in der Gegend D. C., Maryland und Northern Virginia. Außerdem haben wir einen Instagram-Account. Den Link schicke ich dir zu. Da kannst du einige der Geschichten unserer Mitglieder lesen. Wir wechseln uns mit dem Posten von Beiträgen ab und haben schon ziemlich viele Follower, auch Leute, die nicht zu unserer Gruppe gehören.«

»Es ist irgendwie ein Schock, wenn einem klar wird, wie viele junge Witwen es gibt.«

»Mir ging es genauso. Wir assoziieren das Wort ›Witwe‹ immer mit älteren Menschen, dabei wissen wir nur zu genau, dass nicht alle das Glück haben, mit ihrem Mann oder Partner alt zu werden.«

»Bevor das alles passiert ist, war ich so naiv. Mir ist nie in den Sinn gekommen, dass Patrick mir ohne Vorwarnung genommen werden könnte.«

»Das war bei mir auch so. Ich habe selig mit meinem großartigen Mann und meinen wunderschönen Kindern mein Leben gelebt, ohne zu ahnen, wie schnell alles vorbei sein kann. In der Gruppe hatten wir einige sehr interessante Diskussionen darüber, was schwerer ist: einen Partner durch eine tödliche Krankheit zu begleiten und zu wissen, dass das Ende bevorsteht, oder ihn völlig unerwartet zu verlieren.«

»So schlimm beides ist, der plötzliche Tod trifft einen aus heiterem Himmel und beraubt einen der Möglichkeit, sich zu verabschieden. Andererseits kommt er auch ohne langes Leiden für denjenigen, den man am meisten liebt. Ich bin mir ehrlich gesagt nicht sicher, was schlimmer ist.«

»Beides ist entsetzlich. Aber Menschen, die ihre kranken Partner bis zum Ende gepflegt haben, leiden unter zusätzlichen Traumata. Wir haben auch eine Frau dabei, deren Mann wegen Vergewaltigung angeklagt wurde und bald vor Gericht muss. Wir haben sie in unsere Gruppe eingeladen, weil das auch eine Art von Tod ist – des Lebens, von dem sie glaubte, es mit dem Mann zu haben, der nicht der ist, für den sie ihn gehalten hat.«

»Uff, das ist furchtbar.«

»Sie hat schlimme Monate hinter sich, doch nachdem sie

ein wenig Zeit hatte, das alles zu verarbeiten, geht es ihr langsam besser. Ich hasse den Spruch: ›Die Zeit heilt alle Wunden‹, weil einige Wunden niemals heilen. Sie kann nur einige der rauen Kanten glätten und den Verlust erträglicher machen.«

»Ja, da hast du vermutlich recht. So schrecklich ich mich auch immer noch fühle, es ist nicht mehr so heftig wie ganz am Anfang.«

»Das freut mich. Du hast noch einen langen Weg vor dir, aber der Entschluss, den Verlust zu überleben, ist ein wichtiger erster Schritt.«

»Welche andere Wahl habe ich schon?«

»Ich habe von Witwen gehört, die nach dem Verlust des wichtigsten Menschen in ihrem Leben nicht weiterleben wollten.«

»Das ist so traurig.«

»Es ist furchtbar, auch wenn ein Teil von mir nachvollziehen kann, was an diesem Schritt verlockend erscheint. An manchen Tagen, gerade zu Anfang, dachte ich, dass dieser Weg so viel leichter wäre, als weiterzumachen. Doch ich hatte die Kinder, an die ich denken musste, deshalb konnte ich es mir nicht leisten, mich zu sehr mit dieser Idee anzufreunden. Dennoch verstehe ich, warum Menschen einen Ausweg aus ihrer unerträglichen Trauer suchen.«

»Ich auch. Bevor ich Patrick verloren habe, hätte ich mir das niemals vorstellen können, aber in den ersten Wochen habe ich tatsächlich darüber nachgedacht. Meine Familie hat das vermutlich geahnt, denn in dieser Zeit war rund um die Uhr immer jemand bei mir.«

»Meine Familie war genauso. Sie haben mich durch die schlimmste Zeit getragen, und als sie der Meinung waren, dass ich endlich stark genug wäre, um auf eigenen Beinen zu stehen, war ich über die dunklen Gedanken hinweg.«

»Ich kann dir gar nicht sagen, wie viel es mir bedeutet, mit jemandem zu sprechen, der das alles wirklich versteht.«

»Das musst du auch gar nicht. Mich hat es damals gerettet, und ich versuche, das zurückzugeben, indem ich Frauen wie dich unterstütze, deren Reise gerade erst angefangen hat. Es gibt nur eine Sache, die ich dir noch über unsere Gruppe erzählen muss, bevor du dich dafür oder dagegen entscheidest.«

»Okay …«

»Wir haben eine Regel, und die lautet, dass jede, die bei uns mitmacht, der Idee eines, wie wir es nennen, zweiten Kapitels – einer zweiten Chance für die Liebe – offen gegenüberstehen muss. Das heißt nicht, dass du das aktiv verfolgen musst, aber die Möglichkeit zumindest nicht auszuschließen ist etwas, worauf wir uns als generelle Philosophie geeinigt haben, weil es uns hoffnungsvoll in die Zukunft schauen lässt. Ich verstehe es total, wenn du dafür noch nicht bereit sein solltest oder im Moment noch nicht mal in diese Richtung denken magst …«

»Nein, das ist schon in Ordnung. Ich halte das für eine wunderbare Regel, und den Fokus auf Hoffnung auf die Zukunft zu legen spricht mich an. Mein Mann hätte nie gewollt, dass ich für den Rest meines Lebens allein bin und um ihn trauere. Er hätte gewollt, dass ich mit so viel Freude lebe, wie ich nur finden kann.«

»Meiner war genauso. Er würde mir sagen: ›Iris, hör auf zu jammern, und mach mit deinem Leben weiter.‹ Was manchmal einfacher gesagt als getan ist.«

»Auf jeden Fall.«

»Du wirst immer um ihn und das Leben, das du mit ihm geplant hattest, trauern. Nichts wird das jemals ändern. Doch das bedeutet nicht, dass du für immer traurig und allein sein musst.«

»Es ist gut, das zu wissen. Ich würde gern Teil eurer Gruppe werden, und danke noch mal, dass du dich bei mir gemeldet hast. Das bedeutet mir sehr viel.«

»Eines Tages wirst du es für jemand anderen tun und der Gemeinschaft etwas zurückgeben. So funktioniert dieser Weg.«

Iris verspricht mir, in Kontakt zu bleiben und mir Infos zu ihrem nächsten Treffen Anfang Januar zu schicken.

Als ich aufgelegt habe, sehe ich zum ersten Mal seit Patricks Tod optimistischer in die Zukunft. Zu wissen, dass es da draußen eine Gruppe von Leuten gibt, die meine Erfahrungen verstehen, ist eine große Erleichterung. Ich schicke Rebecca eine Nachricht.

Hab mit Iris gesprochen. Sie ist großartig. Danke für den Kontakt. Ich denke, es wird mir definitiv helfen.

Eine halbe Stunde später bereite ich mir gerade Rühreier mit Toast zu, als sie antwortet.

Es freut mich so, das zu hören! Sie ist wirklich toll. Wir alle bewundern sie sehr. Ich bin mir nicht sicher, wie sie das schafft, wo sie sich alleine um DREI Kinder kümmern muss, aber bei ihr wirkt das alles so mühelos. Wirst du dich der Gruppe anschließen?

Ja, ich glaube schon. Es klingt, als könnte mich das wirklich weiterbringen, und Iris war so nett, sich bei mir zu melden und über eine Stunde mit mir zu telefonieren.

Schön, dass du diese Unterstützung erhältst. Es ist für uns, die dich lieben, schwer, nicht zu wissen, wie wir dir helfen können.

Ihr helft mir allein damit, dass ihr da seid. Ohne euch wäre ich verloren. Und ohne Patricks Familie auch. Sie waren so toll und haben sich in dieser für sie selbst so schweren Zeit solche Sorgen um mich gemacht.

Ja, sie sind wirklich sehr nett.

Wie läuft es bei dir?

Ganz gut, abgesehen von einem Baby, das nachts nicht schlafen will.

Uff, das klingt nach langen Tagen.

Jap. Zum Glück schläft sie mittags! Kommst du morgen allein klar? Wir könnten zu dir fahren und dir Gesellschaft leisten.

Einen Moment lang muss ich überlegen, was morgen für ein Tag ist. Oh, Mist, Weihnachten. *Das schaffe ich allein. Dieses Jahr ist das einfach nur ein weiterer Tag. Nächstes Jahr werde ich wieder feiern.*

Ich kann nicht anders, ich muss an meine »normalen« Jahre denken, in denen ich hektisch Geschenke für alle gekauft und mir den Kopf darüber zerbrochen habe, was ich Patrick schenken könnte. Letztes Jahr hat er die Mitgliedschaft in einem »Bourbon des Monats«-Club bekommen, worüber er sich riesig gefreut hat. Die letzten beiden Lieferungen stehen noch ungeöffnet auf seinem Schreibtisch zu Hause.

Du wirst uns fehlen – und Patrick auch.

Danke, dass du ihn mit einschließt. Es ist schön, zu wissen, dass er von so vielen Menschen geliebt wurde.

O Gott, ja, das wurde er! Ich werde nie seine Freunde bei der Hochzeit vergessen, oder wie lustig sie waren. Und wie am Boden zerstört auf seiner Beerdigung.

Ja, sie sind toll. Sie melden sich regelmäßig bei mir, um zu fragen, wie es mir geht. Was mich daran erinnert, ich muss ihnen noch antworten, bevor sie einen Suchtrupp losschicken. Ich hoffe, du hast morgen einen wundervollen Tag mit der Familie.

Machen wir einen Videochat?

Klar. Klingt gut.

Dann bis morgen! XOXO

Überraschenderweise schmecken mir die Rühreier auf Toast, und die Übelkeit scheint sich einen Tag freizunehmen. Oder ist es heute schon der zweite? Gestern war es auch nicht allzu schlecht. Ich bin mir nicht sicher, ob es an der neuen Umgebung liegt oder ich den schlimmsten Teil der morgendlichen Übelkeit hinter mir habe, aber was auch immer der Grund dafür ist, ich bin dankbar, dass es mir besser geht und ich wieder einigermaßen normal essen kann.

Iris schickt mir den Link zum Instagram-Account der Wilden Witwen, und ich verbringe den halben Tag damit, mich in den herzzerreißenden Geschichten zu verlieren, die andere Witwen geteilt und mit Fotos ihrer verstorbenen Liebsten versehen haben. So viele von den Dingen, die sie diskutieren, berühren mich, wie zum Beispiel die Entscheidung, ob sie ihren Ehering jetzt noch tragen sollen, wo ihr Partner nicht mehr da ist, oder ob sie ihn vor dem ersten Date abnehmen sollten oder wie man den Sex mit einem neuen Mann genießen kann.

Sie tauschen sich über die Gefahren aus, die es birgt, einen neuen Partner in das Leben ihrer Kinder zu bringen, wie man mit den Kindern über das sprechen kann, was deren Mutter oder Vater zugestoßen ist. Wie man ihre Fragen zu Krebs beantwortet, zu ALS, Rissen der Aorta, Gehirntumoren, Unfällen oder was auch immer es war, das ihnen einen Elternteil genommen hat. Ich lese eine Geschichte nach der anderen von

Witwen und Witwern über enge Freunde – Menschen, von denen man glaubt, sie stünden in guten wie in schlechten Zeiten zu einem –, die nach einer Tragödie einfach verschwinden und nie wieder gesehen werden. Als ich einige der dummen Kommentare lese, die Menschen Witwen gegenüber machen, setze ich mich auf. Das Gleiche und Ähnliches habe ich in den ersten Tagen nach Patricks Tod selbst oft zu hören bekommen, zum Beispiel »Wenigstens habt ihr keine Kinder«, »Alles passiert aus einem bestimmten Grund« und, mein absoluter Liebling: »Du bist noch so jung, du wirst jemand Neues kennenlernen.« Als wäre Patrick ein Paar Schuhe gewesen, das sich leicht ersetzen ließe.

Die Themen, mit denen sich die Witwen herumschlagen, sind endlos, und es erleichtert mich enorm, zu wissen, dass es andere da draußen gibt, die meine Situation verstehen.

Ich verliere mich in den verschiedenen Erzählungen, lese über ihre Trauer, ihre Freuden, ihre Siege und ihre Niederlagen, die damit einhergehen, dass man sein zerbrochenes Leben neu aufbauen muss. Während ich lese, lache, weine und trauere ich mit ihnen. Das hier sind meine Leute, und ich kann es kaum erwarten, sie persönlich kennenzulernen.

Allein die Worte »Ich kann es kaum erwarten« zu denken ist ein riesiger Fortschritt im Vergleich zu der Zeit vor ein paar Wochen, als ich dachte, ein weiterer Tag ohne Patrick – ganz zu schweigen von einem ganzen Leben – wäre unvorstellbar. Jetzt habe ich ein Baby in mir, einen aufregenden neuen Job, auf den ich mich freue, und eine Gruppe von Frauen, mit denen ich Freundschaft schließen kann. Das Einzige, was meinen Optimismus ein wenig dämpft, ist, dass ich all das nicht mit Patrick teilen kann.

Als die Sonne in Richtung Horizont sinkt, beschließe ich, einen kurzen Spaziergang zu unternehmen, bevor es dunkel wird. Auf dem Weg über die Schotterstraße, die um den riesigen See herumführt, sehe ich Familien in ihren Häusern vor hell erleuchteten Weihnachtsbäumen Heiligabend feiern. Ich fühle mich seltsam losgelöst von meinem einstigen Lieblingsfeiertag und bin zufrieden damit, ihn dieses Jahr ausfallen zu lassen, damit ich mich nicht dem leeren Stuhl am Esstisch stellen muss. Ja, Zeit mit meiner Familie zu verbringen fehlt mir, aber hier zu sein ist dieses Jahr das Richtige für mich. Schließlich ist es nur *ein* Weihnachtsfest in einem ganzen Leben voller Weihnachtsfeste.

Am nächsten Tag werde ich mit Nachrichten und E-Mails von meiner Familie, meinen Freunden und Kollegen bestürmt, die mich wissen lassen wollen, dass sie an mich denken und hoffen, dass es mir gut geht. Ich schreibe ihnen allen, dass es mir so gut geht, wie man erwarten kann, und dass ich sehr dankbar für ihre Nachrichten bin.

Von meinem Boss Don erhalte ich eine liebe E-Mail, in der er mir zu meinem neuen Job gratuliert und mir nur das Beste wünscht, was mich sehr erleichtert.

Ich führe ein langes Telefonat mit Patricks Eltern und habe die Gelegenheit, kurz mit seinen Brüdern und seiner Schwägerin zu sprechen, die sich alle im Haus seiner Eltern in Richmond, Virginia, versammelt haben. Sie hatten mich ebenfalls dazugebeten, eine der vielen Einladungen, die ich ausgeschlagen habe.

»Wir lieben dich so sehr, meine Süße«, erklärt Patricks Vater Pete.

»Ich euch auch. Danke, dass ihr mich angerufen habt, und frohe Weihnachten.«

Eine der Nachrichten ist von Sarah, der Brautjungfer, die mit Patricks Tod nicht klarkommen konnte. *Ich denke heute noch mehr an dich als an allen anderen Tagen, und es tut mir leid, dass ich nicht für dich da sein konnte, als du mich gebraucht hast. Ich hasse mich dafür, nicht stark genug zu sein, um dich in dieser Zeit zu unterstützen. Ich hoffe, du kannst mir verzeihen. Ich liebe dich, und ich habe Patrick geliebt.*

Die alte Roni hätte sofort geantwortet und ihr gesagt, sie solle sich keine Sorgen machen, dass solche Dinge eben passieren und so weiter und so fort. Die neue Roni, die gerade eine der schwersten Zeiten ihres Lebens durchleidet, ist jedoch nicht so schnell bereit, zu vergeben. Ihre Nachricht ist die einzige, auf die ich nicht sofort reagiere, auch wenn Sarah sehen kann, dass ich sie gelesen habe. Ich lasse sie ein wenig simmern.

Ist das zu nachtragend? Wenn ja, kann ich damit leben. Seit dem ersten Jahr auf dem College war Sarah eine meiner engsten Freundinnen. Das sind mehr als zehn Jahre, in denen wir *alles* geteilt haben. Und in meiner dunkelsten Stunde hat sie mich einfach im Stich gelassen. Ich habe keine Ahnung, ob ich ihr das je verzeihen kann.

Ich liebe das Zitat von Maya Angelou: »Wenn Menschen dir zeigen, wer sie wirklich sind, glaube ihnen beim ersten Mal.«

Ich bin nicht dafür da, dafür zu sorgen, dass sie sich besser damit fühlt, so eine schlechte Freundin gewesen zu sein. Der Gedanke bringt mich zum Lachen, weil er mich an Sam erinnert, die sich selbst so beschrieben hat. Sie habe ich erst an dem Tag kennengelernt, als Patrick gestorben ist, und doch war sie mir während dieses Albtraums eine bessere Freundin als Sarah.

Dann videochatte ich mit meinem Bruder und seiner Familie in San Francisco und danach mit meinen Eltern und Schwestern, die alle bei meinen Eltern in Alexandria, Virginia, sind, wo wir vier aufgewachsen sind. Die Kinder sind total aufgedreht, was es für uns Erwachsene schwierig macht, uns zu unterhalten, also genieße ich einfach ein wenig Weihnachtsstimmung mit meiner Familie.

Meine Mom nimmt das Handy mit in die Küche, und ich schaue zu, wie sie in einem Topf auf dem Herd rührt, bevor sie ihre Aufmerksamkeit wieder mir zuwendet. »Geht es dir wirklich gut?«

Wie lange wird es dauern, bis sie aufhört, mich das jedes Mal zu fragen, wenn sie mich sieht oder mit mir spricht? »Ja, mir geht es wirklich gut, und ich fühle mich besser. Heute habe ich sogar was gegessen, was definitiv ein Schritt in die richtige Richtung ist.«

»Ich hasse es, dass du an Weihnachten allein bist.«

»Gerade gestern habe ich noch gedacht, dass es nur ein Weihnachtsfest von so vielen in meinem Leben ist. Nächstes Jahr bin ich wieder dabei. Versuch, dir keine Sorgen zu machen, okay?«

»Das ist einfacher gesagt als getan, Süße.«

Weil ich es leid bin, über mich zu sprechen, frage ich: »Was hat Dad dir geschenkt?«

»Zwölf Monate Massagen und Gesichtsbehandlungen in meinem Lieblings-Spa.«

»Oh, das ist toll von Pops.«

»Ja, ich war damit sehr zufrieden. Von mir hat er eine neue Anglerhose und Fliegen fürs Fliegenfischen bekommen.«

»Und er war begeistert, oder?« Mein Dad liebt nichts mehr als Fliegenfischen, er nennt es seine Religion. Er hat Patrick in sein Hobby eingeführt, und der hat es genauso sehr geliebt. Ihre Beziehung ist darüber noch mal enger geworden.

»Das hat er, auch wenn er seit Patricks Tod nicht mehr angeln war.«

»Irgendwann wird er wieder losziehen.«

»Da bin ich mir sicher, aber noch ist er nicht so weit.«

Ich bin zutiefst demütig, weil Patricks Tod einen so tiefen Eindruck bei so vielen Menschen hinterlassen hat. Für mich ist das ein Zeichen dafür, wie sehr er geliebt wurde.

Wir unterhalten uns noch eine halbe Stunde, bevor wir uns verabschieden. Ein paar Minuten später klingelt es an der Tür, was mich kurz nervös macht, bevor ich hingehe, um nachzusehen, wer es ist.

6

Roni

Ein schneller Blick nach draußen verrät mir zu meiner Erleichterung, dass es nur Chelsea ist, die mit einem großen Korb vor der Tür steht. Ich öffne ihr. »Hey. Kommen Sie rein.«

»Ich hoffe, ich störe nicht?«

»Überhaupt nicht.«

Chelsea folgt mir ins Haus und stellt den Korb auf die Arbeitsplatte in der Küche. »Ich dachte, Sie haben vielleicht Lust auf ein kleines Weihnachtsessen. Bei uns gab es Rinderfilet, Kartoffeln, Rahmspinat und einen köstlichen Schokokuchen.«

Bei dem Duft, der aus dem Korb aufsteigt, läuft mir das Wasser im Mund zusammen, und mein Magen knurrt zum ersten Mal seit einer Ewigkeit vor Hunger. »Das ist wirklich nett von Ihnen. Vielen, vielen Dank.«

»Kein Problem. Ich hoffe, es schmeckt.«

»Da bin ich mir sicher.«

»Meine Mädels und ich treffen uns morgen zur Happy Hour. Unsere jährliche ›Gott sei Dank, Weihnachten ist vorbei‹-Feier.«

Ich lache über die Grimasse, die sie bei diesen Worten zieht.

»Weihnachten ist für Mütter Stress pur«, fügt sie an.

»Das sagen meine Schwestern auch.« Ich schätze, ich werde das bald selbst herausfinden.

»Wie auch immer, wir würden uns freuen, wenn Sie dazukommen. Also, falls Ihnen danach ist.«

»Sehr gern, aber darf ich Sie um einen Gefallen bitten?«

»Na klar.«

»Können Sie ihnen bitte nichts weiter über mich erzählen? Es wäre nett, mal mit Menschen zusammen zu sein, die nichts von der Tragödie wissen.«

»Das verstehe ich. Ich werde kein Wort sagen und sie bitten, die Fragen zu Ihrem Privatleben auf ein Minimum zu beschränken.«

»Vielen Dank. Auch für die Einladung.«

»Gern geschehen. Ich schicke Ihnen morgen eine Nachricht mit den Einzelheiten.«

»Ich trinke keinen Alkohol, wenn also jemand gebraucht wird, der fährt, kann ich das machen.«

»Oh, das Angebot nehme ich vielleicht an. Meine Kinder waren heute früh um vier Uhr wach und toben seither ohne Unterbrechung durchs Haus. Ich werde morgen Abend vermutlich alle Drinks benötigen, die ich kriegen kann.«

»Okay.« Ich begleite sie zur Tür. »Danke noch mal für das Dinner.« Die Freundlichkeit, die mir von Freunden genau wie von Fremden entgegengebracht wurde und immer noch wird, ist wirklich erstaunlich. Nach der Art, wie Patrick gestorben ist, brauche ich es dringend, dass mein Glauben an das Gute im Menschen wieder aufgebaut wird, und jemand wie Chelsea trägt viel dazu bei.

»War mir ein Vergnügen. Ich wohne am Ende der Straße, falls Sie etwas benötigen.« Sie umarmt mich kurz, dann geht sie, und mein Herz fließt über vor Dankbarkeit für ihre Fürsorge und Herzlichkeit.

Ihr liebenswürdiges Verhalten genau wie das vieler anderer hat verhindert, dass ich an der Waffengewalt in unserem Land verzweifle – und den Schüssen, die meinen Mann oder unschuldige Kinder beim Warten auf den Weihnachtsmann getötet und das Leben unzähliger anderer Menschen zerstört haben. Und zu hören, dass unser neuer Präsident versprochen hat, sich dieses Themas mit der vollen Macht seines Amtes anzunehmen, hilft auf jeden Fall.

Das Essen ist köstlich, und es reicht für zwei weitere Mahlzeiten beziehungsweise im Fall der Schokotorte für mehrere Tage. Als ich es mir auf dem Sofa gemütlich mache, um nach dem Abendessen ein wenig fernzusehen, fühle ich mich besser, als ich es für mein erstes Weihnachtsfest als Witwe für möglich gehalten hätte.

»Ich wünschte, du wärst hier«, flüstere ich Patrick zu und hoffe, dass er mich, wo immer er auch ist, hören kann. »Ich liebe dich mehr als alles andere auf der Welt.«

AM TAG nach Weihnachten kann ich in den Nachrichten verfolgen, wie Sam, Nick und ihre Familie über den Rasen des Weißen Hauses zum Hubschrauber Marine One gehen, der sie nach Camp David bringen wird. »Nachdem sie ihr erstes Weihnachten im Weißen Haus verbracht haben, brechen der Präsident und seine Familie nun zum ersten Mal nach Camp David auf, um dort eine Woche am präsidialen Urlaubssitz im Catoctin Mountain Park in Maryland zu verbringen«, sagt der Nachrichtensprecher.

Sam trägt einen langen roten Wollmantel und geht neben ihrem Mann her. An der Hand hält sie Aubrey, während deren Zwillingsbruder Alden vor ihnen herläuft, offensichtlich ganz aufgeregt wegen des Helikopterflugs. Elijah und Scotty folgen mit Scottys Hund Skippy an der Leine. Sams Fruchtbarkeitsprobleme sind weltweit bekannt, deshalb ist es besonders schön, sie und Nick umgeben von den Kindern zu sehen, die sie durch Adoption oder als Pflegeeltern in ihre Familie aufgenommen haben.

Insgesamt verbringe ich eine ganze Woche in der Hütte am See und genieße einen lustigen Abend mit Chelsea und ihren Freundinnen, an dem ich das erste Mal seit Monaten nicht das bedauernswerte Opfer einer sinnlosen Tragödie bin. Was für eine Erleichterung.

Ein paar Tage nach Weihnachten antworte ich Sarah endlich. *Danke, dass du dich gemeldet hast. Es ist schön, von dir zu hören.* Da ich nicht weiß, was ich sonst noch sagen soll, belasse ich es dabei.

Ich bin nicht überrascht, als sie mich wenige Minuten später anruft.

Nach anfänglichem Zögern gehe ich ran und beziehe Stärke aus der inneren Kraftquelle, die ich in den letzten Monaten in mir entdeckt habe. »Hey.«

»Hey. Danke, dass du meinen Anruf annimmst.«

»Klar.«

Es folgt ein langes, unbehagliches Schweigen. Die alte Roni hätte es mit Geplapper gefüllt, um das Unbehagen zu überdecken. Die neue Roni tut das nicht.

»Ich weiß, dass du böse auf mich bist.«

»Ich bin nicht böse. Dazu bedürfte es einer emotionalen Energie, über die ich im Moment nicht verfüge.«

»Es tut mir leid, Roni«, erklärt sie, und ich kann hören, dass sie mit den Tränen kämpft. »Ich habe es verbockt, und es tut mir so, so leid. Sag mir, wie ich es wiedergutmachen kann.«

»Das kannst du nicht, Sarah. Sorry, dass ich so offen bin, doch ich habe nicht das Gefühl, dass ich mich jemals wieder darauf verlassen kann, dass du in schwierigen Zeiten für mich da sein wirst. Freunde sollten füreinander da sein, und du hast entschieden, mich in der schwersten Zeit meines Lebens alleinzulassen.« Ich verdanke es vor allem den Wilden Witwen von Instagram, dass ich imstande bin, die Wahrheit auszusprechen, auch wenn es wehtut.

Nach einer weiteren langen Pause sagt sie: »Okay. Ich hasse es, dass Patrick das zugestoßen ist – und dir.«

»Danke. Das bedeutet mir viel.«

»Wäre es in Ordnung, wenn ich mich ab und zu mal melde?«

»Klar.« Sie wird einige Zeit brauchen, um zu merken, dass unsere Freundschaft nie mehr so sein wird wie zuvor.

»Ich denke viel an dich, Roni.«

»Danke.« Nie sind wir so höflich miteinander gewesen, nicht einmal an dem Tag, an dem wir uns kennengelernt haben und keine Ahnung hatten, dass wir uns ein Zimmer im Wohnheim teilen würden.

»Äh, na dann lasse ich dich jetzt mal gehen.«

»Danke für deinen Anruf.«

»Pass auf dich auf.«

»Das mach ich.« Ich beende das Telefonat, dankbar, dass ich es überstanden habe, ohne Tränen zu vergießen. Ich sollte mich schlecht fühlen, weil ich so hart zu ihr gewesen bin, aber das tue ich nicht. Sie war eine meiner engsten Freundinnen, und dann ist sie nach dem Tod meines Mannes einfach abgetaucht. Ich schulde ihr gar nichts.

An Neujahr ziehe ich das Bett ab und wasche Bettwäsche und Handtücher, bevor ich den Heimweg antrete. Ich fühle mich erholt, und nach dieser Auszeit sind meine Akkus wieder etwas aufgeladen.

Vier Stunden später, als ich gerade die 14th Street Bridge überquere, die mich von Northern Virginia nach D. C. bringt, erfüllt mich ein Hochgefühl, das mich an eine Zeit vor ungefähr zwei Jahren erinnert, als ich von einer Konferenz in Richmond nach Hause gefahren bin. Ich war vier Nächte von Patrick getrennt gewesen, die längste Zeit, die wir seit dem College nicht zusammen gewesen waren, und freute mich wahnsinnig darauf, ihn wiederzusehen. Es war ein wenig albern, wie schlimm wir es fanden, nicht beieinander zu sein, und wie verdammt froh wir immer waren, wenn wir endlich wieder vereint waren.

Er hat damals vor unserem Haus auf mich gewartet, als ich in dem alten Toyota Camry vorfuhr, den wir uns vor dem Kauf des Audis geteilt haben. Noch immer sehe ich sein breites Grinsen vor mir und wie er mir die Autotür geöffnet und mich in eine feste Umarmung gezogen hat. Er hat mich so heftig an sich gedrückt, dass ich kaum atmen konnte, was mir allerdings herzlich egal war. Direkt da auf der Straße hat er mich geküsst und mir gesagt, dass ich nie wieder allein wegfahren darf. Den

Rest des Tages und der Nacht haben wir im Bett verbracht und das Verpasste nachgeholt. Ich glaube, wir haben damals nicht mal zu Abend gegessen.

Diese Erinnerung so frisch im Kopf, halte ich nach ihm Ausschau, als ich unsere Straße erreiche. Ich hoffe entgegen aller Hoffnung, dass er dort wieder auf mich wartet. Aber natürlich ist da niemand.

Ich wusste, dass er nicht da sein würde, doch die riesige Enttäuschung droht, die ganzen Fortschritte zunichtezumachen, die ich während der Auszeit am See errungen habe. Obwohl mir natürlich klar war, dass er nicht da sein würde, war da trotzdem dieser Hoffnungsschimmer. Ich muss mit diesem Mist aufhören. Die Situation ist schon schlimm genug, auch ohne dass ich sie noch verschlimmere.

Nachdem ich den Wagen in der Tiefgarage abgestellt habe, ziehe ich den Koffer hinter mir her in Richtung unserer Wohnung. Da erblicke ich auf der anderen Straßenseite Nicht-Patrick, Hand in Hand mit seiner kleinen Tochter, die fröhlich neben ihm herhüpft. Ich versuche, nicht hinzusehen, kann aber nicht anders.

Zum Glück ist er voll auf sie konzentriert und bemerkt mich nicht. Ich schätze, ich bin nur eine Begegnung mit ihm davon entfernt, dass er die Polizei ruft. Während ich den schweren Koffer die Stufen hochschleppe, lache ich in mich hinein und stelle mir vor, wie Sam, die Polizistin, den Anruf annimmt. »Da ist eine Irre, die mich verfolgt«, würde er sagen. »Sie meint, ich würde sie an jemanden erinnern, was ja an sich kein Drama ist, doch sie ist mir unheimlich.«

Ich muss aufhören, mich so verrückt zu benehmen, und zu einem gewissen Level an Normalität zurückkehren – wie auch immer das im Nachgang einer Katastrophe aussieht. Das ist mein Neujahrsvorsatz: wieder »normal« zu werden.

Wenn ich nur wüsste, was zum Teufel das bedeutet.

AM DRITTEN JANUAR treffe ich mich mit Lilia Van Nostrand, Sams Stabschefin im Weißen Haus, im Coffeeshop, dem Entstehungsort meiner Nicht-Beziehung mit Nicht-Patrick, um die restlichen Formalitäten zu erledigen und über meine Aufgaben als Kommunikationschefin der First Lady zu reden. Ich will mich immer noch kneifen, wenn ich diesen Titel höre und daran denke, dass ich im Weißen Haus arbeiten werde. Da Patrick für seine Arbeit als DEA-Agent die höchste Sicherheitsfreigabe benötigte, sind wir beide gründlich durchleuchtet worden, was meine Anstellung beschleunigen wird.

Für meine Arbeit mit der First Lady brauche ich keine Sicherheitsfreigabe, weil sie auch keine hat, aber normalerweise würde ich mich einem langen Befragungsprozess unterziehen müssen, der so nun überflüssig ist. *Danke, Patrick.*

Da ich Lilia auf der Webseite des Weißen Hauses recherchiert habe, erkenne ich sie sofort. Als sie durch die Tür kommt, winke ich ihr von dem Tisch aus zu, den ich für uns ergattert habe. Sie ist umwerfend attraktiv, hat glänzende dunkle Haare, die zu einem schicken Bob geschnitten sind, und strahlende braune Augen, die aufleuchten, wenn sie lächelt. »Es ist so schön, dich endlich kennenzulernen«, sagt sie und schüttelt mir die Hand.

»Gleichfalls. Sam lobt dich in den höchsten Tönen.«

»Ah, danke.« Sie zieht ihren roten Wollmantel aus und legt den schwarzen Schal ab. »Auf dich hält sie ebenfalls große Stücke. Lass mich schnell einen Kaffee holen, dann können wir reden. Möchtest du auch etwas?«

»Ich habe alles. Danke.«

Während ich auf sie warte, nippe ich an meinem heißen Kakao und mustere die anderen Gäste, wobei ich mich frage, ob Nicht-Patrick nur frühmorgens herkommt oder hier auch während der Arbeitszeit Meetings hat. Und warum interessiere ich mich so sehr für einen Mann, der eine flüchtige Ähnlichkeit mit meinem verstorbenen Mann aufweist und mich für eine verrückte Stalkerin hält?

Ach was, er interessiert mich ja gar nicht. Ich überlege bloß, ob ich ihn vielleicht treffe. Das ist alles.

Genau, rede dir das nur weiter ein, Roni. Ich bin einfach neugierig, was ihn betrifft. Mehr ist das nicht. Allein bei dem Gedanken daran, einen anderen Mann so zu »mögen«, wie ich Patrick gemocht habe, wird mir übel. Ganz zu schweigen davon, dass ich schwanger bin, was eine ernüchternde Erinnerung daran ist, wie meine unmittelbare Zukunft aussehen wird. Wenn ich mir vorstelle, mich auf eine Verabredung einzulassen, während ich schwanger bin, muss ich grinsen. Wer würde sich schon freiwillig das Chaos meines Lebens aufladen?

Ich habe kein Recht, auf irgendeinen Mann neugierig zu sein, ganz zu schweigen von einem, der nicht mehr weit davon entfernt ist, mir die Polizei auf den Hals zu hetzen.

Lilia kehrt mit einem dampfenden Becher zurück und setzt sich mir gegenüber. »Danke, dass du dir die Zeit genommen hast, dich mit mir zu treffen. Ich dachte, es wäre einfacher, das vor deinem richtigen Start im Weißen Haus zu erledigen. Zutritt zu bekommen kann schwierig sein, wenn man noch nicht offiziell an Bord ist.«

»Ich kann immer noch nicht glauben, dass ich dort arbeiten werde.«

»Ja, anfangs ist es echt surreal. Ich habe begonnen, für Mrs Gooding zu arbeiten, als ihr Mann noch im Senat war. Sie hat sich für eine Reihe von Initiativen für Familien von Militärangehörigen und Reformen für das Wohl von Kindern engagiert. Als die beiden Vizepräsident und Second Lady geworden sind, sind wir ins Weiße Haus umgezogen und haben unsere Arbeit fortgesetzt. Nachdem Mr Gooding wegen Krankheit abgedankt hat, wurde Mrs Cappuanos Mann Vizepräsident, und sie hat mich übernommen. Und jetzt arbeite ich für die First Lady.«

»Damit spiegelt deine Karriere auf gewisse Weise die des neuen Präsidenten wider«, sage ich. Er ist innerhalb von zwei Jahren vom Stabschef zum Senator, dann zum Vizepräsidenten und nun zum Präsidenten geworden.

»Das stimmt. Es war eine ziemliche Achterbahnfahrt, trotzdem bin ich froh, die beiden zu kennen, für sie zu arbeiten und sie meine Freunde nennen zu können.«

»Ich kenne sie noch nicht so lang, aber sie scheinen wirklich ganz besondere Menschen zu sein. Sam war sehr nett zu mir, nachdem …« Verdammt.

Lilia streckt ihren Arm über den Tisch und legte ihre Hand auf meine. »Das, was dir passiert ist, tut mir so leid, Roni.«

»Danke. Ich hatte gehofft, dass ich ein Mal irgendetwas hinter mich bringe, ohne bei dem Thema zu landen. Na ja …«

»Das ist verständlich. Der Tod deines Mannes ist unfassbar tragisch, und ich kann mir nicht mal ansatzweise vorstellen, was du seitdem durchgemacht hast.«

»Es war ziemlich brutal, doch ich bin noch hier.« Ich zwinge mich zu einem Lächeln. »Und es geht mir vermutlich ein winziges bisschen besser als zu Anfang. Das vorausgeschickt, ich will nicht, dass du denkst, ich wäre dem Job nicht gewachsen. Im Gegenteil, ich freue mich sehr darauf, anzufangen und Sam so gut wie möglich zu unterstützen.«

Die nächste Stunde verbringen wir damit, meine Pflichten in meiner neuen Position zu besprechen, darunter das Verfassen von Pressemitteilungen im Auftrag der First Lady zu allen möglichen Themen, die Pflege ihrer Social-Media-Accounts und die Beantwortung von Presseanfragen.

»Alle wollen Interviews mit ihr«, sagt Lilia und reicht mir eine sehr volle Aktenmappe. »Ich habe die ersten hundert ausgedruckt. Aber es gibt insgesamt über fünfhundert Anfragen aus der ganzen Welt. Es wird deine Aufgabe sein, die alle durchzugehen und ein paar herauszusuchen, die sie interessieren könnten. Danach entscheidest du gemeinsam mit ihr, was davon sie annehmen kann und will. Wie du weißt, hat sie noch einen Vollzeitjob, ganz zu schweigen von den drei Kindern, also ist ihre Zeit sehr begrenzt. Sobald du angefangen hast, werde ich versuchen, einen täglichen Telefontermin zwischen uns allen einzurichten, damit wir alle immer auf dem gleichen Stand sind.«

»Das ist eine gute Idee.«

»Das Wichtigste ist jedoch, dass wir alles, was wir in ihrem Namen tun, vorher mit ihr absprechen. Was auch mal bedeuten kann, Dinge zurückzuhalten, bis sie Zeit hat.«

»Das verstehe ich. Ich würde nie ohne ihre vorherige Zustimmung in ihrem Namen etwas sagen wollen.«

»Es ist fantastisch, mit ihr zusammenzuarbeiten, aber sie ist auch die am meisten beschäftigte Person, die ich kenne.«

»Ich bewundere wirklich, wie sie es schafft, ihre beiden Jobs und das Muttersein unter einen Hut zu kriegen.«

»Ja, sie ist ein Wunder und ein großartiger Mensch, wie du sicherlich weißt.«

»Seitdem wir uns unter den schlimmstmöglichen Umständen kennengelernt haben, war sie wirklich nett zu mir.«

»Das klingt ganz nach ihr. Sie hat mich Harry vorgestellt, der ein langjähriger Freund des Präsidenten ist und mit dem ich inzwischen verlobt bin.«

»Ich wollte schon fragen, was für einen wunderschönen Ring du da hast.«

Ihr hübsches Gesicht läuft vor Verlegenheit rot an. »Danke.« Kurz lässt sie ihren Blick auf dem Diamantring ruhen. »Den hat er gut ausgewählt.«

»Wann habt ihr euch verlobt?«

»Vor gerade mal einer Woche. Er hat mir beim Weihnachtsfest der First Family den Antrag gemacht.«

»Das ist ja toll. Herzlichen Glückwunsch.«

»Danke. Und es tut mir leid, dass ich dir davon vorschwärme. Ich wollte nicht unsensibel sein.«

»Bitte, tu das nicht. Du hast dein Glück verdient, und ich freue mich darauf, deinen Verlobten kennenzulernen. Alles ist gut.«

Lilia lächelt und spielt mit ihrer Perlenkette. »Ich verstehe, warum Sam dich so mag.«

»Gleichfalls.«

Wir sprechen noch eine halbe Stunde über die Abläufe im Weißen Haus, wo man parken kann und wo sie mich nächsten Montag an meinem ersten Tag in Empfang nehmen wird, um mir meinen Mitarbeiterausweis und den Parkschein zu besorgen, für den Fall, dass ich mal mit dem Auto zur Arbeit komme. Außerdem wird sie mir eine Führung durch die Büros im East und West Wing geben. Als wir uns später mit einer kurzen

Umarmung auf dem Bürgersteig voneinander verabschieden, hab ich das Gefühl, eine neue Freundin gefunden zu haben. Sie ist supersympathisch, freundlich, klug und stylish.

So stylish sogar, dass mir einfällt, dass ich für meine Arbeit im Weißen Haus gar nichts anzuziehen habe. Beim *Star* habe ich Leggins und Hoodies getragen, was für meine neue Stelle definitiv nicht angemessen ist. Auf dem Heimweg rufe ich meine Mom an. Als sie rangeht, frage ich: »Hast du Lust, einen Einkaufsbummel mit mir zu machen?«

In der Nacht vor meinem ersten Tag im Weißen Haus schlafe ich kaum. Gestern habe ich mich mit meinen Eltern, meinen Schwestern und ihren Familien getroffen, um meinen neuen Job zu feiern. Sie freuen sich so für mich, über diese wunderbare Chance für mich. Beinahe hätte ich ihnen von dem Baby erzählt, aber ich halte das noch zurück bis nach meinem Termin bei Dr. Gordon am Mittwochnachmittag.

Übers Wochenende habe ich Lilia eine Nachricht geschickt und gefragt, was ich tun muss, um für diesen Termin freizubekommen. Sie meinte, es wäre kein Problem, sich für Arztbesuche und Ähnliches freizunehmen, und hat mir versprochen, mir das Terminplanungstool zu erklären, das sie nutzt, um den Überblick über alle Mitarbeiter zu behalten. Nach dem Ultraschalltermin werde ich das erste Mal an einem Treffen der Wilden Witwen teilnehmen, worauf ich mich ebenfalls freue.

Ich habe ein paarmal mit Iris gechattet. Sie hat mir Brielle vorgestellt, die ihren Mann verloren hat, während sie ihr erstes Kind erwartete. In den letzten paar Tagen haben wir uns leider nicht erreicht, weil wir nie gleichzeitig Zeit hatten, doch ich hoffe, dass ich heute nach der Arbeit mit ihr telefonieren kann.

Nachdem ich mein schwarzes Kostüm und eine rosafarbene Seidenbluse angezogen habe, stecke ich meine schwarzen Pumps in eine Tasche und schlüpfe in meine Turnschuhe, um zu Fuß zur Eastern-Market-Metrostation zu gehen. Mit der blauen Linie fahre ich bis zum Metro Center, das während des Berufsverkehrs das reinste Irrenhaus ist. Nach einem kurzen Spaziergang stehe ich am Tor zum Weißen Haus, wo ich der Wache meinen Personalausweis zeige.

»Ich fange heute als Kommunikationschefin der First Lady an«, sage ich und unterdrücke das Kichern, das angesichts dieses immer noch absurd wirkenden Satzes in mir aufsteigt. Das hier ist vermutlich das unwirklichste Erlebnis meines Lebens.

Er schaut auf seine Liste und tätigt einen Anruf, und kurz darauf holt mich Lilia am Checkpoint ab.

»Willkommen im Team des Weißen Hauses«, begrüßt sie mich mit einem herzlichen Lächeln, bei dem sich meine Anspannung sofort legt.

Die nächsten paar Stunden vergehen in einem Rausch aus mehr Formalitäten, einer Führung durch den East und West Wing und einem Treffen mit den restlichen Mitarbeitern der First Lady.

Wir sind gerade dabei, Schluss zu machen, als Sam herangeeilt kommt, die Wangen gerötet von der Kälte, die aschblonden Locken offen. Sie trägt einen schwarzen Rollkragenpullover zu einer sandfarbenen Wollhose und schwarzen Stiefeln. Ihre blauen Augen leuchten auf, als sie mich entdeckt.

Ich stehe auf, um sie mit einer Umarmung zu begrüßen.

»Es ist so schön, dich zu sehen.« Sie tritt einen Schritt zurück, um mich zu betrachten, wobei sie die Hände auf meinen Schultern ruhen lässt. »Wie geht es dir?«

»Ich bin noch da.« Da ich spüre, dass meine neuen Kollegen uns neugierig mustern, beschließe ich, den Elefanten im Raum anzusprechen. »Ich habe meinen Mann im Oktober verloren, als er auf der 12th Street von einem Querschläger getroffen wurde. Sam, ich meine, Mrs Cappuano habe ich kennengelernt, weil sie das Pech hatte, mich darüber informieren zu müssen, was Patrick zugestoßen war. Sie ist mir seitdem eine gute Freundin geworden und hat mir die große Ehre erwiesen, mich in ihr Team aufzunehmen.«

»Ich heiße Sam«, sagt sie eindringlich. »Einfach nur Sam.«

»Es tut uns so leid, Roni«, erwidert Lilia auf meine Erklärung hin, und die anderen schließen sich ihrer Beileidsbekundung an.

»Danke.« Ihre herzlichen Worte berühren mich. »Aber mir geht es gut, und ich freue mich, hier zu sein und mich dieser neuen Herausforderung stellen zu können.«

»Ich hatte gehofft, dass ich dich gleich morgens hier begrüßen kann«, meint Sam. »Doch ich wurde zu einem neuen Fall gerufen und bin hergekommen, so schnell ich konnte.«

»Danke. Ich weiß, wie viel du zu tun hast.«

»Ich wollte die Gelegenheit nutzen, um mit euch darüber zu sprechen, wie wir Skippys Instagram-Account und ihren wachsenden Fanclub am besten managen.« Sie verdreht die Augen. »Und ja, ich kann nicht glauben, dass wir uns Gedanken darüber machen müssen, wie wir den Account des First Dog managen, aber was soll ich sagen, sie bekommt mehr E-Mails als der Präsident. Scotty hat den Account für sie eröffnet, der dann irgendwie förmlich explodiert und ziemlich außer Kontrolle geraten ist. Jedenfalls braucht er nun mehr Aufmerksamkeit, als wir erübrigen können.«

»Darum kann ich mich kümmern«, verkünde ich und würde mich tatsächlich freuen, diese Aufgabe zu übernehmen. »Wäre es möglich, Scotty und Skippy zu treffen, um sie ein bisschen besser kennenzulernen?« Scotty bin ich zwar schon mal begegnet, und zwar beim ersten Treffen der Trauergruppe im Hauptquartier des Metro Police Department. Skippy hingegen kenne ich noch nicht.

»Das lässt sich wohl arrangieren.« Sam schaut zur Wanduhr. »Wir haben das erste Meeting von Nicks Arbeitsgruppe zum Thema ›Psychische Gesundheit und Waffen‹. Lilia und Roni, warum kommt ihr nicht dazu? Allerdings nur, wenn du dich stark genug dafür fühlst, Roni.«

»Mir geht es gut, und ich würde mich gern bei dem Thema einbringen.« Es gibt wohl keinen besseren Weg, etwas Positives aus Patricks sinnlosem Tod zu ziehen, als die Bemühungen zu unterstützen, der Waffengewalt Herr zu werden, die in unserem Land so überhandgenommen hat. Das ist nicht akzeptabel, und wir müssen dringend etwas dagegen tun. Der Mann, der den

Schuss abgegeben hat, durch den Patrick getötet wurde, hatte bekanntermaßen psychische Probleme, die hätten verhindern müssen, dass er überhaupt eine Waffe besitzen durfte.

Ich sage mir, dass ich es schaffe, dieses Meeting durchzustehen, und kann nur hoffen, dass ich damit recht behalte.

7

Roni

Gemeinsam mit Sam und Lilia begebe ich mich zum Konferenzraum im West Wing.

Der attraktive junge Präsident steht vor der Tür und schüttelt den eintreffenden Mitarbeitern zur Begrüßung die Hand. Als er seine Frau bemerkt, strahlt sein Gesicht auf. Die beiden sind verrückt nacheinander und schämen sich nicht, das offen zu zeigen.

Er begrüßt sie mit einem Kuss auf die Wange. »Wie ist dein Tag bisher gelaufen?«

»Ganz gut. Du erinnerst dich noch an Roni?«

»Natürlich.« Er schüttelt mir die Hand und schenkt mir ein herzliches Lächeln. »Es ist schön, Sie wiederzusehen. Willkommen im Team.«

»Danke, Mr President.«

»Roni hat eingewilligt, in unserer Arbeitsgruppe mitzumachen«, erklärt Sam.

»Vielen Dank, dass Sie Ihre ganz besondere Sichtweise einbringen«, sagt er.

»Ich möchte meinen Beitrag leisten und dabei helfen, dass so etwas wie das, was mir, Patrick und unseren Familien passiert ist, anderen Menschen erspart bleibt.«

»Wir freuen uns, dass Sie dabei sind.«

Er ist umwerfend, charmant, ernsthaft und total verliebt in seine wunderschöne Frau.

Und ich bin einfach nur glücklich, die Möglichkeit zu haben, mit ihnen und für sie beide zu arbeiten.

Den Vorsitz der Arbeitsgruppe hat Dr. Anthony Trulo, der Psychiater des Metropolitan Police Department. Er ist ein enger Freund und Kollege von Sam. Sie haben Menschen aus allen möglichen Fachgebieten in dieser Arbeitsgruppe versammelt: Ärzte, Lehrer, Wissenschaftler, Waffenhersteller, Social-Media-Experten, Waffenbesitzer und Repräsentanten der Strafverfolgungsbehörden.

Nick – darf ich ihn in Gedanken Nick nennen? – eröffnet das Meeting, indem er sich bei allen dafür bedankt, dass sie sich gemeinsam mit ihm um eines der dringendsten Themen unserer Zeit kümmern wollen.

»Wir alle kennen jemanden, dessen Leben von Waffengewalt berührt worden ist. Meine eigene Familie gehört ebenfalls dazu. Mein Schwiegervater, der pensionierte MPD Deputy Chief Skip Holland, ist im Oktober den Verletzungen erlegen, die er bei einer Schießerei vor vier Jahren erlitten hatte und die ihn vom Hals abwärts gelähmt haben. Unsere Freundin hier hat ihren jungen Ehemann durch einen Querschläger verloren, der während eines Streits auf offener Straße abgegeben wurde.

Die Verbreitung von Waffen in unserer Gesellschaft hat ein kritisches Maß erreicht, vor allem, wenn sie dann in den Händen von jemandem landen, der damit unschuldige Kinder umbringt, die nur den Weihnachtsmann sehen wollten. Das muss aufhören. Ich verstehe, dass es ein emotional sehr aufgeladenes Thema ist, ganz zu schweigen von den politischen Gefahren für jeden, der es wagt, es auch bloß anzusprechen.

Lassen Sie es mich gleich hier und jetzt sagen, falls es das Ende meiner politischen Karriere bedeutet, wenn ich versuche, unsere Schulen, Kirchen, Kinos und anderen öffentlichen Orte sicherer zu machen, dann soll das so sein. Ich bin gewillt, dieses Risiko auf mich zu nehmen, wenn wir echte Fortschritte erreichen. Ich plane, an dem Zusammenhang von psychischer Gesundheit und Waffengewalt anzusetzen.

Mir geht es nicht darum, verantwortungsbewussten Besitzern ihre Waffen wegzunehmen, aber ich bitte sie bei diesem wichtigen Thema um ihre Hilfe. Ich glaube, alle Amerikaner unterstützen unser Anliegen, dass unser Land für alle sicherer wird. Ich freue mich darauf, mit Ihnen allen auf dieses Ziel hinzuarbeiten.«

Seine mitreißende Ansprache rührt mich, und ich bin froh und dankbar, mich an so einem ehrgeizigen Vorhaben beteiligen zu können. Während der nächsten zwei Stunden entwickelt sich eine lebhafte Diskussion über die verschiedenen Themenbereiche, den Umfang der Arbeitsgruppe und eine Liste von Befürchtungen und Problemen, die ausgeräumt werden müssen. Als sich das Meeting dem Ende nähert, fällt mir auf, dass ich seit Patricks Tod nicht mehr so engagiert bei einer Sache dabei gewesen bin, und es erleichtert mich enorm, eine Verschnaufpause von der endlosen Trauer bekommen zu haben, die alles in meinem Leben überschattet hat.

Lilia bleibt nach dem Meeting noch im Raum, also gehe ich allein in den East Wing zurück und hoffe, dass ich mich nicht verlaufe. Als ich um eine Ecke biege, stehe ich plötzlich Nicht-Patrick gegenüber und unterdrücke ein erstauntes Keuchen.

Auf seiner Miene spiegelt sich erst Schock, dann Verärgerung. »Was zum Teufel machen Sie denn hier?«

Ich bin so überrascht, ausgerechnet hier auf ihn zu treffen, dass mein Gehirn für eine Sekunde wie leer gefegt ist.

»Kommen Sie mit.« Er öffnet eine Tür und bedeutet mir, vor ihm einzutreten. Er trägt ein lila Hemd mit passender Krawatte. Seine hellbraunen Haare sind streng nach hinten gekämmt, was seine ohnehin ernste Miene nur noch unzugänglicher wirken lässt.

Für einen Moment kann ich mich nicht rühren. Ist es sicher, mit einem Mann, der eindeutig wütend auf mich ist, allein in ein Büro zu gehen? Dann erinnere ich mich daran, dass wir uns im Weißen Haus befinden und er mich kaum körperlich angreifen wird, also betrete ich den Raum.

Nicht-Patrick schließt die Tür hinter mir und lehnt sich dagegen. Erst jetzt fällt mir auf, dass auch er einen Mitarbeiterausweis des Weißen Hauses um den Hals hängen hat. »Wer sind Sie, und was tun Sie hier?«

»Ich bin Roni Connolly, und ich … ich arbeite hier.«

Er zieht die Augenbrauen zusammen. »Seit wann?«

»Äh, seit ungefähr sechs Stunden.«

»Was ist Ihr Job?«

»Kommunikationschefin der First Lady. Und Ihrer?«

»Stellvertretender Stabschef des Präsidenten.«

O verdammt.

»Ich versuche wirklich, fair zu sein, aber es ist äußerst seltsam, dass ich Sie quasi dabei erwischt habe, wie Sie mich stalken, und nun tauchen Sie an meinem Arbeitsplatz auf.«

»Ich hatte keine Ahnung, dass Sie hier arbeiten! Und ich habe Sie nicht gestalkt. Ich bin Ihnen nur zufällig ein paarmal in dem Viertel über den Weg gelaufen, in dem wir beide wohnen.«

Er verschränkt die Arme vor der Brust und mustert mich intensiv. »Wir wissen beide, dass es mehr war.«

»Ich habe Ihnen doch erklärt, dass Sie mich an jemanden erinnern, den ich mal gekannt habe.«

»An wen?«

Ich will antworten, dass ihn das nichts angeht, aber er ist nicht derjenige, der das zwischen uns so seltsam gemacht hat. Das war ich ganz allein. »Meinen Mann.«

Sofort entspannt sich seine Haltung ein wenig. »Sie haben gesagt, jemand, den Sie mal gekannt haben. Was soll das heißen?«

»Dass er tot ist.«

Nach einem langen Schweigen erwidert er: »Das tut mir leid. Was ist passiert?«

»Er ist auf der 12th Street von einem Querschläger getötet worden.«

Er zuckt zusammen. »Wie lange ist das her?«

»Das war im Oktober.«

»Es tut mir leid, dass das geschehen ist.«

»Danke. Ich bin wirklich keine Irre. Also, normalerweise nicht. Von hinten haben Sie mich an ihn erinnert, doch natürlich sind Sie nicht er, und Sie sehen ihm ehrlich gesagt nicht mal ähnlich. Es war nur der merkwürdige Gedanke einer kürzlich Verwitweten. Ich hoffe, Sie nehmen meine Entschuldigung dafür an, dass ich uns in diese seltsame Situation gebracht habe.«

»Das tue ich. Ich nehme Ihre Entschuldigung an und verstehe das seltsame Verhalten frisch Verwitweter besser, als Sie ahnen. Meine Frau ist vor achtzehn Monaten ermordet worden.«

Ich keuche auf. Dann war die Frau, mit der ich ihn auf der Straße beobachtet habe, also nicht seine Ehefrau. »Das tut mir sehr leid.«

»Danke. Und wenn Sie nachlesen, was mit ihr passiert ist – was Sie natürlich tun werden, denn ich weiß bereits, dass Sie so ticken –, werden Sie verstehen, warum ich überreagiert habe, als ich dachte, mir würde jemand folgen.«

Er glaubt, er kennt mich. Ziemlich frech. »Es tut mir leid, dass ich Sie beunruhigt habe.«

»Und mir tut es leid, dass ich überreagiert habe.« Er seufzt müde und fährt sich mit den Fingern durchs Haar. »Es ist nicht leicht für mich, seit meine Frau nicht mehr da ist, und wegen der Umstände ihres Todes bin ich ziemlich paranoid geworden und … Bitte unterbrechen Sie mich jederzeit.«

»Ich verstehe das. Sie müssen nichts erklären.«

»Woher kennen Sie die First Lady?«

»Sie hat mir die Nachricht vom Tod meines Mannes überbracht. Danach sind wir irgendwie Freundinnen geworden. Als sie mir diesen Job angeboten hat, war das … Also, es war wie eine Art Rettungsring. Woher kennen Sie den Präsidenten?«

»Wir sind seit fünfzehn Jahren befreundet, seit wir beide als Juniormitarbeiter von Kongressmitgliedern in Washington angefangen haben. Ich habe für Nelson gearbeitet, und als er gestorben ist, hat Nick … ich meine, hat der Präsident mich gebeten, in seinem Team zu bleiben.«

Was bedeutet, er ist auch mit Sam befreundet. »Wie alt ist Ihre Tochter?«

Er lächelt. »Maeve ist zweieinhalb.«

»Sie ist ganz bezaubernd.«

»Das ist sie. Und sie hat mir nach Vics Tod das Leben gerettet.« Er richtet sich auf, als fiele ihm ein, dass er eigentlich etwas anderes zu tun hat. »Ich, äh … Sorry, dass ich so ein Idiot war.«

»Das waren Sie nicht. Ich habe mich seltsam benommen und es verdient.«

Er lässt ein kleines Lächeln aufblitzen, das seine Gesichtszüge weicher macht. Jetzt, wo ich ihn mir genauer ansehen kann, fällt mir auf, dass er auf seine eigene Weise genauso attraktiv ist, wie Patrick es war. »Ich sollte wieder zurück an die Arbeit.«

»Ich auch. Vermutlich haben sie schon einen Suchtrupp nach mir ausgeschickt.«

»Es war schön, Sie offiziell kennenzulernen, Roni.«

»Sie haben mir gar nicht verraten, wie Sie heißen.«

»Derek. Derek Kavanaugh, mit K – für den Fall, dass Sie mich googeln wollen.«

Das lässt mich lachen. »Danke für die Aufklärung über dieses wichtige Detail.«

»Genießen Sie den Rest Ihres ersten Tages.«

»Danke.«

Er öffnet die Tür, und als wir den Raum verlassen, geht er in Richtung West Wing, während ich mich zum East Wing begebe, um an meinen Computer zu kommen, damit ich genau das tun kann, was er vorhergesagt hat. Als ich die Bürosuite der First Lady erreiche, ist niemand sonst da, also schlüpfe ich in das mir zugeteilte Büro und fahre den Laptop hoch, den man mir für alles, was mit dem Weißen Haus zu tun hat, zur Verfügung gestellt hat.

Wobei … Vielleicht sollte ich einen Kollegen lieber nicht auf diesem Computer googeln. Ich nehme mein Handy und rufe den Browser auf.

Eine halbe Stunde später, als Lilia in der Tür erscheint, sitze ich an meinem Schreibtisch, und die Tränen rinnen mir über die Wangen.

»Roni, geht es dir gut?«

Es gibt doch nichts Besseres, als am ersten Tag im neuen Job heulend im Büro angetroffen zu werden. Schnell wische ich mir die Tränen weg und zwinge mich für meine neue Chefin zu einem Lächeln. »Ja, alles in Ordnung. Ich habe nur etwas Trauriges gelesen.«

»Warum tust du so etwas?«

»Bloß ein wenig Recherche nach dem Meeting.« Sie muss nicht wissen, dass ich einen unserer Kollegen im Internet stalke.

Dereks Frau ist nicht einfach nur ermordet worden. Ich erinnere mich daran, davon gelesen zu haben, dass der ehemalige Präsidentschaftskandidat Arnie Patterson und sein Sohn jahrelang Komplotte geschmiedet haben, um Einblicke in das Nelson-Camp zu kriegen. Dabei sind sie nicht davor zurückgeschreckt, eine Frau im Umfeld eines Stabsmitglieds von Nelson einzuschleusen, die sie schließlich ermordet haben, als sie aufgehört hat, ihnen die gewünschten Informationen zu liefern. Diese Frau war Dereks Ehefrau, und ihre Tochter war einige Zeit vermisst, nachdem man ihre Mutter tot zu Hause aufgefunden hatte. Das muss so ein Albtraum für Derek gewesen sein.

Kein Wunder, dass er misstrauisch ist und sich und seine Tochter schützen will. Er hat gute Gründe, das Schlimmste von seinen Mitmenschen anzunehmen. Ich habe so viele Fragen, aber an die darf ich nicht denken, solange meine neue Vorgesetzte bei mir im Büro steht und ich Dinge zu erledigen habe.

»Wenn dir die Arbeitsgruppe nach dem, was du durchgemacht hast, zu viel ist, kannst du das offen sagen«, erklärt Lilia.

Ich bin dankbar, dass sie mir das anbietet. »Mir geht es wirklich gut. Ich bin in letzter Zeit einfach nur ein wenig emotionaler als sonst.« Mit dem Grund dafür werde ich irgendwann rausrücken müssen, allerdings noch nicht jetzt.

»Ich möchte, dass du mir versprichst, mir Bescheid zu geben, wenn dir etwas zu viel wird. Wir sind ein wundervolles

Team und unterstützen uns alle gegenseitig. Es gibt keinen Grund, zu leiden, wo du doch schon genug gelitten hast.«

»Das ist sehr nett von dir. Danke, dass du so verständnisvoll bist.«

Hinter Lilia taucht Sam auf. »Klopf, klopf.«

Lilia tritt beiseite, um die First Lady an unserer Unterhaltung teilhaben zu lassen.

»Danke, dass ihr beide bei dem Meeting dabei wart«, sagt Sam. »Es bedeutet Nick und mir viel, mit euch zusammen an dem Thema zu arbeiten.«

»Das ist schon längst überfällig«, wirft Lilia ein.

»Das sehe ich genauso«, pflichte ich ihr bei.

»Kann ich eine Minute allein mit Roni sprechen?«, bittet Sam Lilia.

»Natürlich.« Ihre Stabschefin verlässt den Raum, und Sam schließt die Tür hinter ihr.

»Gewöhnst du dich gut ein?«

»Ja. Alle sind so nett.«

»Das freut mich. Du weißt, wie du mich erreichen kannst, wenn du irgendetwas brauchst.«

»Ja, das weiß ich. Ich habe mir übrigens überlegt, dass ich jeden Tag mit einer E-Mail an dich beenden werde, in der ich alle Ideen zusammenfasse, die du dann abnicken oder ablehnen kannst, solange ich noch dabei bin, herauszufinden, wie ich am besten in deinem Sinne agieren kann. Wäre das für dich in Ordnung?«

»Das klingt super. Und ich verspreche, die E-Mail am gleichen Tag zu beantworten, damit du deinen Job erledigen kannst, während ich meiner anderen Arbeit nachgehe – oder meinen anderen Arbeiten, sollte ich besser sagen, Mehrzahl, darunter Mutter von drei Kindern zu sein.«

»Ich bin hier, um dich nach Kräften zu unterstützen. Wenn du etwas in Bezug auf die Kinder brauchst, lass es mich wissen. Wenn du auf irgendwas schriftlich reagieren musst, frag mich. Ich bin gewillt, alles zu tun, was immer du benötigst.«

»Danke. Jetzt, im zweiten Monat dieser neuen Situation, hat der Schock ein wenig nachgelassen, und die ungeschminkte

Realität nimmt Gestalt an.« Sie hält kurz inne und verzieht dann das Gesicht. »Mein Gott, für eine Sekunde habe ich den Verstand verloren. Der Schock, dass mein Mann mit einem Mal Präsident geworden ist, ist nichts im Vergleich zu dem, was du erlebt hast.«

»Schock ist Schock, Sam. Ich meine, Mrs Cappuano.«

Sie wirft mir einen grimmigen Blick zu. »Lass das. Für dich bin ich Sam. Und ja, ich vermute, was du über Schock sagst, stimmt. Aber geht es dir wirklich gut? Ich habe mir Sorgen gemacht, als du für eine Weile vom Radar verschwunden bist.«

»Es geht mir viel besser als vorher. Ich habe ein wenig Zeit für mich gebraucht, um die Feiertage zu überstehen und einen klaren Kopf zu kriegen. Jetzt kann ich es gar nicht erwarten, mit diesem wahnsinnigen Job anzufangen, den du mir angeboten hast. Es ist ganz wunderbar, etwas zu haben, worauf ich mich freuen kann.«

»Schön, dass du dich besser fühlst. Sollte sich das ändern, bin ich auch für dich da, als deine liebste schlechte Freundin, die keine Zeit hat, zu atmen, geschweige denn neue Freundschaften zu schließen.«

Darüber muss ich lachen. »Von allen schlechten Freundinnen, die ich je hatte, bist du die beste.«

»Ah, das ehrt mich.«

»Ich habe heute euren Freund Derek Kavanaugh kennengelernt.«

»Oh, gut. Er ist total nett, und traurigerweise habt ihr beide sehr viel gemeinsam.« Während sie das sagt, neigt sie den Kopf und schaut mich etwas durchdringender an.

»Was auch immer du gerade denkst, hör sofort auf damit«, verlange ich lachend.

»Ich denke nur, dass ihr beide unglücklicherweise viel gemeinsam habt.«

»Ja, das stimmt wohl.«

»Er ist seit Jahren einer von Nicks besten Freunden.«

»Wir sind uns schon ein paarmal über den Weg gelaufen – wir wohnen im gleichen Viertel –, doch ich hatte keine Ahnung, wer er ist.« Sie muss nicht wissen, dass ich ihn förmlich gestalkt habe. »Bis er mir heute hier über den Weg gelaufen ist.«

»Ah, verstehe. Erinnerst du dich an den Vorfall, für den Arnie Patterson verhaftet worden ist?«

»Ja. Ich weiß bereits, dass es Dereks Frau war, die damals umgebracht wurde.«

»Es war grausam. Ich habe den Fall bearbeitet. Ein totaler Albtraum, vor allem die Zeit, die wir gebraucht haben, um Maeve zu finden.«

»Mein Gott, der arme Derek.«

»Es war furchtbar für ihn, aber es hat ihm später etwas geholfen, zu erfahren, dass Vic ihn beschützt und wirklich geliebt hat, egal, wie das alles begonnen hat.«

»Wie hat er das herausgefunden?«

»Durch einen Brief, den sie bei ihrem Anwalt deponiert hatte. Den hatte sie für den Fall geschrieben, dass ihr etwas zustößt.«

»Wow, das ist unglaublich.« Mein Herz zieht sich vor Schmerz für jemanden zusammen, den ich kaum kenne. »Er war bestimmt sehr erleichtert, das zu lesen.«

»Das war er. Trotzdem hat es nichts daran geändert, dass sie nicht mehr am Leben ist.«

»Das stimmt.«

»Wenn du daran interessiert bist, ihn näher kennenzulernen, also, natürlich irgendwann in der Zukunft …«

»Natürlich«, murmle ich amüsiert.

»Dann kann ich dir dabei gerne behilflich sein. Was das Verkuppeln betrifft, habe ich eine legendäre Erfolgsbilanz vorzuweisen.«

»Gut zu wissen, doch im Moment kann ich an so was noch nicht mal denken.«

»Ich weiß. Ich wollte nicht respektlos sein.«

»Das bist du nicht. Irgendwann werde ich mich vermutlich der Tatsache stellen müssen, dass ich mit jemand anderem noch mal neu anfange.«

»Das muss aber nicht so bald sein.«

»Ich hab mir vorgenommen, einen Tag nach dem anderen

anzugehen, und bemühe mich, für alles offen zu sein, was meines Wegs kommt.«

»Ich habe so einen Respekt davor, mit wie viel Stärke du das alles durchstehst.«

Nun muss ich wirklich lachen. »Schau bloß nicht hinter die Fassade. Da ist es ziemlich hässlich.«

»Sei nett zu meiner neuen Freundin. Sie ist unglaublich tapfer, und ich bewundere sie sehr dafür, dass sie uns allen zeigt, wie man das Unvorstellbare überlebt.«

»Wow, ich mag dein Bild von mir.«

»Das solltest du auch. Tja, ich mache mich besser wieder an die Arbeit. Ruf mich an, wenn du etwas brauchst. Egal was.«

»In Ordnung. Danke dir noch mal für diesen Job. Ich werde nie wortgewandt genug sein, um angemessen auszudrücken, wie viel mir das bedeutet.«

»Mir bedeutet es genauso viel, in dieser Position jemanden zu haben, dem ich vertrauen kann und der mir in diesem Haifischbecken, das sich mein Leben nennt, den Rücken freihält.«

»Dabei kannst du auf mich zählen.«

»Dann werde ich ruhig schlafen. Genieß den Rest deines ersten Tages.«

»Das werde ich. Halt später nach der E-Mail Ausschau.«

»Ist notiert.« Mit einem Lächeln und einem Winken verlässt sie mich, und ich bleibe mit dem angenehmen Gefühl zurück, dass jemand, den ich schon lange bewundere, jetzt meine Freundin ist. Herauszufinden, dass sie noch toller ist, als ich schon vermutet hatte, ist ein unerwartetes Geschenk in dieser schwierigen Zeit.

Ich nehme mir ein paar Minuten, um einige persönliche Dinge auszupacken, die ich von zu Hause mitgebracht habe: mein Diplom, das ich an der Wand an dem Nagel aufhänge, den mein Vorgänger dort hat stecken lassen, ein Foto von Patricks und meinem Hochzeitstag in einem Silberrahmen, den ich auf meinen Schreibtisch stelle, und den ledergebundenen Kalender, den meine Eltern mir zum Uniabschluss geschenkt haben und der mit nagelneuen Einlegeblättern gefüllt und bereit ist für die Einträge, die das vor mir liegende Jahr mit sich bringen wird.

Mein Mann und meine Kollegen beim *Star* haben sich immer über meinen altmodischen Kalender lustig gemacht, doch ich verbringe schon genug Zeit damit, auf einen Bildschirm zu starren. Da schreibe ich meine Termine lieber von Hand auf und habe sofort im Blick, was jeden Tag ansteht. Patrick wäre verloren gewesen, wenn sein iPhone ihn nicht an jeden Termin erinnert hätte. Aber er hat auch in der Tech-Welt gearbeitet und kannte sich supergut mit Computern, Handys, Tablets und solchen Sachen aus. Das ist noch etwas, das mir fehlt: jemanden zu haben, der diese Dinge für mich wieder zum Laufen bringen kann.

»Was würdest du denken, wenn du mich jetzt hier in meinem Büro im Weißen Haus sehen könntest?«, flüstere ich seinem lächelnden Gesicht auf dem Foto vom schönsten Tag unseres Lebens zu. »Ich hasse es, dass es nur durch deinen Tod dazu gekommen ist … Wobei, vielleicht hast du mir Sam geschickt, weil du gewusst hast, dass ich einen neuen Anfang brauche, um deinen Verlust zu überleben.«

An diese Möglichkeit klammere ich mich, als ich mich in die Tiefen der Social-Media-Accounts der First Lady – auch FLOTUS genannt, für »First Lady of the United States« – stürze, auf Skippys Instagram-Account und die Berge von Anfragen für Interviews und Vorträge, die für Sam eingegangen sind. Alle wollen sie, und es ist meine Aufgabe, zu entscheiden, wer etwas von ihrer knappen Zeit abbekommen kann.

Bevor ich am Abend meines ersten Arbeitstages das Büro verlasse, habe ich eine Liste von möglichen Interviews zusammengestellt, über die Sam die endgültige Entscheidung treffen muss. Außerdem habe ich mir ein Dutzend möglicher Social-Media-Posts für sie als First Lady überlegt. Beides schicke ich ihr in der versprochenen E-Mail mit Kopie an Lilia und fahre meinen Laptop runter.

Dann ziehe ich meine Pumps aus, stelle sie unter meinen Schreibtisch und schlüpfe für den Heimweg in meine Turnschuhe.

»Hattest du einen guten ersten Tag?«, fragt Lilia, als ich bei ihr vorbeischaue, um ihr zu sagen, dass ich gehe. Ist es schlimm, vor ihr Feierabend zu machen? Ihr scheint es egal zu sein, also beschließe ich, mir deswegen nicht den Kopf zu zerbrechen.

»Ja, sehr gut. Danke, dass ihr mich so herzlich aufgenommen habt.«

»Wir freuen uns, dass du hier bist. *Ich* freue mich, dass du hier bist. Deinen Job und meinen zusammen zu erledigen war ziemlich anstrengend.«

»Roni eilt zur Rettung«, erwidere ich lächelnd.

»Aber wirklich. Hab einen schönen Abend.«

»Du auch.«

8

Roni

Auf dem Weg zur Lobby des East Wing frage ich mich, ob ich wohl Derek über den Weg laufen werde. Wobei – warum sollte ich, wo er doch im West Wing arbeitet? Ich kann nicht aufhören, an seine Geschichte zu denken. Was für ein Albtraum es für ihn gewesen sein muss, als seine kleine Tochter nach dem Mord an seiner Frau verschwunden war. So schlimm das, was Patrick passiert ist, auch ist, ich kann mir nicht mal ansatzweise vorstellen, wie furchtbar es für Derek gewesen sein muss. Noch dazu, als er dann erfahren hat, dass die Frau, die er geheiratet hat, absichtlich in seiner Nähe platziert worden war, um an Insiderinformationen über Nelson zu gelangen … Ich erschaudere in der kalten Januarluft auf dem Weg zur Metrostation.

Was für ein Horrorszenario.

Unterwegs steigen mir die Tränen in die Augen. Das Leben kann so grausam sein. *Menschen* können so grausam sein. Wenn ich daran denke, dass Arnie Patterson so dringend Präsident werden wollte, dass er eine Frau dazu gebracht hat, so zu tun, als würde sie sich in einen Mann verlieben. Wie macht man nach so etwas weiter? Selbst nachdem Derek erfahren hatte, dass seine Frau sich wirklich in ihn verliebt und deshalb aufgehört hatte,

mit Patterson und seinen Spießgesellen zusammenzuarbeiten …
Wie hat er es geschafft, das alles zu verarbeiten?

Ich bin froh, dass Patrick keine Leichen im Keller hat. Nur
Kartons mit Kleidung, die nach ihm riechen, und ein ganzes
Leben an Dingen, um die ich mich irgendwann werde
kümmern müssen. Aber noch nicht jetzt. Und auch wenn der
Gedanke daran, alleinerziehende Mutter zu sein, überwältigend
ist, bin ich zutiefst dankbar, dass ein Teil von ihm in unserem
Kind weiterleben wird. Nach dem Ultraschall am Mittwoch, bei
dem mir hoffentlich bestätigt wird, dass das Baby gesund ist,
werde ich unseren Familien die gute Neuigkeit mitteilen.

Vorfreude macht sich in mir breit, als ich an unser Baby
denke. Doch darunter liegt immer noch der Herzschmerz.
Patrick wäre ein wundervoller Vater gewesen, und der Gedanke,
dass unser Kind ihn nie kennenlernen wird, ist unerträglich.

Aus der U-Bahn schicke ich meiner Familie eine Nachricht,
um ihnen zu sagen, dass mein erster Tag im Weißen Haus großartig war und ich bei der Initiative des Präsidenten zum Thema
Waffenkontrolle mitarbeite.

Die Antworten strömen nur so herein.

Rebecca: *Ich kann immer noch nicht glauben, dass du wirklich
dort arbeitest! Freut mich, zu hören, dass du einen tollen ersten Tag
hattest.*

Penelope: *Ich bin stolz auf dich, Kleines.*

Mom: *Das ist wundervoll, Roni. Dad und ich sind so stolz!
Geht es dir gut damit, bei dieser Initiative mitzuarbeiten?*

Ich: *Ich denke, es wird mir helfen, aktiv etwas zu tun, damit
das, was uns passiert ist, anderen erspart bleibt. Sowohl Sam als
auch Lilia, ihre Stabschefin, haben mich gebeten, es ihnen zu sagen,
wenn es mir zu viel wird. Die beiden sind super, und ich hätte kein
Problem damit, es sie wissen zu lassen, wenn ich mit etwas nicht
klarkomme.*

Mom: *Das klingt gut. Ich bin so froh, dass du dieses neue
Abenteuer begonnen hast und mit so großartigen Menschen zusam-
menarbeitest.*

Rebecca: *Das sehe ich genauso. Ich bin ein großer Fan von
FLOTUS. Sie ist 'ne echte Wucht!*

Ich: *Das ist sie wirklich. Ich hoffe, ihr lernt sie bald kennen.*
Rebecca: *Ich weiß nicht, ob ich das überlebe!*

Ihre Begeisterung und ihre Aufregung bringen mich zum Lächeln. Ich bin froh, dass ich ihnen etwas Positives berichten kann, damit sie sich nicht weiter ständig Sorgen um mich machen. Und bald wird es noch weitere gute Neuigkeiten geben. Das hoffe ich zumindest. Es ist seltsam, wie ich mich ermahne, mich nicht zu sehr auf das Baby einzulassen, bis ich sicher bin, dass es wirklich da ist. Auch wenn die ausgebliebenen Perioden, die anhaltende Übelkeit und meine empfindlichen Brüste definitiv gute Anzeichen sind, selbst wenn ich sie vor dem positiven Schwangerschaftstest glatt übersehen habe.

Zu Hause bereite ich mir einen Salat mit gegrilltem Hähnchen zu und zwinge mich, ihn zu essen, obwohl ich keinen rechten Hunger habe. Aber sowohl das Baby als auch ich brauchen Nahrung, und ich bin entschlossen, mich gut um mich zu kümmern.

Gerade habe ich es mir unter meiner Decke auf dem Sofa gemütlich gemacht, um ein wenig fernzusehen, als Brielle, die Frau aus Iris' Gruppe, mich anruft. »Hey, hallo.«

»Ist es zu spät für dich?«

»Überhaupt nicht«, beruhige ich sie. »Es ist schön, dich endlich persönlich zu sprechen.«

»Tut mir leid, dass es so lange gedauert hat. Mein Sohn zahnt gerade, was die absolute Hölle ist.«

»Davon habe ich durch meine Schwestern auch schon gehört.«

»Da hilft nur mein Freund Bourbon – also für mich.«

Ich muss lachen. »Das werde ich mir merken.«

»Wie geht es dir mit der Schwangerschaft, nachdem du ein wenig Zeit hattest, die Neuigkeit zu verdauen?«

»Es kommt mir immer noch unwirklich vor. Wie kann ich schwanger sein, wo Patrick tot ist?«

»Das Gefühl kenne ich so gut«, sagt sie. »Wir haben es *jahrelang* versucht, und dann klappt es endlich, und er lernt sein Kind nicht mal kennen? Das hat den Verlust noch mal so viel schlimmer gemacht.«

»Mein Gott, das muss hart gewesen sein.« Ihr Mann hatte in einem Skiurlaub, mit dem sie die anstehende Hochzeit seines Bruders feiern wollten, einen tödlichen Unfall auf der Piste.

»Es war surreal. Ich war so lange so wütend. Wie konnte Gott oder das Universum oder wer auch immer es für eine gute Idee halten, mir das anzutun und von mir zu erwarten, mein Kind ohne Mark zu bekommen? Ich habe über alle möglichen Wege nachgedacht, es für uns beide zu beenden, damit ich nicht allein Mutter werden und er nicht ohne einen Vater würde aufwachsen müssen.«

Mein Herz zieht sich zusammen. »Es tut mir leid, dass du so eine furchtbare Zeit hinter dir hast.«

»Es war schlimm, ja, doch zum Glück bleibt es nicht so. Irgendwann akzeptiert man die Karten, die das Leben einem zuteilt, vor allem wenn das Baby da ist und einem keine andere Wahl lässt, als sich zusammenzureißen. Mein Herz wird immer gebrochen sein, weil Mark nicht mehr da ist. Er wäre der beste Vater überhaupt gewesen, und es bringt mich förmlich um, dass Charlie ihn nur von Fotos und Videos und aus Erzählungen von Leuten kennen wird. Dieser Teil wird nicht besser, egal, wie viel Zeit vergeht.«

»Ja, das glaube ich gern.« Wieder einmal macht es mich traurig, zu wissen, dass unser Kind Patrick niemals kennenlernen wird.

»Ich habe im Laufe der Zeit begriffen, was für ein unglaubliches Geschenk es ist, dass Mark in unserem Sohn weiterlebt. Natürlich nicht an den Tagen, an denen er zahnt«, fügt sie lachend an.

Ich falle in ihr Lachen mit ein. »Das kann ich mir vorstellen. Aber es ist schön, zu wissen, dass Mark und Patrick wegen unserer Kinder nicht ganz verschwunden sind. Wenn es nur nicht so einschüchternd wäre, dass ich dieses Kind allein aufziehen muss.«

»Ach, Liebes, du wirst ja nicht allein sein. Iris hat mir erzählt, dass deine Schwestern und Eltern in der Nähe wohnen. Und auch deine Freunde werden dich unterstützen. Ich bin ebenfalls für dich da, weil ich weiß, wie es ist, ein Baby allein mit nach Hause zu nehmen. Es ist eine Mischung aus unfassbarem Glück und neuen Wellen der Trauer, dazu noch ein ordentlicher Schuss postnataler Hormonschwankungen.«

»Ah, so viel, worauf ich mich freuen kann.«

Lachend sagt Brielle: »Du wirst es durchstehen, und dann wird dir dieser kleine Mensch so viel Freude bereiten. Ich sehe meinen kleinen Mann an, selbst wenn er gerade einen Schreianfall hat, und kann nicht fassen, dass er meiner ist. So unglaublich es dir jetzt auch erscheinen mag, alles wird gut. Das verspreche ich.«

»Du hilfst mir so sehr, und es ist sehr großzügig von dir, deine Erfahrungen mit mir zu teilen.«

»So machen wir das in unserer Gruppe. Wir helfen einander durch die Schwierigkeiten des Witwendaseins. Wir lachen, wir weinen, wir trauern, wir feiern, wir unterstützen uns, wir urteilen niemals, und wir verstehen es. Wir verstehen es einfach.«

»Und du weißt sicher, wie großartig das ist.«

»Ja, das weiß ich. Menschen, die das nicht selbst erlebt haben, haben keine Ahnung, wie sie helfen sollen, auch wenn ihre Absichten noch so gut sind. Wie könnten sie auch wissen, wie es ist, den Menschen zu verlieren, mit dem man alt werden wollte, und jahrzehntelang ohne denjenigen auskommen zu müssen, den man am meisten geliebt hat?«

»Das können sie nicht.«

»Richtig. Und oft verursachen sie mit ihren Versuchen, zu helfen, nur Probleme. Anfangs hat mich das wirklich wütend gemacht, bis ich erkannt habe: Es ist nicht ihre Schuld, dass sie nicht wissen, was sie tun oder sagen sollen. Zum Glück mussten sie so etwas nie erleben, und deshalb fehlen ihnen die richtigen Worte dafür, uns auf die Art zu unterstützen, wie wir es brauchen. Ich habe gelernt, mir das zu nehmen, was nützlich ist, und das zu ignorieren, was mir wehtut.«

»Ich habe eine enge Freundin, die mich sehr enttäuscht hat. Noch bin ich mir nicht sicher, was ich deswegen unternehmen soll.«

»Du hast Glück, dass es nur eine ist. Wenn du unsere

Gruppe näher kennenlernst, wirst du so viele Geschichten über Leute hören, die uns enttäuscht haben. Wenn ich eins gelernt habe, dann dass es zu viel Energie kostet, den Ärger mit sich herumzuschleppen, wo du doch alle dir zur Verfügung stehende Energie brauchen wirst, um mit der Trauer klarzukommen, während in dir ein neuer Mensch heranwächst.«

»Das stimmt. Ein Teil von mir will es gut sein lassen, aber ein anderer Teil …«

»Glaub mir, das kann ich gut nachvollziehen. Meine Schwester war nach Marks Tod auch seltsam. Sie ist für eine Weile komplett von der Bildfläche verschwunden. Als ich von ihr wissen wollte, warum, meinte sie, sie habe keine Ahnung gehabt, wie sie mit meiner Trauer umgehen sollte, während sie so sehr mit ihrer eigenen zu tun hatte. Und ich hab mich nur gefragt: *Wie bitte?*«

»Ja, genau! Was zum Teufel … Wieso ist plötzlich *sie* diejenige, die am meisten leidet?«

»Dennoch wirst du irgendwann erkennen, dass Patricks Tod Auswirkungen auf das Leben aller hat, die ihn geliebt haben.«

»Das sehe ich schon jetzt. Mein Dad und er haben begeistert zusammen Ausflüge zum Fliegenfischen unternommen, doch seit seinem Tod ist mein Dad kein einziges Mal mehr losgezogen.«

»Ihre Trauer ist natürlich auch wichtig, allerdings nicht so wichtig wie unsere. Da ist für mich die Grenze. Du kannst um ihn trauern, so viel du willst, aber du musst für mich da sein und deine Trauer von meiner fernhalten.«

»Ich möchte gern, dass du meine neue beste Freundin wirst.«

Brielle bricht in schallendes Gelächter aus. »Gern. Eine von vielen, die du in unserer Gruppe finden wirst.«

»Ich freue mich schon auf das Treffen am Mittwoch.«

»Wir freuen uns auch, dich persönlich kennenzulernen, obwohl wir natürlich den Grund bedauern, der dich zu uns führt.«

»Ich habe das Gefühl, dass Widersprüche im Witwendasein häufig vorkommen. Die Freude an neuen Dingen, neuen Freunden, neuen Abenteuern und zugleich das alles durchdringende Gefühl, dass ständig jemand fehlt.«

»Ja, so ist es. Mit der Zeit wird es leichter, obwohl man sich von so einem Verlust niemals ganz erholen kann. Man lernt einfach, damit zu leben.«

»Ich bin dir wirklich dankbar, dass du dir die Zeit genommen hast, mit mir zu reden und mir zu schreiben und mich zu unterstützen.«

»Mich tröstet es, anderen zu helfen, diese schwere Phase zu überstehen. Das wirst du auch feststellen, wenn du jemandem, der sich noch ganz am Anfang dieser Reise befindet, die Hand reichst. Die Erfahrung, die wir gewonnen haben, weiterzugeben ist sehr befriedigend.«

»Tja, danke, dass du deine mit mir teilst.«

»Ist mir ein Vergnügen. Bis Mittwoch.«

»Ja. Bis dann.«

Ich lege auf und schöpfe Hoffnung aus ihrer Unterstützung und dem Wissen, dass ich nicht die erste Frau bin, die von ihrem verstorbenen Partner ein Kind bekommt. Es ist ein schöner Gedanke, dass ich die vor mir liegenden Schwierigkeiten meistern kann, so unüberwindbar sie mir im Moment auch erscheinen mögen.

Als ich kurz darauf allein in unser großes Doppelbett krieche, vermisse ich Patrick so schmerzlich. Ich wünschte, ich könnte mit ihm über unser Baby und meinen neuen Job reden. Über Sarahs Verhalten. Und über so viele andere Dinge. Ich drehe mich auf die Seite, das Gesicht zur leeren Betthälfte, und erinnere mich an die unzähligen Nächte, in denen ich in seinen Armen gelegen habe. Selbst nach so vielen Wochen kommt es mir undenkbar vor, dass ich ihn nie wiedersehen werde. Dass ich den Rest meines Lebens ohne den Mann verbringen muss, der beinahe zehn Jahre lang mein Lebensmittelpunkt gewesen ist. Während der ersten Tage nach seinem Tod war das das Schwerste: mir ein Leben vorzustellen, von dem er kein Teil mehr war.

Doch seitdem ist so viel passiert, und ich lebe mein Leben bereits ohne ihn. Ich tue, was damals so undenkbar erschien, und inmitten meiner Trauer muss ich erkennen, dass ich keine andere Wahl habe, als das zu akzeptieren und als Fortschritt zu betrachten.

Derek

ICH KANN NICHT AUFHÖREN, an Roni Connolly zu denken und daran, was ihrem Mann zugestoßen ist. Nachdem ich Maeve ins Bett gebracht habe, schenke ich mir einen Drink ein und starre durch das Fenster in die Dunkelheit hinaus, während sich meine Gedanken um die Frau drehen, die jetzt ausgerechnet da arbeitet, wo auch ich beschäftigt bin. Seit Vics Tod habe ich andere Frauen kaum wahrgenommen. Ich wollte nicht ausgehen oder mich von wohlmeinenden Freunden verkuppeln lassen. Es gab zwei bedeutungslose sexuelle Begegnungen, nach denen ich mich noch schlechter als vorher gefühlt habe, also vermeide ich so etwas erst einmal.

Ich will nichts Neues.

Ich will das Leben, das ich mit Vic hatte, auch wenn das nicht möglich ist.

Ich weiß, es ist an der Zeit, dass es für mich wieder mehr gibt als bloß meinen Job und meine Tochter, aber die Vorstellung, mit jemand Neuem noch mal von vorne anzufangen, ist so unangenehm, dass ich nicht einmal darüber nachdenken mag.

Nur ertappe ich mich jetzt ständig bei Gedanken an die umwerfende junge Frau, von der ich kurz geglaubt hab, dass sie mich stalkt, und wenn ich ehrlich bin, hat mir das eine Heidenangst eingejagt. Nach dem, was ich nach Vics Tod über sie und Arnie Patterson erfahren habe, bin ich leicht paranoid, was Menschen und ihre Absichten betrifft.

Ja, ich war in Therapie. Monatelang, nachdem Vic getötet worden war. Es hat mir geholfen, das Vorgefallene zu akzeptieren – soweit man so etwas akzeptieren kann – und mich auf den Brief zu konzentrieren, den Vic mir für den Fall, dass ihr etwas zustößt, hinterlassen hat. Dieser Brief ist mein

Rettungsring. Der Beweis, dass das, was wir hatten, echt und real war.

Egal, wie das mit uns angefangen hat, sie hat mich geliebt.

Das ist das Einzige, was zählt. Doch in einer zukünftigen Beziehung wieder zu vertrauen wird schwer. Wie zum Teufel soll ich *jemals wieder* jemandem vertrauen, nach dem, was mir angetan wurde?

Zu hören, was Roni im Oktober widerfahren ist, hat für den Rest des Tages wie eine dunkle Wolke über mir gehangen. Ich bin in mein Büro zurückgekehrt, habe die Artikel über den Tod ihres Mannes gelesen und war um ihretwillen zutiefst erschüttert. Ich weiß nur zu gut, wie es sich anfühlt, so einen Verlust zu erleiden, und wie schwer es ist, sein Leben danach wiederaufzubauen. Dass sie nur so kurz verheiratet waren, berührt mich sehr. Sie hatten nie eine Chance.

War es befremdlich, dass sie mir gefolgt ist? Klar, aber als sie es mir erklärt hat, habe ich es verstanden. Nach Vics Tod habe ich auch komische Sachen gemacht. Einmal hab ich im Supermarkt eine Frau mit langem dunklen Haar bemerkt, die mich an sie erinnert hat. Ich bin ihr durch den gesamten Laden gefolgt, habe mich hinter ihr an der Kasse angestellt und in atemloser Anspannung gewartet, bis ich endlich ihr Gesicht gesehen habe und akzeptieren musste, dass sie nicht meine wiederauferstandene Frau war. Denn das ist nicht möglich. Doch versuch das mal jemandem zu sagen, der dabei ist, sich an das Leben als Witwer zu gewöhnen.

Mein Gott, wie ich dieses verdammte Wort hasse.

Witwer.

Mein Großvater ist Witwer, aber er ist zweiundachtzig.

Ich bin achtunddreißig, und ehrlich, es ist ein verflucht großer Unterschied, ob man mit über achtzig oder mit über dreißig Witwer ist.

Ich hatte das große Glück, dass mir meine wundervollen Eltern geholfen und Maeve und mich mit ihrer Liebe und Unterstützung über Wasser gehalten haben. Genau wie meine Freunde, zu denen auch unser neuer Präsident Nick Cappuano und seine Frau Sam gehören. Nick und ich kennen uns seit unserem gemeinsamen Anfang in Washington, und er hat mich gerettet, als Präsident Nelson gestorben war und ich kurz ohne Job dastand. Nick hat mich gebeten, als stellvertretender Stabschef zu bleiben, was eine große Ehre war – und eine große Erleichterung, denn so konnte ich meine Arbeit einfach weitermachen, was es mir ermöglicht, den Rest meines Lebens einigermaßen im Griff zu behalten. Nicht dass ich nicht etwas anderes hätte finden können, doch in dem Job zu bleiben, den ich schon hatte, war die beste aller Möglichkeiten.

Nach Vics Tod hat es mich einige Zeit und Mühe gekostet, eine neue Routine zu etablieren, die für Maeve und mich funktioniert. Wir haben eine wundervolle Nanny – Patrice –, die Maeve zur Kita in der Nähe unserer Wohnung bringt, wo meine Tochter mit anderen Kindern spielen kann. Nach dem Mittagsschlaf holt Patrice sie wieder ab und bleibt bei ihr, bis ich von der Arbeit nach Hause komme. Maeve liebt sie, und für mich ist sie ein echtes Gottesgeschenk.

Nachdem sie bei uns angefangen hatte, habe ich für eine Weile befürchtet, dass Patrice Hoffnungen darauf hegen könnte, mehr als nur Maeves Nanny zu werden, aber dem habe ich sofort einen Riegel vorgeschoben, damit es zwischen uns nicht komisch wird. Manchmal ertappe ich sie immer noch dabei, wie sie mich mit diesem Ausdruck in den Augen mustert, den Frauen kriegen, wenn sie an einem Mann interessiert sind, doch ich brauche sie zu sehr, als dass ich mich je auf irgendwas mit ihr einlassen würde.

Außerdem, so bezaubernd sie auch ist, ich bin nicht an ihr interessiert.

An Roni Connolly hingegen könnte ich sehr wohl interessiert sein, und das kommt mir so verdammt irre vor, vor allem, da ich mich spontan zu ihr hingezogen gefühlt habe, selbst als ich noch dachte, sie würde mich stalken. Warum sie und nicht eine der vielen anderen Frauen, die ich seit Vics Tod getroffen habe? Warum sie und nicht Patrice, die offensichtlich auf mich steht, meine Tochter liebt und von ihr geliebt wird?

Weil die Wege des Schicksals unergründlich sind. Deshalb. Ich sollte genervt sein davon, wie komisch Roni sich bei unserer ersten Begegnung verhalten hat, aber nachdem ich von ihrem Verlust erfahren habe, will ich einfach nur mehr über sie wissen. Ich will wissen, ob es ihr gut geht, ob sie zurechtkommt und ob sie … nun ja, irgendetwas braucht. Was verrückt ist, ich weiß, doch das ist schließlich alles am Verwitwetsein, bis man sich daran gewöhnt hat. Dann tut es bloß noch weh. Ständig. Es ist ein nicht nachlassender Schmerz, den nichts zu lindern vermag.

Was echt ätzend ist.

Dabei ist das Leben so unbarmherzig, es marschiert voran, als wäre nichts passiert, erwartet von dir, dass du auftauchst – zur Arbeit, um dich um dein Kind zu kümmern und all die Sachen zu tun, die du vorher getan hast. Nur jetzt ohne den Menschen, der dein Leben lebenswert gemacht hat. Nicht dass Maeve mein Leben nicht lebenswert macht. Das tut sie. Allerdings anders. Ohne Vic ist alles anders, und nicht auf gute Weise.

Und noch eine Sache über Witwer möchte ich verraten: Es ist anstrengend, sich ständig so beschissen zu fühlen. Es wird sehr schnell sehr ermüdend, und außerdem geht es komplett gegen meine Natur. Ich bin ein positiver, optimistischer Mensch, und ständig niedergeschlagen und untröstlich zu sein hat mich ausgelaugt. Ich bin es leid, müde zu sein und traurig und Mitleid zu erregen. Ich bin bereit, mich wieder rauszuwagen und es vielleicht mit jemand Neuem zu probieren. Sam und andere Freunde haben mir angeboten, mich mit den verschiedensten Frauen zusammenzubringen, aber das ist eine Vorstellung, die mir nicht behagt, also habe ich ihre Angebote abgelehnt.

Mir wäre es lieber, wenn es einfach geschieht. Zum Beispiel, wenn eine umwerfende, frisch verwitwete Frau mich stalkt, weil ich sie von hinten an ihren Mann erinnere. Was kann da schon schiefgehen? Bei dem Gedanken muss ich lachen, und ich leere mein Glas, überprüfe zum zweiten Mal alle Schlösser im Haus und schalte die Alarmanlage an, die ich installiert habe, nachdem meine Frau in unserem Haus ermordet worden ist. Dann begebe ich mich nach oben.

Vor Maeves Zimmer bleibe ich stehen und schleiche dann

auf Zehenspitzen hinein, um nach meinem kleinen Mädchen zu sehen, das – den Daumen im Mund – tief und fest schläft. Wir arbeiten daran, ihr das abzugewöhnen, doch es funktioniert offensichtlich nicht sonderlich gut. Vic hätte das schon längst geschafft. Sie wusste auf eine tief in ihr verwurzelte Art und Weise, was unsere Kleine braucht, obwohl sie selbst den größten Teil ihres Lebens über elternlos gewesen war. Ich beuge mich vor, gebe Maeve einen Kuss auf die Stirn und streiche ihr die blonden Locken aus dem süßen Gesicht.

Sie ist ein absoluter Engel, und ich bin so froh, sie zu haben. Wenn ich an die Tage denke, in denen wir nicht wussten, wo sie ist … Schnell schüttle ich diese Gedanken ab, um die Hoffnung auf wenigstens ein wenig Schlaf zu haben. Ich gehe aus ihrem Zimmer und lasse die Tür angelehnt, damit ich es höre, falls sie aufwacht. Dann betrete ich mein Schlafzimmer, das ich nach Vics Tod auf den Rat meiner Mutter hin neu eingerichtet habe.

Ich bin froh, dass ich ihren Rat angenommen habe. Vermutlich hätte ich das Haus verkaufen sollen, nach dem, was in der Küche passiert ist, aber zu der Zeit war allein der Gedanke daran, alles einzupacken und umzuziehen – oder uns überhaupt ein neues Zuhause zu suchen, nachdem es so schwer gewesen war, dieses zu finden –, einfach unerträglich. Vic und ich haben Monate nach einem Haus in diesem Viertel gesucht und es am gleichen Tag, an dem wir es besichtigt haben, gekauft, damit es uns niemand wegschnappen kann.

Ich habe es einfach nicht ertragen, das alles noch mal durchzumachen, auch wenn ich sie jedes Mal in einer Blutlache liegen sehe, sobald ich in die Küche komme. Die habe ich in dem Versuch, die grauenhaften Erinnerungen auszulöschen, ebenfalls umgestaltet. Doch einige Dinge lassen sich nicht vergessen, egal, wie sehr wir uns bemühen.

Wir hätten umziehen sollen. Diese Erkenntnis hatte ich, kurz nachdem meine großartige Mutter sich um die Renovierung gekümmert hatte. Ich habe ihr nie gesagt, dass die nicht geholfen hat, aber ich glaube, sie weiß es. Ich knöpfe das Hemd auf, das ich zur Arbeit getragen habe, und werfe es auf den Stapel für die Reinigung, um den ich mich am Wochenende kümmern werde. Dann schlüpfe ich in eine Schlafanzughose und ein T-Shirt.

Vic und ich haben immer nackt geschlafen, was noch etwas ist, das sich nach ihrem Tod verändert hat. Ich kann nicht riskieren, dass mein kleines Mädchen in der Nacht zu mir kommt und mich splitterfasernackt im Bett vorfindet.

Dieser Teil des Tages ist für mich der schwerste: in ein großes, leeres Bett zu steigen und mich nach einer Zeit zu sehnen, in der ich nicht allein war. Ich vermisse meine wunderschöne, süße, lustige Frau und den Spaß, den wir immer zusammen hatten, egal, was wir gemacht haben. Es ist schwer, damit fertigzuwerden, dass sie mich am Anfang belogen hat, dass unsere magische Verbindung eine große, fette Lüge war. Zumindest zu Beginn. Doch was als Täuschung angefangen hat, wurde zu wahrer Liebe, das hat Vic mir in ihrem Brief verraten.

Dieser Brief ist mein Ein und Alles. Ich habe einen speziellen feuerfesten Safe gekauft, in dem ich ihn aufbewahre, damit ihm nichts passiert. Wenn Maeve eines Tages die Geschichte davon hört, wie ihre Mutter gestorben ist, soll sie den Brief erhalten, damit sie erfährt, wer ihre Mom wirklich war. Diese Information wird für sie genauso wichtig sein, wie sie für mich war. Die arme Vic, sie hatte nie eine Chance, nachdem die Pattersons sie nach dem tragischen Tod ihrer Eltern bei sich »aufgenommen« hatten, der später auch Arnie und seinen teuflischen Söhnen zugeschrieben werden konnte.

Während ich an die dunkle Decke starre und die finstersten Tage meines Lebens noch einmal durchlebe, fällt mir auf, dass es eine Weile her ist, dass ich das zum letzten Mal getan habe. Dadurch, dass ich Roni getroffen und gehört habe, was ihr und ihrem Mann passiert ist, ist der ganze Mist wieder hochgekocht. Das ist vermutlich ein Zeichen dafür, dass ich mich von ihr fernhalten sollte. Die Tatsache, dass sie so wie Vic braune Haare und Augen hat, ist noch eins. Auch wenn sie ihr ansonsten ehrlich gesagt überhaupt nicht ähnlich sieht.

Mich mit solchen Überlegungen rumzuschlagen ist weder für mich gut noch für Maeve, und für sie muss ich stark und ausgeglichen sein. An Vic zu denken und an das, was ihr zugestoßen ist – und warum –, ist für mich nicht gesund. Genauso wenig, wie unangemessene Gedanken über meine neue Kollegin zu haben, die außerdem eine Freundin der First Lady und zu allem Überfluss kürzlich verwitwet ist.

Sie hat gerade erst den schlimmsten Verlust ihres Lebens erlitten, was bedeutet, sie ist weder offen für mich noch für sonst jemanden. Ich konnte mir drei Monate nach Vics Tod kaum die Schnürsenkel binden. Dass Roni überhaupt durch den Tag kommt, nötigt mir höchste Bewunderung ab.

Mir zu erlauben, im Geiste auf Wegen zu wandeln, die zu Roni führen, ist Verschwendung von Zeit, die ich besser dafür nutzen könnte, mich um meine Tochter zu kümmern und einem meiner besten Freunde zu helfen, der erfolgreichste US-Präsident der Geschichte zu werden.

Ich habe keine Zeit, an meine kürzlich verwitwete neue Kollegin zu denken oder daran, wie hübsch sie ist oder wie betroffen mich das Schicksal ihres Ehemanns gemacht hat. Oder wie süß sie ausgesehen hat, als sie mir gestanden hat, warum sie mir gefolgt ist. Oder wie sie alle Schuld dafür, dass sie sich verrückt benommen hat, auf sich genommen hat, was wirklich bezaubernd war.

Nein, diesen Weg darf ich definitiv nicht beschreiten.

9

Roni

Kurz vor meinem Termin um vier Uhr treffe ich in Dr. Gordons Praxis ein. Meine Nerven sind zum Zerreißen gespannt, weil ich mir Sorgen mache, was bei der Ultraschalluntersuchung herausgefunden wird und ob es meinem Baby gut geht. Dazu kommt, dass ich, wenn alles in Ordnung ist, meiner Familie erzählen muss, was los ist. Ich bin mir nicht sicher, wie ich es finde, dieses Geheimnis mit meinen Liebsten zu teilen. Ein Teil von mir möchte die Nachricht noch eine Weile länger für sich behalten, denn sobald ich es meiner und Patricks Familie sage, ist das Baby nicht mehr länger nur meins.

Nicht dass ich das Baby meiner Familie vorenthalten will, sobald es auf der Welt ist. Bestimmt nicht. Ich werde alle Hilfe brauchen, die ich kriegen kann, aber im Moment, während das Baby die Größe einer kleinen Erdnuss hat (das habe ich im Internet gelesen), möchte ein Teil von mir ihn oder sie ganz für mich allein haben.

Was eigentlich gar nicht zu mir passt. Die Roni vor der Katastrophe hätte inzwischen schon jedem von dem Baby erzählt. Sie konnte nichts für sich behalten. Patrick habe ich immer alles erzählt, und meiner Mutter und meinen Schwestern das meiste. Es ist seltsam, dass ich das hier bisher für mich behalten habe, doch mein Verhalten in Bezug auf Derek Kavanaugh hat ja bereits bewiesen, dass ich seltsam bin.

Uff.

Ich habe mich so dämlich angestellt, als ich ihm am Montag gestanden habe, dass er mich von hinten an Patrick erinnert, und mich dafür entschuldigt habe, ihm gefolgt zu sein. Immer wenn ich an diese Unterhaltung denke, zucke ich innerlich zusammen. Und jetzt arbeite ich auch noch am gleichen Ort wie er, wobei ich hoffe, dass unsere Wege sich im Weißen Haus nicht allzu oft kreuzen werden.

Gestern und heute habe ich ihn nicht gesehen. Nicht dass ich Ausschau nach ihm gehalten hätte. Das habe ich nicht, wirklich!

Wenn ich jedoch ein kleines Geständnis machen darf … Sagen wir, ihn kennenzulernen und zu erfahren, dass er auch verwitwet ist, hat meine Stimmung auf eine Weise gehoben, die ich mir nicht wirklich erklären kann. Auf keinen Fall bin ich an ihm als Mann interessiert, denn dafür ist es noch viel zu früh, aber zu wissen, dass es ihn gibt und er versteht, was ich durchmache, vermittelt mir ein gutes Gefühl.

Mir ist nicht entgangen, dass ich mit jedem Tag, der verstreicht, komischer werde. Eine der Witwen, denen ich auf Instagram folge, hat geschrieben, wenn man einen Menschen verliert, ändert man sich grundlegend und wird zu einer ganz neuen Version von sich selbst. Das ist genau das, was mir passiert, und offensichtlich ist diese neue Version von mir total verrückt und läuft fremden Männern nach, weil sie von hinten ihrem verstorbenen Mann ähneln.

Wo zum Teufel bleibt eigentlich der Arzt? Im Untersuchungsraum ist es kühl, und ich zittere, weil ich hier nur in dem Krankenhauskittel sitze, den die Arzthelferin mir gegeben hat. Die Wartezeit nutze ich, um meine ersten Posts auf den Facebook- und Instagram-Accounts von FLOTUS zu checken, wo »Sam« darüber geschrieben hat, dass ihre Kinder nun nach den Weihnachtsferien wieder zur Schule gehen und sie hofft, dass alle Schulkinder in den USA einen tollen Start in das neue Jahr haben.

Für unseren ersten Post haben wir uns für eine unverfängliche Nachricht entschieden, aber als ich die Reaktionen überfliege, stelle ich fest, dass das Wort »unverfänglich« nicht existiert, was die First Lady betrifft. Ein Follower merkt an, dass es schön sein muss, seine Kinder auf eine schicke, teure Privatschule schicken zu können – was mich nervt. Die Zwillinge besuchen immer noch die gleiche Schule wie zu der Zeit, als ihre Eltern gelebt haben. Die Entscheidung, sie dort zu lassen, wurde getroffen, weil sie schon genügend Veränderungen zu verkraften hatten. Scotty ist auf einer öffentlichen Schule, was jedoch bequemerweise niemand erwähnt.

Ich schicke eine Nachricht an Sam: *Wir bekommen Gegenwind, weil die Zwillinge auf eine Privatschule gehen. Soll ich darauf antworten?*

Dr. Gordon klopft an die Tür und tritt ein. »Hi, Roni, sorry, dass ich Sie so lange habe warten lassen. Eine unerwartete Geburt heute früh hat meinen Terminplan komplett auf den Kopf gestellt.«

Ich lasse das Handy in meine Handtasche fallen, die neben dem Untersuchungsstuhl auf dem Boden steht. »Babys sind immer für Überraschungen gut, was?«

»Sie haben ja keine Ahnung … Wie geht es Ihnen?«

»Mittlerweile besser. Die Übelkeit hat nachgelassen, was wirklich eine Erleichterung ist.«

»Oh, das sind erfreuliche Neuigkeiten. Sie essen jetzt für zwei, und wir müssen darauf achten, dass Sie gesund bleiben. Da ist es gut, dass Sie seit Ihrem letzten Besuch zwei Pfund zugenommen haben.« Er tippt etwas in den Computer und schaut mich dann an. »Sind Sie so weit, Ihr Baby zu sehen?«

»Bevor wir das tun … Wenn irgendetwas nicht stimmt, sagen Sie es mir, oder?«

»Versprochen. Uns in dem Punkt Gewissheit zu verschaffen, ist einer der Gründe, warum wir den Ultraschall machen.«

Eigentlich will ich es gar nicht wissen, wenn etwas nicht stimmt. Noch mehr schlechte oder traurige Nachrichten ertrage ich nicht. Aber ich will auch die Wahrheit. Ich werde die Mutter dieses Kindes sein, und als solche muss ich alles über sie oder ihn wissen. Wo wir gerade davon sprechen ... »Können Sie heute das Geschlecht erkennen?«

»Vermutlich nicht. Das kommt erst später, so in der vierzehnten bis achtzehnten Woche.«

»Oh. Okay.«

»Sind Sie bereit, einen Blick zu riskieren?«

»Ich glaube schon.«

»Es wundert mich, dass Sie zu diesem Termin niemanden mitgebracht haben.«

»Ich habe es noch niemandem erzählt.«

»Warum nicht?«

»Erst wollte ich die Ultraschalluntersuchung hinter mir haben.«

»Na, dann sollten wir loslegen. Ich bin gleich zurück.«

Eine Arzthelferin kommt herein, breitet ein Papiertuch über meinen Unterleib und faltet meinen Kittel hoch, um meinen Bauch freizulegen.

Sie erklärt, dass der Arzt ein Gel auf meinem Bauch verteilen und dann mit dem Ultraschallgerät darüberfahren wird. Wenn es kein gutes Bild vom Fötus gibt, muss eventuell ein Vaginalultraschall durchgeführt werden.

Bei dem Gedanken muss ich schlucken. »Das klingt ja sehr angenehm.«

»Es tut nicht weh, versprochen.«

»Na immerhin.«

Sie tätschelt mir die Schulter. »Entspannen Sie sich, und versuchen Sie, sich keine Sorgen zu machen. Die Untersuchung ist oft sehr aufregend, da Sie das erste Mal den Herzschlag Ihres Babys hören können.«

Die Vorstellung begeistert mich, und ich kann es kaum noch erwarten.

Ein paar Minuten später kehrt Dr. Gordon zurück und wäscht sich die Hände, bevor er sich Handschuhe überzieht. »Bereit?«, fragt er.

»Ich glaube schon.«

»Entspannen Sie sich einfach. Das hier ist totale Routine.«

»Für Sie.«

Er lacht. »Okay, dann wollen wir mal.« Er verteilt kaltes Gel auf meinem Bauch und fährt dann mit der Ultraschallsonde vor und zurück, wobei er den Blick fest auf den Monitor gerichtet hält.

Und dann höre ich es auf einmal … Das schnelle Pochen des Herzens meines Babys.

»Da ist es ja.« Dr. Gordon lächelt und zeigt auf den Monitor, doch das Bild ergibt für mich nicht wirklich einen Sinn, bis er anfängt, zu erklären, was da zu sehen ist. »Der Kopf ist hier, da ein Arm, eine Hand, ein Bein und ein Fuß.«

Durch meine Tränen hindurch kann ich kaum etwas erkennen. Da ist wirklich ein Baby. Patricks Baby. »Ist er oder sie … Ist alles in Ordnung?«

»Alles schaut sehr gut aus. Ich schätze, Sie sind ungefähr in der dreizehnten Woche.«

»Wie konnte ich so lange schwanger sein, ohne etwas davon zu ahnen, bis Sie es mir gesagt haben?«

»Sie hatten andere Dinge im Kopf, Roni. Traumata stellen die seltsamsten Dinge mit einem an, und es überrascht mich überhaupt nicht, dass Sie bis zu dem Termin bei mir eins und eins nicht zusammengezählt haben.«

Während er die Untersuchung fortsetzt, denke ich an die Zeit vor drei Monaten zurück. O mein Gott. Das war das Wochenende Anfang Oktober, an dem wir mit zwei befreundeten Paaren vom College zum Strand in Rehoboth, Delaware, gefahren sind. Das letzte Wochenende, das wir vor Patricks Tod zusammen hatten. Es war so ungewöhnlich kalt, dass wir es nicht ertragen haben, lange draußen zu sein, also haben wir es uns in dem gemieteten Haus mit dem Kamin und unseren Büchern und ein paar Filmen gemütlich gemacht. Es war ein lustiges, entspanntes Wochenende, an dem unser Baby empfangen wurde.

Die Tränen rollen mir ungehindert über die Wangen, während ich auf den Monitor schaue und sehe, wie das kleine Herz hektisch schlägt. Seit diesem Wochenende am Strand hat sich alles so sehr verändert, dass ich mich kaum wiedererkenne in diesem Leben ohne Patrick.

»Kann ich jemanden für Sie anrufen, Roni?«, fragt Dr. Gordon mitfühlend.

»Nein, danke. Es geht mir gut. Das ist alles nur ziemlich überwältigend.«

»Ich weiß. Aber das Gute an Babys ist, dass sie einem ausreichend Zeit dafür lassen, sich auf ihre Ankunft vorzubereiten.«

Alle Zeit der Welt würde nicht ausreichen, um mich darauf vorzubereiten, dieses Kind ohne seinen Vater großzuziehen. »Das sind wirklich gute Neuigkeiten«, sage ich, hauptsächlich, damit er sich nicht fragt, ob er mich wirklich allein lassen kann.

Er wischt mir das Gel vom Bauch und hilft mir, mich aufzusetzen. »Angesichts Ihrer Angaben und der Größe des Fötus würde ich als Stichtag den 25. Juni ansetzen.«

Erleichtert atme ich aus. Er hat recht. Ich habe Zeit, mich auf das hier vorzubereiten.

»Ich weiß, dass das im Moment alles ziemlich viel ist, Roni, doch ich habe vollstes Vertrauen, dass Sie diesem kleinen Knirps eine wundervolle Mutter sein werden.«

»Danke«, antworte ich leise. »Das hoffe ich.«

»Wir sehen uns weiterhin einmal im Monat, bis wir uns dem Stichtag nähern. Dann kommen Sie bitte wöchentlich.«

»Okay.«

Er reicht mir ein Ultraschallbild. »Sie können sich jetzt anziehen«, meint er und verlässt den Raum.

Als ich allein bin, starre ich das schwarz-weiße Bild mit dem kleinen Ding in der Mitte an, das mein Baby ist.

Ich kriege ein Baby.

Ganz allein.

Weil es so ungerecht ist, dass Patrick das alles verpasst, breche ich in trockene Schluchzer aus. All das nur, weil zwei Idioten sich um eine Frau gestritten haben und einer von ihnen eine Waffe gezogen hat. Ich weine so sehr, dass ich keine Luft mehr bekomme. Ich würde alles dafür geben, dass Patrick jetzt seine Arme um mich legt und mir sagt, dass alles gut wird, so wie nur er es konnte.

Sosehr ich meinen neuen Job und die Leute, die ich seit seinem Tod kennengelernt habe, liebe, würde ich sofort in mein Leben davor zurückkehren, wenn ich dadurch mehr Zeit mit ihm hätte und er irgendwann sein Kind im Arm halten könnte.

Es ist so traurig und unfair. So unglaublich unfair.

Ich schnappe mir aus der Spenderbox auf der Arbeitsfläche ein paar Taschentücher und trockne mir das Gesicht ab, bevor ich aus dem Kittel schlüpfe und die Leggins und das lange T-Shirt anziehe, die ich für das Treffen mit den Wilden Witwen mitgenommen habe. Meine Arbeitsklamotten verstaue ich in meiner Tasche, dann bürste ich mir kurz die Haare. Als ich mich so weit in der Gewalt habe, wie es dieser Tage möglich ist, verlasse ich das Untersuchungszimmer. Dr. Gordon wartet auf dem Flur auf mich.

»Alles gut?«, fragt er mit diesem mitfühlenden Blick, der in mir den Wunsch weckt, ihn zu umarmen.

»Irgendwie wird es schon werden«, erwidere ich.

»Haben Sie einen guten Therapeuten?«

»Bisher noch nicht.«

»Das wäre vielleicht eine gute Idee. Sie haben viel durchmachen müssen. Ich könnte Ihnen ein paar Namen geben, wenn Sie möchten.«

»Ja, gern.«

»Wenn Sie mir Ihre E-Mail-Adresse aufschreiben, schicke ich Ihnen eine Liste.«

Ich nehme den Rezeptblock und den Stift, die er mir hinhält, und notiere meine private E-Mail-Adresse.

»Ich melde mich in ein, zwei Tagen.«

»Danke.«

Während seine Rezeptionistin mir die Karte mit meinem nächsten Termin reicht, lächelt sie mich teilnahmsvoll an. Ich bin mir sicher, dass er ihr nichts über meine Geschichte erzählt hat, aber irgendwie weiß sie es trotzdem. Vielleicht hat sie in der Zeitung davon gelesen oder es in den Regionalnachrichten gehört. Die Geschichte hat damals viel Aufmerksamkeit erregt.

Um kurz nach fünf verlasse ich die Praxis und trete in die eisige Dunkelheit hinaus. Kurz überlege ich, das Witwentreffen ausfallen zu lassen, doch nachdem ich mein Baby auf dem Ultraschall gesehen habe, brauche ich die Unterstützung mehr als je zuvor. Deshalb rufe ich ein Uber, das mich zu der Garage bringt, in der der Audi steht.

Im Dunkeln zu fahren macht mich nervös, aber ich bin entschlossen, mich in Fairfax mit den Frauen zu treffen, die bereits so gut zu mir gewesen sind. Der Verkehr aus der Stadt raus ist wie immer schrecklich. Auf der 14th Street Bridge stehe ich geschlagene fünfzehn Minuten, was mir Zeit dafür gibt, meine Nachrichten zu checken. Über Sams Antwort auf meine Frage von vorhin muss ich lachen.

Verdammt, nein. Ich will nicht, dass du diesen Idioten antwortest. An solche Leute vergeuden wir keine Energie. Nur zitiere mich bitte nicht bezüglich des »Verdammt«-Teils.

Mein Gott, ich liebe sie. Sie ist so lustig und authentisch, und ihr liegt viel an den Menschen in ihrem Leben.

Verstanden. Und ich stimme dir zu. Die Leute sollten sich um ihren eigenen Kram kümmern.

Ganz genau. Wobei ich vermutlich den falschen Mann geheiratet habe, wenn ich nicht will, dass andere Leute ihre Nase in meine Angelegenheiten stecken.

Darüber muss ich wieder lachen. *Könnte sein.*

Gott sei Dank ist er es wert. Denn wenn nicht …

LOL

Wie waren dein zweiter und dein dritter Tag im WH?

Ganz wunderbar. Alle sind sehr nett und hilfsbereit.

Sorry, dass ich nicht da war. Die Arbeit war verrückt, wie immer. Aber lass es mich wissen, wenn du was brauchst.

Alles ist gut. Wir sind für dich da.

Das ist eine große Erleichterung, Roni. Wirklich.

Ich freu mich, dass ich helfen kann. Melde mich morgen.

Ich werde da sein.

Ich schicke ihr ein Daumen-hoch-Emoji, obwohl ich sie in Wirklichkeit nach Derek Kavanaugh fragen will. Aber das würde ich niemals tun. Es ist einfach zu schräg, und ich bin auch so schon komisch genug, ohne es noch schlimmer zu machen. Außerdem scheint es angesichts meines Zusammenbruchs in der Arztpraxis noch viel zu früh dafür zu sein, mich nach einem Mann zu erkundigen. Der Gedanke, mit jemandem auszugehen, kommt mir absurd vor. Ich erinnere mich allerdings auch an Iris, die mir versichert hat, dass es normal ist, solche Gedanken zu haben, während einem die neue Realität bewusst wird. Ich habe noch ein sehr langes Leben ohne Patrick vor mir, was sich für mich überhaupt nicht normal anfühlt, und ich kann mir nicht vorstellen, dass es das jemals tun wird.

»Übrigens«, sage ich laut. »Ich bin mit dem Kind meines toten Mannes schwanger, doch ansonsten habe ich keine Altlasten.«

Die Absurdität des Ganzen bringt mich zum Lachen. Ich bin mir sicher, die Männer würden Schlange stehen, um sich um mich, mein ungeborenes Kind und das ganze Chaos zu kümmern, das eine Frau mit sich bringt, die für immer einen anderen lieben wird. Ich frage mich, ob es in den Dating-Apps eine spezielle Kategorie für Witwen gibt, die noch in ihren verstorbenen Partner verliebt sind. Danach muss ich die Gruppe direkt mal fragen.

Verwitwet zu sein ist so verdammt bizarr. In der einen Minute hockt man auf dem Badezimmerboden und weint sich die Augen über seine verlorene Liebe aus, und in der nächsten macht man sich Gedanken über einen interessanten Mann, den man kennengelernt hat. Dabei hat man gar keinen Platz im Leben für irgendetwas anderes als dafür, die nächsten fünf Minuten zu überstehen. Ich habe viele Berichte von jungen Witwen gelesen, die über diesen seltsamen Zustand geschrieben haben, in dem man versucht, mit der allumfassenden Trauer umzugehen, während man gleichzeitig ein halbes Auge auf die Zukunft richtet, die höchstwahrscheinlich an irgendeinem Punkt eine neue Liebe beinhalten wird.

Das ist überwältigend und deprimierend, denn die einzige Liebe, die ich will, ist die, die ich verloren habe. Und schon bin ich wieder in dem nicht enden wollenden Kreislauf der Gedanken gelandet, der mir das Gefühl gibt, eine Fremde in meinem eigenen Kopf zu sein.

Als ich endlich Iris' zweigeschossiges Haus in Fairfax erreiche, bin ich eine halbe Stunde zu spät. Vor ihrem Haus stehen ziemlich viele Autos, deshalb muss ich ein Stück die Straße entlangfahren, um einen Parkplatz zu finden. Ich nehme die Flasche Wein, die ich für das Treffen von zu Hause mitgebracht habe. Da ich sie nicht trinken kann, dachte ich, könnten wenigstens andere ihren Spaß damit haben. Die Erkenntnis, dass ich tatsächlich so weit gedacht habe, lässt mich kurz innehalten. Es kommt mir so vor, als sei es das erste Mal seit Patricks Tod, dass das passiert ist. Für eine Weile habe ich sogar überlegt, ob mein Gehirn diese spezielle Funktionsweise für immer aufgegeben hat. Die Flasche Wein beweist mir das Gegenteil.

Ich gönne mir einen Moment, um die Fortschritte zu würdigen, die ich der anhaltenden Trauer abtrotze. Der Vorfall in der Praxis hat mir gezeigt, dass ich noch weit davon entfernt bin, sie überwunden zu haben, aber hey, ich konnte mich daran erinnern, Wein zum Witwentreffen mitzubringen, und ich nehme meine Fortschritte, wo ich sie kriegen kann.

Als ich die Stufen zu Iris' Haustür hinaufgehe, bin ich auf einmal nervös.

Iris lächelt strahlend, als sie mir öffnet. Ich erkenne sie von ihrem Instagram-Profil wieder. Sie ist zierlich, mit hellbrauner Haut, hat funkelnde braune Augen und lockige Haare, die sie mit einem bunten Tuch gebändigt hat. Sie umarmt mich, als wären wir alte Freundinnen, woraufhin ich mich sofort entspanne und meine Angst davor verfliegt, einen Raum voller Fremder zu betreten. »Ich bin so froh, dass du gekommen bist«, flüstert sie, als sie mich schließlich loslässt.

»Das hatte ich doch versprochen.«

»Das tun viele Leute, und wenn es dann so weit ist, tauchen sie nicht auf, was total in Ordnung ist. Ich hatte nur wirklich gehofft, dass du es schaffen würdest, damit wir uns persönlich kennenlernen.«

»Dein Haus ist ganz bezaubernd.«

»Oh, danke. Wenn es eine Rettung für Witwen gibt, dann sind es Lebensversicherungen. Mikes war echt gut und hat es mir ermöglicht, in unserem Haus zu bleiben und erst wieder arbeiten zu müssen, wenn die Kinder alle in die Schule gehen. Das ist ein echter Segen.«

»Das ist super. Patricks war auch gut. Es hilft, wenn man sich keine Sorgen ums Geld machen muss.«

»Da hast du recht. Leider hatten nicht alle in unserer Gruppe solches Glück.« Sie hängt meinen Mantel an einen Haken neben der Tür und nimmt meine Hand. »Komm. Ich werde dir alle vorstellen.«

Im Wohnzimmer erkenne ich Brielle von ihrem Profilfoto und erwidere die warmherzige Umarmung, mit der sie mich begrüßt. Sie hat eine sehr weibliche Figur und ist ausgesprochen attraktiv mit ihren dunklen Haaren und Augen und dem Lächeln, das von ihrem knallroten Lippenstift betont wird.

»Es ist so schön, dich persönlich kennenzulernen«, sagt sie.

»Gleichfalls.«

Ich werde noch mehreren anderen Frauen vorgestellt, bevor ich Iris in die Küche folge und beinahe das Atmen vergesse, als ich dort Derek stehen sehe.

»Das kann ja wohl nicht wahr sein«, erklärt er grinsend. »Jetzt zählt es offiziell als Stalking.«

10

Roni

»Ich wusste nicht, dass du hier sein würdest!«

Sein Lachen lässt sein attraktives Gesicht noch anziehender wirken.

»Ich sehe, du hast Derek schon kennengelernt«, meint Iris lächelnd.

»Sie stalkt mich«, erwidert er.

»Das tue ich nicht! Also, nicht mehr.«

»Ich wittere hier eine Geschichte«, antwortet Iris und bietet mir etwas zu trinken an.

Ich reiche ihr den Wein, den ich mitgebracht habe und den ich auf einmal direkt aus der Flasche trinken will. »Für mich ein Wasser mit Eis, bitte.« In diesem Moment fällt mein Blick auf das Essen und die Desserts, die auf dem Küchentisch und der angrenzenden Arbeitsplatte ausgebreitet sind. »Du hast mir nicht gesagt, dass ich etwas zu essen mitbringen soll.«

»Nächstes Mal.« Sie reicht mir ein Glas Wasser. »Neue Mitglieder müssen nie etwas beisteuern, aber du darfst dich gern bedienen.«

Da ich tatsächlich mal hungrig bin, mache ich mir einen Teller mit zwei verschiedenen Salaten, Nudeln und einem Hühnchengericht zurecht, das köstlich duftet.

Derek rückt ein Stück zur Seite, damit ich mich zum Essen neben ihn stellen kann.

»Ich schwöre, ich wusste wirklich nicht, dass du hier sein würdest«, beteuere ich zwischen zwei Bissen.

»Natürlich nicht«, zieht er mich grinsend auf. »Ich bin froh, dass du von dieser Gruppe gehört hast. Für mich war sie ein echtes Gottesgeschenk. Ich hoffe, das wird sie für dich auch sein.«

»Wie lange bist du schon dabei?«

»Etwas mehr als ein Jahr, schätze ich. Seit kurz nach dem Tod meiner Frau. Eine Yogafreundin meiner Mutter war Mitglied. Sie hat mir davon erzählt. Anfangs hab ich geglaubt, ich würde so etwas nicht brauchen, doch nach ein paar schweren Monaten war ich verzweifelt genug, dass ich beschloss, mal ein Treffen zu besuchen. Ich habe in dieser Gruppe viele tolle Freunde gefunden.«

Einige der Frauen, mit denen er sich gerade unterhalten hatte, als ich reingekommen bin, sind in der Nähe geblieben, als hofften sie darauf, weiter mit ihm sprechen zu können. Eine von ihnen beäugt mich mit einem Hauch von Feindseligkeit, der mich dazu bringt, konzentriert auf mein Essen zu starren. Ich wette, in Witwenkreisen ist er ein echter Hauptgewinn – jung, sexy, erfolgreich und alleinerziehender Vater einer bezaubernden Tochter. Kaum habe ich diesen Gedanken, fühle ich mich schon kleinlich und engherzig.

Was interessiert es mich, wenn er für die anderen Witwen unwiderstehlich ist? Es ist ja nicht so, als hätte ich in meinem Leben Raum dafür, an ihm oder sonst einem Mann interessiert zu sein. Sie können ihn haben.

Wobei … das gefällt mir auch nicht.

Mein Gott, Roni, konzentrier dich auf dein Essen, und sei still.

»Wie läuft es im neuen Job?«, fragt Derek.

»Bisher liebe ich es. In unserem Büro sind alle so nett und hilfsbereit, und für Sam zu arbeiten ist einfach großartig.« Ich werfe ihm einen Blick zu. »Es ist in Ordnung, wenn ich sie Sam nenne, oder?«

»Na klar. Ich nenne ihn auch Nick, wenn wir allein sind. Er

besteht darauf. Jetzt, wo alle ihn Mr President nennen, sehnt er sich nach etwas Normalität. Ich bin mir sicher, ihr geht es genauso.«

»Die beiden machen das ziemlich fabelhaft.«

»Unbedingt. Und sie sind beide großartig und ein wunderbares Paar. Er war nie so glücklich wie in den letzten zwei Jahren, seit er sie kennengelernt hat.«

»Sie sind das ultimative Power-Paar, aber gleichzeitig so süß zueinander. Es ist eine Ehre, für sie zu arbeiten.«

»Das ist es. Ich war vorher für Präsident Nelson tätig, und als er gestorben ist, stand ich plötzlich mit leeren Händen da. Doch dann hat Nick mich gebeten, weiterhin in der gleichen Position für seine Administration zu arbeiten, was eine große Erleichterung war. Alleinerziehender Vater zu sein ist nicht leicht, und verlässliche Arbeitszeiten zu haben hilft da sehr.«

»Derek, willst du uns nicht mit deiner Freundin bekannt machen?«, fragt eine kühle Blondine mit umwerfenden blauen Augen und üppigem Busen, für den ich getötet hätte, bevor mein Mann mir versichert hat, dass weniger für ihn mehr sei.

Die Erinnerung raubt mir für eine Sekunde den Atem. Zum Glück ist Derek damit beschäftigt, mich den anderen vorzustellen, sodass es niemandem auffällt.

»Roni, das sind Aurora, Naomi und Kinsley. Ladys, das hier ist Roni. Geben wir ihr das Gefühl, willkommen zu sein.«

Bei diesem letzten Satz bedenkt er Aurora, die Blondine, mit einem bedeutungsvollen Blick, was in mir die Frage aufwirft, ob die beiden irgendeine Geschichte verbindet. Naomi ist rothaarig und lebhaft, während Kinsley – die hellbraune, schulterlange Haare und hellblaue Augen hat – reservierter, aber dennoch freundlich ist.

»Woher kennt ihr euch?«, will Aurora wissen.

»Wir sind Kollegen«, antwortet Derek.

»Oh, dann arbeitest du auch im Weißen Haus?«

»Ja, für die First Lady.«

»Sie ist *so* cool«, sagt Naomi. »Und ihr Mann ist einfach nur …«, sie fächelt sich mit der Hand Luft zu, »verdammt sexy.«

Ich lache über ihre schwärmerische Miene.

»Sorry, es ist eine Weile her«, erklärt sie mit einem verlegenen Lächeln. »Ein Mädchen braucht seine Fantasien, und er ist der perfekte Hauptdarsteller.«

»Kein weiteres Wort bitte«, zieht Derek sie auf. »Du redest da von meinem Freund.«

»Ich weiß«, meint Naomi. »Und es ist mir kein bisschen peinlich. Dein Freund ist heiß.«

Ich mag sie auf der Stelle – und habe sofortige Vorbehalte gegen Aurora, die sehr still geworden ist, seitdem sie gehört hat, dass ich für Sam arbeite.

»Kommt, alle zusammen!«, ruft Iris aus dem Wohnzimmer. »Lasst die Party beginnen.«

Als ich den anderen folge, sehe ich, dass Stühle und Sessel in einem großen Kreis aufgestellt sind. Ich wähle einen Platz neben Derek, natürlich nur, weil ich ihn am längsten kenne, und nicht, weil ich das Bedürfnis habe, neben ihm zu sitzen.

Du wirst wieder seltsam, Roni. Reiß dich zusammen.

Dieses Mal höre ich meine Gedanken mit Patricks Stimme und nicht mit meiner eigenen. Er war so gut darin, meine Gedanken umzulenken, wenn sie außer Kontrolle geraten sind oder wenig produktiv waren. Mit ein paar wohlgewählten Worten konnte er mich immer wieder ins Gleichgewicht bringen. Seine Stimme zu hören, und sei es nur in meinem Kopf, ist ein echtes Geschenk.

Als alle einen Platz gefunden haben, eröffnet Iris das Treffen. »Bevor jeder von uns sich ihr kurz vorstellt, möchte ich unser neues Mitglied begrüßen: Roni Connolly, willkommen in dem Club, zu dem niemand dazugehören will.«

»Ich danke euch so sehr für die Einladung.«

»Wir mögen es nicht, neue Mitglieder gleich ins Scheinwerferlicht zu schubsen«, bemerkt Iris. »Aber wenn du etwas sagen willst, darfst du das gerne tun.«

Ich hatte damit gerechnet, dass ich mich würde vorstellen müssen, deshalb bin ich mehr oder weniger gut vorbereitet. »Ich habe im Oktober meinen Mann Patrick verloren, als er sich in der Mittagspause was zu essen besorgt hat und auf der 12th Street von einem Querschläger getötet wurde. Wir waren beinahe zehn Jahre zusammen, hatten jedoch erst dreieinhalb Monate zuvor geheiratet.«

»Großer Gott«, murmelt eine Frau, deren Namen ich noch nicht kenne. »Das ist so traurig. Mein aufrichtiges Beileid.«

Während die anderen sich ihr anschließen, fühle ich mich davon getröstet, in einem Raum zu sitzen, wo alle diese ganz besondere Form des Verlustes verstehen.

»Ich möchte Iris dafür danken, dass sie mich eingeladen hat, heute herzukommen. Und Brielle dafür, dass sie schon vor dem Meeting mit mir geredet und mir geholfen hat. Ich verfolge mit großem Interesse euren Instagram-Account und habe ein paar von euch darüber schon ein bisschen kennengelernt. Jetzt freue ich mich darauf, euch noch besser kennenzulernen und die Unterstützung und Freundschaft anzunehmen, die ihr mir so großzügig angeboten habt.«

»Und wir freuen uns, dich hierzuhaben, Roni«, erklärt Brielle. »Auch wenn wir wünschten, du würdest das, was wir anbieten, nicht brauchen.«

Ich erwidere ihr herzliches Lächeln. »Ja, das wünschte ich auch. Das Ganze ist noch ziemlich neu für mich, also seid nachsichtig mit mir.«

Die anderen lachen, und ich atme ein wenig leichter, nun, wo ich das hinter mir habe.

»Ich würde sagen, wir stellen uns jetzt alle der Reihe nach Roni vor und machen von da aus weiter«, schlägt Iris vor und bedeutet Derek, anzufangen.

»Ich bin Derek. Meine Frau Victoria wurde als Teil eines finsteren Komplotts ermordet, von dem ihr alle gelesen habt, deshalb werde ich das nicht noch mal wiederholen. Ich habe eine zweijährige Tochter namens Maeve, die mein Sonnenschein ist. Und gerade habe ich mein zweites Weihnachtsfest ohne Vic überstanden. Das Leben geht weiter, aber es ist anders und weniger aufregend, als es mit ihr war. Doch Maeve und ich wurschteln uns durch, und diese Gruppe hat mir sehr geholfen. Ich bin euch allen unendlich dankbar.«

»Wir dir auch, Derek. Und deiner süßen Maeve«, sagt Iris. »Mich kennst du bereits, Roni. Mein Mann Mike ist vor knapp neunzehn Monaten bei einem Flugzeugabsturz gestorben. Ich habe drei Kinder, die sechs, vier und zwei Jahre alt sind und heute zum Glück bei meinen Eltern übernachten, damit ich ein wenig Zeit habe, um mich mit meinen Witwen in unserem Elend zu suhlen.« Sie hebt ihr Weinglas. »Ein Toast auf freie Abende und ausgiebiges Suhlen.«

»Cheers«, sagt Brielle. »Mein Mann Mark ist vor neun Monaten bei einem Skiunfall ums Leben gekommen. Das war zwei Monate vor der Geburt unseres Sohnes Charlie. Es ist schwer gewesen. Sehr, sehr schwer. Inzwischen geht es mir besser, und ich gewöhne mich langsam daran, alleinerziehende Mutter zu sein.«

»Du machst das super, Bri«, antwortet Naomi. An mich gewandt fügt sie hinzu: »Ich habe meinen Verlobten David vor zwei Jahren an Lymphdrüsenkrebs verloren und kann mich nicht wirklich ›Witwe‹ nennen. Ja, das haben Leute tatsächlich zu mir gesagt. Trotzdem musste ich die Liebe meines Lebens gehen lassen, den Menschen, mit dem ich für immer zusammen sein wollte, also verflucht noch mal, ich *bin* eine verdammte Witwe.«

»Auf jeden Fall«, bestätigt Iris. »Das bist du.«

»Warum müssen Leute zu Menschen, die einen so schlimmen Verlust zu verkraften haben, derart gemein sein?«, fragt einer der Männer. Er ist schwarz, muskulös und attraktiv und hat eine Aura der Traurigkeit um sich, die ich nur zu gut verstehe. »Oh, sorry, ich bin Adrian. Meine Frau Sadie ist vor sechs Monaten bei der Geburt unseres Sohns verblutet.«

O mein Gott. Ich weiß, dass so etwas geschehen kann, aber ich kenne niemanden, dem das passiert ist, und es ist das Letzte, was ich hören will, nachdem ich heute zum ersten Mal mein Baby gesehen habe. Vor Angst wird mir eiskalt.

»Ich muss wohl nicht betonen, dass mein Leben seitdem das totale Chaos ist, aber ich fange langsam an, die Sachen auf die Reihe zu kriegen und herauszufinden, wie man sich um einen Säugling kümmert. Es ist nur so schwer, es ohne sie zu tun. Sie wäre eine wundervolle Mutter gewesen, und es bringt mich förmlich um, dass sie nie die Möglichkeit haben wird, ihn in den Armen zu halten.«

Meine Augen füllen sich mit Tränen, die ich verzweifelt zurückzuhalten versuche.

Derek reicht mir ein Taschentuch, das ich mir auf die Lider drücke. Dann überrascht er mich damit, dass er mir tröstend über den Rücken streicht.

Diese kleine Geste bedeutet mir so viel, was albern ist. Er ist nur nett, trotzdem … Er ist nett *zu mir*.

Ich ertappe Aurora dabei, wie sie mir einen hasserfüllten Blick zuwirft, unter dem ich zusammenschrumpfe und am liebsten unsichtbar werden würde.

»Wir sind alle so stolz auf dich, Adrian«, sagt eine der Frauen. Ich schätze sie auf Mitte dreißig, und sie hat schulterlanges braunes Haar und grüne Augen. »Du bist so ein toller Dad für Xavier.« An mich gewandt fährt sie fort: »Ich bin Christy. Mein Mann Wes hat einen Aortariss erlitten, was bedeutet, dass seine Hauptschlagader quasi geplatzt ist. Er war tot, bevor mir bewusst wurde, dass etwas nicht stimmt. Das ist jetzt drei Jahre her, und mir geht es wesentlich besser als zu Anfang, aber meine Kinder, die zehn und zwölf Jahre alt sind, hatten nach seinem Tod eine schwere Zeit. Sie waren dabei, als es geschehen ist, und ihnen mit ihrem Trauma und ihrer Trauer zu helfen, während ich meine eigene nicht mal ansatzweise bewältigt hatte, war ein echter Kampf.«

»Christy ist quasi unsere Schutzheilige«, erklärt Iris. »Sie ist am längsten dabei und eine unerschöpfliche Quelle der Unterstützung für uns alle.«

»Es ist lieb von dir, das zu sagen«, erwidert Christy. »Ich finde es schön, wenn ich anderen beistehen kann. Ich bin froh, dass du uns gefunden hast, Roni.«

»Ich auch. Danke.«

»Ich bin Aurora, doch das weißt du ja schon. Technisch betrachtet bin ich keine Witwe, denn ich habe meinen Mann verloren, als er wegen Vergewaltigung verhaftet worden ist.«

Auch wenn ich das schon gehört habe, muss ich ein Keuchen unterdrücken, als sie das so schonungslos erzählt.

»Am Anfang hab ich es nicht für möglich gehalten, aber die Beweise sind erdrückend und nicht zu entkräften, also musste ich akzeptieren, dass der Mann, mit dem ich zusammengelebt, den ich geliebt, neben dem ich fünf Jahre geschlafen habe, ein bösartiges Monster ist. Das einzig Gute ist, dass wir keine Kinder haben, die in dem Wissen aufwachsen müssen, was für ein Unmensch ihr Vater ist. Mein Verlust lässt sich nicht mit eurem vergleichen ...«

»Doch«, unterbreche ich sie. »Du hast das Leben verloren, das du mit ihm zu haben glaubtest, und du hast jedes Recht, das zu betrauern.«

Meine Großzügigkeit scheint Aurora zu überraschen. Verdammt, ich bin selbst überrascht über das, was da aus meinem Mund kommt nach der kaum verhohlenen Feindseligkeit, die mir vorhin von ihr entgegengeschlagen ist, nur weil ich Derek schon kannte. Trotzdem ist ihre Trauer nicht weniger schmerzhaft als meine. Außerdem muss sie damit leben, dass sie den Mann, den sie geheiratet hat, nie wirklich gekannt hat. Das muss eine ganz besondere Form der Hölle sein.

»Danke«, erwidert sie mit erstaunlich weicher Stimme. »Es gibt Trauergruppen, die sich geweigert haben, mich bei sich aufzunehmen, weil mein Mann noch am Leben ist. Aber diese Gruppe ist mein Rettungsanker. Ich hoffe, das wird sie für dich auch sein.«

»Das ist sie bereits«, sage ich.

»Ich heiße Lexi und habe meinen Mann kürzlich nach vierjährigem Kampf an ALS verloren.« Sie hat braune Haut und lange dunkle Locken. »Ich bin noch dabei, mich von dem Verlust zu erholen und mir mein Leben zurückzuerobern, nachdem ich ihn jahrelang voll gepflegt habe. Jim hatte keine Lebensversicherung, und während er krank war, konnte ich nicht arbeiten, was es erschwert, wieder ins Berufsleben zurückzufinden. Damit muss ich mich gerade auseinandersetzen, während ich noch um ihn traure. Ich musste wieder bei meinen Eltern einziehen, was mit vierunddreißig nicht so toll ist.« Sie atmet tief ein und aus. »Das ist alles wirklich schwer, dennoch ... Diese Zeit mit ihm zu verbringen, als er mich gebraucht hat, war alle Opfer wert. Ich bin nur so traurig, dass wir nie Kinder hatten. Ich hätte gern etwas von ihm, doch ich schätze, es ist besser so, denn seine Krankheit hat uns finanziell ruiniert.«

»Du bist eine Kämpferin, Lex«, stellt Adrian fest. »Du gibst nicht auf und kommst wieder auf die Beine und findest ein neues Leben für dich. Da bin ich mir sicher.«

»Dein Wort in Gottes Ohr«, entgegnet sie lächelnd. »Bisher erhört Er meine Bitten um einen neuen Job mit einem Gehalt, das es mir ermöglichen würde, den riesigen Schuldenberg abzubezahlen und aus dem Keller meiner Eltern auszuziehen, nicht.«

»Wir beten alle für dich«, sagt Kinsley. »Schon bald wird Er uns erhören.«

»Das hoffe ich. In der Zwischenzeit spiele ich weiter jede Woche Lotto«, meint sie und lacht.

Lexis Geschichte macht mich extradankbar für das Baby, das ich in mir trage. Wenn ich all die Sorgen darüber, wie schwer es wird, beiseiteschiebe, empfinde ich Freude darüber, dass ich etwas von Patrick haben werde, in dem er weiterlebt.

»Ihr alle wisst schon, dass ich Kinsley bin. Mein Mann Rory hatte Bauchspeicheldrüsenkrebs und ist vor etwas über einem Jahr gestorben – genau zweiundvierzig Tage nach der Diagnose. Er war achtunddreißig, und wir waren fünfzehn Jahre lang zusammen. Wir haben zwei Kinder – Christian ist sechs und Maisy vier. Es war hart, um es milde auszudrücken, aber wir schaffen das.« Sie schenkt mir ein kleines, müdes Lächeln. »Immer einen Tag nach dem anderen, dann geht es irgendwie.«

»Du machst das super«, bemerkt Brielle.

Kinsley lächelt sie an. »Danke euch allen.«

»Ich bin Gage und mit vierzig der weise alte Mann der Gruppe«, erklärt der dunkelhaarige Mann neben ihr. Er hat eine gewisse Härte an sich, weshalb er nicht im klassischen Sinne als attraktiv zu bezeichnen ist. »Vor etwas über zwei Jahren habe ich meine Frau Natasha und unsere acht Jahre alten Zwillingstöchter bei einem von einem alkoholisierten Fahrer verursachten Unfall verloren. Wobei, es war nicht wirklich ein Unfall, denn der Mann, der ihren Wagen gerammt hat, hat sich dafür entschieden, sich betrunken hinters Steuer zu setzen. Er hat mir alles genommen, und mein Leben neu aufzubauen ist ein Prozess, in dem ich noch einen sehr, sehr weiten Weg vor mir habe. Christy hat mich zu dieser Gruppe gebracht, und ich werde ihr und den anderen hier, die mir helfen, die Scherben meines Lebens wieder zusammenzusetzen, für immer dankbar sein.«

Was er erlebt hat, ist unerträglich. Seine Frau und *beide* Töchter … Mein Gott.

»Du bist unser Held, Gage«, antwortet Lexi. »Bleib weiter so großartig und inspirierend.« An mich gewandt fügt sie hinzu: »Wenn du ihm noch nicht auf Instagram folgst: Seine täglichen Posts sind ein Muss für jeden, der sich auf dieser Reise befindet.«

»Ach, sei still«, sagt er.

»Wie heißt dein Account?«, frage ich.

Er buchstabiert ihn mir, und ich gebe das gleich in mein Handy ein. »Danke.«

»Nach Gage dranzukommen ist immer schwer«, meint die nächste Frau. »Ich bin Hallie, und ich habe meine Frau Gwen durch Selbstmord verloren.«

Seitdem wir uns gesetzt haben, bin ich fasziniert von den bunten Tattoos, die sich über ihre beiden Arme ziehen. In ihren blonden, zum Bob geschnittenen Haaren hat sie vorn eine pinkfarbene Strähne.

»Die Witwe einer Selbstmörderin zu sein ist seltsam, denn meine Frau hat sich dafür entschieden, unser Leben zu verlassen. Zumindest glauben das die meisten Menschen. In Wirklichkeit hat sie seit Jahren gegen ihre Dämonen gekämpft, bevor sie ihren Einflüsterungen nachgegeben hat. Ich hätte nur nie damit gerechnet, dass sie mich wirklich verlässt, und das war das Schwerste daran. Also, es ist alles schwer, aber damit kämpfe ich sehr, genau wie mit den Erinnerungen an den Tag, an dem es passiert ist. Ich war diejenige, die sie gefunden hat, deshalb …«, sie zuckt mit den Schultern, »bin ich auch noch ein im Bau befindliches Projekt, sozusagen.«

»Sind wir das nicht alle?«, fragt Iris. »Wir sitzen gemeinsam in diesem Boot, Hallie. Vergiss das bitte nie.«

»Das tue ich nicht.« Sie nimmt das Taschentuch, das Gage ihr reicht, und tupft sich die Augen ab. »Ihr alle gebt mir die Kraft, weiterzumachen. Es gibt niemanden in meinem Leben, der das so versteht wie ihr.«

»Wir sind für immer für dich da, Kleines«, verkündet Gage. »Uns wirst du nicht los.«

»Gott sei Dank«, antwortet sie.

Die letzte Frau muss die Jüngste von uns sein. Ihre nachtschwarzen Haare sind an einer Seite kurz geschoren und fallen ihr auf der anderen Seite halb übers Gesicht. An ihrem einen Ohr hat sie eine Reihe von Piercings, und sie trägt einen Ring in der Lippe. »Ich bin Wynter. Mein Mann Jaden ist im November an Knochenkrebs gestorben. Da waren wir gerade eine Woche verheiratet. Wir wussten, dass das passieren würde, denn sie haben uns gesagt, dass sie nichts mehr für ihn tun können, nachdem die jahrelangen Behandlungen nicht angeschlagen haben. Wir hatten eine dieser seltsam traurigen und gleichzeitig erhebenden Krankenhaustrauungen, von denen man im *People*-Magazin liest. Meine Mom hat von dieser Gruppe gehört und mich zum ersten Treffen gefahren. Heute bin ich zum dritten Mal dabei, und ich will immer noch nicht hier sein, habe jedoch beschlossen, euch alle nicht zu hassen, was ein Fortschritt ist.«

Alle lachen über ihre Worte.

»Niemand von uns will hier sein, Wynter«, entgegnet Iris sanft. »Es hat nur keinen Sinn, das alles allein durchzustehen, oder?«

Wynter zuckt die Achseln, als wäre es ihr egal, aber ich vermute, das ist es nicht. Ich kann mir nicht vorstellen, in so jungen Jahren einen derartigen Verlust zu erleiden. »Ich bin nicht daran interessiert, jemand anderen kennenzulernen, also erfülle ich eigentlich gar nicht die Bedingungen für die Mitgliedschaft.«

»Wir wollen dich trotzdem dabeihaben«, sagt Kinsley.

»Das ist sowieso eine alberne Regel«, meint Wynter. »Es ist

total blöd, von uns zu erwarten, dass wir uns wieder verlieben wollen, nach allem, was wir durchgemacht haben. Ich will mich so einem Scheiß nie wieder aussetzen.«

»Ich verstehe, warum du das so empfindest.« Ich spreche, bevor mich der Mut verlässt. »Du hast deinen Mann verloren, kurz nachdem ich meinen verloren habe. Was bedeutet, es ist für uns beide noch viel zu früh, um an ein zweites Kapitel zu denken oder überhaupt an irgendetwas, das nichts damit zu tun hat, irgendwie den Tag zu überstehen. Trotzdem schenken mir die Regeln dieser Gruppe ein kleines bisschen Hoffnung, an das ich mich klammern kann. Hoffnung, dass ich mich nicht immer so schlecht fühlen werde wie im Moment und dass es in der Zukunft die Chance darauf gibt, wieder glücklich zu sein. Sicher, es wird nicht so sein wie vorher. Das kann es für mich ohne Patrick und für dich ohne Jaden nie wieder sein. Wir könnten allerdings eine andere Form von Glück finden. Vielleicht.« Ich zucke mit den Schultern, weil mir die Worte ausgehen, und hoffe, dass ich etwas gesagt habe, was sie hilfreich findet.

»Schätze schon«, erwidert Wynter. »Aber das will ich gar nicht.«

»Was total in Ordnung ist«, erklärt Iris. »Jeder von uns hat seinen eigenen Weg, doch der Sinn dieser Gruppe ist, diese Reise gemeinsam zu bewältigen. Während wir gerade dabei sind, hat irgendjemand Neuigkeiten zu seinem zweiten Kapitel, die er mit uns teilen will?«

Kinsley hebt die Hand. »Ich war bei einem Date.«

Die anderen gratulieren ihr mit einer Runde Applaus, was die arme Kinsley errötend abwehrt.

»Mehr war es nicht – nur ein Date. Ich glaube nicht, dass es ein zweites mit ihm geben wird, aber wenigstens habe ich das erste jetzt hinter mir.«

»Das ist ein großer Schritt«, sagt Brielle. »Ich habe es vor Kurzem auch getan, einfach damit ich nicht mehr darüber nachdenken muss, wie es wohl ist, mit einem anderen Mann auszugehen. Es war ätzend, trotzdem bin ich froh, dass ich es getan habe.«

»Fühlt sich das nicht an, als würdet ihr eure Partner betrügen?«, fragt Wynter.

»Nein«, antwortet Brielle. »Mark wäre der Erste, der mir sagen würde, ich solle wieder da raus und jemanden finden, der mich glücklich macht. Er hat mich geliebt und wollte, dass ich glücklich bin. Wir hatten nie die Möglichkeit, über diese Dinge zu sprechen, denn wer tut das schon, wenn man siebenundzwanzig und achtundzwanzig ist und glaubt, man hätte sein ganzes Leben noch vor sich? Doch ich weiß, dass er das für mich wollen würde. Ich *weiß* es einfach.«

Ich nicke, denn ich habe nicht den geringsten Zweifel, dass Patrick das für mich auch wollen würde, obwohl wir ebenfalls nie darüber gesprochen haben. Ich kam für ihn *immer* zuerst.

»Wenn Jaden noch da wäre, müsstest du darüber nie auch nur nachdenken«, stellt Iris fest. »Bloß ist er eben nicht mehr da, und nun musst du erst mal dich in den Mittelpunkt stellen und entdecken, wer Wynter ohne ihn ist.«

Wynter blinzelt wütend. »Ich habe keine Ahnung, wer sie ist.«

»Das wirst du noch herausfinden, Süße«, ermutigt sie Gage. »Und wenn es so weit ist, kann ich es nicht erwarten, sie kennenzulernen.«

Ich glaube, das ist das Netteste, was ich je jemanden habe sagen hören.

»Ich habe den großen Fehler gemacht, zu posten, dass ich bei einem Date war«, fügt Kinsley hinzu. »Jemand, den ich nicht einmal kenne, meinte: ›Junge, Junge, das ging aber schnell.‹«

»Hör auf«, unterbricht Adrian sie. »Versichere mir, dass dir klar ist, dass das Blödsinn ist.«

»Das weiß ich natürlich.« Kinsley nickt. »Trotzdem tut es weh, dass andere mich verurteilen, vor allem nachdem ich für diesen Schritt all meinen Mut zusammennehmen musste.«

»Lass nicht zu, dass irgendein Vollidiot, der keine Ahnung davon hat, was du hinter dir hast, dir so etwas antut«, sagt Derek energisch. »Sie zahlen keine Miete für Platz in deinem Kopf, also gib ihnen den nicht umsonst.«

Erstaunt von seinen deutlichen Worten schaue ich ihn an.

»Danke«, entgegnet Kinsley leise. »Das musste ich hören.«

»Es tut mir so leid, dass ich zu spät dran bin«, ruft eine Frau, die in diesem Moment durch die Haustür eilt. »Der verdammte Verkehr!« Sie ist groß, unglaublich hübsch und trägt einen schicken Anzug und so hohe Absätze, dass ich mich frage, wie sie darauf überhaupt laufen kann. Aber sie stürmt wie eine Amazone in den Raum und bringt einen Schwall eisiger Luft mit sich.

»Joy, das ist Roni«, stellt Iris mich vor. »Sie ist heute zum ersten Mal dabei.«

Joy kommt zu mir und beugt sich vor, um mich zu umarmen. »Es tut mir so leid, dass du hier bist.«

Hingerissen von ihrer unglaublichen Energie erwidere ich die Umarmung. »Danke.«

Sie richtet sich wieder auf. »Ich habe die Chickenwings mitgebracht, die ihr Wilden letztes Mal verschlungen habt.«

Während alle klatschen, verbeugt sie sich dramatisch.

Ich liebe sie auf Anhieb.

Sie bringt ihre Tasche in die Küche und kehrt mit einem Glas Wein zurück. Dann setzt sie sich neben Lexi. »Was habe ich verpasst?«

11

Roni

*D*ie anderen übernehmen es gemeinsam, Joy meine Geschichte zu erzählen, wofür ich dankbar bin. Ein Mal war schwer genug.

»Das tut mir wirklich so unglaublich leid, Süße«, erklärt sie sanft. »Ich weiß, wie es ist, wenn die Welt plötzlich auf den Kopf gestellt wird. Mein Mann Chris ist mit vierunddreißig Jahren eines Abends ins Bett gegangen und nicht wieder aufgewacht. Die Autopsie hat nichts Eindeutiges ergeben. Natürliche Todesursache, haben sie gesagt. Seither habe ich erfahren, dass so etwas wesentlich öfter passiert, als wir alle ahnen, und noch dazu Menschen, die eigentlich viel zu jung sind, um auf diese Weise zu sterben.«

»Tut mir für dich ebenfalls sehr leid.« Die Veränderung in ihr, wenn sie über ihren verstorbenen Mann spricht, berührt mich. Von einer übersprudelnd lebendigen Frau wird sie zu einem schlaffen, zusammengefallenen Etwas, wie ein Ballon, dem alle Luft entwichen ist.

»Danke. Es ist schon ein paar Jahre her, aber an manchen Tagen ist es, als wäre es gerade erst passiert. An anderen habe ich Schwierigkeiten, mich an seine Stimme zu erinnern, was ganz furchtbar ist. Wie kann ich die vergessen haben?«

»Das kenne ich auch«, sagt Derek. »Manchmal muss ich innehalten und konzentriert darüber nachdenken, wie ihre Stimme geklungen hat, was mich meistens dazu veranlasst, mir alte Videos anzuschauen, was wiederum dazu führt, dass die Trauer mich erneut fast überwältigt.«

Bevor ich noch darüber nachdenken kann, was ich tue, lege ich ihm eine Hand auf den Arm und biete ihm mit dieser Geste wortlos mein Verständnis und meine Unterstützung an.

Er schenkt mir ein kleines Lächeln, und ich ziehe die Hand zurück, damit es zwischen uns nicht wieder komisch wird.

Sein Kommentar erinnert mich an unser Hochzeitsvideo. Vielleicht wissen diese unglaublichen Menschen, was ich damit tun soll. »Wo wir gerade von Videos sprechen: Vor Kurzem ist unser Hochzeitsfilm in meinem E-Mail-Postfach gelandet. Seitdem liegt er da wie eine Atombombe, die nur darauf wartet, zu explodieren. Was zum Teufel soll ich damit machen?«

»Leite die E-Mail an eine Person weiter, der du vertraust – vielleicht an eine der Trauzeuginnen –, und bitte sie, das Video für dich aufzuheben, bis du bereit bist, es dir anzuschauen«, schlägt Iris vor.

»Und dann löschst du es aus deinem Posteingang, damit du es nicht jedes Mal vor Augen hast, wenn du deine E-Mails checkst«, ergänzt Adrian.

»Wenn du bereit bist, dich damit zu befassen, kannst du zu der Person gehen, der du es zur Aufbewahrung gegeben hast, und ihr könnt es euch gemeinsam ansehen«, sagt Kinsley.

»Das gefällt mir. Ich könnte es einer meiner Schwestern schicken und sie bitten, es für mich abzuspeichern.« Ich blicke reihum die Menschen an, die vor einer Stunde noch Fremde für mich waren, und frage mich, wie es möglich ist, dass sie sich jetzt schon wie alte Freunde anfühlen. »Ist es seltsam, dass ich in meinem alten Leben vor der Katastrophe keine Ratschläge dazu gebraucht hätte, wie ich mit so was verfahren soll?«

»Nein, Süße«, wehrt Joy ab. »Das haben wir alle durchgemacht. Die Trauer stellt verrückte Dinge mit dem Gehirn an.«

»Witwengehirn«, wirft Lexi ein. »Das gibt es wirklich.«

»Die Trauer nimmt viel Platz ein und bindet viel emotionale

Energie«, erklärt Brielle. »Da bleibt kaum Raum für irgendetwas anderes.«

»Sie bringt auch unser Zeitgefühl durcheinander«, ergänzt Derek. »Ist euch je aufgefallen, wie die Zeit nur so dahinfliegt, wenn man Spaß hat, aber wenn man auf dem Laufband ist, vergehen dreißig Minuten so langsam, dass man glaubt, sie würden niemals enden? Trauer ist wie die Zeit auf dem Laufband. Sie kriecht im Schneckentempo dahin. Tage fühlen sich wie Wochen an. Monate wie Jahre. Alles bewegt sich wie in Zeitlupe.«

»Ja«, bestätigt Gage. »Das hast du gut ausgedrückt. Ich träume oft, dass ich unter Wasser bin und versuche, an die Oberfläche zu gelangen. Wenn ich dann endlich aus den Tiefen auftauche, schnappe ich förmlich nach Luft.«

»Die Träume sind das Schlimmste«, meint Hallie. »Vor allem die Sex-Träume.«

Alle stöhnen zustimmend.

»Warum träumen wir von etwas, das wir nicht haben können?«, fragt Iris. »Das ist beinahe grausam.«

»Es *ist* grausam«, korrigiert Wynter.

Wir alle schauen sie an und hoffen, dass sie noch mehr sagt.

Nach einer langen Pause fährt sie fort: »Die ganze verdammte Sache ist grausam.« Jedes ihrer Worte trieft vor Zorn.

»Ja, das ist es«, flüstere ich. »Es ist das Grausamste überhaupt.«

»Und trotzdem sind wir noch hier«, erklärt Gage. »Wir sind noch hier, und wir müssen die Entscheidung treffen, weiterzumachen, damit sie stolz auf uns sein können, weil wir unser Leben mit neuem Sinn füllen und womöglich eines Tages wieder Freude empfinden. Wir müssen weitermachen, weil wir keine andere Wahl haben.«

»Doch, die haben wir«, widerspricht Wynter. »Wir können dem eine Ende setzen und endlich aufhören, uns ständig so beschissen zu fühlen. Und bevor ihr meine Mutter anruft und ihr erzählt, dass ich selbstmordgefährdet bin, das bin ich nicht. Ich erwähne lediglich, dass es eine Option ist.«

»Bitte denk über diese Option nicht nach«, fleht Hallie sanft. »Du hast darauf verwiesen, wie grausam das alles ist, und das ist es. Aber das andere … Damit würdest du den Menschen, die dich lieben, etwas genauso Grausames antun.«

»Es tut mir leid«, murmelt Wynter. »Ich hätte das nicht sagen sollen.«

»Es ist in Ordnung, dass du es gesagt hast«, erwidert Hallie beschwichtigend. »Denn natürlich ist es für uns alle eine Option.«

»Wenn du das tatsächlich so empfindest«, hakt Iris nach, »dann sprich bitte mit jemandem, Wynter. Wir brauchen dich hier. Egal, wie schlimm es wird. Wir sind für dich da, solange du es möchtest.«

»Ich schwöre, mir geht es gut«, antwortet Wynter unter Tränen. »Ich habe nur Dampf abgelassen. Und es tut mir leid, wenn das unsensibel von mir war, Hallie.«

»Das muss es nicht. Ich verstehe das.«

»Ich denke, es ist an der Zeit für den Nachtisch«, beendet Iris das Thema.

Während die anderen aufstehen und in der Küche verschwinden, bleiben Derek und ich zurück. »Das war intensiv«, bemerkt er.

»Sie ist zu jung, um mit so etwas Schwerem fertigwerden zu müssen.«

»Das stimmt.«

»Wie alt ist sie?«

»Ich glaube, neunzehn.«

»Ich war nur ein Jahr älter, als ich Patrick kennengelernt habe. Beim besten Willen kann ich mir nicht vorstellen, wie es gewesen wäre, so einen Verlust in ihrem Alter durchzustehen.«

»Ich weiß. Das finde ich auch. Es war schon mit sechsunddreißig schlimm genug.« Er schaut mich aus diesen umwerfenden goldbraunen Augen an, die so ganz anders sind als Patricks hellblaue. »Die Gruppe hilft, oder?«

»O Gott, ja. Es ist, als hätte ich meinen Stamm gefunden.«

»So habe ich es beim ersten Mal auch empfunden. Es war so

eine Erleichterung, mit Menschen zusammen zu sein, die einen wirklich verstehen.«

»Mir hat gefallen, was du zu Kinsley gesagt hast. Darüber, den Menschen nicht mietfrei Platz im Kopf zu überlassen.«

»Das war, schon lange bevor ich Witwer geworden bin, einer meiner Lieblingssprüche, aber auf unsere Situation trifft es besonders gut zu. Die Leute äußern die merkwürdigsten Dinge gegenüber Menschen, die einen unerträglichen Verlust verarbeiten müssen. Vielen aus der Gruppe hilft es, ihre Gedanken in den sozialen Medien zu teilen, doch ich gehöre nicht dazu. Ich brauche es nicht, dass andere über mich urteilen, vor allem nicht, nachdem über Vics Ermordung so ausführlich in der Presse berichtet worden ist.«

»Ich finde es klug, dass du dich davor schützt.«

»Wer braucht schon noch mehr Drama? Davon habe ich bereits genug. Jedes Mal, wenn es eine neue Entwicklung im Patterson-Fall gibt, ruft garantiert irgendein Reporter bei mir an, um einen Kommentar zu bekommen. Den ich ihnen niemals gebe und niemals geben werde. Und obwohl ich ihnen das jedes Mal sage, versuchen sie es trotzdem immer wieder.«

»Puh, das ist echt ätzend. Vielleicht solltest du eine Erklärung abgeben, dass du das Interesse am Patterson-Fall nachvollziehen kannst, der Verlust deiner Frau allerdings etwas sehr Persönliches für dich und eure Tochter ist und du dich daher niemals öffentlich dazu äußern wirst und sie bitte aufhören sollen, dich danach zu fragen. ›Meine Tochter und ich bitten darum, dass unsere Privatsphäre respektiert wird, während wir weiterhin um den Verlust meiner Frau und ihrer Mutter trauern.‹«

Er reibt sich übers Kinn, das ein leichter Bartschatten ziert. »Ich schätze, das könnte ich ausprobieren, doch ich hasse die Vorstellung, noch mehr Aufmerksamkeit auf mich zu ziehen.«

»Eine öffentliche Erklärung könnte dem ein für alle Mal ein Ende setzen. Jeder, der sich danach bei dir meldet, ist einfach ein Idiot.«

Sein Lachen freut mich. Ich habe das Gefühl, dass er nicht sehr oft lacht.

»Meinst du, du könntest das für mich formulieren?«

»Na klar.«

Er holt sein Portemonnaie heraus und reicht mir eine Visitenkarte. »Darauf steht meine E-Mail-Adresse von der Arbeit. Das ist die einzige, die ich habe.«

»Ich schicke dir morgen früh was.«

»Stell es Sam in Rechnung.«

Ich lache. »Mach ich. Und jetzt brauche ich Zucker.«

»Das ist eine gute Idee.«

Als sich das Treffen eine halbe Stunde später auflöst, verlassen Derek und ich zufällig gleichzeitig das Haus. Die Nacht ist kalt und klar, und über uns funkeln unzählige Sterne.

»Wo hast du geparkt?«, fragt Derek.

Ich zeige nach links. »Dahinten.«

»Ich auch.«

Während wir nebeneinander die stille Straße entlanggehen, frage ich mich, was er wohl gerade denkt, will allerdings nicht neugierig sein. Ich habe das Gefühl, wir sind Millionen Meilen weit gekommen, seitdem er dachte, ich wäre eine Stalkerin. So langsam, aber sicher fängt unsere neue, noch zerbrechliche Freundschaft an, mir wichtig zu werden.

»Es ist gut, dass du so bald nach deinem Verlust zu uns gestoßen bist«, bricht er das Schweigen. »Ich wünschte, ich wäre früher gekommen. Doch ich musste erst dazu überredet werden.«

»Wer hat dich eingeladen?«

»Eine Frau namens Taylor, die seitdem wieder geheiratet hat. Wie ich vorhin schon sagte, meine Mom kannte sie vom Yoga, und als sie von dem Mord an Vic gehört hat, hat sie meiner Mutter von der Gruppe erzählt. Es war einiges an Überzeugungsarbeit nötig, um mich herzubringen, aber im Nachhinein hat es sich als das Beste herausgestellt, was ich für mich hätte tun können.«

»Auf sich selbst zu achten fällt den meisten Menschen nicht leicht, dabei ist es so wichtig.«

»Ja, das habe ich auch gelernt. Bevor ich Vic verloren habe, hab ich mich auf äußere Umstände konzentriert: auf meine

Arbeit, den Präsidenten, den Kongress und auf den täglichen Stress, Arbeit, Ehe und Vatersein unter einen Hut zu kriegen. Ich war auf gewisse Weise wie ein Roboter, der das getan hat, was von ihm erwartet wurde. Außer wenn Vic und ich allein waren. Dann bin ich zum Leben erwacht.« Er wirft mir einen Blick zu. »Was vermutlich zu viel Information ist.«

»Nein, das verstehe ich. Bei mir und Patrick war es genauso. Wir haben hart gearbeitet, aber ab der Minute, in der wir zu Hause waren, ist es nur um uns gegangen. Bis wir wieder rausmussten. Diese Leere zu füllen ist schwer.«

»Ja, das ist für mich der härteste Teil des Tages: wenn Maeve im Bett ist und es noch zu früh für mich ist, mich hinzulegen. Normalerweise vergrabe ich mich in irgendwelchen Projekten für die Arbeit, die auch bis zum nächsten Tag hätten warten können. Wenn das Witwerdasein irgendeine gute Seite hat, dann dass ich mit meiner Arbeit nie so up to date war wie im Moment.«

»So weit bin ich leider noch nicht.«

»Du steckst vermutlich gerade in dem Morast aus Erbschaftsangelegenheiten, Sterbeurkunden und dem ganzen Kram.«

»Jap. Immer, wenn ich denke, jetzt habe ich alle informiert, kommt eine weitere Studentenvereinigung um die Ecke, oder ein Verbindungsbruder taucht auf, der in Ägypten gearbeitet und erst jetzt von Patricks Tod erfahren hat. Oder die Kfz-Steuer muss erneuert werden, was bedeutet, ich muss den Wagen auf meinen Namen umschreiben lassen, was offenbar nur mithilfe göttlichen Eingreifens möglich ist. Es endet einfach nie.«

»Doch, irgendwann schon, aber es braucht seine Zeit. Für mich war es leichter, weil Vic keine Familie hatte und auch nicht viele Besitztümer außerhalb unserer Ehe.«

»Patrick war Mitglied in sechs verschiedenen Organisationen für IT-Fachleute, ganz zu schweigen von drei weiteren für Mitarbeiter von Sicherheitsbehörden. Es ist ziemlich viel.«

»Klingt ganz so. Ich habe gelesen, er war bei der DEA?«

Er hat über mich recherchiert? Oder sollte ich besser sagen, über Patrick? »Ja. Und mit am überwältigendsten war, herauszufinden, wie sehr er von seinen Kollegen geschätzt wurde. Ihre Beileidsbezeugungen waren wie ein Tsunami.«

»Das ist schön.«

Ich versuche weiter, zu verarbeiten, dass Derek sich über uns informiert hat.

»Hör mal, ich weiß, für dich ist das alles relativ neu, und ich bin auf dem Weg schon ein Stück weiter, selbst wenn es sich manchmal so anfühlt, als stünde ich immer noch ganz am Anfang, aber …«

Atemlos warte ich darauf, dass er den Satz beendet.

»Hättest du Lust, etwas trinken zu gehen und noch ein wenig weiterzureden?«

»Du meinst, jetzt? Musst du nicht zu Maeve zurück?«

»Meine Eltern übernachten heute bei uns, deshalb hätte ich jetzt Zeit. Also nur, wenn du willst.«

Ich bin hin- und hergerissen zwischen dem Wunsch, länger in seiner tröstenden Gegenwart zu bleiben, und dem Gefühl, gegenüber meinem Mann, den ich vor drei Monaten verloren habe, illoyal zu sein, weil ich überhaupt mit einem anderen Mann rede. Auch wenn sich unsere Gespräche hauptsächlich um Trauer und alles, was damit zusammenhängt, drehen. »Es gibt da etwas, das ich dir sagen muss.«

Derek

JE MEHR ZEIT ich mit Roni verbringe, desto mehr genieße ich es, mich mit ihr zu unterhalten. Ganz zu schweigen davon, dass sie verdammt hübsch ist. Es ist noch viel zu früh nach dem Tod ihres Mannes, als dass ich sie um ein Date bitten könnte, aber ich bin gern mit ihr zusammen, und ich habe das Gefühl, ihr geht es umgekehrt mit mir genauso. Da ich es so unglaublich leid bin, mich schlecht zu fühlen, greife ich nach Rettungsleinen, wo ich sie kriegen kann.

Und dann höre ich die gefürchteten Worte: *Es gibt da etwas, das ich dir sagen muss,* die in mir den Wunsch wecken, sie anzuflehen, nichts zu tun, was diese wunderbare neue Verbindung zwischen uns ruinieren könnte.

Sie lehnt sich an einen schicken silbernen Audi, und ihr Atem bildet kleine Wölkchen in der kalten Nachtluft.

»Was auch immer es ist, Roni, sprich es einfach aus. Von den Wilden Witwen habe ich gelernt, dass es besser ist, mit dem rauszurücken, was uns auf der Seele liegt, als zu versuchen, es allein zu schaffen.«

»Ich weiß, dass das stimmt, doch diese Sache ist ziemlich groß.«

»Trifft das in diesen Zeiten nicht auf alles zu?«

Ihr leises Lachen berührt einen Punkt tief in mir, der von hohen Mauern umgeben ist, seit ich Vic verloren habe. Roni rührt mich mit ihrer süßen Art, ihrer offensichtlichen Liebe zu ihrem verstorbenen Mann und ihrer Entschlossenheit, trotz ihrer Trauer weiterzumachen. »Ja, schätze schon. Also, ich habe kürzlich erfahren, dass ich schwanger bin.«

Das habe ich nicht kommen sehen. »Oh. Wow. Das ist wirklich groß. Wie geht es dir damit?«

»Nenn mir irgendein Gefühl, und ich habe es durchlebt. Von Leugnen zu absolutem Hochgefühl, über Verzweiflung zu Glück und dann Angst und wieder zurück zu Verzweiflung. Und das waren nur die ersten fünf Minuten.«

Ich muss lächeln, weil sie so bezaubernd und lustig ist, obwohl sie allen Grund der Welt hätte, verbittert und wütend zu sein.

»Ich habe fürchterliche Angst, dass ich es nicht schaffe, dieses Kind allein großzuziehen.«

»Wenn ich das kann, kann das jeder. Okay, ich habe jede Menge Hilfe, aber ich bin mir sicher, die wirst du auch haben.«

»Ja. Meine Familie wohnt in der Nähe, und ich weiß, dass sie alle für mich da sein werden.«

»Ich kann meine Nanny mit dir teilen, wenn du sie brauchst.«

Roni schaut mich erstaunt an. »Das würdest du tun?«

»Klar. Sie ist super, und Maeve würde es lieben, ein Baby in der Nähe zu haben. Sie löchert mich ständig, wann sie eine kleine Schwester bekommen kann.«

»Ah, das ist so niedlich.«

»Ich bin noch nicht bereit, ihr zu erklären, dass ein Daddy ohne eine Mommy keine kleine Schwester herzaubern kann, weil ich fürchte, dass sie mich dann fragt, wann wir eine neue Mommy kriegen.«

»Sie ist wirklich süß.«

»Und das weiß sie. Sie hat mich fest um ihren kleinen Finger gewickelt. Meine Mom sagt immer: ›Ehrlich, Derek, du verwöhnst sie zu sehr.‹ Und damit liegt sie nicht falsch. Ich muss anfangen, mir genauer zu überlegen, was ich ihr durchgehen lasse. Ständig überkompensiere ich, dass sie ohne ihre Mutter aufwachsen muss.«

»Sie hat Glück, dich zu haben, und ich bin mir sicher, dass sie zu einem wundervollen Menschen heranwächst.«

»Das hoffe ich. Dafür zu sorgen ist meine wichtigste Aufgabe im Leben, und für dich wird es das auch sein, wenn der oder die Kleine erst mal da ist.«

»Ist es seltsam, dass es mir so vorkommt, als würde die Schwangerschaft einer anderen passieren? Obwohl ich das Baby heute auf dem Ultraschall gesehen habe und akzeptieren musste, dass es sehr real ist?«

»Ich finde das nicht seltsamer, als einem dahergelaufenen Kerl durch die Nachbarschaft zu folgen, weil er dich von hinten an deinen verstorbenen Mann erinnert.«

Das bringt sie zum Lachen. »Das werde ich mir wohl bis in alle Ewigkeit von dir anhören müssen.«

»Jap. Und darüber hinaus.«

»Gut zu wissen.«

»Also, was ist jetzt mit dem Drink: ja oder nein?«

»Zählt auch Nichtalkoholisches?«

»Was immer du möchtest.«

»Wo wollen wir hin?«

»Folg mir einfach. Ich bin hier in der Gegend aufgewachsen und weiß da was.«

12

Roni

Derek drückt auf seinen Autoschlüssel, und die Blinker eines schwarzen SUV, der auf der anderen Straßenseite steht, leuchten auf.

»Klingt gut.«

Er wendet sich zu seinem Wagen um, dreht sich aber noch mal kurz zu mir zurück und holt sein Handy aus der Hosentasche. »Gib mir deine Nummer, für den Fall, dass wir uns aus den Augen verlieren.«

Während ich sie ihm diktiere, fängt mein Herz an, schneller zu schlagen, und mein Gesicht fühlt sich warm an, obwohl es draußen eiskalt ist.

»Ich schicke dir eine Nachricht, damit du meine Nummer ebenfalls hast, doch ich gebe mein Bestes, um so zu fahren, dass du mir folgen kannst.«

»Das wäre gut.«

Er geht zu seinem Wagen, während ich zitternd in meinen einsteige, die Schlüssel in den Fußraum fallen lasse und mir beinahe den Kopf am Lenkrad stoße, als ich sie wieder aufhebe. »Meine Güte, Roni, hör auf, dich wie eine Idiotin zu benehmen. Er hat dich auf einen Drink eingeladen. Führ dich nicht wieder seltsam auf.«

Ich wende und folge ihm aus dem Viertel. Nachdem wir ein paarmal abgebogen sind, landen wir auf einem viel befahrenen Highway, der uns in ein Gewerbegebiet bringt. Ich habe keine Ahnung, wo wir sind, also achte ich darauf, Derek nicht aus den Augen zu verlieren. Er hält vor einem Restaurant in der Nähe einer der Ausfahrten der Interstate 66, das rund um die Uhr geöffnet hat.

»Ist das für dich in Ordnung?«, fragt er, als wir uns vor unseren Wagen treffen.

»Klar.«

Wir treten ein und setzen uns an einen Tisch. Eine Kellnerin namens Judy kommt, um unsere Bestellung aufzunehmen.

»Ich nehme einen Bourbon on the rocks mit Zitrone«, sagt er.

»Für mich einen Kräutertee, bitte.«

»Auch was zu essen?«

»Möchtest du was?«, fragt mich Derek.

»Nein, danke. Ich bin noch satt.«

»Nur die Getränke bitte.«

»Okay, die bringe ich gleich.«

»Das ist ganz süß hier«, stelle ich fest und lasse meinen Blick über den langen Tresen, die mit rotem Vinyl bezogenen Barhocker davor und den schwarz-weißen Schachbrettboden schweifen.

»Hier sind wir während der Highschool immer nach den Spielen hingegangen.«

Judy stellt unsere Getränke vor uns. »Lasst es mich wissen, wenn ich noch was für euch tun kann.«

»Danke«, antwortet Derek für uns beide.

Ich beobachte, wie er in seinem Drink rührt, und mir fällt die feine weiße Linie an seinem linken Ringfinger auf, wo mal sein Ehering gewesen sein muss. »Kann ich dir eine persönliche Frage stellen?«

»Alles, was du willst.«

»Wie lange ist es her, dass du deinen Ehering abgenommen hast?«

»Noch nicht lang. Vielleicht im Oktober?«

»Woher wusstest du, dass es der richtige Zeitpunkt war?«

»Weil ich aufgehört hatte, mich verheiratet zu fühlen.«

»Und das hat über ein Jahr gedauert?«

»Nein, weniger, aber ich habe den Ring erst abgenommen, als Maeve mich danach gefragt hat. Ich habe ihr erklärt, dass es der Ring ist, den Mommy mir gegeben hat, als wir geheiratet haben. Sie wollte wissen, ob sie ihn haben könne, und ich hab Ja gesagt. Ich habe ihn abgenommen und an eine von Vics Ketten gehängt, und jetzt trägt Maeve ihn, wenn sie sich verkleidet. Sie behauptet, das sei der Ring, den sie eines Tages ihrem Prinzen geben wird.«

»Oh, was für eine schöne Geschichte.«

»Ich war froh, dass sie mir einen guten Grund dafür geliefert hat, ihn abzunehmen. Und ich weiß, Vic hätte das auch so gesehen. Sie war gegen jede Form von Verschwendung. Sie hätte es geliebt, zu wissen, dass wir einen neuen Zweck für ihn gefunden haben.«

»Maeve mag sich später vielleicht nicht mehr an die Einzelheiten erinnern, doch sie wird nie vergessen, dass du immer für sie da warst.«

»Das hoffe ich.«

»Ich weiß es.«

»Sie ist ein besonderes Kind. Ich habe Glück, dass sie beinahe alles mitmacht, aber andererseits hat sie keine Ahnung, dass ihr Dad nicht ganz bei sich ist.«

»Das stimmt nicht. Es ist offensichtlich, wie sehr sie geliebt und umsorgt wird.«

»Das wird sie, doch ich bin immer noch dabei, meinen Rhythmus zu finden, wenn es darum geht, ihr Mutter und Vater gleichzeitig zu sein. Beispielsweise bei Fragen wie, wann ich sie zum Tanzunterricht anmelden kann und wie bald sie in den Kindergarten sollte. Vic wusste diese Dinge instinktiv, wohingegen ich völlig ahnungslos bin.«

Lächelnd beuge ich mich vor. »Du könntest diese Fragen jemandem stellen, der sich damit auskennt.«

Er erwidert mein Lächeln. »Das tue ich, aber du weißt, was

ich meine. Was, wenn ich nicht die richtigen Fragen stelle? Diese Sachen halten mich nachts wach.«

»Du musst doch jemanden kennen, der Kinder ungefähr im gleichen Alter hat und der dir sagen kann, was du tun sollst.«

»Meine beiden Schwägerinnen sind zwar super, wohnen bloß leider nicht hier, also ist das eher wie Fernunterricht.«

»Wo sind sie denn?«

»Die eine in Denver und die andere in Las Vegas.«

»Das sind die Frauen deiner Brüder?«

»Ja.«

»Stehst du deinen Brüdern nah?«

»Sehr. Ich wünschte, sie würden in der Nähe leben, aber zum Glück wohnen meine Eltern noch in dem Haus, in dem ich aufgewachsen bin, nur ein paar Meilen von hier entfernt. Ich weiß nicht, was ich ohne sie tun würde. Sie sind immer bereit, mir zu helfen, egal, worum es geht.«

»Meine Eltern sind auch toll. Meine ganze Familie war in den ersten schweren Tagen für mich da.«

»Hast du Geschwister?«

»Ja, zwei Schwestern und einen Bruder, alle verheiratet mit Kindern. Mein Bruder lebt in San Francisco, aber meine Schwestern sind hier.«

»Gut, dass du so viel Unterstützung hast. Die wirst du brauchen, wenn das Baby erst mal da ist. Sie freuen sich bestimmt sehr darauf.«

»Noch habe ich es ihnen gar nicht erzählt.«

Das scheint ihn zu überraschen. »Wieso nicht?«

»Ich bin mir ehrlich gesagt nicht sicher. Hauptsächlich wohl, weil ich das Baby erst einmal selbst sehen wollte, bevor ich es glauben konnte. Was ich heute Nachmittag getan habe. Seitdem ist es sehr real.«

»Vielleicht wolltest du auch, dass es für eine Weile nur dir und Patrick gehört, bevor alle anderen davon erfahren.«

»Das könnte durchaus sein.«

»Wenn er noch da wäre, hättet ihr es womöglich auch noch für euch behalten. Wir haben gewartet, bis Vic im vierten

Monat war, bevor wir es in der Familie bekannt gegeben haben.«

»Hat sie befürchtet, sie würde es sonst beschreien und könnte es noch verlieren?«

»Ein wenig schon, vermute ich. Im Rückblick ist mir klar geworden, dass sie panische Angst hatte, die Pattersons könnten es herausfinden. Denn dass sie ein Baby bekam, war definitiv nicht Teil ihres finsteren Plans.«

»Es tut mir so leid, dass dir das angetan wurde, Derek. Das ist wirklich grausam.«

»Das war es.«

»Hast du je das Gefühl, dass es … dass es körperlich nicht möglich ist, ständig so traurig zu sein?«

»O ja, definitiv. Auf lange Sicht ist es unhaltbar, und du wirst im Laufe der Zeit feststellen, dass es ein wenig leichter wird, je weiter du den Schock hinter dir lässt. Das soll nicht heißen, dass du es vergisst oder Patrick nicht mehr liebst oder so. Doch die Freude schleicht sich langsam wieder in dein Leben, und du hast mehr halbwegs gute Tage als nur schlechte. Und dann bemerkst du irgendwann die Sonne wieder und den Mond und die Sterne.«

Ich stütze mein Kinn in die Hand, während ich ihm zuhöre. »Das klingt wunderschön.«

Er schnaubt. »Tja, es ist die Wahrheit.«

»Nein, wirklich. Es tröstet mich, zu wissen, dass es im Laufe der Zeit ein wenig leichter wird.«

»Das wird es, auch wenn die Wunde niemals völlig verheilt.«

»Nehmen die Leute in der Gruppe das mit dem Daten und so wirklich ernst?«

»Einige mehr als andere.« Er beugt sich vor. »Willst du einen echten Knüller hören?«

»Natürlich!«

»Eine von ihnen hat einen Monat nach dem Tod ihres Mannes mit einem anderen geschlafen, weil sie befürchtet hat, dass sie es niemals tun würde, wenn sie es nicht schnell hinter sich brächte.«

»Ja, davon hat Iris mir erzählt.«

»Sie hat dabei die ganze Zeit geweint und nie wieder was von dem Typen gehört.«

»Die Arme.«

»Sie meinte, es sei schrecklich gewesen, aber sie stehe zu ihrer Entscheidung, weil sie jetzt nicht mehr darüber nachdenken müsse, wie es wohl mit einem anderen wäre.«

»Da hat sie auf gewisse Weise recht.«

»Eine andere hat mit einem neuen Mann sehr schnell Ernst gemacht. Wir haben sie gewarnt, es langsamer anzugehen.«

»O mein Gott. Was ist passiert?«

»Es hat mit einem großen Knall geendet, weil der Mann erkannt hat, dass sie nicht ansatzweise bereit für eine neue Beziehung war. Da war sie erneut komplett am Boden zerstört, nur dieses Mal war es noch schlimmer, weil sie zusätzlich weiter um ihren Mann getrauert hat.«

»Das bricht mir das Herz.«

»Sie hatte es eine Weile echt schwer, doch inzwischen hat sie sich wieder gefangen und lässt sich mehr Zeit. Jeder reagiert nach einem Verlust anders darauf, wieder auszugehen. Einige springen ins kalte Wasser, und andere wollen nichts damit zu tun haben. Aber egal, wie man es macht, man kann sich sicher sein, dass Leute, die keine Ahnung haben, wie es ist, darüber urteilen.«

»Es hat mir für Kinsley so leidgetan, dass jemand, der sie nicht mal kennt, etwas derart Verletzendes zu ihr gesagt hat.«

»Ja, das ist schlimm. Ich wünschte allerdings, einige von ihnen wären in den sozialen Medien etwas weniger mitteilsam. Wenn man sich damit so an die Öffentlichkeit wendet, setzt man sich dem aus – sowohl dem Guten als auch dem Schlechten.«

»Mal was anderes: Was hat es damit auf sich, dass Aurora dich anschaut, als wolle sie dich auffressen?«

Er zuckt zusammen. »Ach, hör auf.«

»Aber es stimmt.«

»Sie ist … ziemlich anstrengend.«

Beim Anblick seiner gequälten Miene muss ich ein Lachen unterdrücken. »Das habe ich gemerkt.«

»Sie ist kein schlechter Mensch, und sie gibt offen zu, dass das, was ihr Mann getan hat, auch ihr Leben zerstört hat.«

»Natürlich.«

»Wir mussten darüber abstimmen, ob wir sie in die Gruppe aufnehmen, weil sie technisch betrachtet nicht wirklich Witwe ist. Aber sie hat ihren Mann auch auf überraschende und plötzliche Weise ›verloren‹, also waren wir uns einig, dass sie zu uns stoßen kann. Seither habe ich meine Zustimmung manchmal ein wenig bereut.«

»Sie steht total auf dich.«

Bei dem finsteren Blick, den er mir zuwirft, muss ich endgültig lachen. »Es war ziemlich schwer, ihr klarzumachen, dass ich nicht auf diese Weise an ihr interessiert bin.«

»Das war bestimmt unangenehm.«

»O ja. Ich hatte schon überlegt, ihretwegen die Gruppe zu verlassen, doch ich mag die anderen zu sehr und brauche ihre Unterstützung.«

»Tu das nicht. Verlass die Gruppe nicht ihretwegen.«

»Nein, tu ich nicht. Trotzdem treibt sie mich allmählich in den Wahnsinn.«

»Als sie gehört hat, dass wir beide einander kennen, habe ich kurz um mein Leben gefürchtet.«

»Das habe ich mitbekommen, und es tut mir leid. Sie hat keinerlei Ansprüche auf mich, und das weiß sie auch.«

»Roni?«

Ich hebe den Kopf und sehe die Schwiegereltern von Penelope an unserem Tisch stehen. Sie wirken geschockt, mich in der Öffentlichkeit mit einem anderen Mann anzutreffen. *Mist.* »Hey!« Ich zwinge mich zu einem Lächeln.

»Wir dachten, dass du das bist.« Rita mustert Derek, bevor sie sich wieder mir zuwendet. So viel dazu, von anderen Leuten verurteilt zu werden.

»Rita und Lou, das ist Derek, ein Freund von mir. Derek, das sind die Schwiegereltern meiner Schwester Penelope – Rita und Lou.«

»Schön, Sie kennenzulernen«, sagt er.

»Gleichfalls.« Rita betrachtet ihn noch einmal gründlich, als wolle sie sich jedes Detail einprägen, um Pen sofort brühwarm davon zu berichten, wenn sie wieder zu Hause ist. Meine Schwester kann sie nicht ausstehen. »Was führt dich in unser Viertel?«

»Derek und ich waren bei einem Treffen für Witwen und Witwer.« Ich bedenke sie mit einem Blick, der ihr hoffentlich ein wenig Schamgefühl einflößt.

»Oh. Das ist ja nett.«

»Ehrlich gesagt ist es ziemlich ätzend, aber was soll man machen?«

Derek schaut konzentriert in seinen Drink, vermutlich damit er nicht lachen muss.

»Wir waren bei Charlottes Lacrosse-Spiel. Hast du gehört, dass ihr von sechs verschiedenen Colleges Sportstipendien angeboten worden sind?«

Hast du gehört, dass mein Mann gestorben ist, und im Übrigen könnten mir deine Enkel, die nicht *die Kinder meiner Schwester sind, nicht egaler sein.* »Das wusste ich nicht. Herzlichen Glückwunsch.«

»Wir sind so stolz auf sie.«

»Überlassen wir Roni wieder ihrem Gespräch mit ihrem Freund, Rita.« Mit diesen Worten verdient Lou sich meine immerwährende Dankbarkeit. »Ich hab mich gefreut, dich zu sehen, Liebes. Wir denken oft an dich.«

»Ja, es ist so schön, dass du wieder zurück im Sattel bist«, fügt Rita mit einem wissenden kleinen Lächeln hinzu.

Der Kommentar schockiert mich zutiefst. »Was? Ich bin in gar keinem Sattel. Ich bin hier nur auf einen Drink mit einem *Freund.*«

Lou fasst Rita am Arm und zieht sie weg. »Pass auf dich auf, Roni.«

»O mein Gott«, flüstere ich, sobald sie gegangen sind. »Was hattest du noch über Menschen gesagt, die einen verurteilen?«

»Was für eine Schreckschraube.«

»Meine Schwester könnte sie oft mit bloßen Händen erwürgen.«

»Das verstehe ich.«

»Es tut mir leid, aber ich muss Penelope schreiben, bevor Rita sie erreicht.«

»Natürlich. Mach nur.«

Ich entsperre mein Handy und sehe die Nachricht, die Derek mir vorhin geschickt hat. Ich lasse sie ungelesen, damit ich später daran denke, ihn in meine Kontaktliste aufzunehmen. Dann tippe ich eine neue Nachricht an Pen: *Bin mit jemandem aus meiner Witwengruppe (einem Mann) gerade was trinken, da laufen uns Lou und Rita über den Weg. Sie glaubt, sie wäre über die Sensation des Jahrhunderts gestolpert, und freut sich, dass ich wieder »zurück im Sattel« bin. Wollte dich bloß vorwarnen, falls sie dir die Neuigkeit gleich brühwarm weitererzählt.*

Ein paar Minuten später kommt eine Antwort von Pen: *Puh, sie ist so eine Idiotin. Es tut mir leid, dass sie das zu dir gesagt hat. Ich sorge dafür, dass Luke mit ihr redet und ihr klarmacht, dass sie ihre blöde Klappe halten soll.*

Ich antworte mit zwei Daumen-hoch-Emojis.

Wie war das Witwentreffen?

Echt gut. Ich erstatte morgen Bericht. Oh, und reservier schon mal den Samstagabend. Ich möchte euch alle zum Dinner bei mir einladen.

Auf keinen Fall! Wir laden DICH ein.

Nein, ich will das machen. Richte es den anderen aus.

Bist du sicher?

Ganz sicher.

Okay. Gut. Hab dich lieb, Ronald McDonald. Denke ständig an dich. XOXO

Hab dich auch lieb.

»Sorry«, entschuldige ich mich bei Derek, nachdem ich mein Handy wieder weggepackt habe.

»Keine Sorge. Ich verstehe den Wunsch nach Schadensbegrenzung.«

»Warum hat jemand Freude daran, einem anderen, der gerade eine Tragödie erlebt hat, noch mehr Schlimmes zuzufügen?«

»Das ist eine uralte Frage. Die Leute denken nicht darüber nach, was sie sagen oder ob sie jemandem damit wehtun.«

»Ich fasse es immer noch nicht, dass sie das mit dem ›zurück im Sattel‹ tatsächlich gesagt hat.«

»Ich nehme an, in der Metapher bin ich das Pferd?«, fragt er lachend.

»Es tut mir leid. Das war so unmöglich, dass es nicht mal lustig ist.«

»Stimmt. Aber ich habe gelernt, dass die Menschen in unserem Leben verzweifelt reparieren wollen, was kaputtgegangen ist. Sie wollen die Stücke wieder so zusammenfügen, wie sie vorher waren, damit sie selbst wieder der Mensch sein können, der sie zuvor waren. Es dauert bei den meisten eine ganze Weile, bis sie erkennen, dass das nicht möglich ist. Inzwischen versuche ich, etwas nachsichtiger zu sein und ihnen gute Absichten zu unterstellen.«

»Wow. Stimmt. So hatte ich das noch gar nicht betrachtet. Du hast recht. Bei einigen Mitgliedern meiner Familie habe ich das beobachtet. ›Sag uns, was wir für dich tun können, Roni‹, bitten sie. Und ich wünschte, sie könnten etwas tun, doch das können sie nicht. Manchmal würde ich am liebsten antworten: ›Bringt mir Patrick zurück, dann wird alles wieder gut‹, damit sie merken, wie unmöglich ihre Frage ist.«

»Sie lieben dich und möchten nicht, dass du leidest. Und das ist vermutlich selbst bei der guten alten Rita der Fall. Du kennst sie schon eine Weile, oder?«

»Ja. Penelope und Luke sind seit zwölf Jahren verheiratet.«

»Na also. Auf ihre eigene ungeschickte Art möchte Rita dich nur wieder glücklich sehen.«

»Vielleicht hast du recht. Aber wir wissen beide, dass es nicht einfach damit getan ist, in den Sattel zurückzukehren.«

»Nein, das ist es nicht. Du unternimmst die richtigen Schritte. Du hast dich einer Gruppe angeschlossen, die dich unterstützt. Du knüpfst Freundschaften mit Menschen, die Ähnliches wie du erlebt haben. Du hörst auf, Männer zu stalken, die eine flüchtige Ähnlichkeit mit deinem verstorbenen Mann aufweisen.«

Das Lachen platzt ungezügelt aus mir heraus. »Es war *ein*

Mann, Einzahl, nicht Männer. Und ich habe dich nicht gestalkt.«

»Das sagst *du*. Von meinem Standpunkt aus war es Stalking in Reinkultur.«

Während wir zusammen lachen, fällt mir auf, dass mir so leicht ums Herz ist wie noch nie seit der Katastrophe. Auch wenn Derek mich als Stalkerin hinstellt. »Wirst du jemals aufhören, mich als deine Stalkerin zu bezeichnen?«

»Vermutlich nicht.«

»Gut zu wissen.«

Er stützt die Ellbogen auf den Tisch und lehnt sich vor. »Ich verstehe, dass es für dich noch zu früh ist, um an irgendetwas anderes zu denken als daran, jeden einzelnen Tag zu überstehen. Doch du sollst wissen … Ich habe entschieden, dir zu verzeihen, dass du mich so gnadenlos verfolgt hast.«

Ich lache laut auf. Ich war mir nicht sicher, worauf er hinauswollte. »Wow, danke. Du bist ein echter Freund.«

»Das wäre ich gern. Also, dein Freund. Du könntest einen gebrauchen.«

»Im Moment brauche ich sogar alle, die ich kriegen kann. Einige Leute, von denen ich gedacht habe, ich könnte mich auf sie verlassen, sind abgetaucht und haben in der Beziehung ein paar Leerstellen hinterlassen.«

»Das kommt vor«, sagt er. »Manche können damit nicht umgehen.«

»Wie traurig für sie.«

»Ja, oder? Darüber sprechen wir in der Gruppe häufig. Menschen, von denen wir gedacht hätten, sie wären für uns da, sind auf einmal fort.«

»Wer war es bei dir?«

»Einer meiner besten Freunde aus Kindertagen. Dave und ich waren zusammen auf dem St.-George's-Internat in Rhode Island. Da haben wir uns drei Jahre lang ein Zimmer geteilt. Er war auf Vics Beerdigung, hat all die richtigen Sachen gesagt, und seitdem habe ich nichts mehr von ihm gehört.«

»Wow. Das tut weh, oder?«

»Ja. Sehr. Was ich nicht verstehe, ist, warum er sich nicht

mal meldet, um zu fragen, wie es mir geht. Wir haben sonst oft miteinander telefoniert, und jetzt herrscht zwischen uns diese totale Funkstille.« Er trinkt einen Schluck und rührt dann gedankenverloren in seinem Drink. »Wer war es bei dir?«

»Meine Collegefreundin Sarah. Wie dein Freund war auch sie anfangs für mich da, doch dann hat sie sich mehr und mehr zurückgezogen. Einer unserer gemeinsamen Freundinnen hat sie erzählt, dass sie es einfach nicht verkraftet.«

»Die Arme«, erwidert Derek, und seine Stimme trieft nur so vor Sarkasmus, wofür ich dankbar bin.

»Aber wirklich! Ich meine, was ist *ihr* denn bitte passiert?«

»Nichts. Allerdings ist deine Tragödie eine Mahnung, dass ihr so etwas auch passieren *könnte*, und damit kann sie vermutlich nicht umgehen.«

»Ich hätte nie damit gerechnet, dass sie einfach so untertaucht, wenn das Leben schwer wird.« Ich schaue ihn an. »Sie hat mir eine Nachricht geschickt und sich entschuldigt.«

»Was hast du ihr geantwortet?«

»Sinngemäß, dass ich nicht dafür zur Verfügung stehe, ihr über meinen Verlust hinwegzuhelfen. Das habe ich von einem Instagram-Post von einer der Wilden Witwen, und es waren genau die Worte, die ich gebraucht habe, um die Sache mit ihr zusammenzufassen.«

»Gut, dass du ihr das so klar gesagt hast.«

»Die alte Roni hätte das mit ihr irgendwie glattgebügelt. Ich hasse Drama mit den Menschen in meinem Leben. Früher hätte ich mich verbogen, um das wieder geradezurücken, doch jetzt … Jetzt ist es anders, und die neue Roni ist nicht mehr so schnell dabei, Probleme mit Leuten zu lösen, die nicht mal das Minimum für mich tun können.«

»Auch wenn ich das verstehe, glaube ich, du solltest darüber nachdenken, ihr zu verzeihen.«

Das überrascht mich. »Wirklich?«

»Ja. Denn wütend zu sein raubt dir die Energie, die du für andere Dinge benötigst.«

»Das könnte tatsächlich sein. Würdest du Dave vergeben?«

»Wenn er mich darum bittet, vermutlich schon, aber ich

werde nicht den ersten Schritt machen. Der muss von ihm kommen. Deine Freundin hat zugegeben, dass sie sich mies verhalten hat, was ein Anfang ist.«

»Ja, stimmt.«

»Denk einfach mal darüber nach. Du musst nichts tun, wenn du dazu nicht bereit bist, doch es war eine mutige Geste von ihr, sich bei dir zu melden und ihr Fehlverhalten einzugestehen. Das ist ihr bestimmt nicht leichtgefallen. Selbst gute Menschen wissen oft nicht, wie sie mit so einer Tragödie umgehen sollen. Verdammt, uns ist es passiert, und selbst wir wissen nicht, wie wir damit umgehen sollen.«

»Das stimmt. Das ist was, worüber ich definitiv nachdenken werde.«

»Ausgezeichnet. Dann ist meine Arbeit hier getan.«

Ich schaue auf die große Uhr, die hinter dem Tresen an der Wand hängt, und stelle schockiert fest, dass es schon halb elf ist. »Wir sollten langsam aufbrechen. Morgen ist ein Arbeitstag.«

»Das hat Spaß gemacht. Wir sollten das irgendwann mal wiederholen.«

»Gern.« Ich bin mir nicht sicher, zu was ich da gerade meine Zustimmung gegeben habe, weigere mich aber, mir nach dem besten Abend, den ich seit Langem hatte, zu sehr den Kopf darüber zu zerbrechen.

Derek besteht darauf, die Rechnung zu übernehmen, dann gehen wir gemeinsam nach draußen.

»Wo ist der Parkplatz für dein Auto?«, fragt er.

»Ein paar Blocks von meinem Haus entfernt.«

»Ich folge dir und fahre dich dann nach Hause.«

»Das musst du nicht!«

»Ich weiß. Ich schlafe nur besser, wenn ich sicher sein kann, dass du gut heimgekommen bist.«

»Ich könnte dir eine Nachricht schicken.«

»Oder du könntest dich von mir nach Hause bringen lassen.«

»Wenn du darauf bestehst.«

»Das tue ich.«

»Also dann.«

»Fahr voraus.«

Auf dem Rückweg gehe ich in Gedanken noch einmal die Einzelheiten dieses monumentalen Tages durch: vom Ultraschall über das Witwentreffen bis zu der Zeit allein mit Derek. Der Gegensatz von Freude und Trauer ist in diesem neuen Leben ständig präsent. Egal, was ich tue oder wie sehr ich etwas genieße, die Trauer gehört dazu. Ich frage mich, ob es für immer so sein wird. Vermutlich ja, denn meine Liebe zu Patrick wird niemals sterben. Sie wird mich immer begleiten, doch ich kann nicht den Rest meiner Tage damit zubringen, darauf zu warten, dass ich ihn in einem anderen Leben wiedersehe. So ticke ich einfach nicht.

Auf der Highschool hatte ich eine Trennung, die mich am Boden zerstört hat. Mein Freund Connor, von dem ich wirklich glaubte, wir würden für immer zusammen sein, hatte plötzlich beschlossen, dass das mit uns nichts mehr wäre, und er verfügte nicht mal über den Anstand, mir das persönlich mitzuteilen. Einer seiner Freunde hat es für ihn getan. Ich habe nie vergessen, wie schlecht sich das angefühlt hat oder wie sicher ich mir war, dass ich mich nie wieder so schrecklich fühlen würde. Jetzt erscheint es mir lustig. Aber schon damals fiel es mir schwer, auf unabsehbare Zeit in diesem tiefen, dunklen Loch zu verweilen – und daran hat sich bis heute nichts geändert.

Das soll nicht heißen, dass es mich nicht viel Zeit gekostet hat, über das Ende dieser Beziehung oder über die feige Art, wie er Schluss gemacht hat, hinwegzukommen. Doch mein Optimismus war stärker, und innerhalb weniger Wochen fühlte ich mich mehr oder weniger wie mein altes Ich, wenn auch mit ein paar inneren Narben mehr.

Und auch jetzt finde ich glückliche Momente. Der Schmerz über den Verlust von Patrick ist ständig da – über das, was ihm, uns und unserem Kind genommen wurde. Ich ertrage es nicht, an die schrecklichen Tage und dunklen Wochen zu denken, die auf seinen Tod gefolgt sind, aber gleichzeitig merke ich, dass ich die Situation mit jedem neuen Tag weiter annehme. Nie hätte ich mich freiwillig dafür entschieden, mir ein Leben ohne ihn aufzubauen, doch mir bleibt keine andere Wahl.

Der neue Job hilft, genauso wie die neuen Freunde von den Wilden Witwen. Und mehr als alles andere liefert mir das Baby, das in mir wächst, einen Grund, weiterzumachen. Am Samstag werde ich meine Familie zu mir einladen und ihr die Neuigkeit verkünden. Ich freue mich schon auf ihre Reaktionen. Danach werde ich Patricks Eltern besuchen und es ihnen ebenfalls erzählen.

Ich kann es kaum erwarten, ihnen einen Anlass zu liefern, sich auf die Zukunft zu freuen.

In meinem Viertel angekommen, parke ich den Wagen auf dem reservierten Platz in der Tiefgarage, die ich tatsächlich gruselig finde. Als ich auf die Straße trete, wartet Derek schon in seinem schwarzen Lexus-SUV auf mich. Ich steige ein und erkläre ihm den Weg zu meinem Haus.

»Du solltest nachts nicht von der Garage nach Hause laufen«, sagt er.

»Das ist kein Problem. Mich hat noch nie jemand belästigt.«

»Trotzdem, Roni. Es ist dunkel, und du bist allein. Ruf mich an, wann immer du jemanden brauchst, der dich nach Hause fährt.«

»Das werde ich nicht tun, aber danke, dass du es anbietest.«

»Wie kommst du zur Arbeit?«

»Mit der Metro.«

»Ich hole dich ab.«

»Das musst du nicht!«

»Ich weiß, doch ich werde es dennoch tun. Passt dir halb acht?«

Da eine Mitfahrt in seinem warmen Auto die Metro um Längen schlägt, antworte ich: »Klar.«

»Was holst du dir im Coffeeshop?«

»Eine heiße Schokolade und eine Zimtschnecke. Warum?«

»Ach, nur so.«

Ich werfe ihm einen Blick zu. »Was wird das, Kavanaugh?«

»Ich hänge nur mit meiner neuen Freundin Roni ab. Und du?«

»Ich stehe einen weiteren Tag durch.«

»Das machst du super.«

»Wenn du meinst.«

»Das tue ich. Und ich bin gewissermaßen Experte, was das angeht.«

»Danke für die Heimfahrt, den Drink und dein Verständnis.«

»Das steht dir immer zur Verfügung, wenn du es brauchst.«

»Gut zu wissen. Wir sehen uns morgen.«

»Ja, bis morgen.«

13

Roni

Ich steige aus dem Auto und gehe die Stufen zur Eingangstür hoch. Während ich meinen Schlüssel suche, werfe ich einen Blick zurück und sehe, dass Derek immer noch am Bürgersteig steht und wartet, bis ich drin bin. Ich winke, schließe auf und laufe zu meiner Wohnung hoch. Meine Gefühle bezüglich Derek Kavanaugh sind ein wirres Knäuel, und ich fühle mich Patrick gegenüber illoyal.

Was lächerlich ist, ich weiß, aber trotzdem.

Patrick würde mir erklären, dass ich leben, lieben, glücklich sein und mich an ihn erinnern soll. Letzteres ist am leichtesten, denn ich werde mich immer in Liebe und Dankbarkeit an die wundervollen Jahre erinnern, die wir gemeinsam verbracht haben.

Weshalb ich es auch hasse, dass ich mich ein winziges bisschen zu Derek hingezogen fühle.

Da. Ich habe es gesagt. Und verabscheue mich dafür.

Es ist zu früh, um mich zu jemandem hingezogen zu fühlen. Patrick ist noch nicht mal vier Monate tot. Doch diese Monate fühlen sich an wie eine öde, einsame Ewigkeit. Und nein, ich bin keine von diesen Frauen, die nicht allein sein können und einen Mann brauchen, um sich komplett zu fühlen. So war ich nie. Nach Connor hatte ich beinahe drei Jahre keinen Freund, bis ich Patrick getroffen habe. Was nicht einem Mangel an Gelegenheiten zuzuschreiben war. Ich hatte mich nur einfach entschieden, lieber für mich zu bleiben.

Ich habe auf jemand Besonderen gewartet, und in der Minute, in der ich Patrick kennengelernt habe, wusste ich, dass er anders war als alle anderen, die mich in den Jahren seit der Trennung von Connor um Verabredungen gebeten hatten.

Mit Derek ist es genauso. Er ist etwas Besonderes, und zwar nicht nur, weil er versteht, was ich durchmache. Auch wenn das ein Pluspunkt ist. Aber selbst als er mir vorgeworfen hat, ich würde ihn stalken, hab ich diesen besonderen Funken gespürt, den ich bisher nur zweimal zuvor erlebt hatte.

Das Timing könnte natürlich schlechter nicht sein. Seit Patricks Tod sind erst wenige Monate vergangen, und außerdem bin ich mit dem Baby meines verstorbenen Mannes schwanger. Welcher Mann, der noch alle fünf Sinne beisammenhat, würde sich darauf einlassen?

»Vermutlich ist er zu jeder neuen Witwe in der Gruppe nett, und ich interpretiere nur allen möglichen Unsinn in sein Verhalten rein«, sage ich zu meinem Spiegelbild. »Lass dich nicht zu irgendwelchen verrückten Fantasien hinreißen. Du hast auch so schon genug auf dem Zettel.«

Nachdem ich mir so ins Gewissen geredet habe, putze ich mir die Zähne und setze mich mit meinem Laptop aufs Bett, um meine persönlichen E-Mails zu checken. Als Erstes leite ich das Hochzeitsvideo an Rebecca weiter und bitte sie, es für mich aufzubewahren, bis ich so weit bin, es mir anzusehen.

Nachdem ich mich vergewissert habe, dass die E-Mail verschickt wurde, lösche ich das Original aus meinem Postfach, damit ich nicht in einer schwachen Minute der Versuchung erliege, es mir doch anzuschauen und dabei alte Wunden aufzureißen. Dafür bin ich definitiv noch nicht bereit, und vielleicht werde ich es niemals sein, auch wenn ich dankbar bin, dass unser Kind sich das Video irgendwann ansehen kann.

Ich habe eine weitere E-Mail von einer Firma, die eine Kopie von Patricks Sterbeurkunde benötigt, bevor sie seinen

Account schließen kann. Ich hänge die Sterbeurkunde als PDF an und schicke die E-Mail in der Hoffnung ab, dass dies das letzte Mal ist, dass ich das tun muss. Obwohl ich mir ziemlich sicher bin, dass es das nicht ist. Die Spuren eines Lebens zu löschen ist nicht leicht zu bewerkstelligen.

Das ist für mich mit das Schwerste: die einunddreißig Jahre Leben von Patrick zu tilgen. Irgendwann werde ich die Sachen aus seiner Hälfte des Kleiderschranks der Altkleidersammlung spenden müssen. Ich werde Dinge weggeben müssen, die in seinem Leben eine Rolle gespielt haben, darunter seine Baseball-Karten und die Schallplattensammlung, auch wenn er mir sagen würde, ich solle sie verkaufen, weil sie wertvoll sind. Ich kann mir aber nicht vorstellen, diese Dinge, die ihm so viel bedeutet haben, wegzugeben oder zu verkaufen, nicht mal die vielen Computer, die er besessen hat. Zum Glück muss ich mich nicht sofort darum kümmern, doch irgendwann werde ich entscheiden müssen, was ich mit seinen Sachen tue. Einiges werde ich sicher für unser Kind aufbewahren. Wenn es schon Patrick nicht in seinem Leben haben kann, soll es wenigstens Dinge von ihm haben, die ihm wichtig waren.

Von der Vorstellung, das alles anzugehen, wird mir fast schlecht, also versuche ich, nicht weiter daran zu denken, während ich den Laptop wegstelle und das Licht lösche. Meine Gedanken wandern zu Derek zurück, der heute Abend so nett und süß war. Ich bin mir nicht sicher, was da los ist, aber was auch immer es ist, ich bin erleichtert, über etwas anderes nachdenken zu können als über die endlose Trauer.

Derek

WAS MACHE ICH HIER? Das ist die Frage des Morgens, als ich in der Schlange auf meine übliche Bestellung und zusätzlich eine heiße Schokolade und eine Zimtschnecke warte. Die Frau an der Kasse wirkte von meiner Bestellung genauso geschockt wie ich. Tja, ich bin ein Gewohnheitstier, was soll ich sagen?

Das bringt mich zu meiner Eingangsfrage zurück: Wieso

kaufe ich Roni Frühstück und biete ihr an, sie mit zur Arbeit zu nehmen?

Ich versuche mir einzureden, dass ich das nur tue, um eine neue Freundin auf dem schweren Weg zu unterstützen, den ich selbst bereits ein Stück weit gegangen bin. Aber ich kann nicht leugnen, dass mehr dahintersteckt. Zum ersten Mal seit Vics Tod fühle ich mich ernsthaft zu jemandem hingezogen. So lange habe ich mich gefragt, ob das wohl je passieren wird, und jetzt ist es beinahe eine Überraschung, etwas zu empfinden, von dem ich geglaubt hatte, für immer darauf verzichten zu müssen.

Und weil ich niemals etwas auf einfache Weise tun kann, handelt es sich bei der betreffenden Frau ausgerechnet um jemanden, der überhaupt noch nicht für was Neues bereit ist. Also habe ich die Wahl. Entweder ignoriere ich diese Anziehung zwischen uns und tröste mich damit, dass ich überhaupt zu solchen Gefühlen für jemanden, der nicht meine verstorbene Frau ist, fähig bin. Oder ich warte, bis Roni so weit ist.

Die logische Entscheidung wäre, das Ganze zu vergessen und die neue Information mitzunehmen, während ich weiterarbeite, mich um meine Tochter kümmere und dabei hoffe, dass der Blitz irgendwann noch mal bei mir einschlägt. Aber ich lebe inzwischen lange genug, um zu wissen, wie die Chancen stehen, dass das passiert. Es geschieht nur sehr selten, daher sollte man es als etwas ganz Besonderes behandeln.

Das sind meine Gedanken, als ich um halb acht vor Ronis Haus vorfahre.

Als sie auf mich zukommt, fängt mein Herz an, ein bisschen schneller zu schlagen. Das ist nicht gut, und doch fühlt es sich besser an als alles seit dem Verlust von Vic.

Ich beuge mich über den Beifahrersitz, um ihr die Tür zu öffnen, und dann steigt sie auch schon ein und seufzt glücklich auf, denn ich hab für sie die Sitzheizung eingeschaltet.

»Sie bieten einen ausgezeichneten Service, Mr Kavanaugh.«

»Für Sie nur das Beste, Mrs Connolly. Hier ist Ihr Frühstück.«

»Derek! Du spinnst doch. Das hättest du nicht tun müssen.«

»Ich wollte es aber.«

»Das ist sehr, sehr süß von dir.« Sie lächelt. »Ich hoffe, du weißt trotzdem, dass ich nicht … Ich meine, ich kann nicht …«

Ich lege eine Hand auf ihre und erkenne meinen Fehler sofort. Ihre Haut ist so weich, und es ist so lange her, dass ich eine Frau berührt habe. »Ist schon gut, Roni. Ich verstehe, wo du stehst und was du durchmachst.«

Sie überrascht mich damit, dass sie ihre Hand umdreht und um meine schließt.

Verdammt. Ich darf mir nichts anmerken lassen, doch das gelingt mir nicht ganz.

»Ich mag dich, Derek. Wirklich. Und nicht, weil ich anfangs fand, dass du eine gewisse Ähnlichkeit mit Patrick hast. Ich mag dich deinetwegen.«

»Ich mag dich auch.«

»Und es bringt mich ziemlich durcheinander, dass ich dich mag.«

Ihre Ehrlichkeit ist erfrischend – aber an ihr ist ja alles erfrischend.

»Das verstehe ich besser als jeder andere. Es ist seltsam, oder? Für immer in jemanden verliebt zu sein, der nicht mehr da ist, und gleichzeitig an jemand Neues zu denken.«

»Ja«, sagt sie mit einem langen Seufzer und drückt meine Hand. »Genau das ist es.«

»Das Schöne ist, dass wir für den Rest unseres Lebens die Menschen lieben dürfen, die wir verloren haben, und gleichzeitig den Gedanken an mögliche neue Menschen in unserem Leben zulassen können. Dieser bizarre Gegensatz von Trauer und Glück inmitten all der anderen Gefühle ergibt nur für diejenigen Sinn, die das Gleiche erlebt haben wie wir.«

»Wenn du solche Sachen sagst, habe ich immer das Gefühl, dass du in meinem Kopf bist und meine Gedanken sehen kannst.«

»Das liegt daran, dass ich es verstehe, Roni. Ich verstehe es wirklich.«

»Ich bin noch nicht bereit für etwas Neues.«

»Auch das verstehe ich.« Und ich weiß bereits, dass ich warten werde, bis sie bereit ist für das, was auch immer hieraus werden kann. Es hat nur zehn weitere Minuten mit ihr gebraucht, um mich davon zu überzeugen, dass ich nicht irgendwo anders nach dem Blitz suchen will. Nicht, wenn es sie gibt.

»Ich sollte nicht deine Hand halten.«

»Findest du es tröstlich?«

»Ja.«

»Dann lass nicht los.«

Sie hält meine Hand die gesamte Fahrt lang, bis wir am Weißen Haus ankommen und sie gezwungen ist, den Körperkontakt zu unterbrechen, damit wir aussteigen können.

»Danke fürs Mitnehmen und fürs Frühstück. Morgen lade ich dich ein.«

»Nein, tust du nicht.«

»O doch.«

»Nein. Schick mir eine Nachricht, wenn du Feierabend hast. Wenn ich Zeit habe, fahre ich dich.«

»Ich komme allein nach Hause.«

»Das weiß ich, aber warum solltest du die Metro nehmen, wenn du neben einem neuen Freund auf einem beheizbaren Sitz sitzen kannst?«

»Du bist ein harter Verhandler, Kavanaugh.«

»Hab einen schönen Tag, Connolly.«

»Du auch. Und danke noch mal fürs Chauffieren und fürs Frühstück.«

»War mir ein Vergnügen.«

Gerade wollen wir jeder unsere Richtung einschlagen – sie die zum East Wing und ich die zum West Wing –, als Sam im Foyer auftaucht. Sie scheint überrascht, uns beide zusammen zu sehen.

»Kinder, Kinder«, sagt sie amüsiert und blickt zwischen uns hin und her. »Was ist hier los?«

»Nichts, Mom«, antworte ich grinsend und mache mich auf den Weg in mein Büro.

Das war die beste Fahrt zur Arbeit aller Zeiten.

Roni

»Oh, wow«, sagt Sam, nachdem Derek fort ist. »So habe ich ihn seit sehr langer Zeit nicht mehr lächeln sehen.« Sie trägt ein pflaumenfarbenes Oberteil zu einer schwarzen Hose, und ihr dunkelblondes Haar fällt ihr in Wellen auf die Schultern.

»Er ist sehr nett.«

»Ja, das ist er.« Sie mustert mich mit ihrem Polizistinnen-blick, als versuche sie, in mich hineinzuschauen.

»Hör auf, mich so anzugucken.« Ja, so rede ich mit der First Lady der Vereinigten Staaten. Denn im Moment ist sie nicht die First Lady, sondern meine Freundin, und die brauche ich gerade.

Sie nimmt mich am Arm und führt mich zu einer mit dunkelrotem Teppich ausgelegten Treppe. »Komm mit.«

»Wo gehen wir hin?«

»Nach oben.«

»Musst du nicht arbeiten?«

»Doch, aber das kann warten.«

Jeder, der sie auch nur ein bisschen kennt, weiß, dass ihre Arbeit auf gar nichts warten kann, also fühle ich mich geehrt, weil sie mir was von ihrer knappen Zeit widmet, obwohl sie eigentlich Wichtigeres zu tun hat. Wir landen in einem Wohn-zimmer in ihren privaten Räumen. »Oh, das ist echt hübsch.« Ich stelle meine heiße Schokolade und die Tüte, in der sich vermutlich eine Zimtschnecke befindet, auf den Couchtisch und setze mich aufs Sofa.

Sie nimmt neben mir Platz. »Es ist wirklich wunderschön. Allerdings wollte ich nicht über unsere Wohnräume mit dir sprechen. Ich will über dich reden. Und Derek.«

»Es gibt kein ›ich und Derek‹.« Das klingt selbst in meinen Ohren lahm. Wenn ich will, dass sie mir glaubt – verdammt, wenn ich will, dass ich mir selbst glaube –, muss ich überzeu-gender werden. »Da kann nichts sein. Zumindest im Moment nicht.«

»*Möchtest* du denn, dass da was ist?«

»Daran kann ich noch nicht mal denken, Sam. Patrick ist

erst seit drei Monaten tot. Es wäre nicht richtig, jetzt schon an einem anderen Interesse zu zeigen.« Die Tränen, die mir in die Augen steigen, ärgern mich. Ich bin dieses ständige Weinen so leid. Seit Patricks Tod habe ich mehr geweint als in meinem ganzen Leben davor zusammengenommen.

Sam reicht mir ein Taschentuch. »Ich habe nicht durchgemacht, was du durchmachst, und ich bete jeden Tag zu Gott, dass ich das auch nie muss. Mein Herz schmerzt für dich, Roni, für Patrick, für jeden, der ihn geliebt hat. Es ist so unglaublich unfair, dass er dir so plötzlich genommen wurde.«

»Danke. Und ja, es ist unfair.«

»Ich kenne dich nur ohne ihn, aber ich muss dich nicht mit ihm zusammen sehen, um deine Liebe zu ihm zu spüren. Er ist so sehr ein Teil davon, wer du bist und wer du immer sein wirst.«

Ihre Worte sind lieb und verständnisvoll und genau das, was ich jetzt hören muss.

»Das vorausgeschickt«, fügt sie mit einem kleinen Lächeln an. »Du hast noch ein sehr langes Leben vor dir, und du solltest frei sein, zu fühlen und zu tun, was auch immer dich glücklich macht oder dir Trost spendet. Als First Lady der Vereinigten Staaten gebe ich dir die Erlaubnis, glücklich zu sein, Roni.«

Ich lache unter Tränen, während ich mich in ihre Umarmung sinken lasse.

»Es tut mir unendlich leid, dass du so eine schwere Zeit hast, doch herauszufinden, dass du dich mit Derek angefreundet hast, freut mich so sehr, wie es lange nichts mehr getan hat. Und du sollst wissen, dass ich es früher immer gehasst habe, wenn meine und Nicks Welten aufeinandergeprallt sind, zum Beispiel als Gonzo und Christina zusammengekommen sind oder Terry und Lindsey – seine Leute, die mit meinen Leuten ausgehen. Das ist total schrecklich.«

Sie ist immer so herrlich respektlos und witzig.

»Du und Derek hingegen ... Wenn diese beiden Welten kollidieren, wäre darüber niemand glücklicher als ich. Ich möchte nur, dass du das weißt.«

»Das ist sehr lieb von dir, aber da kollidiert nichts. Es ist bloß Freundschaft, geboren aus gegenseitigem Verständnis nach einem tragischen Verlust.«

»Was wunderbar ist. Ich freue mich sehr, wenn ihr beide euch gegenseitig unterstützt.«

»Bisher hat eher *er mich* unterstützt.«

»Ich bin mir sicher, dass es ihm hilft, seinen Erkenntnisgewinn weiterzugeben. Immerhin hat er schon mehr Erfahrungen sammeln können als du.«

»Ja, vielleicht.«

»Roni, ich kenne ihn seit über zwei Jahren sehr gut, und in all den schrecklichen Monaten, seitdem er Vic verloren hat, habe ich ihn nie so erlebt wie heute Morgen. Außer wenn er mit Maeve zusammen ist. Sag also nicht, dass du ihm nicht hilfst.«

»Was würden die Leute reden, wenn ich mich nur wenige Monate nach Patricks Tod mit einem anderen Mann treffe?«

»Wen interessiert es, was die Leute reden?«

»Äh, alle? Außer dir natürlich.«

»Auf so einen Mist darfst du nichts geben, Roni. Du musst dein Leben auf eine Weise leben, die für dich Sinn ergibt. Solange du niemanden dadurch verletzt, solltest du tun, was sich für dich gut anfühlt.«

»Es würde Patricks Eltern verletzen, wenn ich mit einem anderen Mann ausgehe.«

»Wirklich? Ich nehme an, sie lieben dich genau so, wie er es getan hat.«

»Wir hatten immer eine gute Beziehung, und sie sind seit seinem Tod unglaublich nett zu mir.«

»Dann bin ich mir ziemlich sicher, dass sie dir das Gleiche sagen würden wie ich: Tu, was sich für dich gut anfühlt, und mach dir keine Gedanken darüber, was andere Leute davon halten könnten.«

»Gestern Abend sind wir nach dem Treffen mit den Wilden Witwen noch auf einen Drink ausgegangen …«

»Warte mal, was? Die Wilden Witwen? So etwas gibt es?«

Ich muss über ihre überraschte Miene lachen. »Ja, das ist eine Gruppe für junge Witwen und Witwer, die nur eine einzige

Regel hat: Man muss dafür aufgeschlossen sein, sich irgendwann wieder zu verlieben.«

»Oh, das ist ja großartig.« Sie seufzt. »Ich liebe es, dass es so etwas gibt.«

»Es ist eine ganz wundervolle Gruppe, die aus unglaublich starken, unverwüstlichen Menschen besteht. Wie auch immer, Derek und ich sind nach dem Treffen noch was trinken gewesen, und da habe ich zufällig die Schwiegereltern meiner Schwester getroffen. Sie waren geschockt, mich mit ihm zu sehen, obwohl ich ihnen gesagt habe, dass wir bloß Freunde sind.«

»Es ist wirklich schwer, sich nicht darum zu scheren, was andere Menschen über dich und deine Entscheidungen denken, Roni, trotzdem darfst du dir von Leuten, die keine Ahnung haben, wie sich das anfühlt, was du gerade erlebst, nicht das Gefühl geben lassen, du würdest etwas falsch machen.«

»Wenn ich groß bin, will ich wie du sein. Du bist so krass.«

»Das bist du auch. Alle, die dich kennen, bewundern vermutlich, wie du mit deinem verstörenden Verlust umgehst. Und dadurch wirst du zur Krassesten der Krassen.«

»Ist das ein feststehender Ausdruck?«

Sie lacht. »Wenn nicht, sollte es sofort ins Lexikon aufgenommen werden. Mit deinem Bild daneben.«

»Danke. Das hilft.«

»Ich wünschte, ich könnte mehr für dich tun.«

»Soll das ein Witz sein? Du hast mir einen Job gegeben, um den mich alle, die ich kenne, beneiden, und nun sitzt du hier mit mir in den *Privaträumen* des Weißen Hauses, obwohl wir beide arbeiten sollten. Du bist die beste schlechte Freundin, die ich je hatte.«

Als wir gemeinsam lachen, fühlt sich das richtig gut an.

Wo wir gerade so zusammensitzen, will ich ihr von dem Baby erzählen. »Da ist noch etwas, das ich dir vermutlich sagen sollte …«

»Was?«

»Wie es aussieht, bin ich schwanger.«

»Oh, Roni. Das sind tolle Neuigkeiten, oder?«

»Ja, natürlich. Ich bin aufgeregt und traurig und, nun ja, im Grunde genommen ein totales Wrack deswegen. Aber ich verstehe, was für ein großartiges Geschenk es ist, dass Patrick in unserem Kind weiterleben wird, auch wenn mir bei dem Gedanken daran, alleinerziehende Mutter zu sein, vor Angst ganz schwummerig wird.«

Sie schließt mich fest in die Arme. »Du wirst eine wundervolle Mutter sein, daran hege ich nicht den geringsten Zweifel.«

»Ich bin froh, dass du das denkst.«

»Geht es dir gut?«

»Besser als vorher. Ich dachte, meine ewige Übelkeit wäre eine Nebenwirkung des Witwenseins, doch kurz vor Weihnachten habe ich dann herausgefunden, dass es einen anderen Grund dafür gibt.«

»Sag mir Bescheid, wenn wir irgendetwas tun können, um dich während dieser Zeit zu unterstützen. Wenn das Baby da ist, kannst du es mit zur Arbeit bringen. Ich bin mir sicher, dass Shelby ihre Nanny gern mit dir teilt. Sie sind immer im dritten Stock, wenn Shelby hier ist.«

»Du bist wie meine gute Fee«, erkläre ich, und Tränen steigen mir in die Augen. »Die alles für mich richtet.«

»Ach was, ich bin nur eine Freundin, die tut, was jede Freundin tun würde.«

»Nein, nicht jede Freundin. Sondern eine ganz besondere. Ich mag gar nicht daran denken, wie viel Glück ich nach Patricks Tod hatte, denn das fühlt sich irgendwie komplett falsch an, aber ich bin sehr dankbar, dich in meinem Leben zu haben.«

»Gleichfalls. Und ich will nur sagen … Derek versteht, was es bedeutet, alleinerziehend zu sein. Bloß falls du mal mit jemandem darüber reden willst.«

Diesen schamlosen Kuppelversuch quittiere ich mit einem Augenverdrehen. »Ist notiert.« Dann blicke ich mich in dem wunderschönen Raum um. »Ich kann es nicht fassen, dass du hier lebst.«

»Was meinst du, wie ich mich fühle? Willst du den Rest anschauen?«

»Musst du das wirklich fragen?«

Lachend zieht sie mich hoch und hakt sich bei mir unter, während sie mir eine Tour durch die Wohnräume des Präsidenten gibt. Als wir wieder runtergehen, bin ich eine halbe Stunde zu spät dran, doch da ich mit der Chefin zusammen war, hoffe ich, dass man mir das nicht ankreidet.

Sam begleitet mich in den East Wing und macht einen kurzen Abstecher in Lilias Büro. »Ich habe Roni auf dem Weg abgefangen, also reiß ihr nicht den Kopf ab, weil sie zu spät hier ist.«

»Na gut, ein Mal können wir darüber hinwegsehen«, entgegnet Lilia, und ihre dunklen Augen funkeln amüsiert.

»Ich muss jetzt zur Arbeit«, meint Sam. »Ich komm später noch mal vorbei.«

»Hab einen schönen Tag«, erwidert Lilia.

»Ihr auch.«

Als Sam weg ist, bedeutet mir Lilia, einzutreten. »Ist alles in Ordnung?«

»Ja, natürlich. Darf ich nur kurz sagen, wie sehr ich unsere Chefin bewundere? Sie ist die Beste.«

»Das ist sie wirklich. Ich bin so dankbar, dass ich nicht bloß für sie arbeite, sondern sie auch meine Freundin ist.«

»Mir geht es genauso.« Ich trinke einen Schluck von meiner inzwischen nicht mehr ganz so heißen Schokolade, die aber immer noch gut schmeckt. »Was steht für heute auf dem Plan?«

In der nächsten halben Stunde sichten wir einen weiteren dicken Stapel Interview- und Vortragsanfragen, die für Sam eingetroffen sind. Weil ihre Zeit so begrenzt ist, streichen wir es wieder auf ein paar zusammen, die unserer Meinung nach am besten zu ihr passen. Lilia bittet mich, unsere Überlegungen in einer E-Mail zusammenzufassen und an Sam zu schicken, damit sie uns mitteilen kann, was sie davon hält.

Die Zeit verfliegt in einem Wirbel aus Besprechungen, Telefonaten und Planungen. Der deutsche Bundeskanzler wird in zwei Wochen zu einem Besuch im Weißen Haus erwartet, und der Präsident und die First Lady geben ihr erstes Staatsdinner. Lilia und ich treffen uns mit Shelby Hill, der Privatsekretärin, die für all diese Dinge verantwortlich ist, und gehen mit ihr die Einzelheiten und verschiedenen Aufgaben für die First Lady während des Besuchs des Kanzlers und seiner Frau durch.

Der schönste Termin ist der um vier Uhr, als Scotty Cappuano und sein Hund Skippy ins Büro kommen, um, wie Scotty es ausdrückt, »an einem Meeting teilzunehmen«.

Er ist ein gut aussehender Vierzehnjähriger, der von Sam und Nick adoptiert worden ist, nachdem Nick ihn bei einem Besuch in einem Waisenhaus in Virginia, in dem er gelebt hat, kennengelernt hatte. Und Skippy ist ein ganz bezaubernder, energiegeladener Golden-Retriever-Welpe.

»Ladys, ich entschuldige mich im Vorhinein für alles, was sie anstellen wird, während wir hier sind«, erklärt Scotty. »Sie ist eine echte Schlawinerin.« Dann wirft er mir einen Blick zu und fragt: »Habe ich das Wort richtig benutzt? Es hat letztes Jahr zu unserem Lernwortschatz gehört, nur ist das mittlerweile eine Ewigkeit her.«

»Wenn du meinst, dass sie sich nicht erziehen lässt, dann hast du es richtig benutzt.«

»Ausgezeichnet.« Er grinst. Mit seinen dunklen Haaren und Augen weist er eine gewisse Ähnlichkeit mit Nick auf. Als ich ihn das erste Mal getroffen habe, ist mir aufgefallen, dass er viele Gesten und Angewohnheiten seines Vaters übernommen hat, was ich supersüß finde. »Meine Mom meint, Sie könnten mir helfen, mit Skippys explodierenden Social-Media-Accounts umzugehen. Dad sagt, ich werde noch einen internationalen Vorfall provozieren, wenn ich was Falsches schreibe, also brauche ich alle Hilfe, die ich kriegen kann. Ganz zu schweigen von den E-Mails. Sie bekommt mehr als mein Dad!«

»Das haben wir auch schon gehört«, antwortet Lilia. »Mal sehen, was wir tun können, um dir zu helfen.«

Wir verbringen eine fröhliche Stunde mit Scotty und Skippy, die wirklich eine Schlawinerin ist, aber auch verdammt süß. Als Scotty schließlich sagt, dass er nach oben muss, um sich um seine verhassten Algebra-Hausaufgaben zu kümmern, sind Lilias und meine Kleidung übersät mit hellen Hundehaaren.

Bevor Scotty geht, schüttelt er uns beiden ernst die Hand. »Ich danke Ihnen sehr für Ihre Hilfe.«

»Es ist uns ein Vergnügen«, versichere ich ihm, und das meine ich ernst. Einen Instagram-Account für den First Dog zu führen ist in der Tat der beste Job der Welt. »Ich melde mich bald mit ein paar Ideen dafür, wie wir euch beide zusammen und vielleicht sogar mit den Zwillingen zeigen können. Die Leute lieben Geschichten über einen Jungen und seinen ersten Hund.«

»Vor allem, wenn der Junge selbst adoptiert wurde«, wirft er ein.

»Definitiv.«

»Gut. Sie wissen, wo Sie mich finden, wenn Sie mich und den Superstar brauchen.«

»Viel Glück bei Algebra«, wünsche ich ihm.

Er zieht die Stirn kraus und geht zur Tür. »Mein Dad wird das gesetzlich verbieten lassen.«

»Was für ein toller Junge«, sage ich zu Lilia, als er verschwunden ist.

»Aber wirklich. Wir haben ihn alle ins Herz geschlossen, und Skippy ist bezaubernd. Ich liebe es, dass er sie nach Sams verstorbenem Vater benannt hat.«

»Ja. Die ganze Geschichte ist einfach nur wunderbar. Diesen Account zu führen wird ein Riesenspaß.«

»Das glaube ich auch. Doch jetzt sollten wir erst mal eine Fusselbürste fürs Büro bestellen.«

Lachend kehre ich an meinen Schreibtisch zurück. Jetzt, wo der Tag sich dem Ende zuneigt, nehme ich mir eine Minute, um meinen Eltern, Pen und Rebecca eine Nachricht bezüglich des Abendessens am Samstag zu senden. Am Ende schreibe ich: *Ich freue mich darauf, euch bei mir zu haben, und nein, ihr müsst wirklich nichts mitbringen.*

Kaum habe ich das abgeschickt, vibriert mein Handy wegen einer Textnachricht von Derek. *Kannst du dich schon loseisen? Ich mache mich bald auf den Heimweg.*

Da die Temperaturen heute Abend bis auf den Gefrierpunkt

sinken sollen, beschließe ich, ihn und sein Angebot eines beheizten Sitzes anzunehmen. *In zehn Minuten im Foyer?*

Passt.

Als mich bei diesem kleinen Wort leise Aufregung erfasst, fahren meine Schutzwälle hoch. Auch wenn ich weiß, dass nichts falsch daran ist, ein wenig für Derek zu schwärmen, kommt es mir trotzdem nicht richtig vor.

Sei nicht albern, Ron, höre ich Patricks Stimme, als stünde er neben mir. Ich bewege mich nicht und hoffe, dass er mehr zu sagen hat. *Ich habe dich so sehr geliebt. Das weißt du. Und jeder weiß, wie sehr du mich geliebt hast.* Mein Blick zuckt durch den Raum, einen Ort, an dem Patrick nie gewesen ist. Wo kommt diese Stimme her? *Ich will, dass du glücklich bist. Also tu, was immer du kannst, um das hinzukriegen, hörst du?*

Tränen rollen mir über die Wangen, aber ich rühre mich weiter nicht vom Fleck, weil ich hoffe, dass es noch nicht vorbei ist. Ich habe keine Ahnung, wie lange ich hier mit angehaltenem Atem stehe und auf etwas warte, das jedoch ausbleibt.

14

Roni

Derek steht auf der Türschwelle meines Büros. »Hey, bist du aufgehalten worden?« Er schaut genauer hin, bemerkt meine Tränen und kommt herein, wobei er die Tür hinter sich schließt. »Was ist passiert?«

Gerade erst ist es mir gelungen, ihn davon zu überzeugen, dass ich nicht verrückt bin. Wie kann ich ihm da jetzt erzählen, dass ich gerade die Stimme meines verstorbenen Mannes gehört habe?

»Roni? Sag mir, was los ist.«

»Ich habe seine Stimme gehört. Patricks Stimme. Es war, als wäre er direkt neben mir.«

»Vielleicht war er das.«

Als er diese Möglichkeit erwähnt, fühle ich, wie etwas in mir aufbricht.

Derek geht um meinen Schreibtisch herum und legt die Arme um mich. Er hält mich, während Schluchzer meinen ganzen Körper schütteln. »Sch, sch, ist schon okay.« Er reibt mir mit genau dem richtigen Druck über den Rücken, um mich zu trösten. »Ich glaube, sie sind immer in der Nähe und halten von dort aus, wo sie jetzt sind, ein Auge auf uns.«

»Wirklich? Das glaubst du?«

»Natürlich. Wo sollte Victoria sonst sein wollen, wenn nicht da, wo sie über Maeve und mich wachen kann? Ich bin mir sicher, dass es bei Patrick genauso ist. Er will da sein, wo du bist.«

»Seine Stimme hat so echt geklungen.«

»Das ist ein wundervolles Geschenk.«

»Nur leider will ich mehr davon.«

»Ich weiß.« Nach einem langen Moment des Schweigens erkundigt er sich: »Möchtest du darüber reden, was er zu dir gesagt hat?«

»Er meinte, er habe mich so sehr geliebt, und alle wüssten, dass ich ihn auch geliebt habe. Und dass ich tun soll, was immer nötig ist, um glücklich zu sein. Was diesen Teil betrifft, war er sehr nachdrücklich. Er hat mich sogar Ron genannt, was einer seiner vielen Kosenamen für mich war.«

»Es scheint, als wollte er klarstellen, wie er dazu steht.«

»Aber wo kann das hergekommen sein? Ich meine, es kann unmöglich er gewesen sein.«

»Woher willst du das wissen?«

»Er ist tot, Derek.«

»Natürlich, doch wissen wir eigentlich, was passiert, nachdem jemand gestorben ist?«

»Nicht wirklich.«

»Solange wir es nicht mit Sicherheit wissen, ist alles möglich.«

Wir bleiben eine ganze Weile so stehen, bevor ich weit genug aus meiner Trauer auftauchen kann, um zu bemerken, dass ich mein Gesicht an sein Revers geschmiegt habe und er mich immer noch umarmt. Als ich anfange, mich zurückzuziehen, lässt er mich los.

Ich zupfe ein Taschentuch aus der Box auf meinem Schreibtisch und trockne mir die Wangen ab. »Tut mir leid, dass ich so zusammengebrochen bin.«

»Bitte, du musst dich dafür nicht entschuldigen.«

»Danke für … für dein Verständnis.«

»Gern.«

»Hast du jemals Vics Stimme so gehört?«

»Nein. Trotzdem weiß ich, was sie sagen würde, wenn sie hier wäre. Und den Beweis dafür habe ich in dem Brief, den sie mir hinterlassen hat. Dieser Brief hat mich auf so vielen Ebenen befreit.«

»Du hast Glück, ihn zu haben.«

»Ja, das weiß ich. Selbsthilfegruppen für Verwitwete debattieren häufig darüber, was schlimmer ist: der plötzliche Tod oder der nach einer langen Krankheit. Beides ist schrecklich, aber bei der Krankheit weiß man wenigstens, was am Ende droht. Der Schock über das, was uns passiert ist, darüber, dass der Mensch, den wir geliebt haben, so plötzlich und ohne Vorwarnung aus unserem Leben gerissen wurde … Das wünsche ich niemandem.«

»Ich auch nicht.«

»Ich drängle nur ungern, doch ich muss nach Hause. Meine Nanny hat heute Abend einen Kurs.«

»O mein Gott.« Ich atme tief durch. »Sorry.«

Bei seinem Lächeln strahlen seine Augen auf. »Du sollst dich nicht bei mir entschuldigen, schon vergessen?«

»In dem Fall: Danke, dass du für mich da bist.«

»Das bin ich sehr gern.«

Gemeinsam verlassen wir das Büro, und als er mir die Beifahrertür seines Wagens aufhält, frage ich mich, ob ich wohl einen Skandal im Weißen Haus auslöse, wenn ich mit ihm zusammen gesehen werde.

»Wird es Klatsch über die beiden frisch Verwitweten geben, die zusammen kommen und gehen?«

»Lass sie reden. Mir ist es so was von egal, was irgendjemand darüber sagen könnte, und das sollte es dir auch sein.«

»Okay. Gut.«

»Ich will damit deine berechtigten Sorgen nicht kleinreden.« Als wir vom Gelände fahren, winkt er dem Secret-Service-Mitarbeiter zu, der das Tor bewacht. »Aber ich finde, wenn man das durchmacht, was wir durchmachen, muss man aufhören, sich darum zu sorgen, was andere Menschen über einen denken. Also, zumindest habe ich es so gehalten.«

»Ich arbeite noch dran, mir diesbezüglich ein dickeres Fell zuzulegen.«

»Das verstehe ich. Wenn es dir lieber ist, dass wir bei der Arbeit nicht zusammen gesehen werden, ist das für mich in Ordnung.«

»Es ist mir egal, ob wir zusammen gesehen werden oder die Leute wissen, dass wir befreundet sind. Ich bin nur nicht sicher, ob ich schon bereit bin, Thema des Büroklatsches zu sein.«

»Ich werde das im Keim ersticken, wenn ich was höre. Da ich der zweithöchste Mitarbeiter im Weißen Haus bin, neigen die Leute dazu, zu tun, was ich ihnen sage, also erst mal kein Grund zur Sorge.«

Die praktische Art, auf die er mich beschützt, weckt ungekannte Gefühle in mir, die mich auf dem ganzen Weg nach Capitol Hill beschäftigen. Der Verkehr ist furchtbar, wie immer, und die eigentlich nur fünf Minuten dauernde Fahrt zieht sich über zwanzig Minuten hin, aber ich genieße jede Sekunde auf dem beheizten Sitz in Dereks Gesellschaft.

Meine Familie schickt mir Nachrichten und fragt, was sie am Samstag mitbringen sollen.

Absolut gar nichts, antworte ich.

»Hast du Lust, mit Maeve und mir zu Abend zu essen? Ich mache Spaghetti mit Fleischklößchen für sie und mit Shrimps für mich. Von beidem habe ich mehr als genug, und wir fänden es schön, wenn du uns Gesellschaft leistest.«

Ich weiß nicht, ob es eine gute Idee ist, diese Freundschaft – oder was auch immer es ist – zu vertiefen, doch ich will heute Abend nicht allein sein, und bei seinem Angebot hebt sich meine Laune. »Das wäre schön. Danke für die Einladung.«

»Gern geschehen. Willst du erst bei dir zu Hause vorbei?«

»Ich würde mich gern umziehen, allerdings nur, wenn du dann nicht zu spät zur Ablösung deiner Nanny kommst.«

»So viel Zeit haben wir noch.«

Ein paar Minuten später hält er vor meinem Gebäude an. »Ich beeile mich«, verspreche ich ihm.

»Ich warte hier.«

Ich renne nach oben und ziehe mir Leggins und einen Pullover an, während ich mich hektisch nach etwas umschaue, das ich mitbringen kann. Das Einzige, was ich finde, ist eine Flasche Weißwein, die ihm hoffentlich schmeckt. Dann nehme ich meinen Daunenmantel aus dem Schrank, schlüpfe in meine Lammfellstiefel für den Weg zu Fuß nach Hause und bin innerhalb von fünf Minuten wieder unten.

»Das ging schnell«, bemerkt er, als er losfährt.

»Das hatte ich ja gesagt.«

»Meine Recherchen haben ergeben, dass sich die weibliche Vorstellung von ›schnell‹ oft erheblich von der männlichen unterscheidet.«

»Tja, Patricks Recherchen haben ergeben, dass ich ständig dafür gesorgt habe, dass er zu spät kam, was ihn in den Wahnsinn getrieben hat, denn er war immer überpünktlich und hat es gehasst, sich zu verspäten.«

»So geht es mir auch. Und Vic war wie du. Ich habe schon zehn Minuten im Auto gesessen, da ist sie aus dem Haus geschlendert, als hätte sie alle Zeit der Welt.«

»Vielleicht werde ich langsam besser. Jetzt waren es nur fünf Minuten.«

»Ich bin beeindruckt.«

»Was hat sie noch getan, das dir nicht gefallen hat?«

»Sie war sehr verschwiegen, was ihre Vergangenheit betraf. Damals dachte ich, es wäre zu schmerzhaft für sie, daran zu denken, dass sie ihre Eltern so jung verloren hat. Später wurde mir dann bewusst, dass sie mit Absicht wenig erzählt hat. Was ist mit dir? Hat Patrick etwas getan, das dir nicht gefallen hat?«

»Er war so unordentlich. Hat sein Zeug immer überall herumliegen lassen. Wenn er vom Basketball-, Softball- oder Footballspielen nach Hause kam, hat er tagelang seine dreckigen Schuhe im Wohnzimmer und seine Ausrüstung direkt an der Wohnungstür stehen lassen, bis ich mich beschwert habe. Ich bin ein ziemlicher Ordnungsfreak, deshalb hat mich das schier in den Wahnsinn getrieben.«

»Hat es ihm etwas ausgemacht, wenn du ihn darauf hingewiesen hast?«

»Oh, nein. Er war immer bester Laune. Er hat nur gemeint:

›Ups, sorry, Baby. Hör nicht auf, es mir zu sagen. Irgendwann lerne ich es bestimmt.‹« Ich bin traurig, dass wir dieses Gespräch nie wieder führen werden. »Ich habe seine Unordnung immer darauf geschoben, dass er so brillant war. Als gäbe es in seinem Gehirn nicht ausreichend Platz für all das Zeug, das er konnte, *und* die Fähigkeit, Ordnung zu halten. Nach seinem Tod habe ich viele seiner Kollegen kennengelernt, und sie haben alle das Gleiche erzählt: Er war der intelligenteste Mensch, den sie je getroffen hatten.«

»Es war bestimmt schön, das zu hören.«

»Das war es, aber ich wusste es bereits. Manchmal hat es mich eingeschüchtert, wie klug er auf *allen* Gebieten war.«

»Mich hat Vics lockere Art im Umgang mit Menschen eingeschüchtert. Sie war so warmherzig und freundlich. Nach nur wenigen Minuten mit ihr hatte man das Gefühl, sie schon seit einer Ewigkeit zu kennen.«

»So bist du auch.«

»Früher nicht. Da war ich wesentlich distanzierter und verschlossener neuen Leuten gegenüber. Doch ich habe schnell herausgefunden, dass mich das nach Vics Tod in die Einsamkeit führen würde.«

»Also hast du das Gefühl, dich sehr verändert zu haben, seit du sie verloren hast?«

»Ich bezweifle, dass sie mich noch wiedererkennen würde.«

Ich habe so viele Fragen dazu, wie er das meint, aber wir haben sein Haus erreicht, also kann ich sie nicht mehr stellen. Er parkt den SUV in einer Einfahrt, die mich neidisch macht. Ich hätte auch gerne eine. Ich folge ihm zur Hintertür, hinter der ein Vorraum liegt, in dem ich mir die Stiefel ausziehe und meinen Mantel an einen der Haken an der Wand hänge.

»Komm rein«, sagt Derek und betritt die Küche, wo uns der begeisterte Aufschrei eines kleinen Mädchens empfängt, das glücklich ist, seinen Daddy nach einem langen Tag wiederzusehen.

Sie rennt zu ihm, und er hebt sie hoch und drückt sie so fest an sich, dass sie lacht.

»Wie geht es meiner Kleinen?«

»Gut«, antwortet sie und wirft mir über seine Schulter einen Blick zu.

Ich winke ihr zu, und sie versteckt ihr Gesicht an seiner Halsbeuge.

»Sag meiner Freundin Roni Hallo.«

Maeve hebt den Kopf. »Hallo«, gehorcht sie, bevor sie sich wieder versteckt.

»Patrice, das ist Roni. Roni, Patrice.«

Die Nanny ist Anfang zwanzig, blond, hübsch und in großer Eile.

»Hey. Schön, dich kennenzulernen«, erkläre ich.

»Gleichfalls«, entgegnet Patrice, ohne mich anzusehen. »Ich muss los.«

»Sag Tschüss zu Patrice«, verlangt Derek.

»Tschüss«, nuschelt Maeve.

»Bis morgen, Süße«, erwidert Patrice und hastet davon.

»Danke, Patrice!«, ruft Derek ihr hinterher und lässt Maeve herunter.

Sie läuft los, um in einem angrenzenden Zimmer zu spielen.

»Habe ich was falsch gemacht?«, frage ich Derek, nachdem die Tür hinter Patrice ins Schloss gefallen ist.

Er schneidet eine Grimasse. »Sie ist anders, seitdem ich ihr beibringen musste, dass unsere Beziehung niemals persönlich werden wird.«

»Oh.«

»Maeve betet sie an und umgekehrt, und ich bezahle sie sehr gut, sodass sie zum Glück nicht gekündigt hat, trotzdem … Es ist nicht angenehm.«

»Glaubt sie, dass ich … dass wir … Äh …«

»Zerbrich dir deswegen nicht den Kopf. Ich habe das Recht, Freunde nach Hause einzuladen.« Während er das sagt, löst er sich die Krawatte und öffnet die obersten beiden Knöpfe an seinem Hemd. »Ah, das ist immer so eine Erleichterung.« Er wirft die Krawatte über die Rückenlehne eines Küchenstuhls. »Was machst du, Maeve?«

Seine Tochter kommt, die Arme voller Kuscheltiere, in die Küche zurückgelaufen.

»Warum stellst du Roni nicht deine Freunde vor, während ich das Essen koche?«

Ich setze mich auf den Küchenboden und kriege ganz zauberhaft die Namen all ihrer Kuscheltiere erklärt. Einige davon hat Maeve sich offensichtlich ausgedacht, denn ich habe sie noch nie zuvor gehört. Sie spricht in einer Mischung aus echten Wörtern und Kleinkind-Gebrabbel, trotzdem verstehe ich den Großteil dessen, was sie mir erzählt.

»Also der hier ist der Daddy von dem hier?«, frage ich und halte einen Hasen und einen Bären hoch.

Sie nickt mit ernster Miene. »Seine Mommy ist im Hibbel.«

»Ah, ich verstehe.« Ich schaue zu Derek und sehe, wie sich seine Kiefermuskeln anspannen, während er in einem Topf auf dem Herd rührt.

Maeve gleitet über den Moment hinweg, als bedeutete er gar nichts, was mich ein wenig erleichtert. Ich mag gar nicht daran denken, dass die Mutter dieses wunderbaren Kindes ermordet und die Kleine entführt worden ist. Ich will meine Arme um sie legen und sie drücken, aber da ich ihr keine Angst machen will, lasse ich das lieber.

»Okay, Händewaschen fürs Essen, Missy.« Derek hebt sie hoch und wirft sie sich über die Schulter, mit einer geübten Leichtigkeit, die mich beeindruckt. Er ist toll im Umgang mit ihr, und sie betet ihn offensichtlich an. Während ich ihrem Geplapper aus dem Badezimmer lausche, arrangiere ich die Kuscheltiere in einer Ecke der Küche.

Maeve strahlt übers ganze Gesicht, als sie bemerkt, welchen Platz ich für ihre Babys ausgesucht habe.

Derek setzt sie in ihren Hochstuhl, bindet ihr ein Lätzchen um und bringt ihr das Essen auf einem besonderen Teller, in dessen unterteilten Fächern sich Spiralnudeln, Fleischklößchen und Pfirsichstücke befinden. Dazu stellt er ihr einen Trinklernbecher mit Milch hin.

»Jetzt koche ich für die Erwachsenen«, kündigt er an und träufelt Olivenöl in eine Pfanne, bevor er Paprikastücke und Zwiebeln hineingibt. Nachdem er alles leicht angeschwitzt hat, fügt er die Shrimps hinzu.

»Sehe ich das richtig, dass du die Zutaten für das Abendessen schon vorbereitet hattest?«

»Ja, jeden Sonntag plane ich alles für die nächste Woche und bereite es so weit wie möglich vor.«

»Das ist überaus beeindruckend.«

Er zuckt nur mit den Schultern. »Das ist aus reiner Notwendigkeit entstanden. Maeve hat Hunger, wenn ich nach Hause komme. Da ich alles bereithabe, dauert das Kochen nicht mehr so lang, und ich erspare ihr und mir einen Trotzanfall. Glaub mir, diese Lektion im Elternsein habe ich auf die harte Tour gelernt.«

»Du bist wie der Yoda der alleinerziehenden Väter.«

»O bitte«, meint er lachend. »Davon bin ich meilenweit entfernt.« Er wirft Maeve einen Blick zu. »Isst du, oder spielst du?«

»Essen«, erwidert sie mit einem breiten Grinsen.

Als er sie anlächelt, schmelze ich innerlich dahin.

Er ist süß, freundlich, aufmerksam, klug, erfolgreich und offensichtlich ein wundervoller Vater. Wenn ich nicht aufpasse, wird meine leise schwelende Schwärmerei für ihn zu einem Waldbrand, für den ich nicht bereit bin.

Das Essen ist einfach, aber köstlich. Die Shrimps, Zwiebeln und Paprika serviert er über Linguine in einer leichten Buttersoße.

Er holt den Parmesan aus dem Kühlschrank und stellt ihn neben mir auf den Tisch. »Das ist die Geheimzutat.«

»Ah, verstehe.« Ich streue ein wenig Käse über meine Portion und probiere den ersten Bissen. »Wow, das ist echt gut.«

Derek kommt mit seinem Teller und einem Glas Eiswasser für mich an den Tisch.

»Ich habe dir Wein mitgebracht«, fällt mir da ein. »Der steht noch im Vorraum.«

»Ich hole ihn.«

Kurz darauf kehrt er mit der Flasche, einem Korkenzieher und einem Glas zurück und setzt sich.

»Maeve satt.«

»Maeve kann warten, bis Daddy aufgegessen hat.«

»Nein.«

»Doch.«

»Nein.«

»Das ist ihr Lieblingswort.«

Er schafft es, ein paar Bissen zu sich zu nehmen, bevor sie ernsthafte Anstalten macht, aus ihrem Hochstuhl zu klettern.

»Sorry, das ist die halbe Stunde am Tag, in der sie schlechte Laune hat. Das liegt daran, dass es fast Zeit ist, ins Bett zu gehen.«

»Du musst dich nicht entschuldigen. Ich werde zur Schlafenszeit auch immer unleidlich.« Kaum haben die Worte meinen Mund verlassen, da frage ich mich schon, ob ich sie hätte aussprechen sollen. Es ist so seltsam, mit jemand Neuem zusammen zu sein – selbst wenn es nur ein neuer Freund ist – und bei allem, was ich sage und tue, zu überlegen, ob es in Ordnung ist. Obwohl ich mir bei Derek in der Beziehung vermutlich nicht allzu viele Gedanken machen muss.

Er steht auf, um Maeve eine Portion Eis in eine kleine Schüssel zu tun, womit er sich ein paar Minuten erkauft, in denen er essen kann.

»Direkt in die Badewanne mit dir, Dreckspatz«, verkündet er, als er sie schließlich aus ihrem Stuhl hebt. »Wir beeilen uns.«

»Lass dir ruhig Zeit. Ich räume hier in der Zwischenzeit auf.«

»Das musst du nicht. Ich kümmere mich später darum.«

»Kein Problem.«

»Sag Roni Gute Nacht.«

»Nacht«, gehorcht Maeve und steckt sich den Daumen in den Mund. Ihre Augenlider sind schon schwer, und sie ist kurz vom Einschlafen.

»Bin gleich zurück.«

Derek trägt sie nach oben, und auf dem Weg reden und lachen die beiden miteinander. Während ich die Küche aufräume, höre ich Wasser laufen und das dumpfe Murmeln einer fröhlichen Unterhaltung. Ich habe das vorhin ernst gemeint, als ich sagte, wie beeindruckt ich von seinem Umgang mit Maeve bin und wie effizient er ihr gemeinsames

Leben organisiert hat. Ich versuche, mir vorzustellen, dass Patrick das tut, was Derek tut, doch es gelingt mir nicht. Trotz seiner Intelligenz und seiner vielen Talente glaube ich nicht, dass ihm das Dasein als alleinerziehender Vater so leicht von der Hand gegangen wäre wie Derek. Wobei ich mir vorstellen kann, dass der das auch nicht über Nacht gelernt hat.

Ich finde Behälter für die Reste, belade die Spülmaschine, schrubbe die Pfannen und wische Arbeitsplatte, Herd, Tisch und Hochstuhl ab.

Ein paar Minuten nachdem ich fertig bin, kommt Derek die Treppe runter und schaut sich überrascht um. »Wow, danke. Das hättest du wirklich nicht tun müssen.«

»Du hast das Essen gekocht.«

»Das habe ich gern gemacht.«

»Und ich habe hier gern klar Schiff gemacht. Übrigens, deine Tochter ist bezaubernd.«

»Ja, finde ich auch. Allerdings bin ich da nicht objektiv. Sie ist das süßeste kleine Mädchen der Welt.«

»Den Platz teilt sie sich mit meinen Nichten.«

»Okay, das kann ich akzeptieren.« Er schenkt sich noch ein Glas Wein ein. »Sie mag dich.«

»Woher weißt du das?«

»Sie hat mir gesagt, dass du ihre neue Freundin bist.«

»Ah, wie süß. Das freut mich.«

Er nimmt sein Weinglas und setzt sich neben mich an den Tisch. »Es ist schön, jemanden zum Reden zu haben, wenn sie im Bett ist. Die Abende sind lang und still.«

»Es ist eine große Umstellung, allein oder mit einem kleinen Kind zu leben, nachdem man mit seinem Partner zusammengelebt hat.«

»O ja.«

»Vermutlich bemerkst du es nicht mehr, weil es dein normaler Alltag ist, aber du hast dieses Single-Dad-Sein echt raus.«

»Meinst du?«

»Verdammt, ja. Das würde jeder sagen. Schließlich bereitest

du am Wochenende die Abendessen für die ganze Woche vor, Derek.«

Er lacht. »Nur, weil es nötig ist. Maeve hat die Veranlagung ihrer Mutter geerbt, schnell schlechte Laune zu kriegen, wenn sie hungrig ist. Wenn ich von der Arbeit komme, steht sie immer kurz vor einem Heulanfall. Ich habe ziemlich schnell erkannt, dass eine gute Planung mir ruhigere Abende beschert.«

»Das ist echt beeindruckend.«

»Ich wasche auch die Wäsche«, fügt er mit einem jungenhaften Grinsen hinzu, während er sein Kinn in die Hand stützt. »Und ich kann sogar bügeln, wenn es sein muss.«

Ich fächle mir dramatisch Luft zu. »Du bist ein verdammt guter Fang, Kavanaugh.«

»Das sagt meine Mutter auch immer. Aber sie ist meine Mutter, also muss sie das wohl.«

»Unsinn. Sie sagt es, weil es stimmt.«

Seine Miene wird ernster. »Ich will, dass Vic stolz auf mich ist.«

»Ich wette, sie gibt da oben vor all den anderen Müttern damit an, wie super ihr Mann als Vater ist.«

»Glaubst du?«

»Ganz sicher.«

»Als sie noch hier war … habe ich viel zu viel Zeit bei der Arbeit verbracht, weil ich dachte, das müsste so sein. Sie hat sich um Maeve und den Haushalt gekümmert, und ich habe gearbeitet. Viel gearbeitet. Das bereue ich jetzt. Ich bin der stellvertretende Stabschef des Präsidenten. Das ist der coolste Job in meinem gesamten Bekanntenkreis, und doch hat es nicht gereicht. Ich musste immer mehr Stunden einlegen, um mich zu beweisen oder irgend so einen Quatsch. Das tue ich nicht mehr. Heutzutage gehe ich pünktlich. Denn ich habe auf die schlimmstmögliche Art lernen müssen, dass sich die wichtigsten Dinge in meinem Leben in diesem Haus befinden.«

»Ich bin mir sicher, Vic würde sagen, dass du ein wundervoller Ehemann und Vater bist.«

»Vic hat nie ein schlechtes Wort über mich verloren. Das habe ich nach ihrem Tod von ihren Freundinnen erfahren. Sie haben mir erzählt, dass sie sich nie daran beteiligt hat, wenn sie angefangen haben, über ihre Ehemänner zu lästern.«

»Na also.«

»Aber nur, weil sie gegenüber ihren Freundinnen nicht schlecht über mich geredet hat, heißt das nicht, dass ich nicht ein besserer Ehemann und Vater hätte sein können. Sollte ich jemals wieder heiraten, werde ich es anders machen.«

»Inwiefern?«

»Zum einen wäre ich mehr zu Hause. Kein Job ist es wert, ihm die Zeit mit seiner Familie zu opfern. In dieser Stadt ist es leicht, sich so im Hamsterrad zu verlieren, dass man den Wald vor lauter Bäumen nicht mehr sieht. Ich hasse es, dass erst etwas so Furchtbares passieren musste, bevor ich erkannt habe, was wirklich wichtig ist.«

»Das hast du vorher auch gewusst, Derek. Du weißt es jetzt nur mehr zu schätzen.«

»Ja, vermutlich hast du recht.« Er schaut in Richtung Herd. »Da hat sie gelegen, auf dem Boden, als ich nach einem Wochenende mit Nelson und seinem Team in Camp David zurückgekommen bin.«

»Ich kann mir nicht mal ansatzweise vorstellen, wie das für dich gewesen sein muss.«

»Es war schrecklich und ein furchtbarer Schock.«

»Wie hast du es danach über dich gebracht, hier wohnen zu bleiben?«

»Es ist Maeves Zuhause. Ich wollte ihr Leben nicht weiter durcheinanderbringen, indem wir auch noch umziehen. Also habe ich die Küche und unser Schlafzimmer neu eingerichtet. Aber es hat ein volles Jahr gedauert, bis ich sie nicht jedes Mal da habe liegen sehen, wenn ich in die Küche gekommen bin, und nicht an meine panische Suche nach Maeve erinnert wurde.«

Ich strecke meine Hand aus und umfasse seine. Wie sehr ich mir wünsche, ich könnte mehr tun, um ihn zu trösten.

»Wie auch immer.« Er atmet hörbar aus. »Genug davon. Ich bin mir nicht sicher, warum ich das Thema überhaupt aufgebracht habe.«

»Weil du willst, dass ich weiß, was passiert ist und wie du dich damit fühlst.«

Er schaut mich an, und seine Miene ist wehmütig, als würde er etwas betrachten, das er nicht haben kann. »Ja, ich wollte, dass du es weißt.«

»Ich sollte mal langsam den Heimweg antreten.«

»Ich ruf dir ein Uber.«

»Es sind bloß zwei Blocks. Die kann ich laufen.«

»Ich will nicht, dass du abends allein durch die Stadt läufst, Roni. Es ist kalt und dunkel, und ich würde mich besser fühlen, wenn du dir von mir ein Uber rufen lässt.«

»Das kann ich auch selbst übernehmen.«

»Nein, ich mach das schon.«

Weil es ihm so wichtig zu sein scheint, nicke ich nur und ziehe meine Hand zurück, damit er sein Handy herausholen kann.

»Danke für das Essen und dafür, dass ich Maeve getroffen habe. Sie ist ein Schatz.«

»Danke fürs Kommen. Ich bin froh, dass du sie kennengelernt hast.«

Als die App uns sagt, dass der Wagen nur noch eine Minute entfernt ist, gehe ich in den Vorraum, um Stiefel und Mantel anzuziehen.

Derek begleitet mich nach draußen und reicht dem Fahrer einen Zwanziger. »Ich weiß, es ist bloß eine kurze Fahrt, aber mir ist wichtig, dass Sie meine Freundin sicher nach Hause bringen.«

»Danke, Mann«, antwortet der Fahrer und steckt das Geld ein.

»Danke noch mal fürs Dinner.«

»Danke für die Gesellschaft. Ich hole dich morgen wieder um halb acht ab?«

»Nur wenn ich das Frühstück besorgen darf.«

Er wirft mir einen Blick zu, als wolle er Einspruch erheben.

Ich erwidere ihn gespielt finster.

»Na gut.«

»Sehr schön.«

Dann hält er mir die Tür auf. »Lass mich wissen, dass du gut zu Hause angekommen bist.«

»Mach ich.« Keiner von uns wird es je wieder als selbstverständlich betrachten, dass man in Sicherheit ist. »Wir sehen uns morgen früh.«

»Bis dann.«

Er winkt zum Abschied, und als wir losfahren und ich den Kopf drehe, erkenne ich, dass er immer noch am Bürgersteig steht und uns hinterherschaut.

»Ihr Freund ist aber wirklich nett«, sagt der Fahrer und blickt mich im Rückspiegel an.

»Oh, er ist nicht … Wir sind nicht …« *Halt den Mund, Roni.* Nachdem ich einen ganzen Abend mit ihm und seiner Tochter verbracht habe, bin ich noch unsicherer, was genau er für mich ist. Wir sind in diese angenehme Routine aus Freundschaft, Anteilnahme, Mitgefühl, Sympathie und der Art ernsten Unterhaltungen verfallen, die das Kennzeichen einer langen Freundschaft ist.

Aber das ist alles. Zumindest rede ich mir das ein, bis wir mein Gebäude erreichen, ich mich von dem Fahrer verabschiede und in meine Wohnung hinaufgehe. Dort angekommen schicke ich Derek eine Nachricht. *Bin zu Hause. Danke noch mal fürs Essen und für einen zauberhaften Abend.*

Er schreibt zurück. *Es war mir ein Vergnügen. Schlaf gut.*

Du auch.

Ich bin ganz aufgeregt. Seinetwegen und weil ich nicht weiß, was das alles zu bedeuten hat.

Da es erst halb zehn ist, melde ich mich bei Iris. *Bist du noch wach?*

Ja. Willst du reden?

Ja, bitte …

15

Roni

*I*ch rufe sie an, und sie geht beim ersten Klingeln ran.

»Was ist los?«

»Ach, nichts. Es ist nur … Ich habe einen neuen *Freund* gefunden und habe keine Ahnung, was das alles bedeutet. Ich bin völlig durcheinander.«

»Ist es Derek?«

Ich bin überrascht. »Woher weißt du das?«

»Einige von uns haben den einen oder anderen Funken zwischen euch fliegen sehen.«

»Nein! Da fliegen keine Funken.«

»Überhaupt keine?«

»Iris!«

Sie lacht. »Was denn?«

»Ich kann nicht so schnell nach dem Tod der Liebe meines Lebens Funken mit einem anderen Mann haben.«

»Bist du bereit für ein paar offene Worte?«

»Ich bin mir nicht sicher …«

»Tja, du bekommst sie trotzdem: Hast du mal darüber nachgedacht, dass Patrick deine erste Liebe gewesen ist und du die Liebe deines Lebens noch gar nicht getroffen hast? Oder vielleicht hast du sie getroffen und weißt nur noch nicht, dass sie die große Liebe deines Lebens sein wird?«

»Hör auf! Ich will das nicht hören. Patrick war meine große Liebe.«

»Patrick ist nicht mehr da, Süße.« Sie sagt das so sanft wie möglich, aber es trifft mich trotzdem mitten ins Herz. »Und du hast ein großartiges, langes Leben ohne ihn zu leben.«

»Ich will es aber nicht ohne ihn leben.«

»Ich weiß.« Nach einer langen Pause fügt sie hinzu: »Wenn ich noch eins nachschieben darf … Ich kenne Derek unterdessen ziemlich gut, und er ist ein wundervoller Mann. Ganz zu schweigen davon, dass er verdammt attraktiv ist.«

»Wirklich? Das ist mir gar nicht aufgefallen.«

Sie lacht laut auf. »Lügnerin.«

»Ist es komisch, dass ich kein Problem damit habe, dir von dieser Sache mit Derek – was auch immer es ist – zu erzählen, ich mich jedoch in Grund und Boden dabei schämen würde, es vor meiner Familie oder meinen Freunden zuzugeben, aus Angst, dass sie es nicht verstehen?«

»Das ist überhaupt nicht komisch. Du erzählst es jemandem, der das hinter sich hat, was du durchmachst, und deshalb versteht, in was für einen Konflikt es uns treibt, Gefühle für jemanden zu entwickeln, der nicht unser verstorbener Partner ist.«

»Ich habe keine *Gefühle* für ihn. Ich mag es einfach, mit ihm zusammen zu sein.«

»Fängt es so nicht immer an?«

»Versuchst du absichtlich, mich zu ärgern?«

»Nein«, wehrt sie lachend ab. »Ich versuche nur, dir vor Augen zu führen, dass das, was auch immer du gerade fühlst, normal ist. Noch bist du vielleicht nicht bereit, das zu sehen, aber es ist normal.«

»Nichts ist mehr normal.«

»Das ist das *neue* Normal.«

»Das neue Normal gefällt mir nicht.«

»So geht es uns allen, Süße. Doch welche andere Wahl

haben wir denn, als das mit offenen Armen zu empfangen, was *ist*, während wir gleichzeitig in Ehren halten, was *war*?«

Die Frage greift so tief, dass es mir für einen Moment den Atem raubt.

»Roni? Bist du noch da?«

»Ja. Was du da gerade gesagt hast …«

»Das ist die Krux unseres Dilemmas als Witwen.«

»Ich muss mir das aufschreiben.«

»Ich fühle mich geehrt, dass du dich an etwas erinnern willst, das ich gesagt habe.«

»O ja, ich will mich daran erinnern.«

»Während du das tust, wie wäre es, wenn du es auch lebst? Umarme, was immer das mit Derek ist, während du Patrick weiter in Ehren hältst.«

»Du bist eine Witwenflüsterin.«

»Ha, ha, wenn du meinst. Ich bin jedenfalls dafür, dass jede von uns tut, was immer wir können, um uns der Zukunft mit Hoffnung und Optimismus zu stellen.«

»Das will ich wirklich.«

»Dann tu es, Roni. Tu es von ganzem Herzen, mit ganzer Seele und weit ausgebreiteten Armen, offen für alles, was deines Weges kommen mag. Jeder, der wichtig ist, weiß, dass du für den Rest deines Lebens mit Patrick zusammengeblieben wärst, hätte man ihn dir nicht auf so grausame Weise genommen. Bitte hab nicht das Gefühl, dass du dich vor irgendjemandem rechtfertigen musst.«

»In letzter Zeit scheine ich mich alle zwei Minuten bedanken zu müssen.«

»Gern geschehen. Und wenn du dich oft bedankst, liegt das daran, dass du von Menschen umgeben bist, die dir helfen wollen.«

»Und ich bin für jeden Einzelnen von euch dankbar. Wie geht es dir?«

»Ich habe eine etwas chaotische Woche. Zwei meiner Kinder liegen seit heute Nachmittag mit einer Streptokokkeninfektion flach, und der Countdown für das dritte läuft.«

»Ah, das ist fies. Kann ich irgendetwas für dich tun?«

»Nein, danke, alles gut. Ich hatte mir gerade gestern vom Supermarkt Lebensmittel liefern lassen, und jetzt schließen wir uns hier ein, bis der Sturm sich gelegt hat. Hoffentlich hab ich gestern Abend niemanden angesteckt.«

»Ganz bestimmt nicht.«

»Ich hoffe es.«

»Ich melde mich morgen, um zu hören, ob du etwas brauchst«, erwidere ich.

»Das ist lieb. Danke.«

»Gern. Ich bin dankbarer für dich, als du je ahnen wirst.«

Wir verabschieden uns, und ich beschließe zu duschen. Während ich mir die Haare föhne, denke ich über das nach, was sie gesagt hat. Dass ich das, was ist, offen annehmen soll, während ich in Ehren halte, was war. Ich schätze, genau darum geht es. Ich kann mit Derek befreundet sein, ohne dass diese Freundschaft die Liebe schmälert, die ich bis ans Ende meines Lebens für Patrick empfinden werde.

Die Witwen und Witwer, die ich bisher getroffen habe, sind ein Quell hart erarbeiteter Weisheit und teilen ihr Wissen so großzügig mit jenen von uns, die noch ganz am Anfang stehen.

Nachdem ich meinen wärmsten Flanell-Pyjama angezogen habe, gehe ich ins Bett und werfe wie immer einen Blick auf Patricks Seite. Wie sehr ich mir wünsche, ich könnte zu der letzten Nacht mit ihm zurückkehren. Ich würde ihn anflehen, sich krankzumelden, mit mir zu Hause zu bleiben, nicht im falschen Moment auf diesem Bürgersteig unterwegs zu sein.

Das Gesicht seiner Bettseite zugewandt, strecke ich die Hand nach ihm aus und finde nur Leere.

Irgendwann schlafe ich ein, und mein letzter Gedanke gilt Derek.

ALS ICH AUFWACHE, habe ich eine Nachricht von ihm. *Mist, ich hab fiese Halsschmerzen und Fieber. Habe gerade Terry Bescheid gesagt, dass ich krank bin und heute nicht ins Büro komme.*

O nein, antworte ich. *Ich habe gestern Abend mit Iris gesprochen, und zwei ihrer Kinder haben Streptokokken.*

Na suuuuuper … Wenigstens weiß ich jetzt, wo ich es herhabe.

Geht es Maeve gut?

Bisher ja, aber es würde mich nicht überraschen, wenn sie es auch kriegt. Es ist blöd, dass sie heute zu Hause bleiben muss, weil ich mich furchtbar fühle, doch ich kann sie nicht in die Kita schicken, wenn sie sich womöglich angesteckt hat.

Wie kann ich dir helfen?

Wir kommen klar. Um zwölf habe ich einen Termin beim Arzt.

Ich melde mich später bei dir.

Hoffentlich hast du es nicht auch. Er fügt ein Emoji an, das die Daumen drückt.

Mist, hoffentlich habe ich mich wirklich nicht angesteckt. Auf dem Weg mit der Metro zur Arbeit vermisse ich Dereks beheizten Sitz und seine Gesellschaft mehr, als ich sollte.

Am Vormittag arbeiten Lilia und ich eine Strategie für Sams Social-Media-Posts aus, mit denen sie die Themen unterstützt, die ihr am Herzen liegen, wie die Stärkung der Polizei, Initiativen zur Unterstützung bei Lernproblemen, Unfruchtbarkeit und Forschungen im Bereich Rückenmarksverletzungen, Letzteres zu Ehren ihres verstorbenen Vaters, der nach einer Schussverletzung im Job vom Hals abwärts gelähmt war.

Unser Ziel ist es, der Welt zu zeigen, dass sie eine aktive, engagierte First Lady ist, auch wenn sie parallel noch einen Vollzeitjob außerhalb des Weißen Hauses hat.

Um halb zwei schicke ich Derek eine Nachricht. *Wie geht es dir? Was hat der Arzt gesagt?*

Ich fühle mich wie der Tod auf zwei Beinen, und es sind Streptokokken. Er hat mir ein Antibiotikum verschrieben. Meine Mom ist vorbeigekommen und hat Maeve abgeholt. Gott sei Dank, auch wenn ich es nicht gut finde, dass ich sie dem Risiko einer Ansteckung ausgesetzt habe.

Es tut mir leid, dass du dich so schlecht fühlst. Kann ich dir nach der Arbeit irgendetwas bringen?

Nein, ich habe alles. Und ich will nicht, dass du dich womög-

lich auch noch ansteckst, obwohl ich dich natürlich sehr gern sehen würde.

Mein Herz macht einen kleinen Satz, als ich das Letzte lese. *Ich hoffe, dass es dir bald besser geht. Ich melde mich später.*

Ich freue mich darauf.

Wieder dieser kleine Hüpfer in meiner Brust. *Ruh dich aus!*

Ja, zu mehr bin ich ohnehin nicht in der Lage.

Er tut mir so leid, und ich wünschte, ich könnte etwas für ihn tun. Auf dem Heimweg beschließe ich in der Metro, dass ich tatsächlich etwas tun kann. Ich laufe zur Apotheke in der Nähe meiner Wohnung und besorge Halspastillen und Spray, dazu im Laden nebenan ein paar Zeitschriften, Eis am Stiel und Eiscreme. Dabei brüte ich unangemessen lange darüber, ob er eher der Typ für Chunky Monkey oder für Cherry Garcia ist. Am Ende nehme ich beides und zahle an der Kasse.

Auf dem kurzen Weg zu seinem Haus ist mir so unbeschwert zumute wie seit Monaten nicht mehr. Dabei werde ich Derek vermutlich nicht mal zu Gesicht bekommen.

Ich hänge die Einkaufstüte an den Griff der Hintertür und schicke ihm eine Nachricht. *Bist du wach? Ich habe dir ein Carepaket vorbeigebracht, das gekühlt werden muss.*

Bin schon unterwegs.

Aus Sorge um mein ungeborenes Kind trete ich einen Schritt zurück, um etwas Abstand zwischen uns zu wahren, auch wenn ich es anders lieber hätte.

Er kommt an die Tür. Seine Haare stehen in alle Richtungen ab, sein Kinn ist mit Stoppeln bedeckt, und er hat überhaupt keine Ähnlichkeit mit dem stets korrekt gekleideten und gepflegten Mann, als den ich ihn kennengelernt habe. Um ehrlich zu sein: So zerzaust ist er sogar noch attraktiver, falls das überhaupt möglich ist.

Er wirft einen Blick in die Tüte. »Das ist echt nett von dir.«

Mit einem Achselzucken antworte ich: »Ich wünschte, ich könnte mehr tun. Geht es dir ein bisschen besser?«

»Ein kleines bisschen. Mein Hals ist das Schlimmste. Es ist, als würde ich Rasierklingen schlucken.«

»Autsch.«

»Ja, echt ätzend.«

»Ich will dich nicht lange aufhalten, sondern wollte nur kurz Hallo sagen.«

»Dafür bin ich dir sehr dankbar. Fühlst du dich noch gut?«

»Bisher ja.« Ich klopfe mir mit dem Fingerknöchel dreimal an den Kopf.

»Ich hoffe, das bleibt so. Das hier ist echt das Schlimmste.« Er hält inne. »Okay, wir beide wissen, dass es noch schlimmer kommen kann, doch es ist verdammt unangenehm. Meine Mom meint, ich hätte das seit der fünften Klasse nicht mehr gehabt, und lustigerweise erinnere ich mich noch daran.«

»Ich habe es als Kind oft gehabt. Wenn es irgendwo in der Nähe war, habe ich es mir eingefangen.«

»Dann hoffen wir mal, dass du dem in der Zwischenzeit entwachsen bist.«

»Ja, unbedingt. Ruf mich an, wenn du was brauchst, okay?«

»Das mach ich. Danke noch mal. Du hast meine Lieblingssorte erwischt.«

»Welche?«

»Cherry Garcia.«

Ich recke die Faust in die Luft. »Ja! Mein Favorit ist Chunky Monkey.«

»Gut zu wissen.«

Bei diesen Worten überläuft mich ein Schauer. »Okay, und jetzt zurück ins Bett mit dir. Wir hören uns später.«

»Danke noch mal, Roni. Das war echt lieb von dir.«

»Das ist mein Dank für den beheizbaren Sitz.«

Lächelnd winkt er, als ich mich zum Gehen wende. Ich spüre seinen Blick auf mir, bis ich außer Sicht bin. Und erst da stoße ich den angehaltenen Atem aus. Nur drei Monate nach dem Tod meines Mannes bin ich in Derek Kavanaugh verschossen.

Dafür lande ich direkt in der Hölle, aber verdammt, das ist es wert.

Derek

ICH STEHE TOTAL auf Roni Connolly, und das fühlt sich so gut an wie nichts seit langer Zeit. Es war süß von ihr, mir die Sachen vorbeizubringen. Die Halspastillen mit Orangengeschmack sind großartig und schenken mir das erste bisschen Erleichterung an diesem Tag.

Logischerweise schicke ich ihr eine Nachricht, um es ihr zu sagen. *Diese Halspastillen wirken echt toll.*

Super! Freut mich, zu hören, dass sie helfen.

Ich kann nach einem langen Tag, an dem ich meinen Speichel gehasst habe, endlich wieder schlucken.

Ha, ha. Es sind die kleinen Dinge, die zählen, oder?

Auf jeden Fall. Habe ich heute im WH was verpasst?

Ich habe nicht viel aus dem West Wing gehört. Wir haben uns mit Sams Social-Media-Konten beschäftigt und ein paar Auftritte und Interviews für sie geplant.

Ich hoffe, dass sie das alles zusätzlich zu ihrem anderen Job schafft.

Wir versuchen, es für sie so machbar wie möglich zu halten. Außerdem habe ich eine Stunde oder zwei mit Skippys Instagram-Account zugebracht.

Wie viel zahlt sie dir dafür?

Sie bezahlt mich in Hundekeksen. Ich habe ihr gesagt, ich mag die mit Schokolade.

Er schickt ein paar lachende und ein paar Hunde-Emojis. *Sie sind großartige Menschen, und unser Land kann sich wirklich glücklich schätzen, sie zu haben. Was Nick an Lebensjahren fehlt, macht er durch seine Intelligenz und den Willen wett, wirklich etwas zu bewegen.*

Hat er sich noch mal dazu geäußert, ob er sich zur Wiederwahl aufstellen lässt?

Im Moment lautet die Antwort Nein. Der Wahlkampf würde ihn zu lange von seiner Familie fernhalten.

Das kann ich gut verstehen. Außerdem muss es echt anstrengend sein.

Das ist es. Ich habe Nelson auf seiner ersten Tour begleitet, und es war brutal. Ständig quer durchs Land unterwegs, Veranstaltungen, Forderungen. Und das über Monate.

Das klingt ja schrecklich.

Das ist es, und ich bin mit Nick einer Meinung. Ich will Maeve für so was genauso wenig allein lassen. Was auch der Grund war, warum ich bei Nelsons Wiederwahlkampagne die Reisen nicht mitgemacht habe.

Hast du von der Affäre gewusst? Die Affäre des ehemaligen Präsidenten mit einer Mitarbeiterin aus seinem Wahlkampfteam ist kürzlich ans Licht gekommen, direkt bevor die Frau ermordet wurde, was die Nelson-Regierung in einen weiteren Skandal gestoßen hat.

Die erfahreneren Stabsmitglieder haben etwas geahnt ... Das war alles so schmutzig, vor allem, weil wir wussten, dass seine Frau sich zu der Zeit einer Krebsbehandlung unterzogen hat. Uns, die sie wirklich bewundert haben, hat das wahnsinnig gestört.

Sie scheint total nett zu sein.

Sie ist die Beste, und es tut mir so leid für sie, dass er ausgerechnet zu dem Zeitpunkt gestorben ist, als sie sich gerade getrennt hatten. Aber genug davon. Erzähl mir mehr von dir – und ich würde dich übrigens anrufen, wenn das Sprechen nicht so wehtäte.

Mal sehen ... Ich bin in Alexandria aufgewachsen, auf die University of Virginia gegangen, habe Patrick kennengelernt, bin nach dem College der Arbeit wegen nach D. C. gezogen und habe jahrelang mit ihm zusammengelebt, bevor wir dem elterlichen Druck nachgegeben und geheiratet haben.

Warum ist das Eltern so wichtig?

Keine Ahnung. Wir hätten das nicht gebraucht. Allerdings muss ich gestehen ... Die Hochzeit mit dem gegenseitigen Eheversprechen und all das ... Es hat etwas Tolles noch mal besser gemacht, aber verrate bitte meiner Mom (oder seiner) nie, dass ich das gesagt habe.

Ha! Keine Sorge, dein Geheimnis ist bei mir sicher.

Was ist mit dir? Wie hast du Vic kennengelernt? Oder ist das Thema zu schmerzhaft?

Es ist nicht mehr so schmerzhaft, daran zu denken, wie es mal war ... Wir haben uns im Fitnessstudio kennengelernt. Nick, Andy und Harry haben dort mit mir trainiert, und sie waren es auch, die mich darauf aufmerksam gemacht haben, dass sie an mir interes-

siert war. Mir erschien sie unerreichbar wie eine Göttin, und ich hatte Angst, sie auch nur anzusprechen. LOL

Ah, das ist so süß.

Es war schlimm. Sie mussten mich regelrecht zwingen, bevor ich den Mut aufgebracht habe, mit ihr zu reden. Später, als ich die Wahrheit über sie herausgefunden hatte und darüber, warum sie in meinem Fitnessstudio aufgetaucht ist ... Da habe ich alles infrage gestellt. Doch inzwischen habe ich ihren Brief erhalten, und an die Wahrheit darin klammere ich mich.

Ich kann mir nicht vorstellen, wie viel schlimmer das alles ihren Verlust gemacht haben muss.

Es war brutal. Aber jetzt Schluss mit dem traurigen Kram. Davon hatten wir beide genug.

Das stimmt.

Erzähl mir noch was über dich.

Willst du ein Geständnis hören?

Äh, ja?

Ich fühle mich irgendwie schuldig.

Weshalb?

Weil ich so mit dir rede. (Und jetzt werde ich mich im Kleiderschrank verstecken, weil ich mir so dumm vorkomme.)

Hey, du musst dich nicht schuldig oder dumm fühlen. Diese Dinge sind für Menschen wie uns schwer. Damit haben wir alle zu kämpfen.

Was sind »diese Dinge« für dich?

Braucht es einen Namen? Können wir nicht einfach bloß Freunde sein und es genießen, Zeit zusammen zu verbringen, ganz ohne Schuldgefühle oder Selbstverurteilungen, mit denen wir schon genug von anderen überhäuft werden?

Klar können wir das. Es ist nur ... Ich bin noch nicht bereit dafür, dass es mehr wird als Freundschaft.

Das weiß ich, Roni. Selbst wenn du mir am Anfang mit deinem Stalking Angst eingejagt hast (haha), bin ich so froh, dass wir Freunde geworden sind. Ich will nicht, dass dich irgendetwas aufregt.

Danke, dass du das verstehst.

Das tue ich wirklich. Und ich meine es ernst, wenn ich sage, *dass du dir keine Gedanken machen sollst. Alles wird so, wie es werden soll, und wir beide haben genügend Herzschmerz erlitten, um uns das Recht verdient zu haben, auf jede Art glücklich zu werden, die uns gefällt.*

Auf diese Nachricht antworte ich mit einem Daumen-hoch-Emoji. *Ich bin auch froh, dass wir Freunde geworden sind. Jetzt lasse ich dich schlafen. Wir hören morgen wieder voneinander?*

Klingt gut. Danke, dass du mir Gesellschaft geleistet hast.

Jederzeit.

Schlaf gut.

Du auch.

Lange nachdem ich mein Handy weggelegt habe, denke ich über ihn nach und darüber, wie nett er ist, wie normal – was laut meinen Single-Freundinnen nicht so leicht zu finden ist, wie man meinen sollte – und wie toll es ist, mit jemandem reden zu können, der die vielen Schwierigkeiten des Daseins als Verwitwete versteht. Alles, womit ich es zu tun habe, hat er schon erlebt, und das tröstet mich.

Als ich mir die Zähne putze, merke ich, dass sich mein Hals seltsam anfühlt. »O nein, tu mir das nicht an«, sage ich zu meinem Spiegelbild. »Ich habe keine Zeit für so was, also lass mich in Ruhe, und belästige jemand anderen.«

In Patricks randvollem Arzneimittelschrank – noch etwas, worum ich mich irgendwann kümmern muss – finde ich Vitamin-C-Tabletten. Ich nehme zwei und hoffe, dass sie eine mögliche Erkrankung im Keim ersticken. Ich hätte sie in der Sekunde nehmen sollen, in der ich gehört habe, dass Derek krank ist.

Mist. Ich hoffe wirklich, dass ich verschont bleibe.

16

Roni

Um zwei Uhr morgens wache ich in einer so intensiven Hitze auf, dass ich für eine Sekunde fürchte, dass meine Wohnung in Flammen steht. Das tut sie nicht, aber ich. Ich stolpere aus dem Bett. Mir ist schwindelig, und mein Magen hebt sich unter einer Welle der Übelkeit. Dann begehe ich einen Fehler und versuche zu schlucken, was ich sofort bereue.

Verdammt.

Ich finde das Fieberthermometer und messe meine Temperatur. Als es über vierzig Grad anzeigt, denke ich, dass es kaputt sein muss. Ich messe noch einmal, mit dem gleichen Ergebnis. Mist, das ist schlimm, und mir ist so schwindelig, dass ich kaum aufrecht stehen kann.

Sofort drehen sich meine Gedanken um das Baby.

Das kann nicht gut für ihn oder sie sein. Ich setze mich aufs Bett und hoffe, dass der Schwindel aufhört. Doch das tut er nicht. Ich habe Angst. Ich bin mir nicht sicher, was ich gegen das Fieber nehmen kann, weiß nur, dass es über vierzig Grad gefährlich wird. So hohes Fieber hatte ich noch nie. Ich will meine Eltern anrufen, aber wenn ich das um diese Uhrzeit tue, verfallen sie in Panik.

In den feuchten Bettlaken finde ich mein Handy und öffne

meine Nachrichten. Die erste, auf die mein Blick fällt, ist die von Derek. Von all meinen Freunden wohnt er am nächsten, also schicke ich ihm eine Nachricht. *Bist du zufällig wach?*

Erleichtert atme ich auf, als ich sehe, dass er antwortet.

Was ist los?

Ich bin krank. So richtig. Vierzig Fieber. Meinst du, ich sollte den Notarzt anrufen?

Ich hol dich ab und bringe dich in die Notaufnahme.

Nein! Du bist auch krank. Das musst du nicht machen!

Zieh dich an. Ich bin auf dem Weg. Ein paar Minuten später schreibt er: *Kannst du allein runterkommen, oder brauchst du Hilfe?*

Das schaffe ich.

Bin in zwei Minuten da.

Als er vorfährt, warte ich schon an der Tür.

Er springt aus dem Auto und eilt die Stufen zur Haustür hinauf, um mir zum Wagen zu helfen.

»Das geht weit über die Pflichten in einer neuen Freundschaft hinaus«, protestiere ich.

»Es ist wirklich kein Problem. Halt dich an mir fest. Ich hab dich.« Er hilft mir beim Einsteigen und beugt sich über mich, um mich anzuschnallen. »Meine Güte, Roni, du verbrennst ja förmlich.«

»Ich mach mir Sorgen um das Baby.«

»Halt durch. In wenigen Minuten sind wir im Krankenhaus.«

Seine Versicherungen trösten mich. Genau wie seine Anwesenheit und natürlich der beheizte Sitz, während ich vor Fieber zittere und bebe. Alles tut weh, vor allem mein Kiefer, weil ich mich so anstrengen muss, dass meine Zähne nicht klappern.

Derek legt eine Hand auf meine. »Alles wird gut. Mit dir und dem Baby.«

»W-woher weißt du das?«

»Ich weiß es einfach. Versuch, dir keine Sorgen zu machen.«

Das Nächste, was ich merke, ist, dass er mich wach rüttelt, um mir zu sagen, dass wir am Eingang der Notaufnahme des

George Washington University Hospital angehalten haben. Ich hoffe, dass das hier nicht wirklich ein Notfall ist.

Derek öffnet meine Tür, hilft mir beim Aussteigen und hat weiter einen Arm um meine Taille gelegt, während er mich ins Krankenhaus begleitet. Zum Glück warten um diese Uhrzeit nur wenige Leute. Es ist tief in der Nacht – oder schon früher Morgen?

»Sie hatte Kontakt zu Streptokokken-Infizierten, hat vierzig Grad Fieber und ist schwanger«, sagt Derek zu der Schwester an der Aufnahme.

»Hier entlang«, antwortet sie und führt mich zu einem Bett hinter einem Vorhang.

»Ich parke eben den Wagen«, erklärt mir Derek. »Bin sofort zurück.«

Ich bin unendlich dankbar, dass ich nicht für wer weiß wie lang auf einem Stuhl im Wartebereich sitzen muss. Die Schwester hilft mir, es mir in dem Bett einigermaßen bequem zu machen, und bringt mir eine warme Decke, was das Schönste ist, was ich je erlebt habe.

Meine Kehle ist so wund, dass ich kaum schlucken kann. Auch zu sprechen ist extrem schmerzhaft, sodass ich mich auf einige wenige Worte beschränke. »Baby«, flüstere ich.

»Wir werden uns um Sie beide kümmern«, sagt die Schwester und tätschelt mir beruhigend die Schulter.

Erleichtert schließe ich die Augen und wache auf, als sich eine Ärztin mit einem Stethoskop um den Hals über mich beugt. Ich höre das Piepen eines Monitors und schaue mich um. Derek lehnt an der Wand. Er sieht selbst ganz blass und angegriffen aus. Am liebsten würde ich ihn direkt nach Hause schicken, schätze aber, dass er erst bereit sein wird zu gehen, wenn er gehört hat, dass mit mir alles in Ordnung ist.

»Wir werden Sie an ein CTG anschließen«, verkündet die Ärztin. »Und Ihnen eine Infusion legen.«

»Sie wirken auch nicht gerade topfit«, meint die Schwester zu Derek.

»Ich nehme wegen der gleichen Sache seit beinahe vierundzwanzig Stunden Antibiotika.«

»Setzen Sie sich.« Sie deutet auf den Besucherstuhl. »Ihre Frau wird noch eine Weile hierbleiben.«

»Oh, sie ist nicht … Wir sind nicht …« Er blickt mich mit hilfloser Miene an, über die ich in einer anderen Situation lachen würde.

Die Schwester verlässt den kleinen Raum, bevor er das Missverständnis aufklären kann.

Natürlich hat sie angenommen, dass wir verheiratet sind, denn ich trage immer noch meinen Ehering, und Derek hat die gleiche Krankheit wie ich. »Sorry«, flüstere ich in seine Richtung.

»Ist schon gut.«

Ich habe keine Ahnung, wie lange wir da sind. Die meiste Zeit schlafe ich und wache nur auf, als mir die Schwester die Infusionsnadel in den Handrücken schiebt, was ziemlich wehtut.

Derek ist die ganze Zeit über da, hält meine andere Hand und döst auf dem Stuhl, während Ärzte und Schwestern kommen und gehen.

Ich will einfach nur wissen, dass mit dem Baby alles in Ordnung ist, und als das CTG einen kräftigen Herzschlag aufzeichnet, bin ich unendlich erleichtert. Ich schließe die Augen gegen die Tränenflut, die trotzdem über meine Wangen rollt. Ich spüre, dass Derek sie mit einem Taschentuch wegwischt, aber meine Lider sind so schwer, dass ich die Augen nicht öffnen, geschweige denn die Energie dafür finden kann, ihm zu danken.

Die Zeit nimmt eine seltsame Form an in diesem Land aus nicht enden wollendem Piepen und Menschen, die sich mit gedämpften Stimmen unterhalten. Mir ist auf eine so extreme Art abwechselnd heiß und kalt, wie ich es noch nie erlebt habe. Dabei bin ich mir die ganze Zeit bewusst, dass Derek da ist, doch ich kann meine Augen nicht lange genug offen halten, um mit ihm zu reden, ihm zu danken oder ihm aufzutragen, endlich nach Hause zu fahren.

Als ich das nächste Mal aufwache, liege ich in einem anderen Raum, und Sonnenlicht strömt durch das Fenster.

Jeder einzelne Knochen tut mir weh, und meine Kehle brennt. Ich versuche, meinen Kopf zu drehen, um zu sehen, ob Derek noch da ist, zucke unter dem Schmerz aber zusammen.

»Hey«, sagt er und steht auf, um meine Hand zu nehmen.

Seine Haut ist so angenehm kühl.

»Wie fühlst du dich?«

»Als hätte mich ein Bus überfahren.« Mein Mund ist so trocken. »Gibt es Wasser?«

Er gießt Eiswasser aus einem Krug in einen Plastikbecher mit Strohhalm, den er mir an die Lippen hält.

Dieser Schluck Wasser ist das Beste, was ich je geschmeckt habe. Bis er meine Kehle hinunterrinnt und ich erneut zusammenzucke.

Derek stellt den Becher ab und dreht sich um. Kurz darauf hält er ein Päckchen der Halspastillen hoch, die ich für ihn gekauft habe. »Willst du eine?«

»O Gott, ja.«

»Du darfst dich daran aber nicht verschlucken, hörst du?«

»Versprochen.«

Er reicht mir eine, und ich stecke sie mir in den Mund.

Die Erleichterung folgt auf dem Fuße. »Danke.«

»Das sind die, die du gekauft hast. Die helfen richtig gut.«

»Hmm.« Ich zwinge mich, die Augen zu öffnen und ihn anzuschauen – attraktiv, ein wenig zerzaust und eindeutig erschöpft. »Du solltest nach Hause fahren und ein bisschen schlafen.«

»Ich lass dich nicht allein.«

»Ich kann meine Eltern informieren. Sie würden sofort kommen.«

»Wenn du das tun willst, warte ich, bis sie hier sind.«

Mein erster Gedanke ist, wie ich ihnen erklären soll, wer er ist, aber ich will, dass er nach Hause fährt und sich ausruht, also nehme ich mein Handy, das er mir reicht, und schicke meiner Mutter eine Nachricht.

Hey, keine Panik, doch ich liege mit Fieber im GW.

»Weißt du, ob ich positiv auf Streptokokken getestet wurde?«

»Ja, wurdest du.«

Das füge ich der Nachricht an. *Nichts, weswegen ihr euch Sorgen machen müsst, aber ich wollte euch Bescheid sagen. Sie haben mich an einen Tropf angeschlossen, und ich werde vermutlich noch ein wenig hierbleiben müssen.*

Meine Mutter antwortet sofort. *O mein Gott! Dad und ich kommen sofort vorbei! In welchem Zimmer bist du?*

»Sie fragt nach meiner Zimmernummer.«

»Fünfhundertzwölf.«

Auch die Info schicke ich meiner Mutter.

Bis gleich.

»Sie werden bald hier sein. Du musst wirklich nicht warten. Du hast so gut durchgehalten.«

»Das ist kein Problem, und ich warte.«

»Bist du immer so stur?«

Er lächelt. »Wenn es sein muss.«

»Wie geht es dir?«

»Gott sei Dank schon viel besser. Ich habe meiner Mom eine Nachricht geschickt, und sie sagt, dass Maeve putzmunter ist und ich mir keine Sorgen machen muss.«

»Das ist gut. Es wäre schrecklich, wenn sie es auch bekäme.«

»Ja, auf jeden Fall. Es tut mir so leid, dass du dich angesteckt hast.«

»Ich gebe Iris und ihren Kindern die Schuld.«

»Ja, genau. Das ist allein ihre Schuld.«

Der Schlaf zieht mich wieder in seine dunklen Tiefen, und als ich das nächste Mal wach werde, stehen meine Eltern neben meinem Bett. Sie tragen Masken und wirken so besorgt wie in den ersten Tagen nach Patricks Tod.

Mir wird bewusst, dass ich das erste Mal seit Stunden an ihn denke, und ich bin mir nicht sicher, was das zu bedeuten hat.

»Wie geht es dir, Süße?«, fragt Mom.

»War schon mal besser.« Ich schaue nach links und stelle fest, dass Derek immer noch da steht. »Habt ihr meinen Freund Derek schon kennengelernt?«

»Das haben wir.«

»Er hat mich hergebracht und weigert sich, heimzufahren.«

Derek lächelt. »Jetzt, wo du in guten Händen bist, kann ich ruhigen Gewissens weg. Ich melde mich später, okay?«

»Ich werde hier sein.«

Als er das Bett umrundet, streckt mein Vater ihm die Hand hin. Dad ist groß und muskulös von Jahren auf dem Bau. Er hat schneeweißes Haar – er meint, das hätte er seinen drei Töchtern zu verdanken – und ein wettergegerbtes Gesicht. Was man von außen nicht sehen kann, ist, dass sein Herz aus purem Gold ist. Er würde alles für jeden tun. Vor fünf Jahren hat er ein Lymphom überlebt und hat seitdem ein geschwächtes Immunsystem, deshalb die Maske. Eigentlich sollten sie gar nicht hier sein.

Derek schüttelt ihm die Hand.

»Danke, dass Sie meiner Tochter geholfen haben, Derek.«

»Kein Problem. Hat mich gefreut, Sie beide kennenzulernen. Gute Besserung, Roni.«

»Danke, Derek!«, ruft meine Mom ihm nach. »Was für ein netter junger Mann«, sagt sie zu mir, als er außer Hörweite ist.

»Ja, das ist er.«

»Woher kennst du ihn?«, fragt sie, weil sie einfach nicht anders kann.

»Wir sind quasi Kollegen.«

Mom streicht meine Bettdecke glatt, die nicht glatt gestrichen werden muss. »Dann arbeitet er auch im Weißen Haus?«

»Ja, er ist der stellvertretende Stabschef des Präsidenten.«

Ihre Augen über der Maske werden groß. »O mein Gott. Und du stehst ihm nach nur ein paar Tagen im neuen Job so nah, dass du ihn anrufst, wenn du krank bist?«

»Ich habe ihn schon vor dem Jobantritt im Weißen Haus kennengelernt. Es ist eine lange Geschichte.« Mit Stalking, und es wäre mir lieber, wenn meine Eltern davon nichts erfahren würden. Wo wir gerade über Dinge reden, die sie erfahren müssen ... »Also, als ich euch gebeten habe, heute Abend zum Essen zu kommen ...« Ich halte inne und greife nach dem Wasser.

Mom hält mir den Becher mit Strohhalm. »Ich schätze, das ist jetzt abgesagt.«

»Ja.« Ich ziehe eine Grimasse. »Das ist es. Aber es gibt da etwas, das ich euch erzählen wollte.«

»Ist alles in Ordnung, Liebes?«, fragt Dad und zieht seine Augenbrauen besorgt zusammen, so wie er es in den Wochen direkt nach Patricks Tod getan hat.

»Ja … Nun ja, so in Ordnung, wie es eben möglich ist. Doch es ist eine wirklich gute Neuigkeit. Zumindest versuche ich, es so zu betrachten.« Ich schaue sie an. Ich habe sie beide so lieb, und sie waren in der schweren Zeit nach dem tragischen Verlust meines Mannes wie ein Fels in der Brandung für mich. »Wie es aussieht, bin ich schwanger.«

Mom keucht auf. »Oh, oh … Roni … Das ist … Oh, Süße.« Tränen schießen ihr in die Augen. »Wie weit bist du?«

»Beinahe im vierten Monat.«

»Das sind großartige Neuigkeiten, Kleines«, erklärt mein Dad. »Trotzdem kann ich mir vorstellen, dass du sehr gemischte Gefühle hast.«

»O ja, jede Menge.« Ich versuche zu schlucken. Da bemerke ich, dass Derek einen Streifen mit den Halspastillen auf meinem Nachttisch hat liegen lassen. Ich strecke die Hand danach aus, aber meine Mom ist schneller und reicht sie mir. Als ich mir eine in den Mund gesteckt habe und die angenehme Taubheit genieße, die sich sofort einstellt, schaue ich sie wieder an. »Ich freue mich, dass Patrick in unserem Kind weiterleben wird.«

»War dir deshalb so oft übel?«, erkundigt sich meine Mutter.

»Offenbar ja. Ich dachte, es wäre die Trauer, doch die war nicht der Grund.«

»Und dem Baby geht es gut?«

»Ja, sie haben mich sofort nach meiner Ankunft hier ans CTG angeschlossen, und der Herzschlag ist gleichmäßig und kräftig.«

»Gott sei Dank.« Sie seufzt, wischt sich die Tränen mit einem Taschentuch ab und streicht mir die Haare aus der Stirn. »Mein starkes, tapferes Mädchen. Wir sind jetzt schon so stolz auf dich, und nun das … Du wirst Mutter.«

»Und ich werde unfassbar viel Hilfe benötigen.«

»Du bekommst alle Hilfe, die du brauchst«, brummt mein Vater.

»Danke. Ich hab euch so lieb. Ohne euch hätte ich das alles nicht überlebt.«

»Doch, das hättest du«, widerspricht mein Dad rau. »Du hast enorme innere Stärke. Das haben wir schon immer gesagt, und du hast es uns in den letzten Monaten wieder einmal bewiesen.«

Bei seinen lieben Worten beginnt mein Kinn zu beben, so sehr bemühe ich mich, die Fassung zu bewahren. »Danke, Daddy, aber ihr solltet jetzt echt gehen. Hier wimmelt es nur so von Keimen.«

»Bald«, erwidert er.

Der Tag bringt einen merkwürdigen Wechsel von Schlaf und Besuch. Als ich wieder aufwache, erblicke ich meine Schwestern und bin erleichtert, dass meine Eltern meinem Wunsch offensichtlich entsprochen haben und nach Hause gefahren sind.

»Mann, Mann, du hast ja schöne Geheimnisse vor uns«, sagt Rebecca. Sie hat die dunklen Haare zu einem Dutt hochgesteckt, was sehr elegant wirkt. Bei mir würde das nur altbacken aussehen.

»Mom hat euch von dem Baby erzählt?«

»Ja.« Pen stößt die Luft aus. Ihre Haare sind heller als unsere, doch wir haben die gleichen braunen Augen. »Wir freuen uns so darüber, aber Roni, du musst … nun ja …«

»In mir herrscht Chaos, und meine Gefühle fahren Achterbahn. Ich bin so traurig, dass Patrick das nicht miterlebt, und die Vorstellung, das allein hinkriegen zu müssen …«

»Du wirst nicht allein sein«, widerspricht Rebecca energisch. »Du wirst *niemals* allein sein.«

»Mom hat uns auch von dem ›Freund‹ erzählt, der bei ihrem Eintreffen bei dir war«, sagt Pen.

Natürlich hat sie das. »Oh. Derek.«

»Ist das der Gleiche, mit dem du vor Kurzem was trinken warst?«

»Ja, genau der.«

»Derek, der die Nummer zwei im Stab des Präsidenten ist«, fügt Rebecca für den Fall hinzu, dass ich nicht weiß, womit er seinen Lebensunterhalt verdient. »Und warte mal … Du warst mit ihm was trinken?«

»Wir sind *Freunde*. Er ist auch verwitwet.«

»Oh, wow«, seufzt Pen. »Das tut mir leid für ihn.«

»Erinnert ihr euch noch an den Fall, für den Arnie Patterson verhaftet wurde?«

»Was ist damit?« Rebecca sieht mich fragend an.

»Es war Dereks Frau, die umgebracht wurde.«

»O nein«, stößt Pen aus. »Ich erinnere mich gut. Der arme Kerl. War nicht auch seine Tochter entführt worden?«

»Ja, sie war viele Stunden lang vermisst. Aber zum Glück hat man sie gefunden. Sam, meine neue Chefin, hat damals die Ermittlungen geleitet.«

»Du meinst, deine neue Chefin, die First Lady«, wirft Pen lächelnd ein.

»Jetzt erinnere ich mich wieder«, sagt Rebecca. »Nun, das ist eine interessante Entwicklung.«

»Wir sind nur Freunde, mehr nicht.«

»Und wenn es mehr wäre, würde dich niemand dafür verurteilen, Ronald McDonald«, antwortet Pen sanft.

»Doch, das würden sie sehr wohl. So wie Rita, als sie und Lou uns zusammen gesehen haben.«

»Warte mal, was?« Rebecca schaut zwischen uns hin und her. »Wo hat sie euch gesehen?«

Penelope erspart es mir, die ganze Geschichte wiederholen zu müssen, indem sie Rebecca eine Zusammenfassung gibt. »Und meiner Meinung nach zählt Ritas Urteil nicht, weil sie eine Idiotin ist und nicht das geringste Gespür für irgendwas hat«, schließt sie. »Lass dir nicht von ihr oder Leuten wie ihr vorschreiben, wie du dein Leben zu leben hast.«

»Trotzdem.« Pens emotionaler Ausbruch berührt mich. »Es ist zu früh.«

»Gibt es ein Regelwerk für diese Dinge?«, fragt Rebecca.

»Nein. Aber es gibt Anstand und Respekt für die Erinnerungen an meinen Mann.«

»Wovon du Unmengen hast«, meint Pen. »Wenn du noch nicht so weit bist, bist du noch nicht so weit. Falls doch … Lass dich nicht von den Erwartungen anderer Leute aufhalten. Sei einfach du.«

»Ich bin mir sicher, dass ich in der Dating-Szene ein ganz heißer Fang bin. Vor allem, da ich das Baby meines verstorbenen Mannes erwarte. Das ist verdammt sexy.«

»Mom meinte, Derek wäre sehr attraktiv«, sagt Rebecca.

Ich verdrehe die Augen – was tatsächlich wehtut. »Mom muss sich wieder einkriegen. Und ihr auch.«

»Wie lang musst du im Krankenhaus bleiben?«, will Pen wissen.

»Das weiß ich noch nicht.«

»Du kannst gern zu mir kommen, sobald du entlassen wirst«, bietet sie an.

»Danke, aber ist schon gut. Das Letzte, was du gebrauchen kannst, ist, dass ich meine Bazillen in dein Haus einschleppe. Keine Sorge, ich schaffe das auch allein in meiner Wohnung.«

Sehr viel später wache ich aus einem weiteren Nickerchen auf und entdecke Derek, der neben meinem Bett sitzt. Anfangs frage ich mich, ob das Fieber zurückgekehrt ist und ich halluziniere, doch nein, er ist es wirklich, und er sieht wesentlich besser aus als vorher. Was vermutlich zu erwarten war, denn immerhin ist es nicht mehr mitten in der Nacht. »Hey.«

»Selber hey«, entgegnet er. »Wie geht es dir?«

»Ein bisschen besser, allerdings noch nicht gut genug, um Bäume auszureißen.«

»Ach, das wirst du in null Komma nichts wieder können.«

»Wenn du meinst. Danke, dass du mir vorhin die magischen Pillen dagelassen hast.«

»Ich dachte mir, dass sie dir guttun könnten. Willst du eine?«

»Unbedingt.«

Lächelnd steht er auf, greift nach den Pastillen und lässt eine in meine Hand fallen.

Wieder einmal bringt sie sofortige Erleichterung. »Das ist definitiv das Beste seit der Erfindung von Eiscreme.«

»Das stimmt. Iris hat es jetzt auch, und sie macht sich Vorwürfe, weil dein erstes Treffen mit den Wilden Witwen dafür gesorgt hat, dass du im Krankenhaus gelandet bist.«

»Ist ja nicht ihre Schuld.«

»Trotzdem fühlt sie sich schlecht.«

»Ich hoffe, dass sie jemanden hat, der ihr mit den Kindern helfen kann.«

»Ja, ihre Mutter ist bei ihr.«

»Gut. Wie geht es Maeve?«

»Sie hat Spaß mit ihren Großeltern, die sie nach Strich und Faden verwöhnen. Sie kann bis Montag nach Feierabend bei ihnen bleiben.«

»Sie fehlt dir bestimmt.«

»Ja, aber bis vorhin habe ich mich so furchtbar gefühlt, dass ich froh war, sie in guten Händen zu wissen.«

»Ich hoffe wirklich, dass sie sich nicht angesteckt hat.«

»Ich auch. Und dass sie es nicht an meine Eltern weitergibt.«

»Du solltest nach Hause fahren und dich ausruhen, solange du noch kannst.«

»Ich bin lieber hier bei dir.«

»Im Moment bin ich nicht gerade tolle Gesellschaft. Und ich sehe bestimmt aus, als wollte ich mich für die Hauptrolle in der Geisterbahn bewerben.«

Sein Lachen entlockt mir ein Lächeln. »Nein, tust du nicht, und du bist gute Gesellschaft, auch wenn du krank bist.«

»Heißt das, du verzeihst mir mein angebliches Stalking?«

»Noch nicht ganz. Du musst mich noch eine Weile hier herumlungern lassen, damit du mehr Zeit dafür hast, dein Verhalten wiedergutzumachen.«

Er ist süß, lustig, fürsorglich, attraktiv, ein wundervoller Vater … und ich fange an, mich auf eine Weise auf unsere gemeinsame Zeit zu freuen, die ein wenig verstörend ist. Hätte Patrick sich auch so schnell jemand Neuem zugewandt, wenn ich gestorben wäre? Kaum habe ich mir diese Frage gestellt, stoppe ich diesen Gedankenzug noch vor dem Verlassen des Bahnhofs. Jede Trauerreise ist anders. Das ist eines der vielen

Dinge, die ich gelernt habe, seitdem ich in diese Situation geschubst worden bin.

Ich mache nichts Falsches, wenn ich die Zeit mit Derek genieße.

Und wenn ich mir das wieder und wieder vorsage, werde ich es irgendwann vielleicht auch glauben.

»Natürlich nur, wenn du nicht lieber allein sein willst«, erklärt er nach längerem Schweigen.

»Nein. Ich wäre nicht lieber allein. Was irgendwie das Problem ist.«

»Ich wusste nicht, dass wir ein Problem haben.«

»Haben wir auch nicht. Es ist bloß …«

»Was, Roni?«

»Verwirrend.«

»Was ist verwirrend?«

»Das hier. Du.«

»Ah. Ich verstehe, was du meinst. Ich muss nicht hier sein, wenn es dir unbehaglich ist. Und ich bin mir sicher, deine Familie hatte vorhin ein paar Fragen, nachdem sie mich an deinem Krankenbett vorgefunden haben.«

»Ja, ein paar.«

»Waren sie verärgert?«

»Nein, überhaupt nicht. Nur neugierig.« Ich drehe den Kopf, sodass ich ihn ansehen kann. »Ich finde das hier echt schwierig. Das mit dir …«

»Dann sollte ich wohl besser gehen.«

17

Roni

»*N*ein! Du sollst nicht gehen. Und das ist genau das, was ich so schwierig finde. Ich mag es, wenn du hier bist. Ich mag es, mit dir zusammen zu sein. Es ist nur … Ich weiß nicht, was ich insgesamt davon halten soll.«

»Du weißt, dass ich das verstehe. Ich meine, wie kann ich Vic immer noch lieben, für immer lieben, und gleichzeitig Gefühle für dich haben?«

»Du … du hast Gefühle für mich?«

»Ja. Aber dadurch muss es zwischen uns nicht komisch werden.«

Ich lache laut auf, was im Hals brennt. »Genau, warum sollte es dadurch zwischen uns komisch werden?«

Bei seinem Lächeln leuchtet sein attraktives Gesicht auf. »Eben.«

»Muss nach dem Tod eines Ehepartners eigentlich alles so ein verdammtes Chaos sein?«

»Jap. Absolut alles.«

»Also geht es nicht nur mir so.«

»Nein.« Nach einer Pause erkundigt er sich: »Hätte ich das besser für mich behalten sollen?«

Zum ersten Mal seit Jahren fühle ich mich fast ein wenig schüchtern. »Nein.«

»Macht es die Sache für dich schwerer?«

»Nein.« Ich nutze die Gelegenheit, zu schlucken, während meine Kehle noch betäubt ist. »Es sind nicht deine Gefühle, die mich aufwühlen. Es sind meine. Denn ich habe auch welche. Für dich. Und nun frage ich mich, was das über mich als Ehefrau aussagt …«

Er legt eine Hand auf meine. »Hör sofort damit auf, Roni. Nachdem ich gehört habe, wie du über Patrick und euer gemeinsames Leben gesprochen hast, habe ich nicht den geringsten Zweifel daran, dass du eine wundervolle, loyale Ehefrau warst. Es ist nicht deine Schuld, dass er nicht mehr da ist. Oder dass du ohne ihn weiterleben musst. Es ist weder deine Schuld noch seine. Wenn er nicht gestorben wäre, hättest du ihn niemals verlassen. Ihr wärt sechzig Jahre lang zusammenge-blieben und hättet ein wundervolles, erfülltes Leben geführt.«

Seine süßen Worte treiben mir die Tränen in die Augen. »Das hätten wir. Wir waren so glücklich.«

»Das weiß ich. Und du kennst die Wahrheit. Daran musst du dich festhalten – an deiner Wahrheit. Nicht an den Vorstel-lungen irgendwelcher anderer Menschen davon, was akzeptabel ist oder was du mit deinem neuen Leben anstellen sollst, in dem du gezwungen bist, ohne den Mann weiterzumachen, den du liebst.«

»Es ist nur so früh dafür, nach etwas Neuem Ausschau zu halten.«

»Das tust du doch gar nicht. Es ist ja nicht so, als hättest du dich auf einer Dating-Plattform angemeldet, um deinen toten Ehemann so schnell wie möglich zu ersetzen. Nicht dass es falsch wäre, wenn jemand das täte.«

»Kennst du Leute, die das gemacht haben?«

»Ja, und du auch. Einige Mitglieder unserer Gruppe beispielsweise, weil es das war, was sie gebraucht haben. Und ich erlaube mir kein Urteil über das, was andere tun, um nach ihrer persönlichen Tragödie die Tage zu überstehen. Aber egal, auf dich trifft das nicht zu. Du hast zufällig jemanden kennengelernt – auch wenn ein wenig Stalking deinerseits mit ihm Spiel war.«

Bei diesem letzten Satz funkeln Dereks goldfarbene Augen amüsiert. »Das Wichtige ist, Roni ... Das *einzig* Wichtige ist, wie *du* dich fühlst und was *du* willst. Du bist jetzt der Boss deines Lebens. Nur du. Niemand sonst. Ich weiß, dass es noch zu früh ist für ›Gefühle‹ zwischen uns. Und ich verstehe, dass einige dieser ›Gefühle‹ daraus entstanden sind, dass wir den gleichen Weg im Leben gehen müssen, und dass sie im Laufe der Zeit verschwinden können.«

Bei dem Gedanken, dass das passieren könnte, regt sich Angst in mir. »Ich hoffe, dass das nicht geschieht, denn es gefällt mir, etwas für dich zu empfinden. Es ist besser, als ständig in Leid und Schmerz festzuhängen.«

»Stimmt.«

»Weißt du, was ich noch mag?«

»Was?«

»Wie unsere Situation uns dazu nötigt, die Karten auf den Tisch zu legen und so offen und ehrlich über Dinge zu reden, wie wir es vorher nie getan hätten.«

»Das stimmt. Vor allem bei mir. Bevor ich Vic verloren habe, war ich sehr verschlossen und distanziert.«

»Selbst mit ihr?«

»Ja.« Ein Schatten huscht über sein Gesicht. »In all den Jahren, in denen wir zusammen waren, hatte ich mit ihr nie eine Unterhaltung, wie wir sie gerade führen. Ich habe ihr oft gesagt, dass ich sie liebe, doch weiter habe ich mit ihr nicht darüber gesprochen. Ich habe es auf der ›Ich liebe dich‹-Ebene gehalten, was ich jetzt sehr bedaure. Nie habe ich ihr erklärt, was ich alles an ihr bewundere und schätze. Ich bin einfach davon ausgegangen, dass sie es weiß.«

»Ich bin mir sicher, dass sie sehr glücklich mit dir war.«

»Das glaube ich auch. Ich meine ja nur ... Ich hätte es besser machen können. Und in der Zukunft *will* ich es besser machen. Deshalb bin ich dir gegenüber auch so offen und direkt. Der neue Derek sagt, wie es ist, damit die Leute wissen, was er für sie empfindet. Er bekennt sich zu seinen Gefühlen und versteht, dass Zeit das Beste ist, was wir den Menschen geben können, an denen uns etwas liegt. Und dass wir sie nicht vergeuden sollten.«

Wie könnte ich diesem Mann gegenüber gleichgültig sein? »Du bist nicht fair.«

»Hm?« Er wirkt ehrlich überrascht.

»Ich versuche gerade, *keine* Gefühle für dich zu entwickeln, und du lieferst mir nur noch mehr Gründe dafür, welche zu haben.«

Sein leises Lachen belustigt mich. »Lass dich von mir nicht aufhalten.«

»Ich meine es ernst.«

»Ich weiß. Die gute Nachricht ist: Wir dürfen beide so tiefe Gefühle haben, wie wir wollen, und genauso dürfen wir nichts deswegen unternehmen, bis wir beide den Punkt erreicht haben, an dem es uns richtig erscheint, ihnen nachzugeben.«

»Was ist, wenn einer von uns diesen Punkt niemals erreicht?«

»Dann ist das so.«

»Was passiert dann mit dem anderen?«

»Er oder sie führt sein oder ihr Leben mit einem wunderbaren neuen Freund weiter, der sie immer unterstützen und ermutigen wird.«

Ich bin mir nicht sicher, ob es an der Krankheit, den Schwangerschaftshormonen oder daran liegt, dass ich Witwe bin, doch meine Augen füllen sich mit Tränen. Glücklicherweise hat Derek Taschentücher zur Hand.

»Nicht. Weinende Frauen jagen mir Angst ein.«

»Das ist so typisch Mann.« Ich lache unter Tränen. »Patrick war genauso.«

»Ich glaube, ich hätte ihn gemocht.«

»*Alle* haben ihn gemocht.«

»Ich möchte nicht, dass du dich wegen irgendetwas sorgst. Ich bin hier und gehe nicht weg, außer du möchtest das. Und ich werde das Ganze für dich nicht schlimmer machen. Nur besser. Okay?«

»Okay. Und … Derek?«

»Ja, Roni?«

»Ich möchte nicht, dass du gehst.«

Derek

ICH SCHLAFE in dem Sessel neben Ronis Bett ein. Irgendwann während der Nacht muss eine Krankenschwester eine Decke über mich gebreitet haben, denn als ich aufwache, ist mir warm und behaglich. Ich hatte nicht vorgehabt, hierzubleiben, aber nachdem Roni mir gesagt hat, dass sie mich nicht wegschicken wird, habe ich es mir gemütlich gemacht. Ich kann nicht fassen, wie offen und direkt ich mit ihr gesprochen habe.

Wer mich kannte, bevor ich meine Frau verloren habe, würde sich fragen, wer zum Teufel dieser Kerl ist, der so offen über seine Gefühle redet. Ich erkenne diese neue Version von mir selbst kaum wieder, bin jedoch klug genug, um zu wissen, dass sie wesentlich besser ist als das, was Vic von mir gekriegt hat.

Es hat mich viele Therapiestunden gekostet, mich der Erkenntnis zu stellen, dass ich ein wesentlich besserer Ehemann hätte sein können. Wenn ich emotional zugänglicher gewesen wäre, hätte sie sich mir vielleicht anvertraut und mir von dem Dilemma erzählt, in dem sie wegen der Pattersons steckte, und ich hätte etwas dagegen unternehmen können, bevor es zur Katastrophe kommen musste.

Für den Rest meines Lebens werde ich bedauern, dass sie nicht das Gefühl hatte, mit mir darüber reden zu können. Ich wäre zum Präsidenten höchstpersönlich gegangen, wenn das nötig gewesen wäre, um sie aus dem Albtraum zu befreien, den diese Leute ihr aufgezwungen haben.

Nun bin ich entschlossen, eine bessere Version von mir zu sein, weshalb ich bei Roni meine Karten auf den Tisch gelegt habe, auch wenn ich Angst hatte, dass die Wahrheit sie von mir forttreiben könnte.

Ich mag sie wirklich.

Also *wirklich* wirklich.

Ich werfe einen Blick zu ihr, wie sie da friedlich in ihrem Krankenhausbett schläft, an den Tropf angeschlossen. Mir wird klar, dass ich mehr Zeit mit ihr verbringen will. So viel, wie sie zulässt, selbst wenn wir nur Freunde sind, bis sie zu mehr bereit ist. Mit Roni befreundet zu sein ist das Schönste, was ich seit Vics Tod erlebt habe, und zum ersten Mal seit sehr langer Zeit habe ich den Eindruck, dass ich mehr tue, als einfach nur jeden Tag irgendwie durchzustehen.

Sie ist wie eine frische Brise, die ich dringend benötigt habe, aber natürlich konnte ich mich nicht in jemanden vergucken, der frei und bereit ist, eine Beziehung anzufangen. Nein, ich musste es extra kompliziert machen, doch das ist in Ordnung. Ich weiß bereits, dass Roni es wert ist, langsam vorzugehen und mich anzustrengen, um sie – und ihr Kind – in mein und Maeves Leben zu holen.

Und nein, es stört mich nicht im Geringsten, dass sie das Kind ihres verstorbenen Mannes erwartet. Ich will sie unterstützen, während sie sich einer unsicheren Zukunft stellen muss, denn ich weiß nur zu gut, wie schwer der Weg ist, der vor ihr liegt. Ich möchte für sie da sein. So einfach ist das. Und so kompliziert.

Roni rührt sich und blinzelt ungläubig, als sie mich sieht. »Du bist ja noch da.«

»Ja. Wenn auch nicht absichtlich. Ich bin wohl eingeschlafen.«

»Ich bin froh, dass du geblieben bist«, sagt sie und schenkt mir dieses ganz besondere Lächeln, das mich jedes Mal direkt ins Herz trifft.

»Ich auch.«

Kurz darauf kommt eine Schwester rein, gefolgt von der Visite, wobei der Arzt Roni für gesund genug erklärt, um entlassen zu werden.

Während sie ihr helfen, zu duschen und sich fertig zu machen, gehe ich nach unten, um in dem kleinen Laden eine Zahnbürste und Zahnpasta zu kaufen. Danach besorge ich in der Cafeteria einen Kaffee für mich und eine heiße Schokolade für sie.

Als ich in ihr Zimmer zurückkehre, hat sie bereits die Sachen angezogen, mit denen ich sie hier eingeliefert habe, und sitzt in Jogginghose und T-Shirt auf der Bettkante. Das Haar hat sie aus ihrem hübschen, wenn auch immer noch blassen Gesicht zurückgekämmt und zu einem hohen Pferdeschwanz gebunden. »Du siehst gut aus«, sage ich.

»Ich sehe aus wie ein überfahrener Waschbär.«

»Nein, das stimmt nicht«, protestiere ich lachend und reiche ihr die heiße Schokolade.

»Danke.«

»Gern geschehen.«

Sie trinkt einen Schluck. »Hm, das ist gut.«

»Was macht dein Hals?«

»Der ist schon wesentlich besser.«

»Es geht doch nichts über ein intravenös verabreichtes Antibiotikum. Das hat dir vermutlich ein paar Tage Leid erspart.«

»Hoffentlich.«

Die Schwester kehrt mit den Entlassungspapieren zurück und reicht Roni außerdem ein Rezept mit der Anweisung, die Einnahme des Antibiotikums über die nächsten Tage fortzusetzen und sich auf keinen Fall zu viel zuzumuten.

»Das wird mir nicht schwerfallen«, erwidert sie, während sie die Papiere unterschreibt. »Ich fühle mich schwach wie ein neugeborenes Kätzchen.«

»Dann lassen Sie sich von Ihrem Mann mal so richtig schön verwöhnen«, schlägt die Schwester vor und grinst mich an. »Dazu ist er schließlich da.«

»Oh, äh …« Roni schaut mich stumm an und sieht mit der Röte, die ihr in die Wangen schießt, ganz bezaubernd aus.

»Keine Sorge, ich werde mich gut um sie kümmern«, versichere ich der Schwester.

»Mit dem haben Sie Glück gehabt, Süße«, erklärt sie und hilft Roni in den Rollstuhl. Auf dem Weg zum Ausgang plaudert sie fröhlich weiter.

Ich laufe vor, um das Auto zu holen, und als ich vorgefahren bin und gerade aussteige, höre ich sie sagen: »Und mit Ihnen beiden als Eltern wird das Baby bestimmt ganz besonders hübsch.«

Weil Roni aussieht wie ein Reh im Scheinwerferlicht, greife ich ein. »Vielen Dank. Ich übernehme dann ab hier.«

Nachdem ich Roni auf den Beifahrersitz geholfen habe, wünscht die Schwester uns einen guten Tag und zieht mit dem Rollstuhl ab, ohne zu ahnen, welche Bombe sie gerade hat platzen lassen.

Ich steige auf der Fahrerseite ein und werfe Roni einen Blick zu. Sie starrt geradeaus, in ihren Augen glitzern Tränen.

»Tut mir leid«, meint sie.

»Das muss es nicht. Du trägst noch deinen Ehering. Da hat sie nur die logische Schlussfolgerung gezogen.«

Aus dem Augenwinkel bemerke ich, dass sie ihre Ringe betrachtet.

»Ich liebe diese beiden Ringe so sehr – meinen Verlobungs- und meinen Ehering. Ich ertrage den Gedanken nicht, sie abzulegen.«

»Einige ziehen sie auf die andere Hand, damit sie sie weiterhin anbehalten können, ohne die Botschaft auszusenden, verheiratet zu sein.«

»Das ist eine gute Idee. Vielleicht mache ich das auch.«

»Du musst gar nichts tun, wenn du es nicht willst.«

»Ich weiß. Doch ich verstehe, wie verwirrend das für die Leute ist.«

»Die Leute sind egal. Du tust, was du für richtig hältst.«

»Ich schätze, irgendwann werde ich sie abnehmen müssen.«

»Aber nicht heute oder morgen oder nächste Woche oder nächsten Monat. Auf deinem Weg richtet sich alles einzig nach deinem Zeitplan.«

»Außer das Baby.«

»Stimmt. Bald wirst du dich nach ihm oder ihr richten müssen, also solltest du es die nächsten Monate über genießen, nach deinen eigenen Regeln zu leben.«

»Das werde ich – sobald ich mich wieder auf den Beinen halten kann.« Sie wendet den Kopf in meine Richtung. »Was hast du mit Victorias Ringen gemacht?«

»Die liegen in meinem Safe. Ich dachte, dass Maeve sie vielleicht eines Tages haben möchte.«

»Da bin ich mir sicher. Ich weiß nicht, was ich mit Patricks Ring tun soll. Eine Weile habe ich ihn an einer Kette getragen, doch dann ist der Verschluss kaputtgegangen, und ich hab ihn noch nicht reparieren lassen.«

»Du solltest ihn für das Baby aufbewahren. Wenn es ein Junge wird, wird er ihn vielleicht später einmal tragen wollen. Und ein Mädchen kann ihn ihrem zukünftigen Mann geben.«

»Die Idee gefällt mir.«

»Eines Tages werden diese Symbole unseren Kindern etwas bedeuten.«

»O mein Gott. Ich kann es immer noch nicht fassen, dass ich ein Kind erwarte.«

»Deshalb dauern Schwangerschaften so lang. Vic und ich haben immer gesagt, dass wir die Zeit brauchen, um uns auf die Bombe vorzubereiten, die in unser Leben platzen wird.«

»Ist es wirklich eine Bombe?«

»Äh, willst du die Wahrheit hören oder eine geschönte Version?«

»Vergiss, dass ich gefragt habe. Ich bin heute nicht in der Verfassung für Bomben.«

»Gute Entscheidung.« Ich fahre vor ihrem Haus vor und stelle den Motor ab. Ich will sie wenigstens in ihre Wohnung begleiten und sicherstellen, dass sie alles hat, was sie braucht. »Mist. Wir haben vergessen, dein Rezept einzulösen. Darum kümmere ich mich, nachdem ich dich nach oben gebracht habe.«

»Das musst du nicht tun. Ich kann meine Schwester anrufen.«

»Ach was, das macht mir nichts aus.« Ich reiche ihr die Hand, um ihr beim Aussteigen behilflich zu sein.

Roni ergreift sie und schwankt, als sie aufsteht, woraufhin ich ihr einen Arm um die Taille lege, um sie zu stützen.

»Schön langsam.«

»Puh. So schlecht habe ich mich seit Jahren nicht mehr gefühlt. Nun ja, abgesehen von ... du weißt schon.«

»Ja, ich weiß.« Den Arm weiter um sie gelegt, erklimme ich mit ihr die Stufen zur Eingangstür, an der Roni mir den Schlüssel gibt. Auf dem Weg nach oben kommt uns im Treppenhaus eine ältere Frau entgegen und bleibt bei unserm Anblick stehen.

»Roni.«

»Oh, hi, Mrs Eastwood.«

»Geht es dir gut?« Die Frau ist offensichtlich eine Nachbarin.

Die Frage ist an Roni gerichtet, aber ihre gesamte Aufmerksamkeit gilt mir.

»Ich habe eine Streptokokkeninfektion und musste ins Krankenhaus. Mein Freund hat mich nach Hause gefahren.«

»Meine Güte. Wenn du was brauchst, sag mir Bescheid.«

»Das mach ich. Danke.«

Ich fürchte schon, dass ich sie bitten muss, uns vorbeizulassen, doch sie tritt beiseite, bevor ich etwas sagen kann.

Roni ist so schwach, dass ich sie beinahe die Treppe hinauftragen muss. Was mir nicht schwerfallen würde. Sie hat mir bereits erzählt, dass sie nach Patricks Tod an Gewicht verloren hat, und selbst durch ihren Wintermantel hindurch kann ich spüren, wie zerbrechlich sie ist.

Ich schließe die Tür zu ihrer Wohnung auf und führe Roni direkt zu einem einladenden Ledersofa. Sie setzt sich und streift sich den Mantel ab.

»Warum kommt es mir vor, als hätte ich gerade einen Marathon hinter mir, obwohl das nur ein paar Stufen waren? Die ich noch dazu mit deiner Hilfe bewältigt habe?«

»Das ist normal, nachdem du so krank gewesen bist. In ein paar Tagen wirst du dich besser fühlen.«

»Hmpf. Ich muss mich bei meinem neuen Job krankmelden.«

»Schick Sam eine Nachricht, und erklär ihr, was los ist. Ich bin mir sicher, dass sie es versteht.«

»Technisch gesehen ist Lilia meine Chefin.«

»Dann schick ihr die Nachricht. Sie ist auch toll. Und mit einem meiner besten Freunde verheiratet.«

»Ah, stimmt, ihr Dr. Flynn ist ein sehr netter Mann. Ich habe ihn kennengelernt, als er sie im Büro besucht hat.«

»Ja, das ist er.« Ich finde das Rezept in dem Stapel von Papieren, den Roni auf den Couchtisch gelegt hat. »Zu welcher Apotheke gehst du normalerweise?«

»Grubb's.«

»Okay.«

»Das ist wirklich weit mehr als das, was man von einem Freund verlangen kann, Derek.«

»Ich bin mir sicher, dass du das Gleiche für mich tun würdest, Roni«, antworte ich und zwinkere ihr zu. »Oder etwa nicht?«

»Natürlich würde ich das.«

»Tja, siehst du? Brauchst du sonst noch was?«

»Nicht dass ich wüsste.«

»Was für Suppen magst du?«

»Gibt es noch andere als Hühnersuppe?«

»Verstanden. Macht es dir etwas aus, wenn ich die Schlüssel mitnehme, damit ich dich bei meiner Rückkehr nicht stören muss?«

»Nein, kein Problem.«

»Ich bin gleich wieder da.« Ich schließe die Tür hinter mir und laufe die Treppe hinunter, um zu besorgen, was Roni braucht, und so schnell wie möglich wieder zurück zu sein.

Ja, ich weiß, dass das verrückt ist. Und ja, ich weiß auch, dass es noch zu früh für sie ist. Ich bin mir bewusst, dass ich es langsam angehen und ihr die Zeit geben muss, die sie braucht, um über die Tragödie und ihre Trauer hinwegzukommen. Ich erinnere mich nur zu gut daran, wie die ersten Monate waren, wie verloren man ohne seinen Anker ist und wie lang es dauert, bis man sich stark genug fühlt, um sich auf eine neue Beziehung einzulassen.

Und ich bin gewillt, geduldig zu sein, weil ich nämlich auch weiß, wie selten solche Gefühle für einen anderen Menschen sind. In meinem ganzen Leben habe ich diese Chemie nur ein einziges Mal zuvor empfunden.

In der Apotheke gebe ich Ronis Rezept ab und schicke ihr

eine Nachricht, um sie nach ihrem Geburtsdatum zu fragen, was mich daran erinnert, dass das mit uns noch in den Kinderschuhen steckt.

12. Juli.

Okay. Ich gebe die Information an die Apothekerin weiter, und sie sagt, dass ich die Tabletten in zwanzig Minuten abholen kann. Die Zeit nutze ich, um Suppe, Cracker, Kekse, die magischen Halspastillen in verschiedenen Geschmacksrichtungen und das Rachenspray zu kaufen, das sie mir besorgt hatte und das mir so geholfen hat. Am Zeitschriftenregal wähle ich *Vanity Fair*, das *Rolling-Stone*-Magazin und ein paar Modezeitschriften aus – in der Hoffnung, dass sie so etwas mag.

Noch etwas, das ich nicht von ihr weiß.

Nach neunzehn Minuten füge ich meinem Einkauf noch eine Packung Chunky-Monkey-Eis hinzu und kehre an den Apothekentresen zurück.

»Noch zwei Minuten«, sagt die Apothekerin.

Die Zeit nutze ich, um meiner Mom eine Nachricht zu schreiben und mich nach Maeve zu erkundigen.

Alles super. Dad ist mit ihr Schlitten fahren gewesen, und sie hat es geliebt. Jetzt macht sie gerade einen Mittagsschlaf, und zum Abendessen hat sie sich Spaghetti gewünscht.

Die würde sie dreimal am Tag essen, wenn sie könnte.

Das glaube ich auch. Wie geht es dir?

Sehr viel besser, doch jetzt hat es eine Freundin erwischt, deshalb helfe ich ihr ein wenig.

Ach?

Sie ist nur eine Freundin, Mutter.

Du kannst einer Mutter nicht verdenken, dass sie hofft, ihr wundervoller Sohn möge eines Tages eine neue Frau finden, die er lieben kann.

Das verdenke ich dir ja auch gar nicht, und du wirst die Erste sein, die ich informiere, sollte es Neuigkeiten in diesem Bereich geben.

»Die Bestellung für Connolly«, verkündet die Apothekerin.

Muss jetzt los, schreibe ich meiner Mom. *Ruf mich an, bevor Maeve zu Bett geht, damit ich mit ihr sprechen kann.*

Mach ich.

Danke noch mal, dass ihr euch um sie kümmert.

Es ist uns ein Vergnügen.

Ich bin so dankbar für meine Eltern. Das sage ich hundert Mal am Tag, und es stimmt. Ohne sie hätte ich den Verlust von Vic nicht überlebt. Ich bin froh, dass Roni auch eine liebevolle Familie hat, die sie unterstützt. Nicht alle Wilden Witwen haben das Glück, und ohne Netzwerk ist alles so viel schwerer.

»Ich sehe gerade, dass hier noch ein Rezept für Mr Connolly aussteht. Wollen Sie das auch mitnehmen?«

Ich habe keine Ahnung, was ich darauf antworten soll. »Äh, klar«, stottere ich.

»Sehr gut.«

Ich bezahle für die beiden Rezepte und die Sachen, die ich für Roni eingekauft habe, und fahre zu ihrer Wohnung zurück. Zum Glück ist das Parken an den Wochenenden etwas leichter als unter der Woche, sodass ich rasch einen Parkplatz finde und gerade die Eingangstür von Ronis Gebäude aufschließen will, als Mrs Eastwood sie öffnet.

»Ich hatte gehofft, Sie noch mal zu treffen, junger Mann«, sagt sie. »Ich bin mir nicht sicher, ob Sie wissen, was unsere Roni durchgemacht hat, aber sie ist noch nicht bereit, Männerbesuch zu empfangen.«

»Mit allem Respekt, Ma'am, ich bin ein Freund und Kollege und helfe ihr, weil sie sehr krank ist. Ich glaube nicht, dass es Ihnen zusteht, für sie zu sprechen.«

Das gefällt der Frau gar nicht. »Wir sorgen uns um sie. Was sie erlitten hat, ist einfach furchtbar.«

»Ja, das ist es. Und es gibt viele Menschen, die sich um sie sorgen. Ich bin mir sicher, dass sie Ihre Besorgnis zu schätzen weiß. Doch jetzt muss ich nach oben. Sie wartet auf ihre Medizin.«

»Junger Mann?«

»Ja?«

»Kümmern Sie sich gut um sie.«

»Das werde ich.«

Auf dem Weg nach oben spüre ich ihren Blick in meinem

Rücken. Ich weiß, sie meint es gut, aber mein Gott, ist ihr der Spruch »Kümmere dich um deinen eigenen Kram« denn völlig fremd? Andererseits will sie ja nur Ronis Bestes, und das kann ich ihr nicht vorwerfen.

Roni schläft auf dem Sofa, als ich die Wohnungstür öffne, also verstaue ich das Eis in ihrem Tiefkühlfach und stelle die Tüte mit den anderen Sachen auf die Arbeitsplatte in der Küche, damit sie sie nicht suchen muss. Ich bin mir nicht sicher, ob ich gehen oder bleiben soll, doch bevor ich sie allein lasse, möchte ich von ihr hören, dass sie klarkommt. Also strecke ich mich auf dem anderen Sofa aus, schalte den Fernseher an und mache mir ohne Ton ein Footballspiel an.

Als ich mich in der Wohnung umschaue, bin ich erstaunt, wie ungewöhnlich und hübsch die Einrichtung ist. Eine Mischung aus modernen Elementen und Antiquitäten, die so perfekt harmonieren, wie ich es nie hinbekommen würde. Entweder hat Roni ein Händchen fürs Einrichten, oder ihr Ehemann hatte eins – oder vielleicht beide.

Mein Blick fällt auf das Hochzeitsfoto auf dem Beistelltisch neben dem Sofa, auf dem sie schläft, und ich stehe auf, um es genauer zu betrachten. Zwei glückliche Menschen am schönsten Tag ihres Lebens. Patrick war attraktiv. Auf dem Foto lächelt er, freut sich über sein Leben und seine Braut. Aber Roni … Sie war eine umwerfende Braut, doch das ist nicht das, was mir am meisten auffällt. Ich erkenne, dass ich sie nie so gesehen habe wie auf diesem Foto. Unbeschwert und freudestrahlend … und noch unberührt von irgendeiner Tragödie. Ich hoffe, dass sie eines Tages wieder so glücklich aussehen wird wie an ihrem Hochzeitstag.

Als ich zu meinem Sofa zurückkehre, überkommt mich eine tiefe Traurigkeit für zwei Menschen, die ich nie als Paar gekannt habe. Und vor allem für die von den beiden, die zurückgeblieben ist und sich nun ein neues Leben aufbauen muss.

Ich schließe meine Augen. Nur für ein paar Minuten. Wenigstens sage ich mir das.

18

Roni

Als ich aufwache, fällt das dämmrige Licht des späten Nachmittags in mein Wohnzimmer, und ich bin überrascht, Derek auf der anderen Couch schlafen zu sehen. Langsam setze ich mich auf und warte, bis der Schwindel nachlässt, damit ich ins Bad kann. Danach gehe ich in die Küche, um mir ein Glas Wasser zu holen, und finde die Einkäufe, die Derek auf den Tresen gestellt hat.

Er ist wirklich zu süß.

Ich nehme mir eine der Pastillen mit Kirschgeschmack, um die Halsschmerzen wenigstens zu lindern. In der Tüte von der Apotheke finde ich außerdem meine Arznei und noch eine Packung für … O mein Gott, die ist für Patrick.

Meine Gedanken überschlagen sich, während ich mich daran zu erinnern versuche, wofür die war, und dann fällt es mir wieder ein. Zwei Tage vor seinem Tod hat er plötzlich Ausschlag auf dem Rücken bekommen. Einen Tag vorher war er beim Arzt, hatte die Tabletten aber noch nicht abgeholt.

Ich starre die Packung lange an und bin erstaunt, dass ein einfaches Medikament so eine Welle der Trauer auslösen kann. An unseren letzten gemeinsamen Tagen hat sich Patrick pausenlos darüber beschwert, wie sehr der Ausschlag gejuckt hat. Ich habe ihm ein warmes Bad mit Bittersalz gemacht und Kortisonsalbe aufgetragen, doch als das alles nichts geholfen hat, ist er zum Arzt gegangen. Das hatte ich total vergessen, und die Erinnerungen an diese letzten Momente der Normalität treffen mich wie ein Schlag in die Magengrube.

»Sie haben mir gesagt, dass da auch noch was für ihn sei.« Dereks Stimme reißt mich aus meinen Gedanken. »Ich wusste nicht, ob ich es mitnehmen soll oder nicht.«

»Vor seinem Tod hatte er einen Ausschlag, der ihn furchtbar gestört hat. Mir war nicht klar, dass er die Tabletten nie abgeholt hat.«

»Ich war unsicher, was ich tun sollte.«

»Ist schon in Ordnung. Es bringt nur Erinnerungen an die letzten Momente meines normalen Lebens zurück, weißt du?«

»Ja, ich weiß. Für mich war es die Wäsche, die ich, einige Tage nachdem Maeve und ich wieder zu Hause waren, in der Waschmaschine gefunden habe. Sie roch ganz muffig, weil sie so lange feucht darin gelegen hatte, und es hat mich total aufgewühlt, zu erfahren, was Vic getan hat, kurz bevor die Katastrophe passiert ist. Eine ganz normale, alltägliche Tätigkeit.«

»Es ist so seltsam, dass die unverfänglichsten Dinge alles wieder hochholen können.«

»Und man weiß nie, was es sein wird.« Er stützt sich auf dem Tresen ab und reckt sich. »Wie fühlst du dich?«

»Ein bisschen besser. Obwohl meine Kehle immer noch brennt und mir leicht schwindelig ist.«

»Ich bin geblieben, weil ich mich vergewissern wollte, dass es dir gut geht, bevor ich heimfahre. Ich hoffe, das ist in Ordnung.«

»Natürlich. Du kannst so lange bleiben, wie du willst. Ich mag deine Gesellschaft.«

»Hast du Appetit?«

»Was schlägst du vor?«

»Pizza?«

»Klingt gut.« Sie keucht auf. »Ich habe dir gar nicht meine Karte gegeben, damit du die Medikamente bezahlen kannst.«

»Kein Problem.«

»Dann zahle ich aber deine Pizza und eine Suppe für mich.«

»Wenn du darauf bestehst.«

»Tu ich.«

Wir bestellen Pizza und Suppe und setzen uns aufs Sofa, um uns im Fernseher das Spiel anzuschauen. Alles fühlt sich so mühelos und ungezwungen an, als würden wir uns schon jahrelang kennen. Sobald ich mir das eingestehe, kommen die Schuldgefühle, weil ich in dem Zuhause, das ich mit Patrick geschaffen habe, die Gesellschaft eines anderen Mannes genieße. Trauer ist total zickig. Sie lässt einem einen Moment der Zufriedenheit und streut dann jäh ein paar Schuldgefühle darüber, damit man nur ja nichts davon hat.

Alle aus meiner Familie erkundigen sich nach mir und bieten an, zu mir zu kommen. Ich lehne dankend ab und versichere ihnen, dass es mir gut geht.

Rebecca will wissen, ob mein Freund Derek bei mir ist.

Auf diese Nachricht antworte ich nicht, auch wenn ich nicht weiß, wieso nicht. Wir tun nichts Verbotenes, trotzdem fühlt es sich komisch an, zuzugeben, dass er hier ist. Selbst meiner Schwester gegenüber.

Nachdem Washington eine saftige Niederlage gegen die Saints kassiert hat, sehen wir uns noch *Ein Offizier und Gentleman* an, bis wir beide das Gähnen nicht mehr unterdrücken können.

»Ich sollte gehen«, sagt Derek und streckt sich.

»Danke, dass du mir Gesellschaft geleistet hast.«

»Das war schön.«

»Ja, das war es.«

»Willst du ein Geständnis hören?«

»Na klar.«

»Ich habe diese kinderfreien Tage sehr genossen und fühle mich schlecht, weil ich das auch noch ausgesprochen habe.«

»Das solltest du nicht. Ich bin mir sicher, dass es ziemlich anstrengend ist.«

»Maeve ist ein Schatz. Und ich würde nie etwas anderes gelten lassen.«

»Ich weiß.«

»Aber sosehr ich jede Minute mit ihr genieße, genieße ich auch die Pausen, die meine Eltern mir bescheren.«

»Ja, da hast du wirklich Glück.«

»Deine werden genauso sein, da bin ich mir sicher.«

Ich begleite ihn zur Tür, schon ein wenig sicherer auf den Beinen als vorhin. »O ja. Sie gehen total in ihrer Großelternrolle auf.«

»Dann solltest du jede Pause nutzen, die dir geboten wird. Du wirst sie brauchen.«

»Dass ich allein ein Kind großziehen werde, erscheint mir immer noch so enorm, dass mein Gehirn es gar nicht richtig fassen kann.«

»Aber das ist es ja: Du wirst nicht allein sein. Du hast ein ganzes Dorf, das dir hilft, und das macht den großen Unterschied.«

»Sam hat mir angeboten, dass ich das Baby zur Arbeit mitbringen kann. Ihre Freundin Shelby hat eine Nanny, die wir uns teilen können – also, falls die Nanny damit einverstanden ist.«

»Das ist großartig. Es wird schön sein, ihn oder sie in der Nähe zu haben. Vor allem im ersten Jahr. Und Maeve und ich können dir die besten Spielplätze zeigen. Wir haben gründlich recherchiert und haben so unsere Lieblinge.«

»Das wäre schön.«

Ganz entspannt küsst er mich zum Abschied auf die Wange. »Ruf mich an, falls du nachts etwas brauchst.«

»Ich komme klar.«

»Ja, aber falls nicht, sag mir Bescheid.«

»Okay, ich verspreche es. Danke noch mal für alles.«

»Es war mir ein Vergnügen.«

Nachdem er gegangen ist, schließe ich ab. Mir fällt auf, wie still es in der Wohnung ist, jetzt, wo ich allein bin. Auf dem Weg ins Schlafzimmer bleibe ich stehen und schalte das Licht im Gästezimmer ein, das Patrick und ich so liebevoll für seine Eltern und Geschwister eingerichtet haben. Wir wollten, dass sie uns besuchen können, wann immer sie wollen. Nun werde ich den Raum wohl in ein Kinderzimmer umwandeln müssen.

Die Aufgabe erscheint mir so überwältigend, dass ich das Licht schnell wieder ausknipse und jeden Gedanken daran auf später verschiebe, wenn ich mich nicht mehr so mies fühle.

Ich lege mich ins Bett und schicke Lilia eine Nachricht, um ihr von meinem Aufenthalt im Krankenhaus zu erzählen, und dass ich noch nicht wieder arbeiten kann.

O mein Gott, antwortet sie. *Pass gut auf dich auf, und melde dich, wenn du etwas brauchst.*

Sie ist so süß. *Danke, ich fühle mich zwar noch, als hätte mich ein Bus überfahren, doch insgesamt ist es schon viel besser.*

Lass dir so viel Zeit, wie du brauchst. Ich erkundige mich morgen nach dir.

Danke.

Nachdem ich mich vergewissert habe, dass mein Handywecker ausgeschaltet ist, kuschle ich mich in meine Kissen und freue mich darauf, an einem Arbeitstag ausschlafen zu können. Dann liege ich sehr lange wach und denke darüber nach, was gewesen ist, was jetzt ist und was noch kommt. Meine Träume sind ein Kaleidoskop aus Bildern von Patrick, Derek, Babys, Maeve und dem Weißen Haus. Als ich mitten in der Nacht schwitzend und keuchend aufwache, wird mir bewusst, dass mein neues Leben in meinen Träumen wesentlich öfter auftaucht als mein altes.

Das macht mich traurig.

Ich entferne mich von Patrick.

Dabei will ich das gar nicht. Niemals.

Mein Gott, es ist so schwer, sich auf eine Zukunft zu freuen, in der er nicht bei mir ist. Und jetzt habe ich mit Derek einen neuen Freund gefunden, werde aber von Schuldgefühlen geplagt, weil ich seine Gesellschaft genieße, obwohl ich mich immer noch mit einem Mann verheiratet fühle, der nicht mehr lebt.

Ah ja, Witwengehirn. Ich erinnere mich, dass das beim Treffen des Clubs erwähnt wurde. Es lässt einen nicht nur verwirrt und vergesslich werden, sondern zieht einen auch in diese nicht enden wollenden Spirale aus Verzweiflung, gefolgt von einem Anflug von Optimismus, gefolgt von noch tieferer

Verzweiflung garniert mit einem Hauch Freude. Und das alles innerhalb von fünf Minuten. Kein Wunder, dass Menschen, die tiefe Trauer erleben, oft das Gefühl haben, den Verstand zu verlieren.

Meine Freundschaft mit Derek hilft mir, das kann ich nicht leugnen. Mit ihm kann ich über Themen reden, die sonst niemand verstehen würde, wie das Dilemma mit den Eheringen. Er schenkt mir Hoffnung, dass ich diesen furchtbaren Verlust überstehen und mir ein neues Leben für mich und mein Baby aufbauen kann.

Das wird nicht über Nacht passieren, doch Derek ist der lebende Beweis dafür, dass es möglich ist.

Ich hatte keine Ahnung, wie sehr ich diesen Beweis gebraucht habe, bis ich ihm begegnet bin.

Die Anziehung zwischen uns ist etwas, womit ich mich noch nicht genauer befassen kann, aber es ist schön, zu wissen, dass ich etwas für einen anderen Mann als Patrick empfinden kann. Ich muss diese Funken nur einfach für den Moment auf Eis legen. Es wäre keinem von uns gegenüber fair, wenn ich zulasse, dass es sich weiterentwickelt, obwohl ich weiß, dass ich noch nicht bereit bin.

Den nächsten Tag verbringe ich damit, auf der Couch zu liegen, fernzusehen, zu dösen und sonst nicht viel zu machen, denn es fällt mir schwer, mich zu konzentrieren.

Nach Feierabend meldet sich Derek, um zu fragen, ob ich etwas brauche.

Dank dir und deinem Einkauf gestern habe ich alles. Was habe ich auf der Arbeit verpasst?

Einen weiteren Tag im Paradies, in dem wir versucht haben, die Kongressmitglieder dazu zu bringen, zusammenzuarbeiten. Spaß in Tüten …

Besser du als ich.

Wem sagst du das? Die Leute behaupten, ich hätte ein Händchen dafür, die Streithähne an einen Tisch zu bringen, doch an manchen Tagen würde ich ihnen gerne einfach nur eine Standpauke halten, dass sie endlich erwachsen werden und aufhören sollen, sich schlimmer als meine Zweieinhalbjährige zu benehmen.

Ha, ich würde Geld dafür zahlen, da Zeugin zu sein.

Neunzig Prozent der Zeit über ist es das reinste Affentheater.

Wie geht's Maeve?

Sehr gut. Ich schätze, ihr Immunsystem ist wesentlich mehr auf Zack als unseres.

Das ist gut. Es täte mir unendlich leid für sie, wenn sie es auch hätte. Es ist echt ätzend.

Tut dein Hals immer noch weh?

Ja, aber nicht mehr ganz so schlimm wie vorher.

Also bleibst du morgen auch noch zu Hause?

Ich denke schon. Bin immer noch etwas wacklig auf den Beinen und kann nicht viel machen. Diese Pest hat mich schwer erwischt.

Geh es langsam an.

Mir bleibt gar keine andere Wahl.

Ich melde mich morgen wieder. Ruf an, wenn du was brauchst.

Danke.

Gern. Zur Arbeit zu fahren ist ohne dich nur halb so lustig. Werd schnell wieder gesund.

Ich antworte mit einem lächelnden Emoji, während mein Herz von seinen Worten schneller klopft. Ich habe so ein Glück, einen derart tollen neuen Freund gefunden zu haben, und ich hoffe, dass er immer noch da ist, wenn ich den Punkt erreiche, an dem ich bereit bin für mein zweites Kapitel.

19

Roni

Der Winter weicht endlich dem Frühling, und Ende April verbringen Derek, Maeve und ich mit Iris und ihren Kindern einen Sonntag in Ocean City. Derek fährt Iris' Minivan, in dem wir alle Platz haben.

Der Tag ist ungewöhnlich warm, und so können wir einen entspannten Nachmittag am Strand genießen. Während Iris und ich faul herumsitzen, bauen Derek und die Kinder eine aufwendige Sandburg. Er ist super darin, alle Kinder mit einzubeziehen, indem er ihnen ihrem Alter entsprechende Aufgaben zuweist.

Iris' Kinder hängen förmlich an seinen Lippen und strahlen vor Freude, wenn er sie lobt.

»Sie saugen väterliche Zuwendung auf wie ein Schwamm«, bemerkt sie. »So ist es auch mit Mikes Bruder. Sie kleben an ihm wie Ameisen an einem Picknickkorb. Gott segne ihn, er kommt jeden Samstag vorbei und bleibt den gesamten Tag. Ich bin so dankbar, dass er sich derart um sie kümmert.«

»Ja, das ist wirklich schön.«

»Er und Mike waren Seelengefährten. Ihn zu verlieren war für seinen Bruder genauso schwierig wie für mich. Rob hätte eigentlich mit Mike in dem Flugzeug sitzen sollen, doch er hat in letzter Minute abgesagt, weil er eine Frau kennengelernt hatte, die er wirklich mochte. Seitdem fressen ihn die Schuldgefühle auf.«

»Aber er wäre sonst auch gestorben.«

»Manchmal denke ich, ihm wäre das lieber gewesen, als ohne Mike weiterzuleben. Sie waren nur elf Monate auseinander und haben alles zusammen gemacht.«

»Das ist so traurig. Ist er mit der Frau zusammengeblieben?«

Iris schüttelt den Kopf. »Er meinte, nachdem Mike gestorben ist, habe er sie nicht mehr anschauen können.«

»Gott, warum muss das Leben manchmal so grausam sein?«

»Ich weiß es nicht. Trotzdem ist es auch wundervoll.« Sie zeigt auf Derek, der gerade von vier enthusiastischen Kindern eingebuddelt wird. »Die Freundschaften, die ich seit Mikes Tod geknüpft habe, gehören zu den besten, die ich je hatte.«

»Mir geht es genauso. Brielle meldet sich jeden Tag bei mir. Joy hat mir ein paarmal was Selbstgekochtes vorbeigebracht und ist bei mir geblieben, damit ich nicht allein essen muss. Sie bringt mich so sehr zum Lachen.«

»Sie ist eine unglaubliche Freundin.«

»Unbedingt. Alle Wilden Witwen sind wundervoll.«

»Sogar Aurora?«, fragt Iris und zieht die Augenbrauen in die Höhe.

»Selbst sie ist mir irgendwie ans Herz gewachsen, bevor sie aufgehört hat, zu den Treffen zu kommen.«

»Die Arme hatte sich auf Derek versteift, auch wenn er ihr nie einen Grund dafür geliefert hat.« Iris schaut kurz zu mir. »Er hat sie nie so angesehen, wie er dich ansieht.«

»Hör auf.«

»Ich meine es ernst. Er steht auf dich. Und zwar so richtig.«

Ich lasse meinen Blick zu ihm schweifen. Er hat sich aus dem Sand ausgebuddelt und ist gerade dabei, die Kinder über den Strand zu jagen. Iris' Jüngste, die zweijährige Laney, kreischt vor Vergnügen, als er sie einfängt und hoch in die Luft schwingt, während die anderen aufgeregt darauf warten, ebenfalls an die Reihe zu kommen.

Mein Herz kann mit dem plötzlichen Ansturm von Gefühlen nicht umgehen, als ich ihn mit Maeve und Iris' drei vaterlosen Kindern beobachte.

»Er ist ein ganz besonderer Mann«, sagt Iris leise.

»Ja, das ist er.«

»Was wirst du seinetwegen unternehmen?«

»Ich weiß es nicht. Es fühlt sich noch zu früh dafür an, über solche Fragen nachzudenken.«

»Obwohl du ihn jeden Tag siehst?«

»Ja.«

»Ich denke, er hat sein Herz an dich verloren, Roni.«

»Das glaube ich auch, und ich mag ihn ebenfalls sehr gern. Wirklich. Aber ich bin noch nicht bereit dafür, dass es mehr wird als eine enge Freundschaft.«

»Darf ich dich um etwas bitten?«

»Natürlich.«

»Wenn du glaubst, dass es für dich nie so weit sein wird – niemals –, sagst du es ihm dann bitte lieber früher als später? Ich würde es nicht ertragen, wenn er verletzt wird.«

»Das verspreche ich dir. Doch das Letzte, was ich will, ist, ihn nicht mehr in meinem Leben zu haben.«

»Das verrät viel.«

»Ja, vermutlich schon. Er übt niemals Druck auf mich aus, dass es mehr sein muss, als es im Moment ist, und das weiß ich sehr zu schätzen.«

»Aber du bist dir darüber im Klaren, dass er mehr will.«

Das ist eine Aussage, keine Frage. »Ja, das bin ich.« Eine Hand auf meinen Babybauch gelegt, sehe ich Iris an. »Ich konzentriere mich gerade auf dieses winzige Lebewesen, das in mir heranwächst, und die Vorbereitung auf die Geburt, während ich in einem hektischen, herausfordernden Job arbeite. Zu mehr bin ich im Moment nicht in der Lage. Derek weiß das.«

»Habt ihr darüber gesprochen?«

»Nicht ausdrücklich, trotzdem glaube ich, dass wir einander verstehen.«

»Vielleicht solltest du mit ihm reden. Wenn du willst, dass

er noch da ist, wenn du für mehr bereit bist, könnte es nicht schaden, es ihm zu sagen.«

»Schauen wir mal, ob sich die Gelegenheit ergibt.«

Als die Kleinen müde werden, duschen wir sie, so gut es geht, an den Strandduschen ab und suchen uns dann ein Fischrestaurant an der Promenade. Ich bestelle mir gegrillte Jakobsmuscheln, von denen ich Sodbrennen bekomme. Andererseits gibt es, seitdem die Schwangerschaft voranschreitet, kaum etwas, was mir kein Sodbrennen verursacht.

Ich leide auf der Rückfahrt gerade schweigend vor mich hin, als Iris auf dem Rücksitz aufkeucht. »Was ist?«, frage ich sie.

»O mein Gott. Adrians Schwiegermutter ist heute an einem Herzinfarkt gestorben.«

»O nein.« Derek hört sich so betroffen an, wie ich mich fühle. »Er hat sich immer so auf ihre Hilfe mit Xavier verlassen können.«

Iris tippt etwas in ihr Handy und berichtet ein paar Minuten später: »Die Wilden Witwen werden hinfahren und schauen, wie sie helfen können. Ich habe meine Babysitterin gefragt, und sie ist bereit, heute Abend bei den Kindern zu bleiben, falls du Maeve für ein paar Stunden bei mir lassen willst, Derek?«

Derek sieht mich an. »Ist das für dich in Ordnung?«

Er weiß, wie müde ich bin, seitdem ich das letzte Drittel der Schwangerschaft erreicht habe. Doch auch wenn ich lieber einen ruhigen Abend zu Hause verbringen würde, ist mein Wunsch, Adrian zu helfen, stärker. »Ja, klar.«

»Okay. Dann lege ich Maeve bei dir zu Hause hin und hole sie ab, nachdem wir bei Adrian waren.«

Damit kommen wir verdammt spät nach Hause, und das am Abend vor einem Arbeitstag, aber so sind wir in unserer Gruppe eben. Wir helfen einander. Adrian würde das Gleiche für mich tun, daran habe ich nicht den geringsten Zweifel.

Wir machen einen kleinen Umweg, um Dereks Wagen abzuholen. Ich bleibe in Iris' Auto, für den Fall, dass Maeve aufwacht.

»Es tut mir so leid für Adrian«, sagt Iris, als wir Richtung Fairfax fahren. Zum Glück herrscht zu dieser Zeit am Sonntagabend nicht viel Verkehr. »Das ist einfach zu viel. Sadie und ihre Mom haben sich sehr nahegestanden. Ich wette, die arme Frau ist an gebrochenem Herzen gestorben.«

»Das ist wirklich schrecklich. Was wird er nun tun?«

»Ich schätze, er muss jemanden anstellen. Nach ein paar harten Monaten hatte er gerade eine gewisse Routine gefunden, und jetzt das. Er hat Alyssa, seine Schwiegermutter, wirklich geliebt.«

»Ja, ich habe gehört, wie er gesagt hat, dass er ohne sie verloren wäre.«

Als wir bei Iris' Haus ankommen, bringen wir die Kinder ins Bett und legen Maeve zu Laney. Die kleinen Mädchen schlafen tief und fest, und die beiden älteren Kinder sind auch so müde, dass sie sich ohne Widerstand zudecken lassen. Wir lassen sie in der Obhut von Iris' Babysitterin und fahren alle gemeinsam in Dereks SUV nach Arlington.

Die Fahrt verläuft in Schweigen, weil wir alle darüber nachdenken, dass einer unserer Freunde schon wieder einen schrecklichen Verlust verarbeiten muss, obwohl er bereits die Hölle hinter sich hat, nachdem er seine Frau bei der Geburt ihres gemeinsamen Kindes verloren hat. Bei dem Gedanken daran, was Sadie passiert ist, bricht mir der kalte Schweiß aus. Es ist beängstigend, dass gesunde Frauen immer noch beim Kinderkriegen sterben können.

Schnell zwinge ich mich, diese Gedanken zu verdrängen und mich stattdessen auf ein anderes, genauso stressiges Thema zu konzentrieren: den plötzlichen Tod von Adrians Schwiegermutter. Mein Herz schmerzt für ihn und Xavier und den Rest einer Familie, die schon genug tragischen Verlust erlebt hat.

Vor Adrians Haus stehen unzählige Autos.

Derek parkt ein paar Straßen weiter, und auf dem Weg sagt er: »Wir hätten etwas zu essen mitbringen sollen.«

»Ich bin mir sicher, dass er inzwischen mehr als genug für einen ganzen Monat hat«, erwidert Iris.

»Da hast du vermutlich recht.«

Als wir die Stufen zu Adrians Haustür hochsteigen, herrscht in mir das reinste Gefühlschaos.

Gage öffnet uns und umarmt uns nacheinander zur Begrüßung.

»Wie geht es ihm?«, will Derek wissen.

»Nicht gut«, antwortet Gage mit ernster Miene. »Adrians Schwester war da, um Xavier abzuholen. Er bleibt für die nächsten paar Tage bei ihr.«

»Das ist vermutlich für alle am besten«, meint Derek.

»Er ist im Moment nicht in der Verfassung, sich um ein Baby zu kümmern«, erklärt Gage ganz unverblümt.

Ich würde am liebsten umdrehen und vor der ganzen Traurigkeit weglaufen, die dieses Haus durchdringt, aber Adrian ist mein Freund, und es ist wichtig, dass ich für ihn da bin.

Dereks Hand in meinem Rücken hilft mir, mich zu beruhigen. Ich bin nicht sicher, warum er diese Wirkung auf mich hat, doch ich bin sehr dankbar, dass er weiß, wie sehr ich seine Unterstützung gerade brauche.

Eine weitere Facette von Trauer ist, dass die Tragödien anderer Leute die Erinnerungen an unsere eigene wieder an die Oberfläche spülen, uns an diesen ersten, grausamen Tag zurückversetzen, an dem unser Leben sich für immer verändert hat. Genau das passiert mir, als ich in Adrians jüngste Katastrophe hineinmarschiere.

Er sitzt auf dem Sofa, umgeben von Menschen, die versuchen, ihn zu trösten. Als er uns sieht, steht er auf und umarmt uns. Seine Augen sind rot und geschwollen, sein Gesicht grau vor Trauer. »Danke, dass ihr gekommen seid.«

»Ich wünschte, wir könnten etwas sagen, um es besser zu machen«, spricht Derek für uns alle.

Adrian nickt. »Es ist unglaublich. Ich weiß wirklich nicht, wen ich so gegen mich aufgebracht habe.«

»Wir sind für dich da«, versichert ihm Iris. »Was auch immer du brauchst.«

»Danke.«

Hinter uns sind weitere Freunde eingetroffen, und wir treten beiseite, damit sie Adrian etwas sagen können, was ihm auch nicht helfen wird. Als wir uns in die Küche zurückziehen, in der sich die Arbeitsplatten nur so unter Essen biegen – genau, wie Iris es prophezeit hat –, fürchte ich fast, dass ich mich übergeben muss.

Wynter rührt energisch in einer Schüssel. Sie ist so darauf konzentriert, dass sie uns erst gar nicht bemerkt.

»Was machst du da, Wynter?«, fragt Iris.

Sie schaut auf und scheint überrascht, uns zu sehen. »Pfannkuchen. Das ist das Einzige, was ich kann, und ich wollte irgendetwas tun.«

»Das ist süß von dir«, erwidert Iris.

Wynter hebt die Schultern. In ihrer Miene kann ich lesen, wie verstört sie ist. »Was zum Teufel stimmt mit dieser verdammten Welt nur nicht?«

»So vieles«, antwortet Iris. »Was hingegen stimmt, sind Freunde, die füreinander da sind – in guten wie in schlimmen Zeiten. Es ist schön, dass du hier bist.«

»Es tut mir so leid für ihn«, sagt sie leise. »Wie konnte das geschehen, nach allem, was ihm schon zugestoßen ist?«

»Ich weiß es nicht, Süße«, meint Iris. »Es ist unglaublich unfair.«

»Was soll er denn jetzt nur tun? Sie hat ihm mit *allem* geholfen.«

»Er findet einen Weg«, versichert ihr Derek. »Und wir sind da, um ihm beizustehen.«

Wynter wischt sich die Tränen von den Wangen und wendet sich wieder ihrem Pfannkuchenteig zu.

Um auch etwas zu tun zu haben, suche ich eine Pfanne und bereite den Herd für Wynter vor.

In der nächsten halben Stunde machen wir zusammen zwei Dutzend Pfannkuchen, ohne ein Wort miteinander zu wechseln. Was gäbe es auch schon zu sagen?

Als wir beinahe fertig sind, schaut sie mich an. »Schläfst du mit Derek?«

»Was? Nein!«

»Hm. Das überrascht mich. Ich hätte mein Leben darauf verwettet.«

»Tja, tu das lieber nicht, denn zwischen uns läuft nichts.«

»Das sollte es aber. Er steht total auf dich.«

»Für den Fall, dass es dir noch nicht aufgefallen ist, ich bin ziemlich schwanger mit dem Baby meines verstorbenen Mannes.«

»Ich habe gehört, dass man in der Schwangerschaft so wild auf Sex ist wie nie. Stimmt das?«

»Ehrlich, Wynter. Du solltest lernen, nicht immer alles auszusprechen, was du gerade denkst.«

»Das sagt meine Mom auch immer. Jetzt mal ehrlich, macht es dich heiß?«

Ja, will ich erwidern. *Mehr als je zuvor.* Doch das verrate ich ihr nicht. »Nicht sonderlich. An solche Sachen denke ich im Moment nicht wirklich.«

»Du bist eine schreckliche Lügnerin.«

»Und du bist schrecklich neugierig.«

Sie lacht, was so selten vorkommt, dass die anderen Wilden Witwen in die Küche strömen, um es mit eigenen Augen zu sehen. Wynter *lacht.* Dieser fröhliche Klang ist genau das, was wir alle brauchen.

»Ist das Wynter, die lacht?«, fragt Adrian, als er sich zu uns gesellt.

»Tut mir leid«, erklärt Wynter. »Das ist nicht der richtige Zeitpunkt dafür.«

»Natürlich ist es das«, widerspricht er ihr. »Was würden wir tun, wenn wir nicht über den Wahnsinn lachen könnten, der unser Leben ist?«

»Das stimmt«, pflichtet ihm Brielle bei, und Kinsley nickt bekräftigend.

»Was hat Roni denn so Lustiges gesagt?«, fragt Joy.

»Das tut nichts zur Sache«, antworte ich mit einem warnenden Blick zu Wynter.

»Wir haben darüber gesprochen, wie heiß auf Sex die Schwangerschaft sie macht und dass sie kein Ventil dafür hat.«

»O mein Gott! Das habe ich *nicht* gesagt!«

»Aber deine Miene hat es verraten«, meint Wynter und lacht wieder laut los. Die anderen fallen mit ein.

Selbst Adrian muss grinsen.

Ich schüttle den Kopf. »Du bist unmöglich.«

»Lieber unmöglich als sexuell frustriert.«

»Stopp!« Die ganze Sache ist mir zutiefst peinlich, doch das nehme ich gerne in Kauf, wenn es dabei hilft, inmitten der aktuellen Katastrophe ein wenig Erleichterung zu bringen.

Wynter reicht den Teller mit den warmen Pfannkuchen herum.

Ich nehme mir einen und rolle ihn auf, bevor ich hineinbeiße. »Wow, die sind echt gut, Wynter.«

»Danke.«

»Was ist das für ein Geschmack?«, fragt Joy.

»Mandelextrakt. So hat meine Großmutter sie immer gemacht.«

»Die sind wirklich gut.« Adrian nickt. »Danke, Wynter.«

»Gern geschehen. Ich wünschte, ich könnte mehr tun.«

»Das wünschen wir uns alle«, murmelt Kinsley und nippt an ihrem Wein.

»Es bedeutet mir sehr viel, dass ihr hier seid«, sagt Adrian.

»Wir sind hier und werden immer für dich da sein«, versichert ihm Joy.

Adrian nickt nur gerührt und stützt sein Kinn auf Iris' Scheitel, als sie ihn in die Arme nimmt.

Ich hasse es, dass Adrian diesen erneuten Schlag verkraften muss, aber ich bin so verdammt dankbar für diese Gruppe und dafür, dass wir füreinander da sind.

NACHDEM WIR IRIS zu Hause abgesetzt und eine schlafende Maeve im Kindersitz verstaut haben, fährt Derek uns zurück. Es ist schon beinahe Mitternacht, als wir die 14th Street Bridge überqueren. Bei der Arbeit morgen werde ich zu nichts zu gebrauchen sein.

»Willst du heute bei uns übernachten, damit du nicht allein bist?«, fragt Derek.

Sein Angebot überrascht mich so sehr, dass mir für einen Moment die Worte fehlen. Denkt er an das, was Wynter gesagt hat?

»Ich weiß, dass du wegen Adrian traurig bist«, fährt er fort.

»Das bin ich, doch es geht mir gut.«

»Ich habe ein gemütliches Gästezimmer, das ganz dir gehört, wenn du nicht allein sein magst.«

»Danke für das Angebot und die vielen anderen Dinge, die ich gar nicht alle aufzählen kann.«

Er fährt vor meinem Gebäude vor. »Jede Minute, die wir zusammen verbringen, ist mir ein Vergnügen.« Dann beugt er sich zu mir herüber und gibt mir einen Kuss auf die Wange. »Wir sehen uns morgen früh.«

»Frisch und munter, wie immer.«

»Ruh dich aus.«

»Du dich auch.« Ich schaue nach hinten zu Maeve, die tief und fest schläft. Ihre Wangen sind rosig von dem Tag in der Sonne, auch wenn wir sie mehrmals mit Sonnencreme eingerieben haben. »Gib ihr einen Kuss von mir.«

»Mach ich.«

»Gute Nacht.« Ich steige aus und gehe die Treppe zur Eingangstür hinauf. Bevor ich durch die Tür trete, winke ich ihm noch mal zu. Er wartet immer, bis ich die Lichter in meiner Wohnung einschalte, bevor er fährt. Das ist eine der Kleinigkeiten, die ich an ihm liebe. Er kümmert sich um mich, auch wenn das definitiv nicht in seinen Verantwortungsbereich fällt.

Es fällt mir schwer, zuzugeben, dass Wynter mit ihren Bemerkungen nicht ganz falschgelegen hat. Die Schwangerschaft bringt meine Hormone durcheinander und macht mich »heiß«, wie sie es so eloquent ausgedrückt hat, und wenn ich nachts allein in meinem Bett liege, denke ich nicht an meinen geliebten Ehemann.

Nein, ich sehne mich nach Derek Kavanaugh, und die Schuldgefühle drohen, mich aufzufressen. Vom Kopf her weiß ich, dass ich nichts Falsches tue, aber in meinem Herzen ... Es fühlt sich immer noch nicht richtig an, einen anderen als Patrick zu begehren. Ich frage mich, ob eines Tages eine Glocke erklingen wird, die mir die Erlaubnis gibt, den Gefühlen nachzugeben, die ich für Derek habe.

Ich bin mir nicht sicher, wie ich wissen soll, wann ich so weit bin. Ich weiß nur, dass ich es jetzt noch nicht bin.

Einen Monat später

Roni

ES IST DAS MEMORIAL-DAY-WOCHENENDE, und wir sind zu einer Grillparty der Wilden Witwen in Iris' Garten eingeladen. Die Gruppe ist ein wundervoller Teil meines Lebens geworden. Mein Bauch ist rund, und ich fange an, die Tage bis zu meinem Stichtag Ende Juni zu zählen. Die Nebelschwaden der ersten Zeit der Witwenschaft haben sich ein wenig gelichtet, während ich mir ein neues Leben aufgebaut habe.

Und ein Großteil dieses neuen Lebens dreht sich um Derek und Maeve.

Wir sehen uns jeden Tag. Ein paarmal habe ich sogar Patrice abgelöst, wenn Derek länger arbeiten musste. Dann habe ich für Maeve das Abendessen zubereitet, sie gebadet und ins Bett gebracht. Ich liebe sie so sehr. Sie ist ein bezauberndes kleines Mädchen und komplett fasziniert von dem Baby in meinem Bauch. Ich habe mich entschieden, dass ich das Geschlecht meines Babys nicht vorab erfahren will, aber ich glaube, Maeve will es mehr wissen als alle anderen.

Wir gehen mit ihr ins Kino, auf den Spielplatz, zu McDonald's für ein paar Chicken Nuggets. Derek meint, die würde sie jeden Tag essen, wenn er sie ließe. Außerdem war ich ein paarmal mit ihnen bei Dereks Eltern zum Abendessen.

Er und Maeve haben mich zu einem Treffen begleitet, das meine Eltern für meinen Bruder und seine Familie veranstaltet haben, als die über die Frühlingsferien zu Besuch da waren.

Meine Eltern haben Derek und Maeve ins Herz geschlossen. Es ist alles so … unangestrengt.

Ich schätze, dass es so sein soll zwischen zwei Menschen, die das Glück hatten, einander in dieser verrückten Welt zu finden. Dass sie nahtlos in das Leben des anderen und dessen Familie passen. Ab und zu gibt es allerdings immer noch mal einen unangenehmen Moment, wenn wir mit Maeve draußen sind und die Leute uns für ein Ehepaar halten, das das zweite Kind erwartet.

Wir haben nie offen darüber gesprochen, wie wir mit diesen Situationen umgehen wollen. Also nicken und lächeln wir nur und machen mit unserem Tag weiter, als hätte die Bemerkung nicht die Wunden in zwei Herzen wieder aufgerissen, die gerade dabei sind, zu heilen.

Abgesehen von einem Kuss auf die Wange oder einer kurzen Umarmung ist unsere Beziehung komplett platonisch, auch wenn die Funken vom Anfang immer noch da sind. Sie simmern unter leichter Hitze, bis zu einem nicht festgelegten Datum in der Zukunft, wenn sich mutmaßlich alles zwischen uns ändern wird.

In letzter Zeit habe ich mich öfter gefragt, wann oder ob es überhaupt je passieren wird. Aber es ist irgendwie schwierig, dem Mann, für den man schon eine ganze Weile schwärmt, zu sagen, dass man jetzt bereit ist für mehr als einen Kuss auf die Wange, wenn man gleichzeitig hochschwanger mit dem Baby seines verstorbenen Ehemannes ist.

Ja, so ist die Situation gerade.

Derek und Maeve holen mich in einer halben Stunde ab, damit wir gemeinsam zu Iris fahren. Ich lege noch letzte Hand an den Coleslaw, den ich zubereitet habe. Dazu habe ich Schokokekse gebacken, die Dereks Beitrag zu der Party sind. Er tut ständig Sachen, die mir das Leben erleichtern, wie mich an den meisten Tagen zur Arbeit und wieder nach Hause zu fahren. Also tue ich, was ich kann, um ihm zu helfen, so wie ich es für Patrick getan habe.

Mich durchzuckt ein Blitz, als ich mich an den letzten, schicksalsbestimmenden Abend erinnere, an dem ich zu faul gewesen bin, in den Supermarkt zu gehen. Nur deswegen musste er sich am nächsten Tag draußen etwas zu essen kaufen, und nur deshalb ist er von dem Querschläger getötet worden. Vor einer Weile habe ich das Thema bei den Wilden Witwen aufgebracht und gestanden, wie sehr mich das immer noch verfolgt. Wie sich herausstellte, haben viele von ihnen ähnliche »Hätte ich doch bloß«-Momente, die sie weit über den Tod ihres geliebten Menschen hinaus beschäftigen. Mir hilft es, zu wissen, dass ich mit solchen Gedanken und Empfindungen nicht allein bin.

Wie versprochen, hat mir Dr. Gordon eine Liste von Therapeuten geschickt, aber ich habe festgestellt, dass ich alle Therapie, die ich brauche, von den Treffen der Wilden Witwen bekomme. So wie das Grillfest heute, wo ich von Leuten umgeben sein werde, die mich verstehen, wie niemand sonst es könnte – nicht einmal der beste Therapeut.

Der einzige Bereich meines Lebens, mit dem ich nicht zufrieden bin, ist die Beziehung zu meinen Schwiegereltern. Als ich sie angerufen und ihnen von dem Baby erzählt habe, waren sie ganz aus dem Häuschen. Doch als ich versucht habe, ihnen meine Freundschaft mit Derek und Maeve zu erklären, hat sie das sehr aufgewühlt, sogar nachdem ich ihnen versichert habe, dass es nichts Romantisches ist. »Wir sind nur Freunde«, habe ich gesagt, aber offenbar ist selbst das zu viel für sie.

Iris hat mich darauf hingewiesen, dass ich zwar ein zweites Kapitel mit jemand Neuem anfangen kann, sie jedoch keinen neuen Sohn finden können, um Patrick zu ersetzen.

»Aber das tue ich doch gar nicht!«, habe ich widersprochen. »Ich ersetze Patrick nicht.«

»Du und ich, wir wissen das. Und wir verstehen die komplizierte Dynamik dieser Situation. Für sie hingegen ist es schwerer. Sie wollen, dass alles so ist, wie es war, bevor sie Patrick verloren haben. Und wenn du dich einem anderen Mann zuwendest, erinnert sie das daran, dass nichts jemals wieder so sein wird wie zuvor.«

»Ich ertrage es nicht, mit ihnen über Kreuz zu sein«, habe ich erwidert.

»Dann sei es nicht. Bezieh sie in alles mit ein, was das Baby angeht. Irgendwann werden sie sich beruhigen. Oder auch nicht. Aber darauf hast du keinen Einfluss.«

Es ist furchtbar, mich fragen zu müssen, ob sie sauer auf mich sind, weil ich mit meinem Leben weitermache. Denn welche Wahl habe ich schon? Auf diese Frage komme ich immer wieder zurück. Wenn Patrick nicht getötet worden wäre, hätte ich den Rest meines Lebens mit ihm verbracht. Das weiß ich, und sie wissen es auch.

Jedenfalls lasse ich sie an allen Entwicklungsschritten meines ungeborenen Kindes teilhaben. Ich habe ihnen Nachrichten geschickt, als es sich das erste Mal bewegt hat, mich das erste Mal getreten hat, zu meinen Überlegungen, wie es heißen soll, und so weiter. Letzten Sonntag haben sie mir eine ganz bezaubernde Babyparty ausgerichtet, und für eine Weile hat es sich wie in alten Zeiten angefühlt, auch wenn ein wichtiger Beteiligter gefehlt hat.

Nachdem alle gegangen waren, hat Susan, meine Schwiegermutter, mich gefragt, ob Derek mein Freund sei.

»Nein«, habe ich geantwortet. »Das ist er nicht. Wir sind nur gute Freunde, die Ähnliches durchgemacht haben.«

»Und mehr wird es nie sein?«

Diese Frage hat mich verblüfft. »Ich … ich weiß es nicht.«

»Ich verstehe.«

Nein!, wollte ich sagen. *Du verstehst gar nichts! Du hast seit fast vierzig Jahren deinen Ehemann an deiner Seite. Ich habe meinen verloren. Du hast kein Recht, mich zu verurteilen!*

Patricks Schwägerin Clara war es, die mir gesteckt hat, dass sie von mir und Derek gehört hatten. Eine Bekannte hatte uns mit Maeve im Supermarkt gesehen, wo wir »wie eine glückliche Familie« gewirkt hätten, was sie Susan natürlich brühwarm berichten musste. Ich schätze, sie waren verschnupft, weil ich ihnen nicht persönlich erzählt habe, dass ich mich mit einem Mann treffe.

Nur treffe ich mich eben nicht in diesem Sinne mit einem Mann. Ich habe einen Freund, der zufällig ein Mann ist. Das ist alles so schrecklich unangenehm, und es hat mir ein paar schlaflose Nächte verursacht, die ich mir nicht leisten kann, weil das letzte Schwangerschaftsdrittel mich schon zur Genüge auslaugt.

Allerdings … Wenn ich ehrlich bin, konnte ich auf Susans Frage nicht antworten, weil ich tatsächlich mehr von Derek will und weiß, dass es ihm umgekehrt genauso geht. Aber für den Moment stecken wir in der Freundeszone fest. Ich schätze, er will warten, bis das Baby da ist, bevor er die Frage stellt, was genau wir da eigentlich tun.

In der Zwischenzeit sehen wir uns, wann immer wir können, und unsere Freundschaft ist für mich ein immenser Trost. Ich weigere mich, die aufzugeben, auch wenn Patricks Eltern damit ein Problem haben.

Was mit ihnen los ist, habe ich noch niemandem erzählt – weder meiner Familie noch Derek. Ich habe es für mich behalten, in der Hoffnung, dass die Lage sich irgendwann von allein entspannen wird. Denn das Letzte, was ich jetzt brauche, ist, dass alle, die mich lieben, sauer auf Patricks Eltern sind, weil sie mir das Leben schwer machen. Wenn ich in den letzten beinahe acht Monaten eins gelernt habe, dann wie brutal Trauer sein kann. Ich bin die Letzte, die jemanden wegen der Art und Weise verurteilen würde, wie er mit dem Tod eines geliebten Menschen umgeht – selbst meine Schwiegereltern.

Ich versuche, die sorgenvollen Gedanken beiseitezuschieben, um den Tag mit meinen Freunden zu genießen. Morgen, am 28. Mai, ist Patricks Geburtstag. Die Connollys haben mich zum Abendessen eingeladen, aber ich habe ihnen gesagt, dass ich vorhabe, den Tag allein zu Hause zu verbringen. Ich habe mir sogar bei der Arbeit freigenommen, weil ich weiß, dass ich mich an diesem Tag auf nichts werde konzentrieren können. Doch ich bin jetzt so weit, mir das Hochzeitsvideo anzusehen, und habe beschlossen, ihn auf diese Weise an seinem zweiunddreißigsten Geburtstag zu ehren.

In meinem Schlafzimmer packe ich eine Tasche mit Sonnencreme, meinem Hut, einem Umstandsbadeanzug für den Fall, dass ich mutig genug bin, um in Iris' Pool zu steigen, und einem DEA-T-Shirt von Patrick. Seine Sachen sind zu einem wichtigen Bestandteil meiner Garderobe geworden, weil mir alles andere inzwischen zu eng ist.

Einer der Vorteile der Schwangerschaft ist, dass ich ein wenig Gewicht zugenommen habe, das meine Wangen ausfüllt und mich wieder gesund aussehen lässt, auch wenn meine Fußknöchel bis zur Unkenntlichkeit geschwollen sind. Dr. Gordon meint, das wäre komplett normal, vor allem zu dieser Jahreszeit, wenn es immer wärmer wird. Aber er behält mich im Auge, um sicherzustellen, dass ich keine Präeklampsie entwickle.

Ich schlage nach, was das ist, und bereue es sofort.

Mir geht es gut, meinem Baby geht es gut, und so wird es auch bleiben.

Iris sagt, dass ich mir keine Sorgen machen muss, weil ich meine große Tragödie schon hatte und der Rest meines Lebens daher ereignislos verlaufen sollte. Wenn ich das nur glauben könnte. Angst war nie ein Teil meines Lebens, bis ich Patrick verloren habe und erkennen musste, dass einem alles, was einem lieb und teuer ist, im Bruchteil einer Sekunde genommen werden kann. Jetzt sorge ich mich um alles und jeden.

Mein Handy piept. Eine Nachricht von Derek. *Bin unten. Komme!*

Gestern, bei meinem Termin mit Dr. Gordon, hat er mir geraten, meine Ringe abzunehmen, für den Fall, dass meine Finger anschwellen, so wie es meine Füße getan haben. »Sie wollen nicht so lange warten, bis wir sie aufschneiden müssen«, hat er gesagt. Eigentlich wollte ich das gestern gleich nach dem Nachhausekommen machen, aber das habe ich nicht. Doch ich sollte es tun, weil es heute warm ist und die Hitze die Schwellungen nur verstärkt.

Als ich die wunderschönen Ringe an meiner linken Hand betrachte, beschließe ich, es schnell hinter mich zu bringen, bevor es zu etwas wird, das mir den Tag zerstört. Sie abzuziehen ist schwerer, als ich erwartet hatte, was bedeutet, dass meine Hände bereits leicht angeschwollen sind. Ich lege die Ringe in mein Schmuckkästchen, schnappe mir meine Tasche und gehe nach unten, wo Derek und Maeve auf mich warten.

Es ist keine große Sache, dass ich meine Ringe nicht trage.

Nach der Geburt kann ich sie jederzeit wieder anstecken. Das Letzte, was ich will, ist, dass man sie mir vom Finger schneiden muss, also war es richtig, sie jetzt abzulegen. Das hätte ich auch getan, wenn Patrick noch hier wäre.

Aber wie alles andere ist auch das schwerer, weil er nicht mehr da ist.

20

Roni

Derek steigt aus und nimmt mir meine Taschen ab, um sie auf der Rückbank zu verstauen. Dann hilft er mir, einzusteigen. »Wie fühlst du dich heute?«

Das fragt er mich jeden Tag. »Unförmig wie ein Wal.«

»Du bist der süßeste Wal, der mir je untergekommen ist«, behauptet er und zwinkert mir zu.

Da kann man es wieder sehen. Er schafft es, mir mit ein paar kleinen Worten das Gefühl zu geben, etwas Besonderes zu sein, wenn schon mein Mann nicht da ist, um mir zu sagen, dass ich eine süße Schwangere bin. Wie kann man sich nicht in einen Mann verlieben, der attraktiv, sexy, lieb und fürsorglich ist und immer überlegt, wie er einem das Leben leichter machen kann? Ja, ich bin definitiv dabei, mich in ihn zu verlieben – falls ich das nicht schon längst getan habe.

»Wenn du das sagst.«

»Das sage ich.«

»Ron!«

Ich drehe mich um und lächle das kleine Mädchen in seinem Kindersitz an. »Hi, Maeve.«

»Party!«

»Ja, wir gehen auf eine Party.«

»Sie ist schon ganz aufgeregt, weil sie in Iris' Pool schwimmen darf«, erzählt Derek. »Wir hatten eine lange Unterhaltung darüber, dass sie sich vom Pool fernhalten muss, wenn Daddy nicht in der Nähe ist. Richtig, Mäuschen?«

»Kein Pool, Daddy.«

»Ganz genau.« Er wirft mir einen Blick zu. »Sind alle kleinen Mädchen so süß wie meins?«

»Nein. Kein einziges kommt ihr auch nur nahe.«

»Ich bin froh, dass du das auch so siehst. Wenn nicht, wäre das ein echter Dealbreaker.«

»Haben wir denn einen Deal?«, frage ich lässig, als wäre das keine große Sache.

»Ich dachte schon.«

»Wir sollten vermutlich irgendwann mal darüber reden, hm?«

»Ja, vermutlich. Ich freu mich schon.«

Selbst wenn mich die Vorstellung, mit Derek darüber zu sprechen, was das zwischen uns ist, nervös macht, fühle ich mich gleichzeitig beschwingt und ein wenig albern, so wie damals, als ich Patrick kennengelernt habe und alles möglich schien. Es ist eine willkommene Abwechslung nach den Monaten der niederdrückenden Trauer, auch wenn das stets präsente Grau, das zwischen Freude und Leid sitzt, noch durchschimmert.

Als wir bei Iris eintreffen, werden wir sofort von den Wilden Witwen umringt, die für mich inzwischen wie eine zweite Familie sind. Vor allem Iris, die eine meiner neuen besten Freundinnen ist. Ihre Kinder Tyler, Sophie und Laney freuen sich genauso auf mein Baby wie ich, so sieht es zumindest aus. Sie können es kaum erwarten, zu »babysitten«, und haben mir versprochen, dem Baby alles beizubringen, was es wissen muss, um in dieser Welt zu bestehen.

Iris und Derek machen mir einen Platz am Pool zurecht, mit einem Fußhocker, den Iris aus dem Wohnzimmer holt und auf den ich meine geschwollenen Beine legen kann. »Du bist zu gut zu mir«, erkläre ich.

»Du bist die süßeste Schwangere, die mir je untergekommen

ist«, verkündet sie zum x-ten Mal. Sie hat sich vorgenommen, all die Dinge zu sagen, die mein Mann gesagt hätte, während mein Bauch immer runder geworden ist.

»Da bin ich mir nicht sicher, doch ich bin verdammt froh, wenn das alles vorbei ist.«

»Das sagen wir alle. Es ist das Natürlichste auf der Welt, aber versuch mal, das den zusammengepressten Lungen, der gequetschten Blase und der Haut klarzumachen, die sich anfühlt, als würde sie jeden Moment platzen.«

»Ja, oder? Auf der einen Seite kann ich es nicht erwarten, dass die Schwangerschaft vorbei ist, und auf der anderen Seite habe ich panische Angst vor dem Moment, wenn das Baby da ist.«

»Alles wird gut. Versuch, dich deswegen nicht aufzuregen.«

Ich will mir diese Versicherungen einer Mutter von drei Kindern zu Herzen nehmen, doch je näher der Termin rückt, desto angespannter bin ich wegen der tatsächlichen Geburt. Der Vorbereitungskurs, den ich mit Rebecca besucht habe, die mir bei der Geburt zur Seite stehen wird, hat nicht dabei geholfen, meine Ängste zu beschwichtigen. Im Gegenteil, sie sind dadurch nur noch größer geworden. Im letzten Monat habe ich damit aufgehört, Schwangerschaftsratgeber zu lesen und im Internet zu Geburten zu recherchieren.

Derek bringt mir ein Eiswasser mit Zitrone und einen Teller mit Häppchen.

»Danke.« Ich lächle ihn an. Wie viel Glück habe ich bitte, solche neuen Freunde zu finden, die mir in dieser Zeit beistehen und mich begleiten?

»Gern geschehen.«

Naomi, Kinsley und Brielle, die ihren kleinen Charlie auf dem Arm hat, belegen die Liegen um mich herum am Pool mit Beschlag, und wir genießen einen zauberhaften Nachmittag in der Sonne. Aurora, die Frau, die ein Auge auf Derek geworfen hatte, ist noch nicht wieder in unsere Gruppe zurückgekehrt. Iris hat sie angeschrieben, um sich zu erkundigen, wie es ihr geht, aber bisher hat sie nichts gehört. Auch wenn ich froh bin, dass sie mir nicht mehr bei jedem Treffen böse Blicke zuwirft, mache ich mir Sorgen, wie sie sich fühlt. Der Prozess ihres Ex-Mannes beginnt bald, und die Nachrichten sind voll mit Berichten darüber.

Derek verbringt den Großteil des Nachmittags im Pool, mit Maeve sowie Adrian und seinem Sohn Xavier. Maeve ist ganz fasziniert von dem Kleinen und redet ständig von ihm, deshalb ist sie überglücklich, mit ihm, Iris' Kindern und Wynter schwimmen zu können. Wynter hat sich seit unserem ersten Treffen so weiterentwickelt, dass sie kaum noch Ähnlichkeit mit der Person hat, die sie damals war. Wir sind alle sehr stolz auf sie und ihre Fortschritte.

Die Wilden Witwen sind eine wundervolle Gruppe und für mich der größte Segen in dieser schwierigen Zeit. Ich bin so dankbar, inmitten dieser ganz besonderen Freunde zu sitzen, die sich wie Familie anfühlen, und mit ihnen diesen wunderschönen Tag zu genießen. So wie die Knospen an den Bäumen und die Blumen im Garten spüre ich, wie auch ich aus dem dunklen Winter zu den Möglichkeiten erwache, die mit dem Frühling einhergehen.

Wie üblich in letzter Zeit muss ich dringend auf die Toilette. Als ich aufstehen will, beeilen sich alle, mir zu helfen, und ich fühle mich wie eine kleine alte Lady. Gerade will ich das sagen, als warme Flüssigkeit meine Oberschenkel hinunterrinnt und ich mich entsetzt frage, ob ich mir gerade in die Hose gemacht habe. Ich starre noch immer auf die Pfütze zwischen meinen Beinen, da bemerkt Iris: »Süße, ich glaube, deine Fruchtblase ist gerade geplatzt.«

Das kann nicht sein! Es ist einen Monat zu früh! Das Baby ist noch nicht so weit – und ich auch nicht! Meine Gefühle steigern sich zur Hysterie, als alle durcheinanderreden und beratschlagen, was zu tun ist. »O mein Gott, Rebecca ist dieses Wochenende bei ihren Schwiegereltern in Colorado. Und meine Eltern und Pen sind auch nicht da.«

Meine Eltern verbringen das Wochenende mit alten Freunden auf Chincoteague Island, und Pen ist mit Luke bei einer Familienfeier in Texas. Sie hatten zwar Bedenken, mich so kurz vor dem errechneten Geburtstermin allein zu lassen, aber ich habe ihnen versichert, dass der noch einen Monat hin ist und sie sich keine Gedanken machen sollen.

»Keine Sorge«, sagt Derek. »Ich begleite dich. Ich habe das schon mal getan.«

Seine Versicherung und seine Anwesenheit beruhigen mich ein wenig, auch wenn ich trotzdem das Gefühl habe, dass mir das Herz jede Sekunde aus der Brust springt.

»Ich bitte meine Eltern, Maeve abzuholen«, meint er zu Iris. »Ist das für dich in Ordnung?«

»Natürlich. Lass sie ruhig hier, und fahr mit Roni.«

Derek erklärt Maeve kurz, was los ist, und sie kennt Iris und deren Kinder inzwischen zum Glück so gut, dass sie kein Problem damit hat, zurückgelassen zu werden. Sie kommt zu mir gelaufen, legt mir ihre kleinen Arme um den Hals und drückt mich.

»Baby«, flüstert sie.

»Hab dich lieb«, flüstere ich.

»Lieb.«

Ich will sie nicht loslassen, doch der Schmerz, der meinen Unterleib zusammenzieht, ist das Zeichen für das, was mich jetzt erwartet, und ich beginne vor Angst unkontrolliert zu zittern. Derek übergibt seine Tochter an Brielle, die auf sie aufpassen wird, während Iris mich zum Auto begleitet.

Im Weggehen höre ich Maeve im Hintergrund weinen. Ich will zu ihr und ihr versichern, dass alles gut wird, aber das ist im Moment unmöglich.

»Keine Sorge«, sagt Iris. »Die ist in null Komma nichts wieder fröhlich und spielt mit den anderen Kindern.«

Als ich angeschnallt und mit einem Strandhandtuch unter mir auf dem Beifahrersitz von Dereks Auto sitze, hockt sich Iris vor mich und sieht mir direkt in die Augen. »Weiteratmen. Es geht dir gut. Dem Baby geht es gut.«

Mir schießen Tränen in die Augen. »Ich habe Angst.«

»Einfach immer weiteratmen. Ich verspreche dir, du schaffst das.«

Ich nicke, um ihr zu versichern, dass ich okay bin, obwohl

das gar nicht stimmt. Ich will Patrick so dringend bei mir haben, dass es mich fast umbringt.

Sie beugt sich vor, um mich zu umarmen, bevor sie die Tür schließt und uns hinterherwinkt.

Derek telefoniert mit seinen Eltern und organisiert, dass sie Maeve abholen, während ich leise vor mich hinweine.

Der emotionale Tsunami war wohl zu erwarten. Natürlich möchte ich, dass Patrick bei mir ist, wenn ich unser Kind auf die Welt bringe. Und dann fällt mir ein, welches Datum wir haben. Es ist der Tag vor seinem Geburtstag. Wird das Baby heute zur Welt kommen oder morgen, an Patricks Geburtstag? Ich sollte meinen und seinen Eltern Bescheid geben, aber ich will sie nicht unnötig beunruhigen, falls es sich doch als falscher Alarm herausstellt.

Derek beendet das Gespräch mit seinen Eltern und nimmt meine Hand. »Wie sieht es bei dir aus?«

»Okay, denke ich.«

»Du solltest im Krankenhaus anrufen und sie informieren, dass du kommst.«

Was sagt es über mich als Mutter aus, dass ich nicht mal daran denke, das Krankenhaus zu benachrichtigen, dass ich auf dem Weg bin? Dass ich vielleicht nicht wirklich bereit bin für das alles hier? »Oh, gute Idee.« Ich wähle die Nummer, die man mir beim Geburtsvorbereitungskurs gegeben hat.

»Wir nehmen Sie am Eingang in Empfang«, versichert mir die Schwester.

»Alles klar«, erkläre ich Derek. »Sie treffen mich vorne.«

Er greift nach meiner Hand. »Halt dich an mir fest. Ich bin direkt hier.«

Ich klammere mich an seine Hand, während der Schmerz deutlich intensiver wird. »Danke.«

Er fährt schneller, als er vermutlich sollte, um mich zurück in die Stadt und ins George Washington University Hospital zu bringen.

Ich bin furchtbar ängstlich und nervös. Der Anblick des Krankenhauses macht die Sache plötzlich sehr real, und alles in mir wehrt sich dagegen, dort hineinzugehen.

»Atmest du auch?«, fragt Derek.

Mir wird bewusst, dass ich das tatsächlich nicht tue, und ich atme tief durch.

»Genau so. Das hilft.«

Eine Schwester im rosa Kittel wartet am Haupteingang mit einem Rollstuhl. Sie erklärt Derek, wo er mich finden kann, nachdem er geparkt hat, und bringt mich nach oben in den Kreißsaal, den ich während meines Kurses besichtigt habe. Das Team hier ist so effizient, dass ich, als Derek eine Viertelstunde später eintrifft, schon ein Krankenhaushemdchen anhabe und ans CTG angeschlossen bin, damit der Herzschlag des Babys kontrolliert wird.

»Kommen Sie hierher, Mr Connolly«, ruft ihn die Schwester.

Die Worte treffen mich direkt ins Herz. »Das ist Mr Kavanaugh«, korrigiere ich sie. »Mr Connolly ist vor beinahe acht Monaten gestorben.«

»Das tut mir sehr leid.«

»Schon in Ordnung«, sage ich, auch wenn es das überhaupt nicht ist. Ich hatte eigentlich darum gebeten, dass diese Info in meine Patientenakte aufgenommen wird, doch vermutlich hatten sie noch keine Zeit dafür, da ich einen Monat zu früh hier aufgetaucht bin. »Ist es okay für das Baby, wenn es jetzt schon geboren wird?«

»Alles nach der sechsunddreißigsten Woche ist gut und im grünen Bereich. Aber schauen wir mal, was der Arzt meint, wenn er eintrifft.«

Die nächsten Stunden sind in meiner Erinnerung ein Durcheinander aus Untersuchungen, piependen Monitoren und Menschen, die kommen und gehen.

»Wie es scheint, bringen wir heute oder morgen ein Baby auf die Welt«, erklärt Dr. Gordon, nachdem er mich gründlich untersucht hat. Ich bin froh, dass er da ist. Er beruhigt mich.

Derek bietet an, den Untersuchungsraum zu verlassen, doch ich will ihn an meiner Seite haben. Ich hoffe nur, dass er nichts sieht, was er besser nicht sehen sollte.

Es ist so eine seltsame Mischung aus Traurigkeit, Freude,

Anspannung und Aufregung. Ich bin froh, dass Derek bei mir ist. Es fühlt sich richtig an, auch wenn alles andere falsch ist. Patrick sollte neben mir stehen, mich mit Eis-Chips füttern, mir das Gesicht mit einem kalten Lappen abtupfen und mich dafür loben, wie tapfer ich bin. Ich sehne mich nach ihm, wie ich es schon lange nicht mehr getan habe, was Schuldgefühle in mir weckt. Warum habe ich mich so lange nicht mehr so gefühlt? Was stimmt nicht mit mir, dass ich nicht mehr jeden Tag um die Liebe meines Lebens weine?

»Roni.«

Dereks Stimme reißt mich aus dem wilden Strudel meiner Gedanken.

Ich schaue zu ihm hoch.

Er nimmt meine Hand – die ohne den Tropf. Wenn ich nie wieder eine Infusion bekomme, wäre ich damit sehr einverstanden. »Atme und hör auf mit dem, was auch immer du dir gerade antust. Das heute ist schwer genug, auch ohne dass du dir noch mehr aufbürdest.«

»Patrick sollte hier sein.«

»Ich wette, das ist er. Er wacht über dich und euer Baby und beschützt euch.«

»Glaubst du das wirklich?«

»Ja. Ich bin mir sicher, dass er nirgendwo lieber wäre als hier, wo du gerade euer Kind auf die Welt bringst.« Mit seiner freien Hand nimmt er ein Taschentuch und wischt mir die Tränen ab.

»Es ist so ungerecht, dass er das verpasst. Dass er alles verpasst.«

»Ich weiß.«

»Ist es unfair von mir, mit dir über ihn zu reden?«

»Was? Nein, natürlich nicht.«

Ich atme langsam aus. »Okay. Gut.«

»Du musst nie befürchten, dass du mit mir nicht über ihn reden könntest, Roni. Er ist ein großer Teil von dir und wird das immer sein. Was auch immer es für eine Beziehung zwischen dir und mir gibt, er ist darin willkommen. So wie Victoria es hoffentlich auch ist.«

»Ja, das ist sie.« Ich denke an die Fotos von seiner wunderhübschen Frau, die ich in seinem Haus gesehen habe, und bin traurig. Für ihn. Und für uns beide.

»Mach dir keine Sorgen über Dinge, über die du dir keine Sorgen machen musst.«

»Ich bin heute ein emotionales Katastrophengebiet.«

Er wischt weitere Tränen fort. »Nein, du wirst zum ersten Mal Mutter. Da ist es erlaubt, dass du alles Mögliche durcheinander fühlst.«

»War Victoria auch so, als sie Maeve bekommen hat?«

»Ja. Das ist völlig normal.«

»Ich weiß, wie sehr du Frauentränen hasst«, sage ich lächelnd.

Er zieht eine komisch ernste Miene, die ganz untypisch für ihn ist. »Heute und morgen ausnahmsweise nicht, aber danach geht es zurück zur Tagesordnung, nach der Frauentränen nicht erlaubt sind.«

Nie hätte ich erwartet, in dieser Situation lachen zu können, doch Derek schafft es. »Wir hatten gar nicht die Möglichkeit, unsere Unterhaltung zu führen.«

»Das kommt noch. Wir haben alle Zeit der Welt für alle Unterhaltungen, die unser harren. Für den Moment richten wir unsere Energie darauf, dein Baby auf die Welt zu bringen.«

»Danke, dass du hier bist. Dafür hast du dich definitiv nicht freiwillig gemeldet …«

»Ich bin für alles da, Süße. Mach dir um mich keine Sorgen. Konzentrier dich auf dich und dein Baby, dann wird alles gut.«

Seine ruhige Art und seine Versicherungen sorgen dafür, dass ich den angehaltenen Atem ausstoße.

»Hättest du lieber eine deiner Freundinnen bei dir?«, fragt er.

Ich schüttle den Kopf. Irgendwann im Laufe der Zeit ist er mein Talisman geworden, mein Kompass, derjenige, den ich im bedeutendsten Augenblick meines Lebens an meiner Seite haben möchte. »Am liebsten habe ich dich hier, es sei denn, du willst zu Maeve zurück.«

»Bei meinen Eltern ist sie bestens versorgt, sodass ich ohne

Bedenken genau da sein kann, wo ich sein will.« Er streicht mir eine Haarsträhne hinters Ohr. »Soll ich jemanden bitten, deine Tasche aus der Wohnung zu holen?«

»Ich hab bisher gar keine gepackt«, gestehe ich ihm beschämt. »Ich dachte, ich hätte noch Zeit.«

»Tja, das Baby hat andere Pläne.«

Meine Antwort wird mir von dem schärfsten Schmerz, den ich je erlebt habe, abgeschnitten. Verdammt, das tat weh. Keine Stunde später bitte ich um eine Periduralanästhesie.

»Ich habe in der Anästhesie angerufen«, erklärt mir die Schwester. »Sie haben im Moment viel zu tun, kommen aber so schnell wie möglich.«

Von da an geht es bergab. Meine Schwestern und Freundinnen mit Kindern haben mir gesagt, dass ich mich später nicht an viel von der Geburt erinnern werde. Sie meinten, ich würde so glücklich sein, das Baby im Arm zu halten, dass der Schmerz sofort vergessen wäre. Ich habe bereits entschieden, dass das ein Haufen Mist ist, und dabei bin ich noch nicht mal ansatzweise so weit, zu pressen. Ich bin vor Schmerz so außer mir, dass es mir beinahe egal ist, als endlich ein Anästhesist eintrifft und mir eine Nadel in den Rücken sticht, die mir sofortige Erleichterung verschafft.

Gott sei gedankt für die moderne Medizin.

Die letzten paar Stunden haben mich so erschöpft, dass ich sofort einschlafe und träume, dass Patrick da ist, heil und gesund und so lebendig, obwohl ich mir gleichzeitig dessen bewusst bin, dass er weiter tot ist.

Ein unglaublicher Druck zwischen meinen Beinen holt mich aus der Benommenheit, und um mich herum entwickelt sich hektische Betriebsamkeit.

Ich schaue Derek an.

Er erwidert meinen Blick. »Du schaffst das, Roni. Du bist so stark. Du hast es beinahe hinter dir.«

Der Himmel ist unterdessen dunkel geworden. Sind wir schon so lange hier? »Wie spät ist es?«

»Kurz nach Mitternacht.«

Mein Gott. »Patricks Geburtstag.«

Derek keucht auf. »Wirklich?«

Ich nicke und verziehe das Gesicht zu einer Grimasse, als der Druck in meinem Unterleib heftiger wird, und dann hebt jemand meine Beine an und spreizt sie weit. Dass es mir egal ist, wer mich so sehen kann, ist ein Hinweis auf meinen derzeitigen Geisteszustand. Ich kann mich auf nichts anderes konzentrieren als darauf, dieses Baby jetzt sofort zur Welt zu bringen.

Wie sich herausstellt, war der erste Teil im Vergleich zum Pressen ein Kinderspiel. Selbst mit der Betäubung habe ich das Gefühl, in zwei Teile gerissen zu werden, als das Baby sich in die Welt zwängt. Ich presse eine gefühlte Ewigkeit, bevor ich den Arzt das Wort »Kaiserschnitt« murmeln höre.

»Nein, das will ich nicht.« Ich gebe noch mal alles, bis das Baby schließlich um vier Uhr zweiunddreißig da ist.

»Sie haben einen Sohn«, verkündet Dr. Gordon.

Durch meine Tränen hindurch kann ich kaum etwas erkennen. Mir tut alles weh. Aber ich habe einen Sohn.

Patrick und ich haben einen Sohn.

»Ist er …« Ich schaue panisch zu Derek. »Sollte er nicht schreien?«

»Es geht ihm super«, versichert die Kinderärztin auf der anderen Seite des Raumes, wo sie das Baby untersucht. »Zweitausendachthundert Gramm und achtundvierzig Zentimeter.« Sie bringt ihn mir. Er hat ein kleines Mützchen auf und ist in eine Decke gewickelt. Dr. Gordon ist noch zwischen meinen Beinen beschäftigt, doch darum kann ich mich jetzt nicht kümmern, wenn mein Sohn mich kennenlernen will.

»Er ist wunderschön, Roni.« Derek wischt sich verstohlen eine Träne weg. »Du warst unglaublich.«

Ich kann nicht aufhören, das perfekte Gesicht meines Sohnes anzustarren. »Er ist so winzig. Mein Gott. Wieso sagt einem niemand, wie klein sie sind!«

Derek lacht. »Das wird nicht so bleiben, also genieße es, solange du kannst.«

Ich brauche ungefähr volle zwei Sekunden, um festzustellen, dass er genauso aussieht wie sein Vater – bis hin zu den kleinen Grübchen in seinen Wangen.

»Wie heißt er?«, fragt Derek.

»Dylan Patrick Connolly.« Den Namen habe ich mir ausgesucht, egal, ob es ein Junge oder ein Mädchen wird. »Benannt nach Patrick und seinem absoluten Lieblingsmusiker.«

»Das gefällt mir. Hi, Dylan. Schön, dass du da bist.«

»Dylan, das ist Derek. Er war deiner Mommy ein sehr guter Freund, während sie mit dir schwanger war, und ich schätze, er wird auch dir ein sehr guter Freund werden. Und warte nur, bis du seine süße Tochter Maeve triffst. Sie kann es kaum erwarten, dich kennenzulernen.«

»Ich werde für dich da sein, Dylan.« Derek beugt sich vor und gibt meinem Sohn einen Kuss auf die Stirn. Dann küsst er meine Wange. »Und für deine Mom.«

21

Derek

Ich bin emotional komplett überwältigt von dem Erlebnis, an Ronis Seite gewesen zu sein, während sie ihren Dylan zur Welt gebracht hat. Sie war eine echte Kämpferin, und ich bin so stolz auf sie und bereits total in den kleinen Kerl verliebt. Er ist absolut bezaubernd. Und dass er an Patricks Geburtstag geboren wurde ... Das ist alles zu viel. In den ganzen Stunden habe ich Roni nur allein gelassen, um zur Toilette zu gehen. Jetzt bin ich hungrig, müde und brauche eine Dusche, aber das ist alles nicht wichtig.

Es ist wirklich seltsam, doch ich fühle mich genauso wie damals, als Maeve geboren wurde – beschwingt, angespannt, aufgeregt, überglücklich und voller Freude auf alles, was die Zukunft mit diesem kleinen Jungen bringen wird.

Ich habe keine Ahnung, ob ich diese Gedanken zulassen darf, andererseits habe ich keine große Wahl, denn ich kann sie nicht aufhalten. Mit Roni war alles von Anfang an so unkompliziert. Zwischen uns ist diese schöne Freundschaft entstanden, die so viel mehr sein könnte, wenn wir es nur zulassen würden. Ich bin dazu bereit, richte mich aber nach ihrem Zeitplan. Ich wünschte, wir hätten »die Unterhaltung« gehabt, bevor Dylan geboren wurde, auch wenn wir schon irgendwann dazu kommen werden. Hoffentlich eher früher als später, denn ich will Teil ihres Lebens sein. Ich will, dass Maeve und Dylan gemeinsam aufwachsen. Ich will, dass wir eine Familie sind. Allerdings nur, wenn Roni das auch möchte.

Eine Krankenschwester ist gerade bei ihr, um ihr zu helfen, Dylan das erste Mal zum Stillen anzulegen. Das ist ein guter Zeitpunkt für mich, mir einen Kaffee zu holen. Ich würde alles für eine Zahnbürste geben, doch das muss warten, bis um neun Uhr der Krankenhauskiosk öffnet.

In der Cafeteria schreibe ich rasch Terry und Nick eine Nachricht. *Um 4.32 Uhr hat Roni ihr Baby bekommen – einen Monat zu früh. Es ist ein Junge, der am Geburtstag seines Vaters das Licht der Welt erblickt hat und Dylan Patrick heißt. Da wir gerade gemeinsam bei Freunden waren, als es losging, war ich ihr Geburtsbegleiter (die nutzloseste Position im gesamten Team). Ich werde mir morgen freinehmen und Dienstag vielleicht auch. Keine Ahnung, was sie brauchen wird. Wie auch immer … So ist gerade die Lage.*

Ich bin nicht überrascht, dass Nick mir sofort mit einer Nachricht nur an mich antwortet. Er leidet bekanntermaßen unter Schlaflosigkeit, und das hat sich bloß verschlimmert, seitdem er im letzten November so überraschend Präsident geworden ist.

Herzlichen Glückwunsch an Roni zur Geburt von Dylan. Und auch noch am Geburtstag seines Dads. Wie berührend.

Ich weiß. Es ist unglaublich.

Wie geht es dir?

Gut. Roni hat die ganze schwere Arbeit leisten müssen.

Ja, aber wie geht es DIR?

Natürlich versteht mein alter Freund genau, was Sache ist. *Ich befinde mich in diesem seltsamen Zustand, in dem ich gern sicher wüsste, dass ich diesen kleinen Kerl als meinen Sohn aufziehen werde. Sonst noch Fragen?*

Na siehst du. Was denkst du, was sie dazu sagen wird?

Ich glaube, ich weiß es, allerdings nicht mit Sicherheit, was mich in den Wahnsinn treibt. Wir wollten gestern Abend darüber reden, doch Dylan hatte andere Pläne.

Meiner Meinung nach ist es eine ziemlich große Sache, dass sie dich an ihrer Seite haben wollte, obwohl sie vermutlich viele andere Freunde hätte fragen können.

Ich neige dazu, dir zuzustimmen, aber gleichzeitig will ich nichts überinterpretieren.

Sam und mir gefällt der Gedanke, dass ihr zusammen seid. Ich hoffe, es kommt dazu. Es war klug von dir, es langsam anzugehen und ihr den Raum zu lassen, den sie für ihre Trauer braucht.

Ich mag es, wie sich alles entwickelt hat. Wie wir so mühelos in diese Freundschaft geschlüpft sind, die so viel Potenzial hat. Roni ist toll mit Maeve, die sie wiederum absolut anbetet, und das Beste ist, dass in unserer Beziehung auch Raum für Vic und Patrick ist. Wir verstehen, was der andere verloren hat. Es ist rundherum perfekt. Ich bin mir nur nicht sicher, ob es je mehr sein wird als das, was es gerade ist.

Du musst Geduld haben. Sein Tod liegt nicht mal ein Jahr zurück.

Ich weiß. Seufz. Darum bleibe ich ja auch ruhig und warte weiter.

Aber du wärst so weit, den nächsten Schritt zu wagen?
Auf jeden Fall.

Es wird ihr viel bedeuten, dass du ihr die Zeit gelassen hast, von sich aus an diesen Punkt zu kommen. Dass du sie nicht bedrängt oder ihr das Gefühl gegeben hast, dir etwas schuldig zu sein. Es wird ihr auch viel bedeuten, dass du während der schlimmsten Zeiten ihres Lebens da warst und dass du weiterhin für sie und Dylan da sein willst. Ich muss einfach glauben, dass das alles zu dem von dir gewünschten Ergebnis führen wird.

Das hoffe ich wirklich. Wie viel nimmst du für nächtliche Coachingsitzungen vom POTUS?

Du, mein wunderbarer Freund, kriegst sie gratis. Ich bin so froh, zu sehen, wie du dich langsam erholst. Sam hat vor Kurzem das Gleiche gesagt – dass sie das Gefühl hat, wir bekommen unseren Derek zurück.

Es ist schön, das zu hören. Es war eine verdammt lange Reise, und ich sage mir, dass Roni das gleiche Recht wie ich hat, ihren eigenen Weg zu gehen, bis sie den Punkt erreicht, an dem sie bereit ist für mehr.

Ich habe euch beide zusammen erlebt. Sie ist auf dem Weg zu dir. Noch ist sie vielleicht nicht angekommen, aber das wird sie.

Meinst du?

Absolut.

Jetzt fühle ich mich besser. Danke für die aufmunternden Worte.

Mach einfach weiter wie bisher. Sam wird Roni später besuchen wollen.

Ich bin mir sicher, dass sie das freuen würde.

Halte durch, Bruder.

Ich geb mir Mühe. Danke noch mal, Nick. Das hat mir wirklich geholfen.

Du schaffst das schon.

Im Fahrstuhl zurück zur Entbindungsstation denke ich über das nach, was Nick gesagt hat, und bemühe mich, die nötige Geduld aufzubringen, um durchzuhalten, bis Roni bereit ist, über uns zu sprechen – und darüber, ob es überhaupt ein »uns« geben wird. Wenn sie das nicht will, möchte ich trotzdem mit ihr befreundet bleiben. Sie hat mir so viel gegeben – Trost, Zuspruch, Freude, Lachen und noch mehr, was ich unmöglich alles aufzählen kann.

Ich liebe sie.

Das tue ich schon seit einer ganzen Weile. Zum ersten Mal kam mir der Verdacht im März, an einem eiskalten Freitagabend, als wir uns mit Maeve zum neunhundertsten Mal *Frozen* angeschaut haben. Roni hat die Lieder mitgesungen, was Maeve großartig fand. Sie liebt sie auch. Ständig redet sie von Roni und dem Baby. Ich frage mich, ob es klug war, zuzulassen, dass sie eine so enge Bindung zu Roni aufbaut, solange ich keine Ahnung habe, wo das mit uns hinführt.

Insgeheim fürchte ich, dass Roni irgendwann aus der Trauer auftauchen und erkennen wird, dass ich nicht das bin, was sie sich für den nächsten Abschnitt ihres Lebens wünscht. Das würde mich am Boden zerstören, denn ich habe meinen Gedanken bereits gestattet, mir eine gemeinsame Zukunft mit ihr und Dylan auszumalen. Es ist schön, dass er jetzt einen Namen hat und nicht mehr nur »das Baby« ist.

Dylan.

Sein Name ist Dylan Patrick Connolly.

Und ich liebe ihn bereits von ganzem Herzen.

Als ich Ronis Zimmer betrete, schläft sie tief und fest, und Dylan liegt in seinem Bettchen neben ihr. Er ist hellwach. Obwohl er eingewickelt ist, rekelt er sich, als wäre er bereit, sich dem Leben draußen zu stellen. Kurz überlege ich, ob es Roni etwas ausmachen würde, wenn ich ihn auf den Arm nehme, aber das kann ich mir nicht vorstellen. Also stelle ich meinen Kaffee ab, hebe das kleine Bündel Mensch vorsichtig aus dem Bettchen und setze mich in den Sessel in der Ecke.

»Hey, Kumpel, ich bin's, Derek«, flüstere ich. »Ich bin ein Freund deiner Mommy, und wir freuen uns schon so lange darauf, dich kennenzulernen.« Ich schiebe ihm die kleine Strickmütze ein Stück aus der Stirn.

Er mustert mich genau, auch wenn ich mich von Maeves Geburt her daran erinnere, dass Neugeborene noch nicht viel erkennen können. Dylan scheint eine Ausnahme zu sein. Um meine Theorie zu testen, halte ich meinen Zeigefinger vor sein Gesicht, und sein Blick folgt ihm von links nach rechts. »Ich wusste es. Du bist so brillant, wie dein Daddy war.«

Sehr lange wiege ich ihn in meinen Armen, und er schaut mich unverwandt an, beinahe ohne zu blinzeln.

»Ich bin nicht der Mann, der dich in dieser Welt willkommen heißen sollte. Leider habe ich deinen Dad nie kennengelernt, aber nach allem, was ich über ihn gehört habe, war er ein verdammt guter Mann. Er war klug und freundlich, und er hat deine Mom sehr geliebt. Doch auch wenn ich ihn nie getroffen habe, kannst du mir glauben, wenn ich dir sage, dass er jetzt so gerne hier bei dir und deiner Mommy wäre. Und du bist an seinem Geburtstag geboren, was unheimlich cool ist. Ich glaube nicht an Zufälle, Kleiner. Du bist einen Monat zu früh gekommen, weil dein Daddy wollte, dass ihr den gleichen Geburtstag habt.«

Er hört mir aufmerksam zu, während er sich weiter in der Enge seiner Decke windet.

»Aber da er nicht hier sein kann, sollst du wissen, dass ich es bin. Ich bin hier, Kumpel, und ich werde nirgendwo hingehen. Was auch immer du brauchst, ich sorge dafür, dass du es hast. Egal was. Okay? Ich bring dir alles bei, was ein Junge können muss. Wie man den perfekten Curveball wirft und wie man mit Mädchen spricht – oder mit Jungs. Ganz egal. Ich zeige dir, wie man Skateboard und Auto fährt und alles andere, was du tun willst. Wir machen das gemeinsam. Ich kann es kaum erwarten, dass du Maeve kennenlernst. Sie liebt dich bereits sehr. Das tun wir beide.«

Ich beschließe, ihn von der Decke zu befreien, denn es wirkt, als wolle er genau das. Dann halte ich ihm meinen Finger hin, und er schließt seine winzige Hand unerwartet kraftvoll darum.

»Es ist schön, dich kennenzulernen, Dylan«, erkläre ich mit rauer Stimme.

Roni

Ich wache zu dem Klang von Dereks Stimme auf, der leise mit Dylan spricht. Seine Worte treiben mir die Tränen in die Augen. Ich dachte, ich hätte gar keine mehr. Dieses Mal sind es jedoch Freudentränen. Ich habe einen *Sohn*, und ich habe Derek. Und Maeve. Als ich höre, wie Derek verspricht, für Dylan da zu sein, ihm Jungssachen beizubringen, und ihm sagt, dass er ihn jetzt schon liebt, kann ich nicht länger leugnen, dass ich in Derek Kavanaugh verliebt bin.

Meine Gefühle fahren Achterbahn. Patrick sollte derjenige sein, der seinen neugeborenen Sohn in den Armen hält, aber da das nicht möglich ist, ist Derek hier. Er war beinahe seit dem Tag, an dem wir uns zum ersten Mal begegnet sind, an meiner Seite, und trotz der seltsamen Umstände unseres ersten Treffens ist er in seiner Freundschaft und Unterstützung unerschütterlich.

Ich will ihn in meinem Leben haben – und in Dylans –,

und ich will ein Teil seines Lebens sein – und Maeves. Auch wenn ich das alles nicht geplant hatte, empfinde ich nun mal so und bin dankbar, dass er bei mir ist.

»Hey«, sage ich, nachdem ich mich so weit gefasst habe, wie es mir heute möglich sein wird.

»Mommy ist wach«, erklärt Derek Dylan. »Willst du zu ihr?«

Die Arme und Beine meines Sohnes sind ständig in Bewegung.

Derek steht auf und bringt ihn mir. »Ich glaube, er wird mal Fußballstar. Er hat einen ausgeprägten Bewegungsdrang und wollte unbedingt aus der Decke raus.«

Als er mir meinen Sohn reicht, streift er dabei meinen Arm, woraufhin es mich wie ein Blitz durchzuckt. »Ich liebe es, dass er bereits Persönlichkeit zeigt.«

»Er ist so perfekt und wach. Ich schwöre, dass er schon sehen kann, selbst wenn die Wissenschaft behauptet, dass das nicht möglich ist.«

»Er ist ganz eindeutig so klug wie sein Daddy.«

»Das glaube ich auch. Iris hat eine Nachricht geschickt, um sich nach dir zu erkundigen, also habe ich ihr die Neuigkeit mitgeteilt. Ich hoffe, das ist in Ordnung.«

»Natürlich ist es das.«

»Sie meinte, sie würde die anderen Wilden Witwen informieren und sie bitten, es für sich zu behalten, bis du die Möglichkeit hattest, es selbst bekannt zu geben.«

Ich muss meine und Patricks Familie benachrichtigen, dass Dylan da ist. Aber für eine Weile möchte ich ihn noch nur mit Derek teilen. Ich schaue zu ihm hoch. »Ich danke dir so sehr, dass du hier bei uns bist.«

»Ich hätte nirgendwo anders sein wollen.«

Er sieht mich auf eine Weise an, die mir verrät, dass seine Gefühle genauso stark sind wie meine. Es gibt so viel, was ich ihm sagen will, doch ich bin total erschöpft, und deshalb ist jetzt nicht der richtige Zeitpunkt dafür.

»Du solltest zu Maeve fahren.«

»Sie ist bei Grandma und Grandpa sehr glücklich.«

»Bist du sicher? Du musst müde sein.«

»Es geht mir gut. Mach dir keine Sorgen.«

»Wir müssen noch die Unterhaltung führen …«

»Das werden wir. Versprochen. In der Zwischenzeit gehe ich nirgendwohin. Außer du willst es.«

»Nein. Bleib.«

Bei seinem Lächeln strahlen seine Augen auf. Er ergreift meine freie Hand und haucht mir einen Kuss auf den Handrücken. »Danke, dass du mich an Dylans erstem Tag teilhaben lässt.«

»Wir sind sehr glücklich darüber, dass du hier bist.« Ich rutsche mit meinem müden, schmerzenden Körper im Bett ein Stück zur Seite. »Komm zu uns.«

»Bist du sicher?«, fragt er.

»Ganz sicher.«

———

WIR VERBRINGEN die Nacht aneinandergekuschelt in meinem Krankenhausbett und bestaunen das Wunder, das sich Dylan nennt. Wir kümmern uns um ihn wie ein Ehepaar, das zum ersten Mal Eltern geworden ist, obwohl einer von uns schon Erfahrungen hat. Derek wechselt Dylans Windeln wie ein Profi und lacht, als er mitten in der Nacht angepinkelt wird. »Ich hatte vergessen, dass Jungs gewisse Fähigkeiten haben, die Mädchen nicht besitzen«, sagt er und wischt sich Babypipi von der Wange.

»O mein Gott, Dylan! Hör auf, Derek anzupinkeln!« Ich kann nicht aufhören zu lachen, auch wenn allein schon das Atmen wehtut.

»Mir scheint, hier hat jemand viel zu viel Spaß«, meint die Schwester, als sie das Zimmer betritt und uns so vorfindet.

»Das Baby hat Derek angepinkelt«, erkläre ich ihr.

»Ja, das müssen alle neuen Daddys von Söhnen auf die harte Tour lernen«, erwidert sie lachend. »Man würde glauben, dass sie inzwischen rausgefunden haben, wozu das Ding in der Lage ist.«

Darüber müssen wir wieder lachen, und ich mache mir nicht die Mühe, sie in ihrer Annahme zu korrigieren, dass Derek der frischgebackene Vater ist.

»Solange Sie lachen können, werden Sie das Elternsein meistern«, fügt sie hinzu, nachdem sie meine Vitalwerte überprüft hat. »Geht es Ihnen gut?«

»Definieren Sie ›gut‹.«

»Ein paar Tage werden Sie noch wund sein, aber das gibt sich schnell.« Dann senkt sie die Stimme: »Und Sie haben einen netten Mann, der sich um Sie kümmert. Sie schaffen das.«

Das ist alles so wundervoll und schrecklich zugleich. Wo ist Patrick? Er sollte hier sein. Mein Herz quillt über vor Liebe zu Dylan und Derek, während es gleichzeitig vor Trauer um Patrick bricht.

Am Morgen schicke ich meiner und Patricks Familie eine Nachricht, um ihnen die frohe Botschaft zu verkünden und darüber zu staunen, dass Dylan an Patricks Geburtstag auf die Welt gekommen ist. Dazu hänge ich ein Foto von mir mit Dylan in den Armen an, das Derek gemacht hat.

Die Reaktionen treffen unverzüglich ein.

Heilige Scheiße, schreibt Rebecca. *Und ich habe es verpasst! Das tut mir so leid, Ronald!*

Er ist supersüß, meint Pen. *Herzlichen Glückwunsch, Ron!*

Willkommen auf der Welt, Dylan Patrick, lautet die Nachricht meines Bruders. *Wir können es nicht erwarten, dich kennenzulernen.*

Meine Eltern sind überglücklich und wollen wissen, wann sie uns besuchen können.

Ich werde vermutlich heute irgendwann entlassen. Ich sage Bescheid.

Sollen wir dich abholen?, erkundigt sich Dad.

Derek ist hier. Ich melde mich, wenn wir zu Hause sind.

Dad reagiert mit einem »Daumen hoch«.

»Ist es komisch, dass niemand aus Patricks Familie reagiert hat?«, frage ich Derek eine halbe Stunde später.

»Ich bin mir sicher, dass sie die Neuigkeiten noch verarbeiten. Es muss für sie genauso bittersüß sein wie für dich.«

»Ja, vermutlich hast du recht.« Doch auch wenn das stimmen mag, enttäuscht es mich trotzdem, nichts von ihnen zu hören. »Glaubst du, sie sind sauer, weil ich eine Nachricht geschickt habe, anstatt anzurufen?«

»Roni, du hast gerade ein Baby bekommen. Du schuldest ihnen nicht mehr, als du ihnen bereits gegeben hast. Außerdem, würden sie denn nicht ein Foto von ihrem Enkel sehen wollen?«

»Ich schätze schon.«

Auch wenn ich entschlossen bin, mich auf Dylan und unsere Heimkehr zu konzentrieren, wirft das Schweigen von Patricks Familie einen Schatten auf den Tag. Die gleiche Schwester, die mich gestern betreut hat, kommt und erklärt mir die Grundlagen: wie ich meinen Sohn baden sollte und wie die Nabelschnur versorgt werden muss. Die Milch ist mit Wucht eingeschossen, und zum Glück trinkt Dylan wie ein Weltmeister. Während ich das Baden und Stillen übe, fährt Derek zu meiner Wohnung, um den Babysitz zu holen, den ich in Vorbereitung auf diesen Tag gekauft habe.

Er ist gerade ein paar Minuten zurück, da kriegt er einen Facetime-Anruf von seiner Mutter. Maeves süßes Gesicht erscheint auf dem Display. »Baby gucken!«, ruft sie.

Er lächelt bei ihrem herrischen Ton. »Roni stillt ihn gerade, aber ich zeige ihn dir, sobald sie damit fertig ist.«

Maeve hat eine Million Fragen zu dem Baby – wann sie Dylan sehen wird und ob er ihr kleiner Bruder sein kann.

Bei dieser Frage schaut Derek mich an.

»Natürlich kann er das«, sage ich. »Er hat riesiges Glück, dich als große Schwester zu haben, Maeve.« Als Dylan mit dem Trinken fertig ist, schläft er sofort ein. Ich richte meinen Krankenhauskittel und bette Dylan so an meine Brust, dass Maeve sein Gesicht erkennen kann.

»So winzig«, haucht sie.

»Ja, das ist er«, bestätige ich. »Anfangs müssen wir ganz vorsichtig mit ihm sein, doch schon bald wird er dich durch den Garten jagen.«

»Ich pass gut auf«, meint sie ernst.

Ich schlucke den Kloß herunter, der sich in meiner Kehle bildet. »Das wird ihm gefallen, Süße.«

»Wie fühlst du dich, Roni?«, fragt Dereks Mutter.

»Als hätte mich ein Bus überfahren, aber man hat mir versichert, das wäre normal.«

»Ist es. Und zum Glück hält es nicht lange an.«

»Gut zu wissen.«

»Roni und Dylan werden gleich entlassen«, wirft Derek ein. »Wir melden uns später noch mal.«

»Daddy, komm nach Hause!«

»Morgen, Süße. Noch eine Nacht mit Grandma und Grandpa, und dann hole ich dich ab, okay?«

»Okay.«

»Hab dich lieb.«

»Hab *dich* lieb«, sagt sie und zeigt auf ihn.

»Sei lieb zu Grandma und Grandpa.«

»Bin ich.«

Sie verabschieden sich, und er legt auf. »Sie freut sich so.«

»Sie ist bezaubernd. Ich kann es nicht erwarten, dass sie Dylan morgen kennenlernt.«

»Ihre Frage, ob er ihr kleiner Bruder sein kann ... Damit hatte ich nicht gerechnet.«

»Ich liebe es, dass sie das gefragt hat. Was für ein Glück hat Dylan bitte, Maeve als große Schwester zu haben?«

»Ich habe schrecklich viele Gefühle, Veronica«, gesteht er mit einem anbetungswürdigen Lächeln.

»Ich auch. *Schrecklich* viele.«

»Und ist das in Ordnung? Bist du dafür bereit?«

»Ja und nein. Es ist ein seltsamer Zustand. Wundervoll und fürchterlich zugleich.«

»Ich weiß, Süße. Ich weiß.«

»Das hilft. Also, dass du es verstehst.«

»Das tue ich. Und ich weiß mit Sicherheit, dass wir beide aus irgendeinem Grund noch hier sind und dass wir einander aus irgendeinem Grund gefunden haben.«

»Haben wir jetzt ›die Unterhaltung‹?«, erkundige ich mich lächelnd.

»Wir fangen damit an. Und sie wird fortgesetzt, wenn du mit deinem kleinen Mann zu Hause bist.«

Mein ganzer Körper kribbelt vor Vorfreude. Zwischen all den schlimmen Dingen keimt Hoffnung in mir auf, während ich weiter intensiv um Patrick trauere. Es ist, wie zu versuchen, auf einer Wippe zu balancieren und das Gleichgewicht zwischen Hoffnung und Trauer und der überwältigenden Liebe zu den Menschen, die da sind, und denen, die nicht mehr da sind, zu finden. Das ist nicht leicht, aber ich habe keine andere Wahl, als es zu versuchen.

Ich war wirklich nicht auf eine neue Beziehung aus. Das war nicht mein Plan, als ich angefangen habe, Derek durch unser Viertel zu folgen. Aus unserer Freundschaft hat sich ganz natürlich mehr entwickelt. Etwas, von dem ich nicht wusste, dass ich es wollte, bis ich es hatte.

Die Leute, die das nicht verstehen, werden mich verurteilen. Diese Verluste sind beinahe so schmerzhaft wie der von Patrick. Freunde, von denen ich dachte, sie würden immer für mich da sein, sind verschwunden. Menschen, die am Anfang da waren, sind zu ihren eigenen Leben zurückgekehrt, nachdem sie getan hatten, was sie konnten, um mir durch meine schwere Zeit zu helfen. Ich werfe ihnen das nicht vor. Wirklich nicht. Doch ich weiß jetzt auch, dass es ganz allein an mir ist, wie ich meine Zukunft gestalte. Niemand anders kann das für mich und Dylan entscheiden. Das kann nur ich.

Ich habe neue, wundervolle Menschen in meinem Leben, mit denen ich meine Erfahrungen teile, und dafür werde ich immer dankbar sein.

All das geht mir durch den Kopf, als Derek uns nach Hause fährt. Ich sitze mit Dylan hinten, der tief und fest schläft und seine erste Autofahrt verpasst.

Ich liebe Derek. Patrick liebe ich auch und werde es immer tun.

Wer bin ich jetzt? Die Mutter eines vaterlosen Kindes, die Frau eines Mannes, der nicht länger hier ist, und nun in einer Beziehung mit einem Mann und seiner Tochter, die der Mittelpunkt meines neuen Lebens geworden sind.

Ich schaue auf mein Handy und sehe, dass ich immer noch keine Antwort von Patricks Familie habe. Das schmerzt mehr, als ich zugeben mag. Freuen sie sich denn nicht, dass Patricks Sohn da ist? Noch dazu an Patricks Geburtstag? Sicher, das Datum seiner Ankunft macht es für sie vermutlich ein wenig schmerzhafter, als es für mich ist, aber trotzdem verwirrt mich ihr Schweigen, und ich habe keine Ahnung, wie ich es deuten soll.

22

Roni

Derek trägt den Babysitz hoch in meine Wohnung. Als ich dort ankomme, bin ich total erschöpft. Meine Beine fühlen sich wie Gummi an, und meine Brüste platzen förmlich unter dem Druck, Dylan erneut zu stillen.

Als ich mit dem immer noch schlafenden Baby im Arm auf dem Sofa sitze, nutze ich die Gelegenheit, um Sam und Lilia ein Foto zu schicken. *Dylan Patrick Connolly hat gestern vier Wochen zu früh, aber dafür am Geburtstag seines Vaters das Licht der Welt erblickt. Tut mir leid, dass ich es so kurzfristig ankündige, doch ich schätze, ich bin jetzt im Mutterschutz.*

Sam antwortet sofort. *O Roni! Er ist wunderschön. Und an Patricks Geburtstag? Das ist unglaublich. Nick und ich freuen uns für dich und können es nicht erwarten, Dylan kennenzulernen!*

Herzlichen Glückwunsch, Roni!, schreibt Lilia. *Harry und ich freuen uns riesig, zu hören, dass Dylan Patrick da ist. Noch dazu am Geburtstag seines Dads. Bitte mach dir keine Gedanken wegen der Arbeit. Genieße jede Sekunde mit deinem kleinen neuen Erdenbürger.*

Ich schicke eine ähnliche Nachricht an ein paar Freunde von Patrick und mir und werde von Antworten nur so überflutet.

Außer von seiner Familie.

»Ich weiß nicht, was ich tun soll«, sage ich zu Derek. »Soll ich sie anrufen?«

»Ja, mach das. Du fühlst dich bestimmt besser, wenn du mit ihnen gesprochen hast.«

Bevor ich zu lange darüber nachdenken kann, wähle ich die Nummer von Patricks Mutter. Es klingelt viermal, bevor sie rangeht. »Roni.«

»Hey! Ich wollte mich nur vergewissern, dass ihr meine Nachricht erhalten habt, dass das Baby früher gekommen ist – an Patricks Geburtstag.«

»Ja, das haben wir. Glückwunsch.«

Ich will sie fragen, warum sie nicht auf die Nachricht reagiert hat, aber die Worte bleiben mir im Hals stecken.

»Wir hatten uns schon darüber gewundert, dass wir an Patricks Geburtstag nichts von dir gehört haben.«

Die Worte treffen mich. »Ich war … Ich habe sein Baby auf die Welt gebracht.«

»Ja, das weiß ich jetzt auch.«

Ihr kühler Ton ist so anders als sonst, wenn sie mit mir gesprochen hat, dass ich sie kaum wiedererkenne. »Bist du sauer auf mich, Susan?«

»Natürlich nicht.«

»Warum klingst du dann so?«

»Überhaupt nicht. Das ist alles nur sehr schwer für uns.«

»Für mich auch. Ich habe gerade am Geburtstag meines verstorbenen Ehemannes sein Baby auf die Welt gebracht, und er war nicht da, um diesen freudigen Moment mit mir zu teilen. Ich denke, ich verstehe, wie schwer das ist.«

»Nur hast du jetzt jemand Neues.«

»Ich habe viele neue Freunde, die das Gleiche durchgemacht haben wie ich und mir helfen.«

»Willst du damit sagen, dass keiner von ihnen dir besonders nahesteht?«

»Das hat nichts mit der Trauer zu tun, die ich jede Minute eines jeden Tages für Patrick empfinde!«

»Auf uns wirkt es so, als hättest du das Kapitel Patrick abgeschlossen. Und das ziemlich schnell.«

Ich bin so verblüfft, dass ich gar nicht weiß, wie ich darauf reagieren soll. »Ich habe rein gar nichts abgeschlossen, Susan. Wenn du wüsstest, wie sehr ich unter seinem Verlust gelitten habe und immer noch leide, würdest du niemals etwas so Gemeines sagen.«

»Ich spreche nur aus, wie es uns vorkommt.«

»Tja, gut zu wissen. Ich werde mich jetzt um meinen Sohn kümmern.«

»Wir würden ihn gerne sehen.«

Am liebsten würde ich entgegnen, dass sie sich zum Teufel scheren soll. Dass sie nicht in die Nähe von mir oder meinem Sohn kommt. Aber aus Respekt vor Patrick – und nur deshalb – tue ich das nicht. »Ich … äh … Klar.«

»Wir melden uns.«

»Okay.«

Ich lege auf, ohne mich zu verabschieden oder noch etwas hinzuzufügen. Was sollte das auch sein?

Derek sitzt vor mir auf dem Couchtisch, den Patrick und ich vor fünf Jahren bei einem Garagenverkauf erstanden haben. »Was auch immer sie gesagt hat, du kennst die Wahrheit. Sie nicht, du hingegen schon. Du bist die Einzige, die diesen Weg hinter sich gebracht hat, Roni. Du allein.«

»Sie meint, dass ich das Kapitel Patrick ziemlich schnell abgeschlossen und mich einem anderen Mann zugewandt hätte.«

Seine Miene verhärtet sich. »Es steht ihr absolut nicht zu, so etwas zu sagen. Und es war richtig von dir, sie wissen zu lassen, dass du ihre Bemerkung gemein findest. Du hast das Kapitel Patrick nicht abgeschlossen. Du hast einfach dein Leben weitergelebt, weil du keine andere Wahl hattest, und du hast ihn bei jedem Schritt dieses Weges im Herzen bei dir gehabt.«

»Das habe ich«, bestätige ich leise. »Ich habe nichts falsch gemacht.«

»Nein, auf keinen Fall. Du bist in Gedanken mit ihm und

Erinnerungen an ihn immer respektvoll umgegangen. Sie haben kein Recht, dir irgendwas vorzuwerfen. Nach allem, was ich bisher über sie gehört habe, denke ich, dass das vielleicht *ihre* Trauer ist, die da aus ihnen spricht.«

»Aber das ist nicht fair.«

»Nein. Und genau darum solltest du es dir nicht zu Herzen nehmen. Es darf dich nicht zurückwerfen. Nicht jetzt, wo du dich um Dylan kümmern musst und er dich braucht.« Derek legt seine Hände um meine. »Wenn sie ein wenig Zeit hatte, um darüber nachzudenken, was sie gerade gesagt hat, wird es ihr mit Sicherheit sehr leidtun.«

»Auch wenn sie wirklich so empfindet?«

»Selbst dann. Du bist nicht für ihre Gefühle verantwortlich. Du warst ihrem Sohn viele Jahre lang eine wundervolle, liebende, treue Partnerin. Du hast ihn sehr glücklich gemacht, und das muss sie gesehen haben. Du ehrst Patricks Vermächtnis jeden Tag damit, wie mutig du dich dem Leben stellst und dir was Neues aufbaust, obwohl es so viel leichter wäre, sich zurückzuziehen und einfach aufzugeben.«

»Das wäre bestimmt einfacher, nur bin ich so nicht gestrickt.«

»Genau. Du bist voller Optimismus und Freude, und nichts, nicht mal die schlimmste Tragödie, die man sich vorstellen kann, kann das Licht dämpfen, das aus dir leuchtet.«

»Ich habe das Gefühl, dass ich mich ständig bei dir bedanke.«

»Das musst du nicht.«

»Doch, das muss ich, denn wenn du nicht hier wärst, um mir zu sagen, was ich hören muss, würden Susans Worte mich in tiefe Verzweiflung stürzen.«

»Ich bin da, wann immer du einen Realitätscheck brauchst.«

Ich bedeute ihm mit dem Zeigefinger, sich näher zu mir zu beugen.

Er atmet kaum, als er gehorcht.

Dann lege ich ihm meine freie Hand in den Nacken und küsse ihn. Nur ein kleiner, süßer, einfacher Kuss auf die Lippen, der schon lange überfällig ist – und ehrlich gesagt alles andere als einfach. »Das will ich schon eine ganze Weile tun.«

»Ich auch.« Er lehnt seine Stirn an meine. »Es tut mir leid, dass sie dich aufgeregt hat. Dazu hatte sie kein Recht.«

Mein Handy klingelt, was diesen Moment zwischen uns unterbricht. »Das ist meine Mom. Hey.«

»Seid ihr zu Hause?«

»Ja. Wo seid ihr?«

»Wir sind gerade wieder zurück und wollen jetzt zu dir, wenn das in Ordnung ist.«

»Ja, kommt vorbei. Es tut mir leid, dass ihr eure Reise abbrechen musstet.«

»Uns tut es nicht leid. Wir können es kaum erwarten, unseren Enkel zu sehen. Brauchst du irgendetwas?«

»Keine Ahnung.« Ich kann mich an nichts vor dem gestrigen Tag erinnern und habe keinen blassen Schimmer, ob ich etwas zu essen im Haus habe.

Sie lachte. »Wir halten auf dem Weg am Supermarkt an. Bis gleich.«

»Danke, Mom. Bis gleich.« Ich lege auf und schaue meinen Sohn an, der an seinem ersten Tag außerhalb des Krankenhauses alles verschläft. »Bedeutet das, dass er die ganze Nacht über wach sein wird?«

»Vermutlich.«

»Ich hatte befürchtet, dass du das sagst.« Mit einem Mal bin ich verlegen, weil ich ihn einfach geküsst habe.

»Wie wäre es, wenn ich uns was zum Mittagessen besorge?«

»Hm, ich habe tatsächlich Hunger.«

»Ich gehe rasch zum Deli an der Ecke. Worauf hast du Appetit?«

»Etwas Suppe vielleicht?«

»Okay. Bin gleich zurück.«

Derek

ICH BIN FUCHSTEUFELSWILD. Ich kann nicht fassen, dass Ronis Schwiegermutter nach allem, was Roni durchgemacht hat, etwas so Gemeines zu ihr gesagt hat – vor allem praktisch direkt nachdem sie Dylan auf die Welt gebracht hat. Hat diese Frau überhaupt eine Vorstellung davon, wie es in Roni aussieht? Oder wie stark sie ist? Am liebsten würde ich irgendetwas kaputt schlagen, so sauer bin ich.

Nach Dylans Geburt ist Roni so glücklich gewesen und hat sich so darauf gefreut, ihn mit nach Hause zu nehmen. Wie kann es irgendjemand wagen, ihr diese Freude zu verderben?

Ich bin so aufgebracht, dass ich mich kurz an einen Tisch vor dem Deli setze und tief durchatme, um mich zu beruhigen.

Ein Kellner tritt zu mir. »Hi, ich bin Justin. Was kann ich Ihnen zu trinken bringen?«

»Ich wollte eigentlich etwas zum Mitnehmen bestellen.«

»Gern. Was darf es sein?«

Ich bestelle ein Roastbeef-Sandwich für mich und eine Hühnersuppe und ein Käsesandwich für Roni. »Würden Sie bitte auch ein paar Chocolate-Chip-Cookies dazupacken?«

»Kein Problem. Kann ich Ihnen etwas zu trinken bringen, während Sie warten?«

»Einen Kaffee mit Milch bitte. Danke.«

»Kommt sofort.«

Während ich auf das Essen warte, merke ich, dass ich mit jemandem über meine Gefühle reden muss, bevor ich meinem Wunsch, etwas kaputt zu schlagen, nachgebe, also rufe ich Iris an.

»Hey! Wie geht es unserem Mädchen?«

»Super. Sie und Dylan sind zu Hause und ruhen sich aus.«

»Ich bin so froh, dass er da ist und alles gut gelaufen ist.«

»Ich auch. Aber du wirst nicht glauben, was ihre Schwiegermutter sich geleistet hat.« Ich erzähle ihr von Ronis Nachricht, die unbeantwortet geblieben ist, und davon, was passiert ist, als sie Susan schließlich angerufen hat.

»O mein Gott«, erwidert Iris und seufzt. »Ich hasse es, dass sie das gesagt hat.«

»Ich weiß! Ich auch. Ich bin unglaublich wütend. Roni hatte einen so tollen Tag. Sie freut sich über das Baby, und der Kleine ist einfach hinreißend. Jetzt ist sie traurig, und das Schlimmste ist, zwischen uns ist überhaupt nie etwas passiert.«

»Wirklich nicht?«

Die beiden kleinen Worte treffen den Kern. Ich lache auf. »Man kann sich darauf verlassen, dass du immer gleich auf den Punkt kommst.«

»Wer von uns hat schon Zeit für Unsinn?«

»Keiner.«

»Du liebst sie.«

»Ja.«

»Sie liebt dich.«

»Ich glaube schon.«

»Sie wollte, dass du während der Geburt ihres Sohnes bei ihr bist, Derek.«

»Ja«, sage ich rau. »Und es war eine unglaubliche Erfahrung.«

»Vertrau mir. Sie liebt dich, sonst wärst du nicht dabei gewesen. Was ich übrigens ganz wundervoll finde.«

»Das ist alles so …«

»Überwältigend und schwierig?«

Ich stütze meinen Kopf in die Hände. »Ja.«

»Aber es ist es auch wert, oder? Wieder solche Gefühle zu haben?«

»Ja.«

»Ich finde, ihr beide seid ein tolles Paar. Das denken wir alle. Ihr strahlt richtig, wenn ihr zusammen seid. Gerade vor Kurzem hat Brielle gesagt, dass du Roni so anschaust, wie ihr Mann immer sie angesehen hat.«

Das zu hören berührt mich derart, dass ich schlucken muss.

»Wichtig seid nur ihr beide, Derek. Und das, was ihr zusammen mit euren Kindern aufbaut. Ich finde das wunderschön.«

»Danke, Iris. Das musste ich hören.«

»Bleibt stark. Ihr wisst, dass ihr nichts falsch gemacht habt.

Ihr habt beieinander Trost und Hoffnung gefunden, und das ist nach dem, was ihr erleiden musstet, etwas ganz Besonderes.«

»Das ist es.«

Justin kommt mit meinem Kaffee und der Tüte mit dem Essen.

Ich reiche ihm meine Kreditkarte. »Ich gehe besser mal zu Roni und Dylan zurück«, sage ich zu Iris.

»Ich *liebe* seinen Namen.«

»Ich auch. Er passt zu ihm.«

»Richte Roni meine Liebe aus, und nimm dir auch etwas davon, mein Freund.«

»Gleichfalls, Iris. Du bist die Beste.«

»Ich bin hier, wenn ihr was braucht.«

»Danke noch mal.«

Ich lege auf und bin sehr dankbar für die besonderen Freundschaften, die ich bei den Wilden Witwen gefunden habe. Auch wenn ich mich schwer auf meine Eltern, Brüder und enge Freunde wie Nick, Andy und Harry gestützt habe, sind die verwitweten Freunde das Fundament, auf dem ich ein neues Leben für mich und Maeve aufgebaut habe.

Auf dem Rückweg zu Ronis Wohnung erhalte ich eine Nachricht von Adrian. *Hab gehört, dass das Baby da ist. Glückwünsche an Roni – und an dich. Ich schätze, du wirst eine wichtige Rolle im Leben des jungen Dylan spielen, und dafür wünsche ich dir alles Gute.*

Ich danke dir, mein Freund. Dylan kann es nicht erwarten, dich und Xavier kennenzulernen.

Adrians Nachricht berührt mich sehr. Dass unsere Freunde nicht nur für Roni da sind, sondern auch für mich, ist wirklich großartig.

Meine Liebe zu Roni ist in den letzten Monaten unserer engen Freundschaft stetig gewachsen. Bei gemeinsamen Abendessen, Treffen mit Freunden und Familie, beim Aufbau von etwas aus der Asche unserer Leben – etwas Neuem und Wichtigem. Als sie mich vorhin geküsst hat, habe ich alle Sorgen darüber losgelassen, ob sie und ich uns am gleichen Punkt in unserem Leben befinden und das mit uns zu mehr werden kann.

Ich habe schon länger vermutet, dass sie das Gleiche will wie ich, aber sie hat sich die Zeit genommen, die sie gebraucht hat, um sich sicher sein zu können, dass sie dazu bereit ist. Und ich habe mich in der Zwischenzeit in Geduld geübt. Ich habe ihr den Raum dafür gelassen, mit dem ersten Jahr ohne ihren Ehemann klarzukommen, während sie sich auf die Ankunft ihres Kindes vorbereitet hat.

Irgendwo in der Ferne dräute zwar der errechnete Geburtstermin, und ich hatte irgendwie gehofft, wenn wir diesen Meilenstein passiert hätten, könnten wir endlich einmal Zeit dafür haben, durchzuatmen und die Antworten auf all unsere ungestellten Fragen zu finden. Alles zwischen uns ist so gut, so einfach, so perfekt. Ich hoffe nur, dass Ronis Schwiegermutter das nicht für sie kaputtgemacht hat – und für mich.

Als ich die Stufen vor Ronis Haus hinaufgehen will, hält ein schwarzer SUV am Bürgersteig an. Ein Mann, den ich aus dem Weißen Haus kenne, steigt aus. In den Händen hält er einen riesigen Blumenstrauß und ein Geschenk.

»Hi. Ich bin Derek Kavanaugh. Suchen Sie nach Roni Connolly?«

»Ah, natürlich, Mr Kavanaugh. Ja, ich will zu Mrs Connolly. Der Präsident und die First Lady haben mich gebeten, diese Geschenke anlässlich der Geburt ihres Sohnes zu überbringen.«

»Ich kann das gern mit hochnehmen.«

»Vielen Dank, Sir. Bitte richten Sie ihr die besten Grüße von allen Mitarbeitern und unsere aufrichtigsten Glückwünsche aus.« Er reicht mir die Blumen, das Geschenk und eine Karte. »Die haben wir alle unterschrieben.«

»Das wird sie sehr freuen. Vielen Dank.«

»Es ist uns ein Vergnügen, Sir.«

Irgendwie schaffe ich es, trotz Blumen, Geschenk, Karte und der Tüte mit unserem Mittagessen die Tür aufzuschließen und die Treppe zu Ronis Wohnung hochzugehen. Im Flur höre ich schon das Weinen des Babys. Ich öffne die Wohnungstür und sehe Roni, die mit Dylan auf dem Arm durch die Wohnung läuft, ihm dabei über den Rücken streicht und versucht, ihn zu beruhigen.

Ich stelle die Sachen auf dem Tresen in der Küche ab und trete zu ihr.

»Ich weiß nicht, was er hat«, sagt sie, und in ihren Augen lese ich Erschöpfung. »Ich habe ihn gestillt und ihm die Windel gewechselt.«

»Hat er ein Bäuerchen gemacht?«

»Ich glaube schon.«

»Soll ich es mal versuchen?«

»Ja. Gern.« Sie reicht ihn mir.

»Hey, Kleiner, was stört dich denn so?« Ich wippe in den Knien, während ich ihm auf den Rücken klopfe. Kurz darauf ertönt ein lautes Bäuerchen. »So ist es gut.«

»Wie hast du das gemacht?«

»Ich habe ein Händchen dafür«, erwidere ich grinsend.

Dylan hört sofort auf zu weinen und schließt die Augen.

»Ich bin wirklich kein Naturtalent«, sagt Roni und zieht die Stirn kraus.

»Quatsch. Die ersten paar Tage sind für alle frischgebackenen Eltern der reinste Blindflug. Nicht mehr lange, und du wirst noch vor ihm selbst wissen, was er braucht.«

»Bist du sicher?«

»Ganz sicher.«

»Wie können die uns einfach mit einem frisch geschlüpften Baby nach Hause schicken, obwohl wir nicht die geringste Ahnung haben?«

Ich unterdrücke ein Lachen, weil ich weiß, dass sie das im Moment nicht ertragen würde.

»Versuchst du, nicht zu lachen?«

»Würde ich so etwas tun?«

»Ja, ich glaube schon.«

Sie ist immer so bezaubernd, allerdings noch mehr, wenn sie entrüstet ist.

»Hätte ich mir ja denken können, dass du so eine Art Babyflüsterer oder so bist. Guck dir nur an, wie du ihn innerhalb von wenigen Minuten ausgeknockt hast.«

»Bei Maeve war ich nicht so.« Es schmerzt mich, das zugeben zu müssen. »Den Großteil der Arbeit habe ich Vic überlassen. Ich wünschte, ich könnte das noch mal und diesmal anders machen.«

»Du hast alles, was beim ersten Mal schiefgegangen ist, inzwischen mehr als wettgemacht.«

»Meine Frau musste *sterben*, damit ich auch bloß ansatzweise verstanden habe, was gefehlt hat. Damit ich erkannt habe, dass es im Leben mehr gibt als nur die Arbeit. Diesen Fehler will ich nicht wiederholen.«

»Das wirst du nicht, Derek.«

»Ich möchte ein Teil seines Lebens sein. Und von deinem. Ich will, dass wir …« Ich breche ab, bevor ich in diesem Rausch aus Adrenalin und Emotionen etwas sage, für das jetzt nicht der richtige Zeitpunkt ist.

»Was?«, fragt sie atemlos.

Ich schüttle den Kopf. »Nicht jetzt.«

»Doch jetzt. Ich bin es leid, um diese Unterhaltung herumzuschleichen. Sie ist längst überfällig. Sag, was immer du sagen willst. Ich bin bereit, es zu hören, Derek. Das verspreche ich dir.«

»Selbst nach dem, was deine Schwiegermutter vorhin von sich gegeben hat?«

»Ja, selbst danach. Was sagen wir uns immer wieder? Es ist nicht ihre Reise. Es ist meine. Sie hat ihren eigenen Weg, und ich respektiere, dass sie in ihrer Trauer Dinge fühlt, die nicht mit dem übereinstimmen, was ich gerne hätte. Aber darüber habe ich keine Kontrolle. Ich bin die Einzige, die weiß, wie sehr ich den Verlust von Patrick und dem Leben, das wir geplant haben, betrauere.«

Dylan mit einem Arm an meine Brust gedrückt, strecke ich eine Hand aus und streiche Roni eine Strähne hinters Ohr. Dann berühre ich ihre Wange. »Du warst immer respektvoll ihm und der Erinnerung an ihn gegenüber.«

»Und das werde ich immer sein. Ich werde ihn lieben, solange ich lebe, und nichts wird daran je etwas ändern.«

»Das weiß ich.«

»Das vorausgeschickt …« Sie schaut mich mit Liebe in den Augen an. »Dich liebe ich auch. Und Maeve.«

»Und wir lieben dich. Und Dylan.«

Sie schluckt und befeuchtet sich die Lippen. »Ich … ich liebe dich anders, als ich Maeve liebe.«

Ich kann kaum atmen, als sie das ausspricht, was ich schon so lange hören will. »Ich liebe dich auch anders, als ich Dylan liebe.« Ich lächle sie an. »Und ich will nichts mehr, als dass wir vier eine Familie werden. Ich möchte, dass du mir hilfst, Maeve großzuziehen, und ich möchte dir helfen, Dylan großzuziehen. Ich will, dass sie als Geschwister aufwachsen. Ich will jeden Tag für euch beide da sein.«

»All das will ich auch.«

»Wirklich?«

Sie nickt. »Aber …«

Mit angehaltenem Atem warte ich auf ihre nächsten Worte.

»Ich will bis nach Patricks erstem Todestag im Oktober damit warten, es offiziell zu machen. Es ist mir einfach wichtig, mich in diesem ersten Jahr auf ihn und Dylan zu konzentrieren. Ich möchte nicht, dass sich zwischen uns etwas ändert. Es ist nur … Ich glaube, ich brauche …«

Ich lege ihr den Zeigefinger über die Lippen. »Du musst nicht weiterreden. Ich verstehe das.«

»Das tust du immer, und es bedeutet mir so viel.«

»Alles, was wir eben zueinander gesagt haben, wird auch im Oktober noch wahr sein.« Ich lege Dylan in sein Bettchen und drehe mich dann mit ausgestreckten Armen zu Roni um.

Sie tritt in meine Umarmung. »Ich rieche vermutlich nach saurer Milch.«

Ich lache und spüre die Vibration davon zwischen unseren Körpern. »Nein, tust du nicht.« Ich lehne mich ein Stück zurück, um ihr süßes Gesicht zu betrachten, und kann der Versuchung nicht widerstehen, ihr einen Kuss zu geben, nun, da ich mit Sicherheit weiß, dass sie das Gleiche empfindet wie ich.

Ich kann geduldig sein, wenn das bedeutet, dass ich mein Leben mit ihr verbringen darf. »Wie wäre es jetzt mit dem Mittagessen, das ich dir versprochen habe?«

»Ja, ich könnte definitiv etwas essen.«

»Sam und Nick haben dir Geschenke geschickt.«

»Wirklich?«

»Willst du sie sehen?«

»Verdammt, ja.«

»Dann los.«

23

Roni

Ich bin überwältigt von den Blumen und den Babysachen, die Sam und Nick mir geschickt haben. Nachdem ich mich bei ihnen bedankt habe, setze ich mich neben Derek aufs Sofa. Vor uns auf dem Couchtisch steht unser Essen. Immer wieder ertappe ich mich dabei, wie ich Derek verstohlene Blicke zuwerfe, wie ich es schon seit Monaten getan habe. Ich bin es so gewohnt, mit ihm zusammen zu sein, fühle mich in seiner Gegenwart so wohl, dass ich unser Gespräch eben überhaupt nicht unangenehm fand.

»Ich merke, dass du mich ansiehst«, meint er zwischen zwei Bissen von seinem Sandwich.

»Das mache ich oft.«

»Ich weiß.«

»Fairerweise muss man sagen, du wusstest von Anfang an, dass ich seltsam bin. Ich meine, das Stalking und alles …«

Sein Lächeln ist so wunderschön, und es gehört zu den Sachen, die ich am meisten an ihm liebe. Ich habe bemerkt, dass er mittlerweile wesentlich öfter lächelt als zu Beginn unserer Bekanntschaft, und mir gefällt der Gedanke, dass ich zum Teil mit dafür verantwortlich bin. »Ja, ich weiß, dass du komisch bist, aber warum siehst du mich so an?«

»Es gefällt mir, dich anzugucken.«

Er hält kurz inne, bevor er weiterkaut und dann einen Schluck von dem Mineralwasser mit Zitronengeschmack trinkt, das ich immer extra für ihn dahabe. »Das passt ganz gut, weil ich dich auch gern anschaue.«

Ich lache laut auf. »Und in letzter Zeit gab es da ganz schön viel zu sehen.« Ich war in meinem ganzen Leben nie dicker als in den letzten Monaten meiner Schwangerschaft. »Also wenn man auf die Heißluftballons bei der Thanksgiving-Parade von Macy's steht.«

»Hör auf«, verlangt er und versucht, nicht zu lachen. »Du warst während der Schwangerschaft wunderschön, und als Mutter bist du es auch.«

»Kann ich noch etwas zu dem Thema sagen, über das wir bis Oktober nicht mehr sprechen?«

»Was immer du willst.«

»Alles, was zwischen uns passiert … körperlich … kann nicht hier passieren. Also nicht, dass ich heute oder in naher Zukunft daran denke oder so.«

Ein Lächeln umspielt seine Mundwinkel. »Verstanden.«

»Oder bei dir zu Hause.«

»Auch verstanden.«

»Oh, und da ist noch eine Sache.«

Er wischt sich den Mund mit der Serviette ab, die dem Essen beilag, und setzt sich so, dass er mich betrachten kann. »Raus damit.«

»Weißt du, was mir an dir am besten gefällt?«

Seine goldenen Augen funkeln vor Zuneigung und Vergnügen. »Ich kann es nicht erwarten, es zu hören.«

»Dass du mich immer verstehst. Egal, womit ich zu kämpfen habe, was ich durchmache oder welchen merkwürdigen Gedanken ich gerade nicht loswerde … Du verstehst es, und du gibst mir nicht – wie einige andere Leute – das Gefühl, dumm oder überspannt zu sein, weil ich mich meiner Trauer hingebe. Das ist so wichtig für mich, während ich mir mein Leben neu aufbaue.«

»Deine Gefühle wegen Patricks Tod sind niemals dumm

oder überspannt. Es war die größte Tragödie, die du hoffentlich je erleben musst, und du solltest dich darauf einstellen, für den Rest deines Lebens immer wieder um ihn zu trauern. Es ist nicht so, als könnten wir den Verlust von Menschen wie Vic oder Patrick einfach hinter uns lassen. Wir leben unser Leben weiter, ja, aber sie begleiten uns dabei.«

»Das tun sie. Und es bedeutet mir sehr viel, dass du das verstehst.«

»Willst du wissen, was mir an dir am besten gefällt?«

Ich schubse ihn spielerisch. »Hallo, du kennst mich doch. Natürlich will ich das wissen.«

»Ich liebe es, dass du trotz allem, was du seit letztem Oktober durchgemacht hast, nie deinen Optimismus oder deine Freude verloren hast.«

»Na ja, das ist alles nicht mehr so, wie es mal war.«

»Vielleicht nicht. Trotzdem ist es noch sehr präsent, und das finde ich bewundernswert. Gleichauf damit liegt für mich, wie gut du dich mit Maeve verstehst.«

»Ich habe sie sehr lieb.«

»Und sie dich auch. Mir wurde zum ersten Mal bewusst, dass ich dabei war, mich in dich zu verlieben, als ich eines Abends spät von der Arbeit nach Hause gekommen bin und ihr beide aneinandergekuschelt in ihrem Bett gelegen habt und du ihr Geschichten vorgelesen hast.«

»Das war der Abend, an dem sie mich dazu gebracht hat, ihr *fünf* Bücher vorzulesen. Ich lasse mich von ihrer süßen Art ziemlich leicht einwickeln.«

»Euch so zusammen zu sehen ...« Er legt sich eine Hand aufs Herz. »Ich war hin und weg.«

Ich könnte den ganzen Tag mit ihm darüber reden, was wir aneinander lieben, aber leider wird unsere schöne Unterhaltung vom Klingeln an der Tür unterbrochen.

»Ich geh schon«, sagt er.

»Das sind vermutlich meine Eltern.«

Ich schaue Derek nach, noch ganz gefangen in dem Glück, dass wir uns gefunden haben. Was für einen Unterschied es macht, ihm meine Gefühle gestanden zu haben! Es ist eine enorme Erleichterung für mich, zu wissen, dass wir beide das Gleiche empfinden, auch wenn ich mir dessen seit geraumer Zeit ziemlich sicher war.

Er wartet an der Tür, um meine Eltern hereinzulassen, die beladen mit Tüten, Blumen und Geschenken und voller Aufregung über ihren neuen Enkel reinkommen.

Zuerst umarmen sie zur Begrüßung Derek, dann nähern sie sich mir und bleiben stehen, um einen ersten Blick auf Dylan zu werfen.

»Oh, sieh nur«, sagt meine Mom mit Tränen in den Augen. »Er ist wunderschön.«

»Das finde ich auch, allerdings bin ich vielleicht ein wenig voreingenommen«, erkläre ich.

»Und du …«, fährt Mom fort und umarmt mich liebevoll, während Dad weiter Dylan betrachtet. »Ziehst einfach los und kriegst ganz allein ein Baby.«

»Ich war nicht allein.« Ich schaue zu Derek. »Derek war dabei, als die Wehen eingesetzt haben. Und er ist die ganze Zeit über bei mir geblieben.«

»Danke, dass du für unsere Roni da warst«, sagt mein Dad.

Mir ist schon früher aufgefallen, dass Dad ihn beinahe so behandelt wie Patrick. Als wären sie alte Freunde. Heute ist da noch mehr – in seinen Augen steht echte Zuneigung, als er den Mann ansieht, der langsam, aber sicher zum Mittelpunkt meines Lebens geworden ist.

»Ich bin froh, dass ich bei ihr sein konnte.« Derek schenkt mir ein herzliches Lächeln, während er die Reste unseres Mittagessens wegräumt. »Meine Mom hat mir geschrieben, dass sie schon ganz in der Nähe meines Hauses sind. Also fahre ich besser los, um Maeve in Empfang zu nehmen. Danach bringe ich sie her, damit sie Dylan kennenlernen kann, wenn das für dich in Ordnung ist.«

»Klar, super.«

»Okay. Dann bis gleich. Schön, dass wir uns noch getroffen haben, Justine und Roy. Und herzlichen Glückwunsch zu eurem jüngsten Enkel.«

»Danke«, sagt Mom für sie beide. »Und danke, dass du für Roni da bist.«

»Ist mir ein Vergnügen.« An mich gewandt fügt er an: »Schick mir eine Nachricht, wenn du was brauchst.«

»Mach ich. Danke.« Ich wünschte, ich könnte ihn umarmen und küssen und ihm ein weiteres Mal versichern, dass ich ihn liebe. Ich will mich nie wieder von ihm trennen, ohne ihm zu sagen, was ich empfinde, denn man weiß nie, ob man einander wiedersehen wird. Doch noch bin ich nicht bereit, das vor meinen Eltern zu tun, deshalb bleibe ich auf dem Sofa sitzen und werfe ihm einen Blick zu, der hoffentlich alles übermittelt, was ich nicht laut aussprechen mag.

Nachdem die Tür hinter Derek ins Schloss gefallen ist, setzt sich mein Dad neben mich.

»Wie geht es dir, Süße?«, fragt er.

»Bisher ganz gut. Ich meine, es ist viel ... Dylan ist an Patricks Geburtstag auf die Welt gekommen, und ich finde, er sieht genauso aus wie er.«

»Das stimmt«, bestätigt Mom.

»Es ist so traurig, dass er nicht hier ist, um seinen Sohn kennenzulernen, ihn zu erziehen und ihm beizubringen, wie man ein guter Mann wird.«

»Nenn mich verrückt, aber ich hab den Eindruck, als wäre da ein anderer Mann, der dabei helfen kann«, meint Dad, und seine Augen funkeln amüsiert.

»Wenn du Derek meinst, ja, er ist da, und er wird für Dylan da sein. Und für mich.« Ich senke den Blick und starre meine Hände an, weil ich nicht weiß, wo ich bei meinen nächsten Worten hinschauen soll. »Ich weiß, es ist zu früh und alles ...«

»Wer denkt, dass es zu früh ist?« Dad zieht fragend die Stirn kraus.

»Susan zum Beispiel.«

Mom sieht mich komplett ausdruckslos an. »Hat sie das so zu dir gesagt?«

»Ja. Ihre genauen Worte waren: ›Auf uns wirkt es so, als hättest du das Kapitel Patrick abgeschlossen. Und das ziemlich schnell.‹«

»Wie kann sie es wagen?« Mom ist außer sich. »Du warst ihrem Sohn eine wundervolle, liebende Ehefrau, und das weiß sie.«

»Mir ist klar, dass da die Trauer aus ihr spricht.«

Mom schüttelt den Kopf. »Ich hoffe von ganzem Herzen, dass ich diese Form der Trauer nie erleben muss, aber das gibt ihr nicht das Recht, unfreundlich zu dir zu sein. Vor allem nicht, nachdem du ihr gerade einen Enkel beschert hast.«

»Ich bemühe mich wirklich sehr, es nicht persönlich zu nehmen. Ich kann nicht mehr tun, als mein Leben auf die bestmögliche Weise zu führen und zu hoffen, dass alle, die mich lieben, mich dabei unterstützen. Wenn sie es nicht tun, ist das nicht meine Schuld.«

»Mein Gott.« In Dads Augen schimmern Tränen. »Deine Stärke ist wirklich beeindruckend.«

»Ich weiß nicht …«

»Doch, Roni. Hör auf deinen Vater. Wir sind alle beeindruckt davon, wie du nach dieser Katastrophe weitergemacht hast.«

»Dank viel Unterstützung und Hilfe von euch und anderen.«

»Wie auch immer«, erwidert Dad. »Aber vor allem dank deiner Widerstandsfähigkeit, die schon immer ein so großer Teil von dir gewesen ist.«

»Ich hatte keine andere Wahl. Ich bin die Jüngste von vier Kindern!«

»Und du hast dich immer gegen sie behaupten können«, verkündet Mom.

Dylan schnieft und wacht dann schreiend auf.

»Darf ich?« Mom steht auf, um ihn aus seinem Bettchen zu nehmen. »Hallo, mein Hübscher. Ich bin deine Grandma Justine, und ich werde dich nach Strich und Faden verwöhnen. Grandpa Roy wird mir dabei helfen.«

»Darauf kannst du wetten«, pflichtet Dad ihr mit rauer Stimme bei.

Mom legt eine Decke auf den Couchtisch und wechselt Dylan geschickt die Windel, bevor sie ihn mir reicht, damit ich ihn stillen kann. Sie legt ein Tuch über ihn, um meine Privatsphäre zu schützen.

»Du bist gut darin«, stelle ich fest.

»Bei vier Kindern und nun sieben Enkelkindern habe ich genug Übung.«

»Wie lange dauert es, bis man das Gefühl hat, einigermaßen zu wissen, was man tut?«

Mom wirft Dad einen Blick zu. »Dreißig Jahre?«

»Das klingt ungefähr richtig«, meint er.

Wir lachen alle drei. »Puh, danke dafür.«

»Wir sind für dich da«, erklärt Dad immer noch lachend.

Derek kehrt eine Stunde später mit einer aufgeregten Maeve zurück, die Dylan halten will. Also setzen wir sie aufs Sofa, und ich lege ihr das Baby vorsichtig in den Arm, während Derek den Moment mit seinem Handy festhält.

»Hi, Baby. Hab dich lieb«, flüstert sie und streicht ganz leicht über seinen blonden Haarflaum. »Du bist mein Baby, 'kay?«

»Das fände er sehr schön«, sage ich zu ihr und wische mir verstohlen ein paar Tränen weg. Könnte sie noch süßer sein?

Mom bereitet ein Abendessen für uns alle zu, und wir sind gerade dabei, danach abzuräumen, als mein Handy vibriert – eine Nachricht von Susan.

Wir sind in etwa einer Stunde in Washington und haben gehofft, das Baby sehen zu können. Passt das?

Nein. Es passt nicht. Wir hatten einen langen Tag, und ich bin erschöpft. Der letzte Mensch, mit dem ich mich jetzt auseinandersetzen will, ist Susan, aber ich werde Patricks Eltern nicht den Zugang zu ihrem Enkel verweigern. Also antworte ich, dass es in Ordnung ist und sie vorbeikommen können.

»Wer war das, Roni?«, will meine Mutter wissen.

»Susan. Sie wollen sich das Baby anschauen.«

»Dann brechen wir lieber auf, bevor sie eintreffen«, sagt Derek. »Bleibt ihr hier?«, fragt er an meine Eltern gewandt.

»Wir gehen nirgendwohin«, verkündet meine Mom entschieden.

Ich bin unglaublich erleichtert, dass sie bleiben. Zumindest bis Susan und Pete wieder fahren. Mein Dad hält mich vielleicht für stark, doch bei der Vorstellung, allein mit ihnen fertigwerden zu müssen, kriege ich weiche Knie.

Derek nickt meiner Mom zu und nimmt Maeve auf den Arm.

»Sag Mr und Mrs Fletcher Gute Nacht«, fordert er sie auf.

Sie schenkt meinen Eltern ein schüchternes Lächeln und winkt.

»Gute Nacht, Maeve.« Mom wirft ihr eine Kusshand zu.

Ich will Derek anflehen, nicht zu gehen. Aber vermutlich ist es wirklich besser, wenn er beim Eintreffen der Connollys nicht hier ist. Außerdem reibt Maeve sich schon die Augen und zeigt alle Anzeichen dafür, dass es für sie höchste Zeit fürs Bett ist. Ich umarme die beiden. »Schlaf gut, kleine Maus.«

»Baby morgen wiedersehen?«

Ich gebe ihr einen Kuss auf die Wange. »Wann immer du willst.«

»Oje«, stöhnt Derek. »Sag so etwas nicht, sonst sind wir ständig hier.«

»Das stört Dylan und mich überhaupt nicht.«

Während Mom und Dad die Küche aufräumen, begleite ich Derek und Maeve zur Tür.

»Rufst du mich nachher an?«, fragt er.

»Das hab ich vor.«

Er gibt mir einen Kuss auf die Wange. »Versuch zu schlafen, wenn er schläft.«

»Nachdem er den ganzen Tag verpennt hat, wird er bestimmt die ganze Nacht über wach sein.«

»Gut möglich. Bis später.« Er geht los, dreht sich allerdings noch mal um. »Lass nicht zu, dass sie dich verletzt, okay?«

Lächelnd nicke ich. »Ich geb mir Mühe.«

Ich schaue ihnen nach, bis sie im Treppenhaus verschwunden sind, dann kehre ich in meine Wohnung zurück und schließe die Tür hinter mir. Mir graut vor der Begegnung mit Susan und Pete, jetzt, wo ich weiß, was sie denken.

Während wir warten, bekomme ich eine Nachricht von Darren Tabor, meinem Freund und ehemaligen Kollegen beim

Star. Hab gehört, das Baby ist da. Herzlichen Glückwunsch! Kann es gar nicht erwarten, ihn kennenzulernen.

Danke, Darren, das ist lieb von dir.

Darren war mir seit Patricks Tod ein guter Freund. Er ist einer der Menschen, die mich positiv überrascht haben – anders als so viele, die unerwartet auf Distanz gegangen sind.

»Mom, kannst du kurz auf Dylan aufpassen, während ich unter die Dusche springe?«

»Natürlich, Süße. Lass dir Zeit.«

Auch wenn ich so wund bin, dass sogar das Atmen unangenehm ist, beeile ich mich, zu duschen, mir die Haare zu föhnen und ein wenig Make-up aufzutragen, damit ich nicht allzu fürchterlich aussehe, wenn Susan und Pete kommen. Dann schlüpfe ich in eine von Patricks Jogginghosen und eins seiner T-Shirts.

Da ich jetzt einigermaßen präsentabel bin, bitte ich meine Mom, ein Foto von Dylan und mir zu machen, das ich auf Instagram und Facebook poste: *Willkommen auf der Welt, Dylan Patrick Connolly. Geboren am 32. Geburtstag deines Vaters, 2800 Gramm schwer und 48 Zentimeter groß. Wir lieben dich, Dylan.* Ich tagge Patricks immer noch nicht geschlossene Accounts.

Einen Moment lang starre ich die Worte an, die für neunzig Prozent der Leute, die wir kennen, ein Schock sein werden. Die meisten von ihnen hatten keine Ahnung, dass ich überhaupt schwanger war. »Jetzt bist du auch auf Facebook und Insta offiziell«, erkläre ich meinem Sohn, der mich aus großen Augen anschaut, die mich so sehr an seinen Vater erinnern.

Sofort setzt eine überwältigende Flut von Kommentaren ein. Alle gratulieren mir und wünschen uns Glück.

Darunter ist auch eine Nachricht von Sarah: *O mein Gott! Du hast ein Baby gekriegt!?!? Das Geheimnis hast du gut gehütet! Herzlichen Glückwunsch! Ich liebe es, dass er an Patricks Geburtstag zur Welt gekommen ist.*

Ich auch. Und danke.

Nachdem ich Dylan gestillt und frisch gewickelt habe, ist er bereit, seine anderen Großeltern kennenzulernen. Als es an der

Tür klingelt, liegt er auf dem Rücken auf meinen Oberschenkeln und kaut gurgelnd auf seinen kleinen Fingern.

Meine Mom lässt die Connollys herein, die meine Eltern begrüßen wie alte Freunde. Ich rechne es meinen Eltern hoch an, dass sie höflich bleiben, auch wenn sie wütend sind über das, was Susan zu mir gesagt hat.

»Kommt rein.« Beide wirken ergriffen, als sie zum ersten Mal seit der grauenvollen Woche, die auf Patricks Tod folgte, unser Zuhause betreten. »Darf ich euch Dylan vorstellen?«

Susan setzt sich neben mich, während Pete sich über die Rückenlehne des Sofas beugt, um seinen Enkel genauer in Augenschein zu nehmen.

»Oh, wow«, sagt Susan leise. »Er sieht genauso aus wie Patrick als Baby. Oder, Pete?«

»Das tut er.«

Mom setzt sich auf meiner anderen Seite auf die Sofalehne. »Ist er nicht wunderschön?«

»Ja, das ist er«, flüstert Susan ehrfürchtig und kämpft mit den Tränen. »Es tut mir leid. Es ist nur … Es ist so schwer, Patricks Sohn kennenzulernen, wenn er nicht hier ist.«

»Das stimmt«, antworte ich. »Aber ich habe das Gefühl, dass er in der Nähe ist und uns beschützt.«

»Wirklich?«, fragt Susan. »Ich kann da nichts spüren.«

»Es ist mehr ein Gefühl seiner Präsenz als etwas Konkretes.«

»Du hast Glück, das zu haben. Und seinen Sohn als tägliche Erinnerung.«

»Wir haben alle Glück, Dylan zu haben«, wirft Mom ein. »Er ist ein wundervolles Geschenk in diesen schwierigen Zeiten.«

Ich habe das Gefühl, die Luft anhalten zu müssen, während ich darauf warte, dass einer meiner Eltern explodiert, sollte Susan auch nur den kleinsten Hinweis darauf geben, dass sie die Beziehung zwischen Derek und mir unangemessen findet. Allein, dass sie so etwas überhaupt gesagt hat, ist furchtbar.

Er und ich haben uns in keiner Weise unangemessen verhalten, doch es gelingt mir nicht, meine Schwiegereltern davon zu überzeugen. Egal, wie die Wahrheit lautet, Susan wird glauben, was sie glauben will. Während diese Gedanken durch meinen Kopf schwirren, bin ich so wütend wie lange nicht mehr.

Dylan fängt an zu quengeln, also nehme ich ihn auf den Arm und stehe auf, um ein wenig mit ihm herumzulaufen.

Worte liegen mir auf der Zunge. Worte, die, einmal ausgesprochen, nicht wieder zurückgenommen werden können. Die alte Roni hätte um jeden Preis den Frieden gewahrt. Die verwitwete Roni hingegen ist nicht ganz so gewillt, die Gefühle anderer auf eigene Kosten zu schonen.

»Ich muss etwas sagen.«

24

Roni

Alle vier schauen mich an. Bevor ich den Mut verliere, sehe ich Susan direkt an. »Was du vorhin gesagt hast, hat mich zutiefst verletzt. Bei dir hat es sich angehört, als hätte ich mich unangemessen verhalten, während ich um Patrick trauere. Die Wahrheit ist: Jeden einzelnen Tag muss ich mich dazu zwingen, aufzustehen, zu atmen, weiterzumachen, dort Freude zu finden, wo ich kann, und weiterhin Hoffnung zu haben trotz der schmerzenden Abwesenheit des Mannes, den ich am meisten auf der Welt geliebt habe. Ich musste eine ganze Schwangerschaft überstehen, ohne dass der Vater da war, um meine Hand zu halten, mir den Rücken zu massieren, mir zu sagen, dass ich wunderschön bin, auch wenn ich mich furchtbar gefühlt habe.«

Ich blicke Susan direkt an. »Dass dir dein Sohn genommen wurde, ist unerträglich. Ich hatte erst einen Tag mit Dylan, und ich weiß bereits, sollte ihm jemals etwas zustoßen, würde es mich auf eine Weise brechen, wie es nicht einmal Patricks Tod getan hat. Aber dass du dir herausnimmst, darüber zu urteilen, wie ich oder irgendeine andere junge Witwe oder ein Witwer mit dem Verlust des Menschen umgeht, mit dem wir den Rest unseres Lebens verbringen wollten, ist einfach nur unfair. Vor allem, weil du neben deinem Ehemann sitzt, mit dem du seit weit über dreißig Jahren verheiratet bist, und nie hast erfahren müssen, wie sich das Leben als Witwe anfühlt.«

Mein Dad, der etwas abseits steht, wo die anderen ihn nicht sehen können, hebt ermutigend die Daumen.

»Ich habe deine Familie in all den Jahren, die ich mit Patrick verbracht habe, so geliebt wie meine eigene. Ich will, dass ihr eine große Rolle im Leben unseres Sohnes spielt, aber ich lasse mich nie wieder für die Entscheidungen verurteilen, die ich treffe, während ich versuche, mir ein Leben ohne meinen Mann aufzubauen. Haben wir uns da verstanden?«

»Ja«, antwortet Pete, während Susan leise schluchzt. »Wir haben dich auch immer geliebt, Roni. Und wir möchten sehr gern Teil von Dylans Leben sein.«

»Dafür müsst ihr auch Teil von meinem Leben sein. Was bedeutet, dass ihr meine Entscheidungen akzeptiert. Wenn Patrick nicht gestorben wäre, hätte ich für den Rest meines Lebens keinen anderen Mann angeschaut, und das wisst ihr.«

»Ja.« Pete nickt. »Das wissen wir.«

»Susan, sag mir, dass du das ebenfalls weißt.«

Sie nickt und wischt sich die Tränen ab. »Es tut mir leid, dass ich dich gekränkt habe, aber *mich* kränkt es, dich mit einem anderen zu sehen.«

»Das verstehe ich, und es tut mir leid. Doch Dereks Unterstützung während des schlimmsten Jahrs meines Lebens war für mich unglaublich wichtig. Er hat das Gleiche durchgemacht wie ich. Er weiß, wie das ist, und seine Freundschaft – und die der anderen Witwen und Witwer, die ich kennengelernt habe – war mein Rettungsring.«

»Seid ihr … seid ihr ein Paar?«

»Noch nicht offiziell, aber wir werden es irgendwann sein. Wir gehen alles ganz langsam an und warten, bis ich so weit bin.«

»Du bist dir sicher, dass du mit ihm zusammen sein wirst?«

»Ja. Genauso, wie ich es wusste, als ich Patrick kennengelernt habe. Manche Dinge sind so einfach und gleichzeitig so kompliziert, Susan. Ich habe definitiv nicht nach einer neuen

Beziehung gesucht. Was ich mit Derek habe, ist aus intensiver Trauer erwachsen und hat mir Hoffnung gegeben, dass nicht jeder Tag meines Lebens so wehtun wird, wie es die letzten acht Monate getan haben.« Unter den Gefühlen, die in mir aufwallen, drohen meine Beine einzuknicken, doch ich bin entschlossen, das hier durchzustehen, ohne die Fassung zu verlieren. »Egal, was mit Derek oder sonst wem passiert, nichts wird je die Liebe, die ich für Patrick empfinde, ändern oder verringern. Ich trage ihn immer in meinem Herzen. Ich werde nie aufhören, sein Andenken hochzuhalten. Darauf gebe ich euch mein Wort.«

»Danke«, sagt sie leise. »Danke, dass du sein Andenken ehrst.«

»Immer.«

»Was seine Sachen betrifft …«

Bisher habe ich es vermieden, seine Sachen durchzugehen, weil ich dazu einfach nicht die Kraft hatte. »Was ist damit?«

»Es gibt ein paar Dinge, die wir gerne hätten. Kristy möchte ein paar seiner Schallplatten, und Kelsey eins seiner Hemden.« Das sind die Töchter seines älteren Bruders. »Die Jungs möchten vermutlich einige seiner Baseball-Karten haben.«

»Es tut mir leid, dass ich noch nicht dazu gekommen bin, mich um seine Sachen zu kümmern. Warum suchen wir uns nicht in den nächsten Wochen einen Samstag aus, an dem wir das gemeinsam tun? Wäre das in Ordnung?«

»Ja, das wäre gut. Danke.«

Ich setze mich neben sie. Dylan liegt in meinem Arm, und ich lege meine freie Hand auf Susans. »Lass uns im Gespräch bleiben, okay? Wir dürfen uns wegen Patricks Tod nicht überwerfen. Das hätte er nicht gewollt.«

»Nein, das hätte er ganz bestimmt nicht.«

———

NACHDEM WIR DIE Sache aus der Welt geschafft haben, fühle ich mich wesentlich besser, und in den folgenden Wochen spreche ich öfter mit Susan, als wir es seit der ersten Woche nach Patricks Tod getan haben. Die Wilden Witwen sind stolz auf mich, als ich ihnen erzähle, wie ich mich meiner Schwiegermutter gegenüber behauptet und sie wegen ihres verletzenden Verhaltens zur Rede gestellt habe.

»Ich wollte nur sagen, ohne euch hätte ich nie den Mut aufgebracht, ihr mitzuteilen, wie sehr sie mich verletzt hat«, gestehe ich bei dem ersten Treffen, an dem ich seit Dylans Geburt teilnehme. Die meisten von ihnen haben uns jedoch zwischenzeitlich besucht.

»Wir sind so stolz auf dich, Roni«, meint Joy. »Es war gut von dir, Grenzen zu ziehen und andere wissen zu lassen, was du von ihnen erwartest.«

»Es hat sich jedenfalls gut angefühlt, auszusprechen, was ich empfinde.«

»Du bist unglaublich, Roni«, erklärt Brielle. »Für solche Aufrichtigkeit braucht man viel Mut.«

»Meine Knie haben die ganze Zeit über gezittert, aber ich habe nicht geweint. Das war mir wichtig.«

Danach wenden wir uns anderen Themen zu, auch wenn ich mich weiter im Glanz ihrer Anerkennung sonne. Ich rocke dieses Witwending, und das ist ein Satz, den zu sagen ich mir nie hätte vorstellen können. Doch nun bin ich hier, kriege das alles irgendwie hin und finde dabei sogar in meine Rolle als alleinerziehende Mutter hinein. Was im Moment leichter ist, weil ich bis zum Labor Day noch im Mutterschutz bin. Der wahre Test beginnt, sobald ich wieder Vollzeit arbeite, aber Shelby Hills Nanny hat zugestimmt, sich auch um Dylan zu kümmern – gegen eine hübsche Gehaltserhöhung, was völlig in Ordnung ist. Ich freue mich darauf, dass Dylan oben sein wird, während ich arbeite, und er mit Shelbys Kindern spielen kann.

An diesem Abend höre ich das erste Mal vom Wilde-Witwen-Wochenende in Bethany Beach, Delaware, das Iris und Brielle für Ende Oktober planen. Sie haben zwei nebeneinanderstehende Häuser direkt am Strand gemietet, und alle sind ganz aufgeregt bei der Aussicht, gemeinsam wegzufahren.

Ich werfe Derek einen Blick zu und sehe, dass er mich

anschaut. Ob er wohl das Gleiche denkt wie ich? Ein Wochenende weg, vielleicht sogar ohne Kinder …

Den Gedanken schiebe ich gleich in die hinterste Ecke meines Kopfes, wo alle diese Gedanken über ihn lagern, bis zum 10. Oktober, an dem sich der Tod meines geliebten Mannes zum ersten Mal jährt.

An einem wunderschönen Samstag Ende Juni kommt Patricks Familie, um mir zu helfen, seine Sachen zu sichten, mitzunehmen, was sie haben wollen, und mit mir gemeinsam die gefürchtete Arbeit anzugehen, ein Leben einzupacken, das viel zu früh vorbei war. Ich habe mir vorher schon alles angeschaut und die Dinge weggepackt, die ich für mich und Dylan behalten will, deshalb sage ich ihnen, dass sie alles haben können, was sie möchten. Derek und Maeve waren die Woche über mit seinen Eltern zu Besuch bei seinem Bruder und dessen Familie in Las Vegas und sollten später wieder zurück sein. Meine Eltern haben Dylan für ein paar Stunden zu sich genommen, damit ich mich ganz auf meine Schwiegereltern samt Anhang konzentrieren kann.

Patricks jüngere Nichte Kristy bricht in Tränen aus, als sie seine Schallplattensammlung vorsichtig in die speziellen Kisten packt, die sie gekauft hat. »Er hätte mir einen Klaps auf die Hand gegeben, wenn ich diese Platten auch nur angerührt hätte«, meint sie und lächelt unter Tränen.

»Oh, mir auch«, versichere ich ihr. »Ich habe es immer falsch gemacht. Deshalb hab ich ihm die Verantwortung für alles überlassen, was damit zu tun hatte, um keine Vorwürfe zu riskieren.«

»Das klingt ganz nach ihm«, stellt sie fest.

Kelsey kommt in einem von Patricks Lieblingsflanellhemden aus dem Schlafzimmer. »Erinnert ihr euch noch, wie er in diesem Hemd auf der Wohltätigkeitsgala gewesen ist?«, fragt sie.

»Als ob ich das je vergessen könnte«, stöhnt Susan. »Das war mir so unendlich peinlich.«

»»Niemand hat mir gesagt, dass ich in Abendgarderobe

erscheinen muss‹«, verkünden wir alle im Chor, bevor wir in Lachen ausbrechen, dem schnell Tränen folgen.

»Versichert mir bitte, dass es irgendwann einfacher wird«, verlangt Kelsey und umarmt mich.

»Ich wünschte, ich könnte dir das versprechen. Ich glaube, es wird immer ein Schmerz zurückbleiben, wo einst er gewesen ist.«

»Ja, vermutlich hast du recht.«

Wir zwingen uns, alles anzuschauen, und als wir fertig sind, stapeln sich zwanzig Kartons in meinem Esszimmer, die am Montag von einem Wohltätigkeitsverein abgeholt werden. Susan bestellt Pizza, und wir beenden den Tag damit, uns Geschichten über Patrick zu erzählen, bei denen wir abwechselnd lachen und weinen.

»Danke«, sagt Susan, als sie mich zum Abschied umarmt. »Der heutige Tag hier in eurer Wohnung, die Patrick so sehr geliebt hat, zusammen mit der Frau, die er so sehr geliebt hat, bedeutet uns unfassbar viel.«

»Ich danke euch dafür, dass ihr mir bei einer Aufgabe geholfen habt, vor der ich mich so lange gedrückt habe.«

»Was verständlich ist.« Susan blickt zu den Kartons im Esszimmer. »Ich erinnere mich, wie wir nach dem Tod meiner Mutter das Gleiche getan haben. Damals hat es sich auch so angefühlt, als würden wir das Leben eines Menschen ausradieren, als wenn es nie existiert hätte.«

»Solange wir über ihn reden, lebt er in uns allen weiter.«

»Das stimmt.« Susan seufzt traurig.

»Es ist echt bewunderungswürdig, wie du dieses Jahr durchgehalten hast, Roni«, erklärt Pete. »Das ist bestimmt nicht leicht gewesen.«

»Danke. Ich hatte viel Unterstützung, ohne die ich es nicht geschafft hätte. Der neue Job hat auch geholfen.«

»Das nächste Mal treffen wir uns spätestens auf Kelseys Brautparty?«, fragt Susan.

»Ja, sicher.« Bisher hat mir vor Kelseys Hochzeit im November gegraut, aber nachdem ich den ganzen Tag mit ihnen verbracht habe, fühle ich mich besser.

Meine Eltern bringen Dylan zurück, und ich bin gerade mit dem Stillen fertig, als eine Stunde später Derek vorbeikommt.

Ich stürze mich in seine Arme, aufgeregt und erleichtert, ihn nach einer mir endlos erscheinenden Woche wiederzusehen. »Ihr habt mir so gefehlt.«

Er drückt mich fester als je zuvor, und ich spüre, dass er mich zu gern küssen würde. »Wir haben euch auch vermisst. Das war die längste Woche aller Zeiten. Nächstes Mal müssen du und Dylan uns begleiten.«

»Nur zu gern. Wo ist Maeve?«

»Ich war nicht sicher, wie du dich nach dem heutigen Tag fühlst, daher hab ich sie bei meinen Eltern gelassen. Wie ist es gelaufen?«

»Alles in allem nicht schlecht. Es ist erstaunlich, was ich in den Monaten neun und zehn schaffen kann, das in den Monaten eins bis sechs unmöglich gewesen wäre.«

»Trauer ist wie Sport – je mehr man übt, desto besser wird man darin.«

»Das ist ein interessanter Vergleich.«

»Doch es stimmt, oder?«

»Ja. Vermutlich schon.«

»Ich erinnere mich noch daran, wie Mom und ich Vics Sachen zusammengepackt haben. Es war brutal – und viel zu früh, aber ich wollte dringend alles loswerden, damit ich es nicht mehr jeden Tag vor Augen hatte. Im Rückblick war das ein Fehler, denn ich war noch nicht so weit.«

»Das tut mir leid. Ich bin froh, dass ich gewartet habe. Jetzt hat es sich richtig angefühlt.«

»Hast du noch mal über das nachgedacht, worüber wir vor Kurzem gesprochen haben?«

»Kannst du meine Erinnerungen noch mal auffrischen?«, frage ich lächelnd, als hätte ich nicht jede Sekunde an seinen Vorschlag gedacht, zusammenzuziehen, den er bei einem unserer nächtlichen Telefonmarathons gemacht hat, die uns über die Woche der Trennung hinweggeholfen haben.

»Es ging so in die Richtung, dass dein Mietvertrag Ende des Jahres ausläuft und ich gerne aus dem Haus ausziehen würde, in dem meine Frau ermordet worden ist. Maeve und ich würden gern mit dir und Dylan zusammenwohnen, damit ich mir nicht ständig anhören muss, dass sie zu Ron fahren will, um Dylan zu sehen. Es wäre so viel leichter, wenn wir alle unter einem Dach wären. Oh, und ich liebe dich und will so viel Zeit wie möglich mit dir verbringen.«

Ich empfinde genauso wie beim ersten Mal, als er den Vorschlag erwähnt hat: Ich bin aufgeregt, glücklich, optimistisch und ein kleines bisschen ängstlich, denn jemanden zu lieben bedeutet, sich darüber Sorgen zu machen, ihn zu verlieren. Immerhin ist das schon mal passiert.

»Erde an Roni. Bist du noch da?«

»Ich bin noch da, und ich denke, wir sollten uns mal umschauen, was es derzeit auf dem Markt gibt.«

»Wirklich?«

»Ja, wirklich.« Bei der Begeisterung in seiner Stimme muss ich lächeln, auch wenn mich der Gedanke, das Zuhause zu verlassen, das Patrick und ich für uns erschaffen haben, schmerzt. »Aber wir müssen in diesem Viertel bleiben. Ich liebe es.«

»Ich auch. Wir finden etwas in der Nähe, das uns beiden gefällt.«

»Bringst du dein Talent für die Essensplanung mit?«, frage ich. Seit Monaten bereitet er schon für uns alle das Abendessen zu, meistens bei mir zu Hause, damit wir uns nach Dylans unvorhersehbarem Zeitplan richten können.

»Muss ich?«

»O ja, jetzt habe ich mich daran gewöhnt.«

Mit einem übertriebenen Seufzer antwortet er: »Na gut. Ich kümmere mich ums Einkaufen und Kochen, wenn du die Wäsche übernimmst.«

Ich strecke ihm meine Hand hin. »Abgemacht.«

Er nimmt die Hand und gibt mir einen Kuss auf den Handrücken, was eine Reaktion wie einen Stromschlag durch meinen Körper sendet. »Abgemacht.«

»Tun wir das wirklich?«

»Ja.«

»Was ist …« Ich beiße mir auf die Unterlippe und versuche, den Mut dafür zu finden, die Frage zu stellen, die mir oft durch den Kopf geht, während wir uns vorsichtig auf diesem Weg in eine gemeinsame Zukunft vortasten.

»Was ist was? Du weißt, dass du mich alles fragen kannst.«

Das stimmt wirklich. Es ist so leicht, sich mit ihm zu unterhalten, was eins der vielen Dinge ist, die ich an ihm liebe. »Was ist, wenn das mit uns nicht funktioniert? Wir haben noch nicht miteinander geschlafen und sprechen schon davon, zusammenzuziehen. Was, wenn wir im Schlafzimmer die reinste Katastrophe sind?«

Sein Lachen ist das Beste überhaupt, denn aus vollem Herzen lacht er nur ganz selten – auch wenn er es schon viel öfter tut als früher.

»Ich meine das ernst!«

»Wir werden im Schlafzimmer keine Katastrophe sein, Veronica.«

»Woher willst du das wissen, Derek?«

»In dieser Sache musst du mir einfach vertrauen. Wie viele Monate noch, bis wir es herausfinden können?«

»Drei. Oder vier?«

»Ich werde vorher vermutlich spontan in Flammen aufgehen. Und so wissen wir, dass es gut sein wird.«

»Für den Fall, dass ich vergessen habe, es dir zu sagen: Ich bin dir sehr dankbar dafür, dass du mir diese Zeit lässt und wartest, bis ich so weit bin.«

»Für den Fall, dass *ich* vergessen habe, es *dir* zu sagen: Ich habe das Gefühl, auf dich zu warten ist das Klügste, was ich je getan habe.«

Derek

BEVOR ES OKTOBER WIRD, werde ich vor Verlangen nach ihr sterben. Ich war nie ein Mann, der sich von seinen Trieben hat steuern lassen, bis ich meine Gefühle für Roni auf Eis legen musste, damit sie ihr Trauerjahr für Patrick beenden kann. Ich verstehe, warum ihr das wichtig ist. Ich habe nach Vics Tod auch über ein Jahr gewartet, bevor ich eines Abends losgezogen bin, um mich flachlegen zu lassen, was auch geklappt hat. Danach ist es mir tagelang schlecht gegangen.

Wahllos Sex zu haben, nachdem man mit einer Frau verheiratet war, die man geliebt und verloren hat, ist genauso schlimm, wie es sich anhört. Aber ich war froh, dieses erste Mal hinter mich gebracht zu haben, damit ich mich nicht weiterhin fragen musste, wie furchtbar es werden würde. Nach einem Blind Date mit einer Freundin meiner Schwägerin habe ich es noch einmal gemacht. Ich mochte die Frau gern und wollte sie wiedersehen. Doch sie meinte, sosehr sie mich auch mögen würde, sie sei nicht bereit, sich auf einen Witwer mit Kind einzulassen. Das sei ihr alles zu viel.

Was in Ordnung ist.

Es ist viel. *Wir* sind viel, Maeve und ich und die Altlasten, die wir mit uns rumschleppen. Ich bin froh, dass ich auf jemanden wie Roni gewartet habe, die versteht, worauf sie sich einlässt. Und ich verstehe es auch. Ich bekomme eine wunderschöne, fröhliche, lustige, süße, sexy Frau, die sich großartig mit meiner Tochter versteht und einen Sohn hat, den ich anbete.

An einem Dienstag im Juli arbeite ich länger. Es ist die Woche, nachdem wir Ronis dreißigsten Geburtstag mit ihrer Familie gefeiert haben. Patrice hat Maeve bei Roni abgesetzt, die sich ums Abendessen und Baden kümmert, während ich am Telefon versuche, die Stimmen zu bekommen, die wir für Nicks bahnbrechendes neues Waffenkontrollgesetz benötigen. Alle wissen, dass wir etwas in der Richtung unternehmen müssen, aber der Gesetzesvorschlag war nicht leicht an den Mann zu bringen, und uns läuft die Zeit davon, bevor im August die Ferien beginnen. Je mehr Zeit nach der Schießerei in Des Moines im letzten Dezember vergeht, desto unwahrscheinlicher ist es, dass wir das Gesetz durchkriegen. Die Menschen vergessen und machen mit ihrem Leben weiter. Nur das Leben derer, die von Waffengewalt betroffen sind, ist für immer verändert.

Dieser Gesetzesvorschlag ist mir ein persönliches Anliegen –

genau wie Nick, denn er hat seinen Schwiegervater durch Waffengewalt verloren.

Wo wir gerade von ihm sprechen … Er taucht in der Tür zu meinem Büro auf und sieht immer noch so aus wie vor über fünfzehn Jahren, als wir uns am Anfang unserer politischen Karriere kennengelernt haben. Seine Hemdsärmel sind hochgekrempelt, die Krawatte gelockert, und den obersten Hemdknopf hat er vermutlich schon vor Stunden geöffnet.

Ich stehe auf, um ihn zu begrüßen. »Mr President.«

25

Derek

»Setz dich, Derek.«

»Ja, Sir.« Ich unterdrücke ein Lachen, weil ich weiß, wie sehr er es hasst, wenn seine Freunde ihn behandeln, als wäre er etwas Besonderes. Auch wenn er das ist.

»Wo stehen wir?«

»Uns fehlen drei Stimmen im Repräsentantenhaus und zwei im Senat.«

»Verdammt. Irgendwelche Risse in der Rüstung?«

»Möglicherweise. Ich setze am elterlichen Standpunkt an und frage, ob sie etwa nicht wollen, dass ihre Kinder und Enkel in einer sichereren Welt leben. Dass sie den Weihnachtsmann treffen können, ohne sich Sorgen machen zu müssen, ob ein psychisch kranker Mensch mit einer Waffe auftaucht.«

»Ich werde nie verstehen, wie jemand das nicht wollen kann.«

»Es geht mehr darum, was ihre Geldgeber wollen, wie du weißt.«

»Was totaler Blödsinn ist.«

»Über das Thema könnten wir die ganze Nacht reden.«

»Jap.«

»Ich denke, am Ende werden wir es schaffen. Sie lassen uns nur dafür arbeiten.«

»Es ist schon spät. Du solltest zu Hause bei Maeve sein.«

»Sie ist bei Roni und Dylan, die ihre liebsten Menschen auf der Welt sind. Daddy ist komplett ersetzt worden.«

»Ah, das ist aber echt süß.«

»Ja, ist es.«

»Ihr beide seid toll zusammen. Habt ihr schon irgendwelche Pläne?«

»Wir reden darüber, zusammenzuziehen, obwohl wir offiziell noch kein Paar sind.«

Er zieht verwirrt die Augenbrauen zusammen. »Seid ihr nicht?«

Ich schüttle den Kopf. »Sie möchte sich ein Jahr Zeit nehmen, um um Patrick zu trauern, was ich verstehe. Doch wir sind uns einig, dass wir zusammen sein wollen. Bisher ist es allerdings rein platonisch.«

»Ah, das ist interessant.«

»Und frustrierend.«

Wir lachen, und es erinnert mich an die alten Zeiten, bevor meine Frau ermordet worden ist und er das wichtigste Amt im Land übernommen hat.

»Aber es ist alles gut. Ich verstehe wirklich, was in ihr vorgeht, und sie ist das Warten wert.«

»Sam und ich freuen uns sehr für euch. Es ist toll, dass ihr euch gefunden habt.«

»Danke. Auf jeden Fall genieße ich es, mich nach so langer Zeit endlich wieder gut zu fühlen. Maeve liebt sie und Dylan, was die beiden erwidern.« Ich spiele mit meinem Stift, während ich versuche, das Einzige, was mir an der gemeinsamen Zukunft mit Roni Sorgen bereitet, zu verdrängen.

»Wenn du so glücklich bist, warum machst du dann das mit deinen Augenbrauen, was du immer machst, wenn dich etwas beunruhigt?«

»Hören Sie auf, so zu tun, als würden Sie mich gut kennen, Mr President.«

Er lacht so heftig, dass er am ganzen Körper bebt. »Ich kenne dich nun mal gut. Also, was ist los?«

»Ich liebe sie wirklich. Und Dylan.«

»Das ist offensichtlich. Was stört dich dann?«

»Absolut nichts.«

»Und das ist schlecht?«

»Na ja, manchmal hab ich Angst, wenn ich daran denke …« Ich zwinge mich, den Blick zu heben und meinen besten Freund anzuschauen. »Sollte ihr je etwas passieren …«

»Stopp, Derek. Tu dir das nicht an. Vic ist etwas unfassbar Grausames zugestoßen, doch du kannst diese Beziehung mit Roni nicht mit der Angst beginnen, dass sich so etwas wiederholt.«

»Dabei wissen wir beide, dass die Möglichkeit durchaus besteht. Guck dir nur an, wie ihr Mann gestorben ist – in der Mittagspause, während er sich um seinen eigenen Kram gekümmert hat.«

»Trotzdem … Ich verstehe, wie schwer es sein muss, sich nicht ständig das Schlimmste auszumalen. Jeden Tag, wenn ich mich von Sam verabschiede und sie zur Arbeit fährt, fürchte ich, dass ich sie nicht wiedersehen werde.«

»Wie hältst du das aus?«

»Manchmal gar nicht. Aber ich sage mir, die guten Zeiten – und jede Zeit mit ihr ist die beste, die ich je mit jemandem verbracht habe – sind die Sorgen wert, die damit einhergehen, sie zu lieben. Liebe ist das Risiko wert, Derek. Das weißt du.«

»Ja, ich weiß. Und ich freue mich auf eine Zukunft mit Roni. Ich gebe mir Mühe, den Schatten der Vergangenheit Einhalt zu gebieten. Es ist bloß manchmal schwer, nicht das Eintreten der nächsten Katastrophe zu befürchten.«

»Das verstehe ich. Doch wir haben nur das Hier und Jetzt, und wir müssen unser Leben in vollen Zügen genießen.«

»Das stimmt.«

»Ich hoffe, du weißt, dass ich immer da bin, wenn du einen Freund brauchst.«

»Das weiß ich. Es hat geholfen, es mal auszusprechen. Danke fürs Zuhören.«

»Jederzeit. Und jetzt muss ich nach oben, um meine Kinder zu sehen, bevor sie zu Bett gehen. Du solltest auch nach Hause fahren. Das ist ein Befehl«, fügt er lächelnd hinzu. »Morgen ist ein neuer Tag.«

»Ja, Sir, Mr President.«

»Lass das«, wirft er mir über seine Schulter zu, als er mein Büro verlässt.

Da der Präsident höchstpersönlich mir aufgetragen hat, für heute Schluss zu machen, tue ich das. Auf der Heimfahrt nutze ich jede kleine Lücke im Verkehr, um nach einem endlosen Tag schneller bei meiner Familie zu sein. Ich habe so ein Glück, dass Roni angeboten hat, nach ihrem Feierabend Maeve zu nehmen, damit ich heute ein wenig länger arbeiten kann. Aber ich versuche, es nicht zur Gewohnheit werden zu lassen, das Abendessen mit ihnen zu verpassen. Ich möchte gerne glauben, dass ich meine Lektion gelernt habe. Doch nun, wo wir so kurz davor stehen, für die Abstimmung die notwendige Unterstützung zu bekommen, wollte ich noch ein paar Extrastunden einlegen, weil die Kongressmitglieder gegen Tagesende leichter zu erreichen sind.

Als ich den Wagen wenige Straßen von Ronis Wohnung entfernt abstelle, lasse ich alle Sorgen und den Stress des Arbeitstags von mir abfallen und konzentriere mich ausschließlich auf die Menschen, die ich am meisten auf der Welt liebe. Roni und ich haben einander schon vor einiger Zeit Schlüssel für die jeweilige Wohnung gegeben, sodass ich selbst aufschließen kann. Ich eile die Treppe immer zwei Stufen auf einmal hoch, und vor der Tür höre ich Dylan weinen, Maeve plappern und Ronis tiefere Stimme.

Schon bevor ich den Schlüssel ins Schloss stecke, lächle ich. Das tue ich dieser Tage oft, und ich habe es Roni zu verdanken, dass es für mich ein zweites Kapitel gibt, das meine kühnsten Träume übersteigt. Dabei habe ich sie noch nicht einmal richtig geküsst.

Ich liebe es, dass die körperliche Seite unserer Beziehung nichts damit zu tun hat, wo wir jetzt sind. Wir waren Freunde – *beste* Freunde –, lange bevor wir etwas anderes waren, und ich vertraue darauf, dass dieses Fundament alles, was in der Zukunft noch passieren mag, überdauern wird.

Maeve stößt einen markerschütternden Schrei aus, als sie mich entdeckt, und wirft sich mir mit Schwung in die Arme. Sie drückt mich so fest, als hätte sie mich seit Wochen nicht gesehen. Sie weiß, wie sie den Tag ihres Vaters perfekt machen kann. Ich umarme sie, küsse sie und wirble sie herum, woraufhin sie in hysterisches Gelächter ausbricht.

»Vorsichtig, sie hatte Spaghetti zum Abendessen, und die sind sehr farbenfroh, wenn sie oben wieder rauskommen.«

»Oh. Danke für den Hinweis. Wie war dein Tag, Mäuschen?«

»Gut.« Maeve legt ihre kleinen Hände an meine Wangen und drückt sie zusammen, bevor sie mir einen Schmatzer auf die Lippen gibt. Könnte sie noch süßer sein? In der nächsten Sekunde windet sie sich in meinen Armen, um spielen zu gehen. Ich setze sie ab, und sie marschiert davon. Dann bleibt sie kurz stehen, um Dylan einen Kuss auf die Stirn zu geben, bevor sie sich dem Spielzeug zuwendet, das Roni ihr gekauft hat, damit sie auch in ihrer Wohnung Beschäftigung hat.

Ich lasse mich neben Roni aufs Sofa fallen. »Hallo, Schatz, ich bin zu Hause.«

Dylan streckt sofort die Arme nach mir aus, und ich nehme ihn ihr ab.

»Es ist nicht fair, dass er dich lieber mag als mich. Ich habe ihn immerhin zur Welt gebracht.«

Ich liebe es, Dylans Lieblingsmensch zu sein, und drücke ihn an mich, bevor ich mich vorbeuge, um Roni einen keuschen Kuss auf die Wange zu geben, obwohl ich mich nach so viel mehr sehne. »Er liebt dich am meisten, weil du die Milchbar leitest. Da kann ich nicht mithalten.«

»Wenn das stimmt, warum zieht er dich mir dann immer vor?«

»Aus dem gleichen Grund, aus dem Maeve dich mir vorzieht.«

»Und dieser Grund wäre?«

»Unsere Kinder haben einen guten Geschmack, was Menschen betrifft.«

Ihr Lächeln erhellt ihr bezauberndes Gesicht und macht mein Leben komplett. Es gibt Zeiten, so wie jetzt gerade, wo zwischen uns alles so perfekt ist, dass ich mich frage, wie ich überlebt habe, bevor sie sich in mein Leben gestalkt hat. Ich werde der flüchtigen Ähnlichkeit mit ihrem Mann immer dankbar sein, von der sie jetzt behauptet, sie wäre reines Wunschdenken gewesen. In Wahrheit findet sie, dass ich ihm überhaupt nicht ähnlich sehe, was mich irgendwie erleichtert.

»Möchtest du was essen?«, fragt sie.

»Ich sterbe vor Hunger.«

»Ich habe dir das Essen, das du zubereitet hast, im Ofen warm gestellt«, erwidert sie mit einem kecken Grinsen, das mich zum Lachen bringt.

»Du bist so gut zu mir.«

»Gleichfalls.«

»Ich hoffe, dass du das so siehst.«

»Das tue ich. Wirklich.«

In dem Moment kommt mir eine Idee … Eine große Idee, die in den nächsten Tagen und Wochen Wurzeln schlägt, während ich die Zeit bis zum Oktober und zu dem Wochenende mit den Wilden Witwen herunterzähle. Wir nehmen Dylan mit, weil Roni ihn immer noch stillt, aber Maeve wird bei meinen Eltern bleiben, und Roni und ich werden ein ganzes Wochenende für uns haben – nur mit unseren engsten Freunden. Doch es wird auch Zeit für uns beide geben, und ich habe vor, die auf die bestmögliche Art zu nutzen.

Roni

AM 10. Oktober nehme ich mir frei und bleibe mit Dylan zu Hause. Alle haben mich gefragt, ob ich an diesem Tag etwas Besonderes planen möchte, aber ich will endlich etwas tun, das ich schon sehr lange vor mir herschiebe.

Ich werde mir unser Hochzeitsvideo ansehen und mich

dabei meiner Liebe und Trauer und jedem anderen Gefühl hingeben, das das Video mit Sicherheit in mir hervorrufen wird.

Vor einer Woche habe ich Rebecca gebeten, es mir zu schicken, und ihr versprochen, sie anzurufen, sollte ich es mir mit ihr gemeinsam anschauen wollen.

Doch ich rufe weder sie noch sonst jemanden an. Nachdem ich Dylan für sein Vormittagsschläfchen hingelegt habe, mache ich mir einen heißen Kakao und starte das Video auf meinem Laptop. Ich bin mir bewusst, dass ich eine verheilte Wunde aufreiße und dass es verdammt wehtun wird.

Das Seltsame ist bloß, im Laufe des letzten Jahres habe ich mich daran gewöhnt, dass Patrick nicht mehr da ist, und während ich den Film von unserem wunderschönen Hochzeitstag anschaue, sehe ich nur das Glück, die Freude, die Aufregung und den Spaß.

Patrick ist so unglaublich süß, sentimental, emotional ... Sein Gelöbnis kommt aus tiefstem Herzen und berührt mich erneut. Es erinnert mich daran, dass ich einst aufrichtig und perfekt geliebt worden bin. Sein Gesicht zu sehen, seine Stimme zu hören ... Es ist so überwältigend, wie ich erwartet hatte, aber ich kann dieses Video auch als ein weiteres Geschenk betrachten, das meinem Sohn eines Tages sehr viel bedeuten wird.

Als ich unseren Hochzeitstanz zu »Yellow« von Coldplay verfolge, laufen mir die Tränen über die Wangen. Zu diesem Song haben wir getanzt, als wir das erste Mal miteinander ausgegangen sind, und seitdem war es unser Lied. Das ganze letzte Jahr über habe ich es bewusst vermieden, es zu hören, und jetzt bringt es eine Flut wunderschöner Erinnerungen zurück.

Nie werde ich die Reden vergessen, das Tanzen, den gesamten herrlichen Tag.

Noch lange nachdem das Video vorbei ist, liege ich auf dem Sofa, blicke an die Zimmerdecke, während der Film von Patricks und meinem gemeinsamen Leben vor meinem inneren Auge abläuft. Ich hoffe, dass ich nie die kleinen Dinge vergessen werde, die uns zu dem gemacht haben, was wir zusammen waren. Eines Tages möchte ich Dylan davon erzählen. Was auch der Grund ist, warum ich angefangen habe, Geschichten in meinem Notizbuch aufzuschreiben, die vielleicht irgendwann mal zu einem Buch werden. Wer weiß?

Ich habe gelernt, dass alles möglich ist und ich zu Dingen in der Lage bin, die ich mir vor diesem Tag im letzten Jahr nicht hätte vorstellen können.

Ich habe es geschafft.

Ich habe ein Jahr als Witwe überlebt.

Ich habe wundervolle neue Freunde gefunden und andere verloren, von denen ich dachte, sie würden immer ein Teil meines Lebens bleiben.

Ich habe ein Baby bekommen.

Ich habe mich wieder verliebt.

All das habe ich ohne Patrick getan, was noch vor einem Jahr unvorstellbar gewesen wäre.

Ein ganzes Jahr.

Derek ist der Einzige, der weiß, was für Pläne ich für heute hatte, also bin ich nicht überrascht, als ich eine Nachricht von ihm bekomme, in der er sich danach erkundigt, wie es mir geht.

Gut. Ich habe es angeschaut. Ich habe es überlebt. Und ich habe es sogar ein klein wenig genossen.

Kann ich irgendetwas für dich tun?

Möchtest du nachher vorbeikommen?

Auf jeden Fall, meine Süße.

Man hat mir gesagt, dass das zweite Jahr schwerer sein kann als das erste, so unvorstellbar einem das auch erscheinen mag. Nach dem, was die anderen erzählt haben, sind dann die ganzen »ersten Male« vorbei, und die grimmige Realität setzt ein. Ich wünschte, ich könnte den Schmerz vermeiden, der mir bevorsteht, aber wenn ich das tue, muss ich auch die Liebe, die Freude, die guten Zeiten vermeiden, mit denen die endlose Trauer gesprenkelt ist.

Also mache ich weiter.

Jahr zwei, ich komme!

26

Derek

Die Wilden Witwen sind bester Laune, als wir in Bethany Beach eintreffen, das um diese Jahreszeit zum Großteil verwaist ist. Was der Hauptgrund dafür war, dieses Wochenende im Herbst zu planen. Wir wollen eine friedvolle Zeit miteinander, ohne Menschenmassen, und der Preis hat auch gestimmt. Unsere Gruppe übernimmt die beiden großen Häuser, die je zehn Schlafzimmer haben und direkt nebeneinanderliegen.

Gage hat ausreichend Holz mitgebracht, um das ganze Wochenende über ein Lagerfeuer in Gang zu halten, und da finden wir uns nach dem Abendessen am Freitag ein.

Roni hat Dylan in einen süßen Fleece-Anzug gesteckt, und er ist bester Laune, während er von einem Arm zum nächsten gereicht wird. Er ist ein unkompliziertes Baby, das Menschen liebt, weshalb niemand was dagegen gehabt hat, dass wir ihn zu diesem Wochenende ohne Kinder mitbringen.

Letzte Woche hat Roni still den ersten Todestag von Patrick begangen und auch die Messe besucht, die seine Eltern für ihn haben lesen lassen. Wir haben darüber gesprochen, ob ich sie begleiten soll, uns jedoch dagegen entschieden. Später ist noch genug Zeit dafür, dass seine Familie sich an uns beide als Paar gewöhnt. Patricks Todestag war nicht der richtige Anlass.

Ich habe seit Wochen an diese Nacht und das Wochenende gedacht. Aber jetzt, wo es so weit ist, sitze ich wie erstarrt auf meinem Stuhl am Feuer, während Roni sich angeregt mit Joy, Kinsley, Lexi und Iris unterhält.

Sie haben uns in einer der Suiten im Erdgeschoss untergebracht, wohinter meiner Vermutung nach Iris steckt. Sie ist die Einzige, die weiß, dass Roni und ich heute zum ersten Mal ein Bett teilen. Die anderen denken, dass wir das schon eine ganze Weile tun, und wir haben uns nie die Mühe gemacht, ihre Annahme zu korrigieren. Die Interna unserer Beziehung haben wir für uns behalten, auch wenn sich das alles im Kreis der Wilden Witwen entwickelt hat.

Da es mir wichtig ist, vor dem Zubettgehen mit Roni zu reden, strecke ich die Hand aus und berühre sie am Arm.

Sie schaut mich im Licht des Lagerfeuers an.

Als ich das Gesicht betrachte, das mir inzwischen so vertraut und lieb ist, beruhigt sich meine innere Anspannung, und ich nehme nur sie wahr, die Antwort auf jedes Gebet, das ich in den Tiefen meiner Verzweiflung gesprochen habe.

»Geht es dir gut?«, erkundigt sie sich.

»Ja, super. Können wir einen Spaziergang machen? Ich möchte mit dir reden.«

»Klar. Ich frage eben Iris, ob sie Dylan nimmt.« Sie beugt sich über Kinsley, um mit Iris zu sprechen. »Kann ich ihn für eine Minute bei dir lassen?«

»Natürlich. Er hält mich warm.«

»Ja, er ist ein echter Ofen«, erwidert Roni lachend, als ich ihr aufhelfe.

»Verlauft euch nicht in den Dünen, ihr Irren«, sagt Joy.

»Wir geben uns Mühe.« Ich halte Ronis Hand, als ich mit ihr in Richtung Wasser gehe. Der Vollmond badet den Strand und das Wasser in seinem silbrigen Licht.

»Wo willst du hin?«, fragt sie.

»Hier entlang.« Ich führe sie zu einer Stelle, die ich vorher ausgekundschaftet habe. Hier sind wir außer Sichtweite unserer Freunde, aber nicht zu weit weg von den Häusern.

»Was gibt es hier?«

»Das wirst du schon sehen.«

Vorhin habe ich hier eine Decke und zwei Laternen deponiert. »Schließ die Augen.«

»Was ist hier los?«

»Tu einfach ein einziges Mal, was man dir sagt, Veronica.«

»Okay, Derek.«

Habe ich schon erwähnt, dass ich sie anbete? Ich breite die Decke aus und zünde die Laternen an, bevor ich zu Roni zurückkehre und sie zur Decke bringe. »Setz dich.«

»Kann ich jetzt die Augen aufmachen?«

»Ja.«

»Oh! Darum bist du also vorhin verschwunden?«

»Vielleicht.«

»Das ist schön.«

»Ich bin froh, dass es dir gefällt. Ich wollte allein mit dir reden, bevor wir zum ersten Mal eine Nacht zusammen verbringen.«

»Ist alles in Ordnung?«, fragt sie besorgt.

Das kann ich nicht zulassen. Ich küsse die Falte zwischen ihren Augenbrauen. »Alles ist perfekt, seitdem du mich gesehen und beschlossen hast, mich zu stalken.«

Wie immer lacht sie und verbirgt ihr Gesicht in den Händen. »Das werde ich wohl bis an mein Lebensende zu hören kriegen.«

»Ganz genau. Für den Fall, dass es dir bisher noch nicht bewusst ist, dich zu finden hat mein Leben gerettet – und das von Maeve. Wir beide lieben dich und Dylan so sehr.«

»Wir lieben euch auch«, antwortet sie leise. »Ich hätte mir nie vorstellen können, dass es möglich ist, Patrick so sehr zu lieben, wie ich es immer tun werde, und jemand anderen genauso sehr zu lieben. Aber das tue ich. Ich liebe dich, wie ich ihn geliebt habe. Wenn du mir vor anderthalb Jahren gesagt hättest, dass ich mit einem Mann, der nicht Patrick ist, am Strand sitzen und ihm meine Liebe gestehen würde, hätte ich dich für verrückt erklärt.« Mit dem Ärmel ihres Pullovers wischt sie sich eine Träne weg. »Doch das Leben passiert, und du warst da und bist so perfekt und …«

»Und …« Nun endlich küsse ich sie, wie ich es schon so lange tun will.

Sie schlingt mir die Arme um den Nacken und öffnet ihre Lippen meiner Zunge.

Ich verliere mich komplett in dem Gefühlsüberschwang, diese Frau zu küssen, die ich inzwischen so sehr liebe. Bevor ich begreife, was passiert, liegen wir auf der Decke und küssen uns mit dem ganzen aufgestauten Verlangen der letzten Monate. Ich muss beinahe lachen, als ich mich daran erinnere, wie sie sich gefragt hat, ob wir im Schlafzimmer wohl eine Katastrophe sein werden. Das wird definitiv kein Problem sein.

So gern ich sie weiter küssen würde, erst müssen wir reden. Also beende ich langsam den Kuss und blicke sie an. »Das Warten hat sich gelohnt.«

»Ja. Mehr bitte.«

»Mir ist es wirklich wichtig, dass ich dich etwas frage, bevor wir die Nacht zusammen verbringen. Es ist etwas Großes, Lebensveränderndes, und vielleicht bist du dazu noch nicht bereit. Aber ich wollte dich fragen, bevor wir miteinander schlafen, damit bei dir kein Zweifel bleibt, dass ich es aus den richtigen Gründen tue.«

Sie beißt sich auf die Unterlippe und schaut voller Liebe und Bewunderung, Trauer und Glück und mit so vielen anderen Gefühlen zu mir hoch, die sich in ihren Augen widerspiegeln. »Was möchtest du mich fragen?«

»Zuerst will ich dir etwas erzählen.« Ich streiche ihr über die Wange und küsse sie noch einmal. »Ich liebe dich, und ich liebe Dylan. Ich liebe deine Eltern und deine Familie, und ich liebe unsere unglaubliche Freundschaft, wie ich sie so gar nicht kannte.«

»Das liebe ich alles auch. Vor allem unsere Freundschaft und natürlich deine Geduld sowie deine Entschlossenheit, mir die Zeit zu lassen, die ich gebraucht habe, um für das hier, für uns, bereit zu sein.«

Erneut küsse ich sie, denn ... wie könnte ich das nicht? Jetzt, wo ich eine Kostprobe von ihr hatte, will ich mehr.

»Das bringt mich zu meiner Frage.« Ich gebe ihr einen Kuss auf die Stirn, auf die Lider ihrer geschlossenen Augen, auf die Nasenspitze und auf die Lippen. »Willst du, wunderschöne Veronica, mich an einem Punkt in der Zukunft, wenn es sich für uns richtig anfühlt, heiraten und mir helfen, Maeve aufzuziehen? Willst du ihre Mom sein und mir erlauben, Dylan als meinen Sohn aufzuziehen, wobei wir natürlich die Erinnerungen an ihre verstorbene Mutter und seinen verstorbenen Vater wachhalten? Willst du dir ein Leben mit mir und den Kindern aufbauen, die wir schon haben, und mit denen, die wir möglicherweise noch bekommen werden?«

»Ja, Derek.« Tränen rollen ihr über die Wangen, als sie mein Gesicht in ihre Hände nimmt und mich küsst. »Ja. Alles davon.«

»Behalte den Gedanken einen Moment im Kopf.« Ich stütze mich auf einen Ellbogen und fische den Ring aus meiner Tasche, den ich vor ein paar Wochen gekauft habe. Dann nehme ich Ronis linke Hand und stecke ihn ihr an. »Du kannst selbst entscheiden, wann du bereit bist, diesen Ring zu tragen und der Welt zu sagen, was wir füreinander sein wollen. Wir machen das auf unsere Weise und in unserem Tempo, doch ich konnte dich nicht fragen, ohne dir einen Ring zu schenken.«

»Er ist wunderschön.«

Ich habe mich für einen rechteckig geschliffenen Diamanten entschieden, der von kleineren Diamanten umgeben ist. Der Ring sollte einzigartig und besonders sein, so wie sie. Ich habe Victoria von ganzem Herzen geliebt, aber ich hatte nie das Gefühl, sie wirklich zu kennen. Nach ihrem Tod habe ich erfahren, warum das so war. Das mit Roni dagegen ... Es ist anders. Zwischen uns gibt es keine Geheimnisse, keine Hintergedanken oder finsteren Pläne. Wir sind einfach zwei Menschen, die mit das Schlimmste erlebt haben, was das Leben zu bieten hat, und die das Glück hatten, einander zu finden.

Als ich Iris mal erzählt habe, dass ich keine Ahnung hätte, wie ich ohne die Liebe meines Lebens weitermachen solle, hat sie sehr sanft gesagt, dass es nach so einer Tragödie schwer vorstellbar sei, aber womöglich sei Victoria nicht die Liebe meines Lebens gewesen. Es könne passieren, dass ich eines Tages eine andere Frau treffe, die das ist. Damals kam mir das absurd vor. Doch inzwischen ist mir seit einer ganzen Weile klar, dass sie recht hatte.

Roni ist die Liebe meines Lebens. Sie ist diejenige, mit der ich alt werden will und die, so Gott will, bei allen Höhen und Tiefen an meiner Seite sein wird. Ich hoffe, dass ich das für sie ebenfalls bin, auch wenn ich weiß, dass ein anderer Mann, den sie geliebt hat, sterben musste, damit sie für mich frei ist. Das ist alles so verdammt kompliziert, aber irgendwie gleichzeitig total einfach.

Ich liebe sie.

Sie liebt mich.

Wir lieben unsere Kinder.

Nach den zwei schwierigsten Jahren meines Lebens schenkt sie mir Hoffnung auf eine Zukunft, zu der wieder Lachen und Freude gehören.

»Willst du es den anderen sagen?«, erkundige ich mich.

»Dieses Geheimnis kann ich auf keinen Fall das ganze Wochenende über für mich behalten.« Sie streicht mir eine Strähne aus der Stirn. »Du sollst wissen, wie viel es mir bedeutet, dass du mich gefragt hast, bevor wir zum ersten Mal eine Nacht zusammen verbringen.«

»Ich weiß nicht, warum sich das so wichtig angefühlt hat.«

»Vielleicht ist das zu viel Information, doch in den ersten Jahren hatten Patrick und ich ständig Sex. Ich meine, versteh mich nicht falsch, wir haben auch andere Dinge unternommen, aber der Fokus lag definitiv auf dem Sex.«

»Bei mir und Vic war es genauso. Wir haben anfangs ganze Wochenenden im Bett verbracht.«

»Ja. Das war toll, dennoch ist es auch toll, wie es mit uns läuft.«

Ich wackle mit den Augenbrauen. »Jetzt kommen wir zum spaßigen Teil.«

»Es könnte sein, dass ich … Also, ich bin bisher nur mit

Patrick zusammen gewesen. Es könnte sein, dass ich emotional werde. Bist du darauf vorbereitet?«

»Ich bin auf alles vorbereitet. Und es würde mich überraschen, wenn du nicht emotional wirst. Es ist eine große Sache, zum ersten Mal mit einem anderen zu schlafen.«

»Warst du dabei emotional?«

»Ich war angewidert. Es war eine Zufallsbekanntschaft, und ich habe mich danach schlecht gefühlt. Ich hätte auf dich warten sollen, damit wir es zusammen zum ersten Mal tun können.«

»Heute Nacht wird ein Neuanfang für uns beide.«

»Was meinst du, wie bald können wir damit anfangen?«

Sie lacht und küsst mich.

Ich kann weder von ihrem Lachen noch von ihren Küssen genug kriegen.

»Ich muss Dylan bettfertig machen, also können wir ihn als Ausrede dafür nutzen, uns früh zurückzuziehen.«

»Mir gefällt deine Art, zu denken.«

»Danke, dass du dir so viel Mühe gibst.«

»Für meine Verlobte nur das Beste.«

»Verlobte«, sagt sie, als müsse sie das Wort ausprobieren. »Vor gar nicht langer Zeit war ich Patricks Verlobte, und jetzt bin ich deine. Manche Menschen haben nie das Glück, die große Liebe zu finden, schon gar nicht zweimal.«

»Wir haben wirklich viel Glück, was das angeht. Und wenig Glück, was andere Dinge betrifft. Wenn du mich fragst, haben wir jeden Fitzel hart erarbeiteten Glücks und Freude verdient, den wir gemeinsam finden können.«

»Das sehe ich genauso.«

Ich strecke meine Hand aus, um Roni aufzuhelfen. »Komm, bringen wir Dylan ins Bett.«

Roni

MIT SEINEM WUNDERSCHÖNEN Antrag am Strand hat mich Derek total überrascht, und ich liebe ihn dafür, dass er es getan hat, bevor wir heute Nacht zum ersten Mal miteinander schlafen. Es bedeutet mir sehr viel, dass unsere Beziehung als verlässliche Freundschaft begonnen hat, die ich in einer Zeit gefunden habe, als ich sie am meisten gebraucht habe.

Aber ich werde nicht lügen. Als Derek und ich Hand in Hand zu unseren Freunden zurückgehen, fühle ich mich komisch, weil ich den Ring eines anderen Mannes am Finger trage.

Das ist albern, ich weiß, doch so ist die Trauer eben.

Ich freue mich riesig, dennoch regen sich leise Schuldgefühle, weil ich meinen verstorbenen Mann »betrüge«. Eine Minute lasse ich diese Gefühle zu, bevor ich sie in einer Kiste in meinem Kopf verstaue, damit sie mich nicht von einem ansonsten perfekten Abend ablenken.

Patrick hat mich von ganzem Herzen geliebt. Er hätte Derek gemocht, und das tröstet mich.

Als wir ans Lagerfeuer zurückkehren – jeder von uns mit einer Laterne in der Hand und Derek mit der Decke über der Schulter –, schauen uns die anderen neugierig an. Mein Blick geht sofort zu Dylan, der in Iris' Armen schläft.

»Was ist los, ihr Turteltauben?«, fragt Joy in ihrer typisch direkten Art.

»Ach, nicht viel«, antworte ich, bevor ich meine Hand ausstrecke. »Aber er hat mir einen Ring angesteckt.«

Sie brechen in Jubel aus, der prompt Dylan weckt.

Ich reiche Derek meine Laterne und nehme Iris meinen Sohn ab.

»Herzlichen Glückwunsch«, sagt sie. »Da hast du einen Guten erwischt.«

»Danke. Und ja, ich weiß.«

Während ich Dylan beruhige, nehme ich die Glückwünsche der anderen Wilden Witwen entgegen.

»Wann ist der große Tag?«, will Gage wissen.

»Ich habe keine Ahnung.« Ich sehe Derek an. »Können wir uns dazu später melden?«

»Na klar.« Gage gibt mir einen brüderlichen Kuss auf die Stirn. »Ich präpariere schon mal meine Tanzschuhe.«

»Ich bin neidisch«, sagt Adrian grinsend, als er mich umarmt. »Ihr rockt dieses Zweite-Kapitel-Ding, während der Rest von uns noch versucht, herauszufinden, wie Tinder funktioniert.«

Ich lache über seine Grimasse. »Das ist einfach so passiert. Wir haben definitiv nicht danach gesucht.«

»Und so ist es am besten. Wenn man es am wenigsten erwartet.«

»Ich hoffe, ihr wisst, dass Derek und ich da sein werden, bis ihr alle euer zweites Kapitel gefunden habt.«

»Darauf zählen wir«, antwortet Kinsley.

»Äh, eins noch«, sage ich und werfe Derek einen Blick zu. »Könntet ihr das für euch behalten, bis wir die Möglichkeit hatten, es unseren Familien zu erzählen?«

»Natürlich«, verspricht Brielle. »Unsere Lippen sind versiegelt.«

Die anderen nicken zustimmend.

»Danke. Tja, ich schätze, jetzt werde ich diesen kleinen Kerl mal füttern und ihn dann ins Bett bringen.« Wieder schaue ich zu Derek. »Willst du mir helfen?«

»Na klar.«

Die anderen stöhnen.

»Sehr subtil«, meint Lexi.

»Haltet euch heute Nacht von der Suite im Erdgeschoss fern«, warnt Christy.

»Wenn die Betten quietschen, einfach ignorieren«, wirft Wynter mit einem verschmitzten Lächeln ein.

Es ist gut, dass das Feuer so heiß brennt und damit eine Erklärung für meine roten Wangen liefert. »In diesem Sinne wünsche ich euch allen eine gute Nacht.«

Derek verabschiedet sich auch und folgt mir den Weg zum Haus hinauf.

»Das war peinlich.«

»Wir wussten, dass das auf uns zukommt«, erwidert er lachend. »Soll ich ihn dir abnehmen?«

»Gern.« Ich reiche ihm Dylan. »Er ist auf einmal so schwer.«

»Ja, unser kleiner Junge wächst ordentlich.«

Unser kleiner Junge … Da sind sie wieder, die leichten Schuldgefühle, die die Freude trüben. Patrick sollte bei uns sein, mit mir zusammen unseren kleinen Jungen großziehen, aber da er es nicht kann, wird Derek das übernehmen. »Ich habe darüber nachgedacht, wie er dich nennen soll.«

»Er kann mich nennen, wie immer er will.«

Wir klopfen uns den Sand von den Füßen und betreten das Haus durch die seitliche Schiebetür, die wir hinter uns zuziehen, um die Kälte auszusperren.

»Ich hatte gedacht, dass ich euch Daddy Patrick und Daddy Derek nenne. Er soll wissen, dass er zwei Väter hat.«

»Das klingt perfekt. Ich wäre gern sein Daddy Derek.«

»Er hat so ein Glück, dich in seinem Leben zu haben.«

»Und *ich* habe Glück, *ihn* zu haben. Ich liebe es, dass Maeve zur großen Schwester wird.«

»Ich auch.«

Im Schlafzimmer fällt mein Blick auf den Nachttisch, auf dem eine Flasche Champagner, zwei Gläser und ein Paar Duftkerzen mit einem Feuerzeug stehen. Daneben liegt ein Zettel mit einer handgeschriebenen Nachricht.

»Was haben wir denn hier?«, frage ich Derek.

»Ich habe keine Ahnung. Das war ich nicht.«

Ich nehme den Zettel in die Hand und lese die Nachricht laut vor: »»Herzlichen Glückwunsch euch zwei wundervollen Menschen zu eurem wunderschönen und wohlverdienten zweiten Kapitel. Mit eurer Würde und Resilienz seid ihr eine Inspiration für uns alle. Ich freue mich so für euch! Alles Liebe, Iris‹. Ach, das ist so süß von ihr! Wusste sie, was du vorhattest?«

»Ja. Ich habe sie gefragt, ob sie es für unangebracht hält, wenn ich dich an diesem Wochenende frage, an dem all unsere verwitweten Freunde dabei sind. Sie meinte, auf keinen Fall. ›Wir haben gesehen, wie ihr euch verliebt habt‹, hat sie gesagt. ›Deshalb ist es nur richtig, dass wir auch dabei sind, wenn ihr es offiziell macht.‹ Sie meinte außerdem, dass es den anderen Hoffnung darauf gibt, eines Tages ebenfalls eine neue Liebe zu finden.«

»Sie ist so reizend. Ich hoffe und bete, dass es für sie genauso passiert.«

»Daran glaube ich fest. Sie steht der Idee sehr offen gegenüber, was das Wichtigste ist.«

»Stimmt.«

»Wenn du dir den Sand abspülen willst, kann ich Dylan wickeln und ihm seinen Schlafanzug anziehen.«

»Das wäre super. Danke.«

»Kein Problem.«

Normalerweise kümmere ich mich hauptsächlich allein um Dylan, was inzwischen gut klappt, aber es ist schön, einen Partner zu haben, der mir mit ihm hilft. Wenn Derek bei uns ist, springt er immer wieder ein. Mein Herz schmerzt für Iris, Brielle, Adrian und die anderen alleinerziehenden Eltern in unserer Gruppe. Einige von ihnen haben einen Partner verloren, der ihnen von Anfang an geholfen hat. Ich kann mir vorstellen, dass es schwerer ist, sich umzugewöhnen, wenn man vorher Unterstützung gehabt hat.

In der Dusche überkommt mich zum ersten Mal Nervosität wegen dem, was heute Nacht passieren wird. Ich habe mir endlos Zeit damit gelassen, es zu tun, bis ich Patrick getroffen habe, und ich war überrascht, wie gut es von Anfang an war. Mein Vergnügen hat für ihn immer an erster Stelle gestanden.

Ich erinnere mich daran, wie ich Sarah davon erzählt habe und sie meinte: »Dieses Einhorn musst du unbedingt heiraten.«

Die Erinnerung lässt mich lächeln, auch wenn ich den Verlust ihrer Freundschaft immer noch bedauere. Seitdem sich die Kluft zwischen uns aufgetan hat, meldet sie sich immer wieder bei mir, fragt, wie es Dylan und mir geht, und versichert mir, dass sie an uns denkt. Vielleicht muss ich ihr irgendwann verzeihen, dass sie in der Zeit, als ich sie gebraucht habe, nicht so stark war, wie ich es mir gewünscht hätte. Mein Jahr als Witwe hat mich gelehrt, dass nicht alle über diese innere Kraftquelle verfügen, die mir über die schlimmste Zeit hinweggeholfen hat.

Diese innere Kraft brauche ich auch jetzt, wenn ich zum ersten Mal mit einem Mann schlafe, der nicht mein Ehemann ist. Es ist mehr als zehn Jahre her, dass ich das letzte Mal jemand anderen als Patrick geküsst habe.

Nach der Dusche creme ich mich mit duftender Körperlotion ein, putze mir die Zähne, bürste mir die Haare und ziehe mein Nachthemd und den passenden Morgenmantel aus blassblauer Seide an. Ich bin so bereit für diesen nächsten Schritt mit Derek, wie ich nur sein kann. Als ich aus dem Bad komme, sitzt er mit Dylan auf den Knien auf der Bettkante, der wild mit Armen und Beinen rudert.

»Da hat wohl jemand zu viel Energie, scheint mir«, bemerke ich.

»Er wartet auf Mommy und ihre magische Milch, die ihn satt und müde macht.« Derek schaut zu mir auf und sieht mich lange und hungrig an. »Du bist wunderschön.«

»Danke.«

»Wenn du den kleinen Mann übernimmst, springe ich eben unter die Dusche.«

Ich setze mich ebenfalls aufs Bett und nehme ihm Dylan ab, um ihn zu stillen.

Bevor Derek aufsteht, sagt er: »Hey.«

Ich blicke zu ihm auf. »Ja?«

»Zerbrich dir nicht den Kopf. Es sind nur du und ich. Und es wird unglaublich, weil wir es sind.«

»Woher wusstest du, dass ich das hören musste?«

Er zuckt mit den Schultern. »Ich hatte so ein Gefühl.« Dann streicht er mir mit der Fingerspitze über die Wange. »Was auch immer heute Nacht zwischen uns passieren wird, wird zu den besten Dingen gehören, die mir seit dem Tod meiner Frau passiert sind. Selbst wenn wir bloß aneinandergekuschelt schlafen. Also mach dir keine Sorgen, okay?«

»Okay.« Seine Worte beruhigen mich auf eine Weise, wie nichts sonst es könnte. Von Anfang an waren sein Verständnis und seine Unterstützung der Grund dafür, dass unsere Beziehung wie ein Phönix aus der Asche unserer gemeinsamen Trauer aufsteigen konnte.

27

Roni

Als Derek nur in Basketballshorts aus dem Bad kommt, frisch rasiert und mit feuchtem Haar, habe ich Dylan gestillt und zum Schlafen in sein Reisebettchen gelegt. Vor der Abfahrt haben Derek und ich noch darüber gelacht, wie viel Kram man mitschleppen muss, wenn man mit so einem winzigen Wesen für gerade mal zwei Nächte verreist.

»Schläft er?«, fragt Derek flüsternd.

»Wie ein Murmeltier.«

»Darfst du einen Schluck Champagner trinken?«

Da ich stille, habe ich bisher auf Alkohol verzichtet. »Ich schätze, ein Schlückchen wird nicht schaden. Und immerhin haben wir etwas zu feiern.«

»Das haben wir.« Er nimmt die Flasche und die Gläser mit ins Bad, damit das Poppen des Korkens Dylan nicht weckt, und kehrt mit zwei gefüllten Gläsern zurück.

Ich habe mich absichtlich für die Bettseite entschieden, auf der Patrick immer geschlafen hat, weil ich will, dass mit Derek im Bett alles anders ist.

Er setzt sich neben mich und reicht mir ein Glas. »Auf uns und den Beginn unseres zweiten Happy Ends.«

Ich stoße leise mit ihm an. »Auf uns.«

Der Sekt explodiert förmlich auf meiner Zunge und geht mir nach so langer Abstinenz sofort ins Blut. »Das ist gut.«

»Jap.«

»Ich kann nicht aufhören, meinen Ring anzuschauen. Er ist absolut umwerfend.«

»Freut mich, dass er dir gefällt. Ich habe wochenlang überlegt, welchen ich dir kaufen soll, bin aber immer wieder auf den hier zurückgekommen. So einen hatte ich vorher noch nie gesehen, und das hat mir gefallen.«

»Ja, er ist wirklich einzigartig. So ein Design hab ich auch noch nie gesehen.« Ich blicke Derek an. »Ich habe gerade an meine erste Verlobung gedacht und daran, dass wir es, keine zwei Sekunden nachdem wir es unseren Eltern erzählt hatten, auf Facebook gepostet haben.«

»Du kannst es ruhig allen sagen, wenn du willst. Damit habe ich kein Problem.«

»Ich weiß, aber ich würde gern noch ein wenig warten. Ich dachte, wir könnten unsere Familien vielleicht zu Thanksgiving einladen und es ihnen dann verkünden?«

»Das ist ein guter Plan, und es gibt ihnen die Möglichkeit, uns noch häufiger als Paar zu erleben, bevor sie erfahren, dass wir vorhaben, für immer zusammenzubleiben.«

»Ganz genau. Und aus dem gleichen Grund fände ich es schön, wenn wir beide etwas Zeit allein mit deinen, meinen und Patricks Eltern verbringen könnten.«

»Das gefällt mir. Ich habe meinen Eltern bereits erzählt, dass wir im neuen Jahr nach einem gemeinsamen Zuhause suchen.«

»Meine wissen es auch, doch mit Patricks Eltern muss ich noch darüber sprechen.«

»Was, glaubst du, werden sie sagen?«

»Ich bin mir nicht sicher, aber ich hab ihnen erklärt, dass ich entschlossen bin, mein Leben so zu leben, wie es mir gefällt, und nicht, wie es ihnen recht wäre. Ich denke, wir sind in diesem Sommer zu einer Übereinkunft gekommen, und ich melde mich seitdem öfter bei ihnen und sorge dafür, dass sie Dylan sehen können, wann immer sie wollen.«

»Du bist ihnen eine wundervolle Schwiegertochter, Roni.

Das habe ich bei mehreren Gelegenheiten beobachten können. Solange wir weiterhin auf sie und Patricks Andenken Rücksicht nehmen, muss ich einfach glauben, dass sie mich irgendwann als Teil deines Lebens akzeptieren.«

»Das hoffe ich sehr. Und selbst wenn nicht, ändert das für mich nichts.«

»Wirklich?« Seine Lippen verziehen sich zu einem sexy Lächeln.

»Wirklich.«

Er nimmt mir das Glas ab und stellt es neben seins auf den Nachttisch auf seiner Bettseite. Als er sich mir wieder zuwendet, spüre ich, wie mich Aufregung und Vorfreude erfassen und … nun, so ziemlich jede andere Emotion, die ich je gehabt habe.

»Entspann dich, Roni. Ich bin es nur. Und ich liebe dich.« Er legt mir einen Finger unters Kinn und gibt mir einen zarten Kuss. »Denk dran, wenn wir einfach nur zusammen einschlafen, ist das für mich vollkommen in Ordnung.«

Er ist perfekt für mich, und ich liebe ihn auch, weshalb ich mehr will, als einfach nur in seinen Armen zu schlafen. Ich ziehe ihn an mich, für einen Kuss wie vorhin am Strand – tief und innig, sodass ich alles vergesse, was nicht er ist oder dieser Moment, der nur uns gehört.

Der eine Kuss führt zu einem zweiten, dem sechs oder zehn weitere folgen. Ich verliere den Überblick darüber, wie lange wir wie zwei Teenager rummachen, die endlich, nach einer Ewigkeit, eine Minute allein miteinander haben. Bei dem Gedanken muss ich kichern.

Er löst sich von mir. »Es ist nicht gut für mein empfindliches Ego, wenn du lachst, während ich dich küsse.«

»Das hier erinnert mich daran, wie es als Teenager war.«

»Was für ein Teenager warst du, Roni?«

»Ein Teenager mit einem Freund, den meine Eltern keine Sekunde aus den Augen gelassen haben, damit wir ja keine Zeit allein hatten, bis wir ungefähr ein Jahr zusammen waren.«

»So wie wir, hm?«

»Deshalb ist es ja so lustig.«

»Ich werde dich noch sehr viel öfter küssen müssen, um all

die Male wettzumachen, bei denen ich es wollte, aber nicht konnte.«

»Damit bin ich sehr einverstanden.«

Er zupft am Gürtel meines Morgenmantels. »Was ist darunter?«

»Willst du es sehen?«

»Ist das eine rhetorische Frage?«

Ich habe nicht erwartet, zu lachen, doch ich hätte es besser wissen müssen. Er bringt mich immer zum Lachen, und ich *liebe* es, ihn zum Lachen zu bringen.

Ich richte mich auf die Knie auf, um mir den Morgenmantel abzustreifen und zu Boden fallen zu lassen.

»Ich brauche eine Minute, um alles ganz genau zu betrachten.«

»Du kannst so lange gucken, wie du willst.«

»Darf ich auch anfassen?«

»Bitte.«

Derek hatte recht. Das hier ist leicht, weil er es ist. Mit ihm war es von Anfang an so, weshalb wir heute Nacht auch ein Bett teilen.

Als er sich aufrichtet, schlinge ich ihm die Arme um den Hals und beschließe, ihm von diesem Gedanken zu erzählen. »Mit einem anderen als dir hätte ich nie den Punkt erreicht, an dem ich jetzt bin.«

Er küsst sich an meinem Hals entlang. »Das hoffe ich doch.«

Lachend stupse ich ihn in die Seite, woraufhin er ebenfalls lacht. »Du weißt, was ich meine. So, wie das alles gekommen ist … Das war genau das, was ich gebraucht hab.«

»Geht mir genauso, Süße. Es war von Anfang an perfekt.«

»Meinst du mit ›Anfang‹ nach dem Stalking oder davor?«

Über sein leises Lachen muss ich lächeln. »Alles. Jede einzelne Minute.«

Danach gibt es keine Worte mehr, nur Küsse, Zärtlichkeiten und verzweifeltes Verlangen. Ich hatte keine Ahnung, wie sehr ich die Berührungen eines Mannes vermisst habe, bis Derek mich daran erinnert. Er bewegt sich langsam und vorsichtig, und sein Respekt dafür, dass das hier für mich das erste Mal nach Patrick ist, lässt meine Liebe zu ihm nur noch größer werden.

Mein Nachthemd verschwindet, und ich spüre Dereks Lippen auf meinen Brustspitzen, was meine Lust nur weiter anfacht. Hitze sammelt sich zwischen meinen Schenkeln.

»Brauche ich ein Kondom?«, fragt er und hebt den Kopf, um mich anzusehen.

»Ich, äh, habe ein Rezept für dieses hormonfreie Verhütungsgel, das ich verwenden kann, während ich stille. Und ich war so frei, es zu benutzen.«

»Du steckst voller Überraschungen.«

»Ich wollte für dich bereit sein.«

»Und fühlst du dich bereit?«

Ich nicke. Ich bin so bereit für diesen nächsten Schritt auf meiner Reise, wie ich nur sein kann, und ich bin überglücklich, dass ich diesen Schritt mit einem Mann tun kann, den ich liebe und respektiere.

»Ich werde mal hier oben anfangen ...« Er küsst sich an meinem Oberkörper hinunter.

»Nicht auf meine Schwangerschaftsstreifen gucken.«

»Ich sehe nichts außer einer sehr sexy Frau.«

»Machen Sie bitte weiter so, Mr Kavanaugh.«

»Sie sind wunderschön, Mrs Connolly.«

Das erinnert mich an noch etwas, worüber ich mit ihm reden will, doch nicht jetzt. Definitiv nicht jetzt, wo er damit fortfährt, mir mit seinen Lippen, seiner Zunge und seinen Fingern zu zeigen, dass wir auch im Bett perfekt zusammenpassen. Ich presse mir eine Hand auf den Mund, um die Laute zu dämpfen, die ich beim ersten Orgasmus seit wer weiß wie langer Zeit von mir gebe.

»Hmm. Hab ich ja gesagt.«

»War klar, dass du das nicht unerwähnt lassen würdest.«

»Wenn ich recht habe, habe ich recht. Bist du bereit für mehr?«

»Ja, bitte. Aber zuerst sollte ich mich um dich kümmern.«

»Nächstes Mal. Sieh mich an.«

Ich blicke zu ihm hoch, und seine wunderschönen goldenen

Augen funkeln vor Liebe und Verlangen. »Schau mich weiter an, okay?«

Ich nicke und keuche auf, als er in mich eindringt.

»Immer noch gut?«

»So verdammt gut.« Es ist gut und wundervoll und schrecklich und großartig zugleich. Und ja, es ist möglich, dass ich das alles und noch viel mehr gleichzeitig empfinde.

»Ich liebe dich. Ich liebe Dylan. Und das wird sich nie ändern.«

»Ich liebe dich auch. Und ich liebe Maeve. Für immer.«

Die Worte, die Lust, die Liebe, das Verlangen … Es ist alles da. Alles, was wir brauchen, um uns ein gemeinsames Leben aufzubauen. Und ich bin so verdammt dankbar für ihn. Vielleicht noch mehr, als ich es für Patrick war, bevor ich wusste, wie schnell alles vorbei sein kann, ohne Vorwarnung, ohne dass man sich verabschieden kann.

Unsere Körper bewegen sich, als wären wir füreinander geschaffen. Derek sorgt dafür, dass ich noch einen Höhepunkt erreiche, bevor er selbst zum Orgasmus kommt. Das erinnert mich wieder an Sarahs Worte über Einhörner. Wie viel Glück habe ich bitte, gleich zwei von ihnen gefunden zu haben?

Er lässt sich vorsichtig auf mich sinken und legt schwer atmend seine Arme um mich. »Das war so verdammt gut. Ich liebe es, recht zu haben. Und ich habe vor, sehr oft recht zu haben, nur damit du das weißt.«

»Danke für die Warnung. Und ja, du hattest recht.«

»Sind das Freudentränen, Süße?«

Nickend antworte ich: »Ich bin einfach nur so dankbar für dich, für das hier, für eine zweite Chance, für Maeve und Dylan. Für alles.«

»Ich auch. Dankbarkeit ist in letzter Zeit ein großer Teil meines Lebens. Ich bin extrem dankbar für dich, Maeve und Dylan.«

»Als du mich vorhin Mrs Connolly genannt hast …«

»Sorry. Das ist mir rausgerutscht, bevor ich darüber nachdenken konnte.«

»Nein, das war in Ordnung. Aber es hat mich daran erinnert, dass ich dir noch was sagen wollte. Vermutlich werde ich den Namen Connolly behalten, damit Dylan und ich den gleichen Nachnamen haben. Ist das für dich in Ordnung?«

»Natürlich ist es das. Was hältst du von Roni Connolly Kavanaugh? Wir können die Kavanaugh-Connolly-Familie sein.«

»Das wäre perfekt. Für den Fall, dass ich vergesse, es dir täglich zu sagen: Ich liebe dich. Und ich bin extrem dankbar für jede Minute, die wir miteinander verbringen.«

»Gleichfalls, meine Liebste.« Er hebt den Kopf und küsst mich, wobei er leicht die Hüften bewegt, um mich daran zu erinnern, dass er weiter in mir ist – als müsste ich daran erinnert werden. »Willst du es noch mal machen, um sicherzugehen, dass ich wirklich recht hatte und es nicht nur ein Zufall war?«

»Ja, das sollten wir unbedingt noch mal überprüfen, bevor wir uns für den Rest unseres Lebens binden.«

»Ich liebe Frauen, die gründlich sind.«

EPILOGUE

Roni

*D*en nächsten Monat verbringen wir meistens bei Derek. Wir haben ein neues Bett gekauft und zu ihm liefern lassen, da es noch etwas dauert, bis wir in unser neues Zuhause können. Wir haben ein kleines Stadthaus an der Eighth Street gekauft, das nur einen Block von da entfernt liegt, wo Nick und Sam gelebt haben, bevor sie ins Weiße Haus gezogen sind. Ein paar Straßen in die andere Richtung ist die Stelle, wo ich Derek das erste Mal gesehen habe.

Ich habe darauf bestanden, dass wir uns die Kosten für das Haus teilen, obwohl Derek davon nichts wissen wollte. Ich habe ihm gesagt, dass es mir wichtig ist, einen Teil der Kosten für unsere Familie zu übernehmen. Er wird vielleicht immer mehr verdienen als ich, aber mein Gehalt ist nicht schlecht, und ich will, dass wir gleichberechtigte Partner sind.

Die meisten Abende verbringen wir mit Maeve und Dylan, und wir vier fühlen uns bereits wie eine Familie. Es hat sich eine angenehme Routine eingestellt, die für uns alle funktioniert. Es ist immer noch unglaublich, wie unkompliziert alles mit Derek ist, und auch wenn ich weiter schwere Tage habe, an denen die Trauer mich daran erinnert, dass ich keine Kontrolle über das Leben habe, geht es mir insgesamt gut.

Ich musste zu ein paar Anhörungen in dem Fall gegen den Mann, der Patrick erschossen hat, was mich jedes Mal ein Stück zurückgeworfen hat. Doch Derek ist da, um mich zu unterstützen, sowohl an den guten wie auch an den schlechten Tagen. Arnie Patterson und der Fall gegen ihn und seine Söhne ist auch wieder in den Nachrichten, was für Derek schwer ist. Immer wieder von dem Mann zu hören, der diesen großen Verrat orchestriert und den Mord angeordnet hat, durch den Victoria ihm und Maeve entrissen wurde, lässt ihn still und in sich gekehrt werden.

Ich erkläre ihm, dass ich für ihn so da sein will, wie er für mich da ist, und er wird langsam besser darin, mir von dem zu erzählen, was ihn quält. Er macht sich Sorgen darüber, mich mit seiner Trauer zu belasten, aber ich will, dass er alles mit mir teilt.

Am letzten Freitag vor Thanksgiving fahren wir wie immer gemeinsam zur Arbeit. Dylan ist in seinem Autositz auf der Rückbank und wird den Tag mit seiner Nanny im Weißen Haus verbringen. Ich liebe unsere Morgenroutine: Erst bringen wir Maeve zu ihrer Kita, und dann fahren wir mit Dylan quer durch die Stadt. Und Derek geht immer noch jeden Morgen zu dem Coffeeshop, um sich Kaffee und mir heiße Schokolade zu holen.

Nächste Woche habe ich mir freigenommen, um alles für das große Thanksgiving-Dinner in meiner Wohnung vorzubereiten, die ein größeres Esszimmer hat und deshalb besser für zwanzig Gäste geeignet ist. Da ich noch nie für so viele Leute gekocht habe, habe ich meine Mom und meine Schwester rekrutiert, damit sie mir helfen.

Patricks Mom bringt ein paar Kuchen mit, und Dereks Mom bereitet die Füllung und einen Grüne-Bohnen-Auflauf vor. Meine Schwestern bringen ebenfalls Beilagen mit, sodass ich hauptsächlich für den Truthahn, die Soße und das Kartoffelpüree zuständig bin. Keine große Sache, oder?

Doch.

Ich will, dass dieser Tag perfekt wird, und habe meine Einkaufsliste mindestens zehn Mal umgeschrieben. Jetzt lese ich sie auf dem Weg zur Arbeit ein weiteres Mal durch.

»Du treibst dich noch in den Wahnsinn, Veronica. Alles wird gut.«

»Du hast leicht reden. Du musst dich nur um die Getränke kümmern. Das kann niemand vermasseln.«

Er lacht. »Stimmt. Deine Mom hat ja aber angekündigt, sie wolle den Truthahn im Auge behalten. Damit bist du auf der sicheren Seite.«

»Ja, vermutlich hast du recht.«

»Können wir darüber reden, was dir wirklich Sorgen bereitet?«

Ich sehe ihn an. »Was meinst du?«

»Du hast Angst, weil du Patricks Eltern sagen willst, dass wir verlobt sind. Warum fahren wir nicht dieses Wochenende zu ihnen und bringen es hinter uns, damit du den Feiertag genießen kannst?«

Bei dem Gedanken wird mein Mund ganz trocken. Sooft ich mir auch versichere, dass ich nichts Falsches tue und mich wegen meiner Liebe zu Derek nicht schuldig fühlen muss, kann ich mir einfach nicht vorstellen, Susan und Pete zu erklären, dass wir verlobt sind.

»Oder wir schieben es auf, bis es für dich nicht mehr so furchteinflößend ist. Wir haben schließlich keine Eile. Solange ich weiß, dass wir es beide ernst meinen, interessieren mich die Einzelheiten nicht sonderlich. Wir können nächstes Jahr heiraten oder in fünf Jahren. Ganz, wie du willst.«

»Habe ich dir heute schon gesagt, dass ich dich liebe, weil du mich so gut verstehst?«

»Noch nicht, aber ich bin immer bereit, das zu hören.«

Er biegt rechts in die Auffahrt zum Weißen Haus ein und wird durchgewunken, nachdem wir unsere Ausweise gezeigt haben. Als er den Wagen auf dem Parkplatz zum Stehen bringt, der für »Mr Kavanaugh, stellvertretender Stabschef« reserviert ist, schaut er mich an. »Lass uns einfach warten, Roni. Du hast diesen Feiertag in deinem Kopf zu einer Art Startschuss aufgebauscht, und das muss er nicht sein. Lass uns einfach mit unseren Familien Truthahn essen und den Rest noch eine Weile für uns behalten.«

»Das wäre für dich in Ordnung?«

»Na klar. Ich ertrage es nicht, wie du dich deswegen aufregst. Dafür gibt es keinen Grund. Wir haben keine Deadline, die wir einhalten müssen.«

»Wenn das so ist, würde ich, glaube ich, tatsächlich gern noch ein wenig warten. Auch wenn ich den zauberhaften Ring tragen will, damit alle Welt ihn sieht.«

Er haucht mir einen Kuss auf den Rücken meiner linken Hand, an der kein Ring funkelt. Der liegt in dem Safe in Dereks Haus, bis wir bereit sind, es offiziell zu verkünden. »Wir haben noch ein ganzes Leben zusammen. Lass uns nicht wegen der Kleinigkeiten in Stress geraten, okay?«

»Okay.«

Er legt eine Hand an meine Wange und beugt sich vor, um mir einen Kuss zu geben. »Fühlst du dich jetzt besser?«

»Ja. Danke.«

»Du musst dich nicht bei mir bedanken.«

»Doch, muss ich. Für die Freundschaft, die Liebe, die süße Tochter, die ich bekommen habe, indem ich dich liebe. Dafür, dass du für mich und Dylan da bist, mich verstehst und meine Kämpfe, die mit dem Witwensein einhergehen. Für alles.«

»Wenn du mir dankst, muss ich dir ebenfalls danken. Dafür, dass du das Licht in mein Leben zurückgebracht hast. Bis ich dich getroffen habe, habe ich nur existiert. Das hier ist so viel besser für mich und Maeve. Alles ist so viel besser mit dir.«

»Mir gefällt es, wie das Glücklichsein dir steht.«

»Mir gefällt, wie es sich anfühlt. Das hatte ich ganz vergessen.«

»Okay, begeben wir uns zur Arbeit.«

»Ja, das ist wohl besser. Aber wir setzen diese Unterhaltung später fort.«

»Ich werde mich den ganzen Tag darauf freuen.«

MEIN TRUTHAHN IST SAFTIG und köstlich geworden. Unsere Familien verstehen sich, als würden sie sich schon seit Jahren kennen. Patricks Eltern sind bester Laune und scheinen sich darüber zu freuen, bei uns zu sein, was mich wahnsinnig erleichtert. Sie wollen nach dem Essen noch zu Patricks Bruder, sodass wir sie nicht allzu lang bei uns haben werden.

Nachdem meine Mutter vorgeschlagen hat, ihr traditionelles Dankbarkeitsspiel zu spielen, bei dem wir alle der Reihe nach erklären, wofür wir an diesem Tag am dankbarsten sind, überlege ich, was ich sagen will, als Derek, der links von mir sitzt, anfängt.

»Ich bin dankbar für die Familie und die Freunde, die mich und Maeve in den letzten Jahren unterstützt haben.« Er wirft mir einen Blick zu. »Und für neue Freunde, die die Freude in unser Leben zurückgebracht haben.«

Unter dem Tisch drücke ich seine Hand.

»Ich bin dankbar für alte und neue Freunde«, meint Dereks Mutter Ruth. »Und für das Lächeln auf den Gesichtern meines lieben Sohnes und seiner süßen Tochter. Ich bin dankbar für Roni und Dylan und die Möglichkeit, diesen Tag mit der neuen Familie zu verbringen, die ihr gemeinsam erschafft. Wir sind sehr stolz auf euch beide und lieben euch sehr.«

»Danke, Mom«, erwidert Derek mit dieser rauen Stimme, die verrät, wie tief ihn die Worte seiner Mutter berühren.

»Danke, dass ihr mich und Dylan so in eurer Familie willkommen geheißen habt, Ruth«, sage ich.

»Wir lieben euch beide«, antwortet sie.

»Ich bin dankbar für dieses wundervolle Essen, das meine Schwiegertochter zubereitet hat«, erklärt Susan. »Und für die Gelegenheit, diesen Tag mit euch allen zu verbringen. Ich bin dankbar für meinen wundervollen Sohn und die Freude, die unser Enkel Dylan in unser Leben gebracht hat. Danke, dass wir heute hier sein dürfen, Roni, und dass du uns, seitdem wir Patrick verloren haben, in deinem Herzen behalten hast.«

Ich werfe ihr eine Kusshand zu und lege meine Hand dann auf mein Herz, um sie wissen zu lassen, was mir ihre Worte bedeuten.

Während alle unsere Liebsten ihre Dankbarkeit zum Ausdruck bringen, die stets mit uns zu tun hat, überkommt mich ein Gefühl der Ruhe. Diese Menschen lieben uns. Sie wollen das Beste für uns, und es hat keinen Sinn, unsere Pläne ihretwegen weiterhin geheim zu halten.

Als ich dran bin, sammle ich mich für einen Moment. »Letztes Thanksgiving, nur knapp einen Monat nachdem ich Patrick verloren hatte, dachte ich, mein Leben wäre vorbei. Ich konnte mir nicht vorstellen, wie ich ohne ihn weiterleben sollte. Noch immer wache ich jeden Tag auf und muss aufs Neue akzeptieren, dass er wirklich nicht mehr da ist. Selbst nach all dieser Zeit überrascht mich das. Ich bin mir nicht sicher, wo ich ohne eure Unterstützung im Moment wäre, deshalb bin ich unendlich dankbar für die Menschen, die sich heute hier versammelt haben. Und für meine Geschwister und all die neuen Freunde, die mir durch das Jahr geholfen haben. Ich danke meinem süßen Dylan, der für mich und uns alle eine solche Freude ist. Ich danke meiner bezaubernden Maeve und ihrem Daddy Derek, die mir … nun ja, einfach alles gegeben haben. Nach Patricks Tod habe ich wirklich geglaubt, ich müsste allein weitergehen. Ich hatte nicht damit gerechnet, dass … äh, das hier passiert. Aber im Laufe der Monate unserer aufrichtigen Freundschaft, durch all die tiefsten Tiefen der neuen Witwenschaft und die schwindelnden Höhen des Mutterseins, warst du, Derek, mein Fels. Mein Freund. Meine Liebe. Ich liebe dich und Maeve so sehr.«

»Wir lieben dich auch«, entgegnet er. »Dich und Dylan.«

Ich sehe ihn an, während ich fortfahre: »Letzten Monat hat Derek mich gebeten, ihn zu heiraten, und ich habe Ja gesagt.«

Mit dieser Neuigkeit hat niemand gerechnet.

»Wir … Wir wollten noch nichts davon erzählen, weil wir wissen, dass manche Familienmitglieder finden, es sei zu früh oder zu dies oder zu das. Doch für uns ist es richtig. Unsere Beziehung hat uns beiden etwas gegeben, das wir nach unseren tragischen Verlusten gebraucht haben, und zwar Hoffnung auf eine Zukunft voller Liebe, Freude und Glück. Das ist möglich, ohne dass wir aufhören, um Patrick und Victoria zu trauern und ihr Andenken zu ehren, während wir die Kinder großziehen, die sie uns hinterlassen haben. Ich … ich hoffe, dass ihr euch alle für uns freuen könnt und Teil unseres neuen gemeinsamen Lebens bleiben werdet. Dass wir noch viele Feiertage wie diesen gemeinsam begehen. Und … nun ja, was ich ausdrücken möchte, ist, dass ich dankbar bin für das Leben, die Liebe und zweite Chancen.«

Mein Dad räuspert sich und hebt sein Glas. »Auf das Leben, die Liebe und zweite Chancen.«

Die anderen stimmen mit ein, und wir stoßen alle an und feiern unsere Neuigkeiten.

Ich bin immer noch ein wenig angespannt, weil ich nicht weiß, was Susan und Pete davon halten.

»Wenn ich etwas sagen darf«, ergreift Pete das Wort. »Ich möchte euch auch unsere Glückwünsche aussprechen, Roni, Derek, Maeve und Dylan. Unser Sohn … Unser Patrick … Er hat dich so sehr geliebt, Roni, und du hast ihn so unfassbar glücklich gemacht.«

»Danke«, flüstere ich und tupfe mir mit meiner Serviette die Tränen ab.

»Nachdem wir dich kennengelernt haben, Derek, sind Susan und ich uns sicher, dass unser Sohn dich gemocht hätte. Und er wäre froh darüber, dass du dich um Roni und Dylan kümmerst. Also, in seinem Namen danken wir dir dafür, und wir wünschen euch beiden ein langes und glückliches Leben. Das habt ihr euch verdient.«

»Das bedeutet uns sehr viel, Pete«, erwidert Derek.

Ich bin dankbar, dass er für uns beide spricht, denn ich kämpfe mit einem dicken Kloß in der Kehle.

»Es wird uns immer wichtig sein, Patrick und Victoria zu ehren und ihrer zu gedenken«, fügt er an. »Und sie in Maeves und Dylans Leben lebendig zu halten.«

»Um mehr können wir nicht bitten«, sagt Susan unter Tränen.

Ihr Segen bedeutet mir alles – und Derek auch.

SEHR VIEL SPÄTER, als wir im Bett kuscheln und unsere Kinder in ihren Zimmern schlafen, steckt mein Verlobungsring wieder an meinem Finger, und ich bin innerlich ruhiger als je zuvor, seitdem mein Leben auf den Kopf gestellt wurde.

»Wie geht es dir?«, fragt Derek und streicht mir über den Rücken.

»Ich bin erleichtert, dass mir der Truthahn nicht verbrannt ist.«

Er lacht leise, was mir ein Lächeln entlockt. »Der Truthahn war fantastisch.«

»Ansonsten … Du weißt schon, ein ganz normaler Tag.«

»Richtig.« Er verpasst mir einen spielerischen Klaps auf den Po. »Nur ein ganz normaler Tag, an dem wir in unserem gemeinsamen Leben einen riesigen Schritt nach vorn gemacht haben.«

»Ach das. Ja, das war auch cool. Aber den Truthahn nicht anbrennen zu lassen war eindeutig die wahre Sensation.«

Lachend rollt er sich auf mich und schaut mich mit so viel Liebe in den Augen an, dass ich wieder einmal denken muss, wie viel Glück ich habe, von zwei außergewöhnlichen Männern so geliebt worden zu sein.

»Wann wirst du mich heiraten?«, fragt er, während er sich an meinem Hals entlangküsst und mir Schauer des Verlangens durch den Körper jagt.

»Wie wäre es mit nächstem Sommer?«

»Muss ich wirklich so lange warten?«

»Der kommt schneller, als wir denken.«

Sein tiefes Knurren vibriert in mir. »Ich schätze, ich kann so lange warten, wenn ich bis dahin jede Nacht mit dir in den Armen schlafen darf.«

»Das kriegen wir hin.«

Er liebt mich mit all der neuen Ehrfurcht, die damit einhergeht, zu wissen, dass unsere gemeinsame Zukunft gesichert ist und nichts und niemand unserem Happy End im Wege steht.

»Ich wünschte, du wüsstest, wie glücklich du mich machst, Veronica«, flüstert er an meinem Ohr, während er tief in mir ist, unsere Körper vereint sind.

»Du machst mich genauso glücklich.«

»Das hier ist für uns erst der Anfang. Wir werden alles haben. Das verspreche ich dir.«

Das Leben hat mich gelehrt, dass wir alle Versprechen geben und vorhaben, sie einzuhalten, dass das Universum manchmal aber anderes mit uns vorhat. Auch wenn also nichts garantiert ist, vertraue ich Derek und seiner Liebe für mich und Dylan, denn ich weiß, dass das Risiko nichts ist im Vergleich zu der Belohnung, die mich erwartet, nämlich den Rest meines Lebens mit Derek verbringen zu können.

In der Zwischenzeit am Lagerfeuer in Bethany Beach …

Iris

ALS ICH VERFOLGE, wie Gage Holz nachlegt, fällt mir auf, wie sich die Muskeln an seinen Oberarmen bei jeder Bewegung unter dem Fleecepullover anspannen. Die ausgewaschene Jeans schmiegt sich an seinen Hintern, und ich überlege, was er wohl sagen würde, wenn er wüsste, dass ich ihn am liebsten anspringen würde. Bei dem Gedanken muss ich innerlich hemmungslos kichern, während ich noch einen Schluck Wein trinke.

Was würde er tun, frage ich mich, wenn ich mich an diesem Wochenende in sein Bett schleiche und mich an ihn schmiege?

Wäre er entsetzt oder erfreut?

Ich habe keine Ahnung, weshalb ich es nicht tun werde. Zumindest im Moment nicht …

Soweit ich weiß, war Gage mit niemandem zusammen, seitdem er seine Frau und seine Töchter vor zwei Jahren bei einem von einem alkoholisierten Fahrer verursachten Autounfall verloren hat. Wenn er es krachen lässt, dann hält er das zumindest vor uns geheim. Aber ich vermute, dass es niemanden gegeben hat.

Er hat Natasha und die Mädchen so geliebt und kämpft

damit, ohne sie weiterzumachen. Seine täglichen Instagram-Posts, die prägnant seine Erfahrungen als junger Witwer zusammenfassen, sind wie eine Droge für mich. Ich verschlinge sie jeden Tag bei meinem morgendlichen Kaffee und suche nach weiteren Einblicken in diesen rätselhaften Mann, der meine Aufmerksamkeit komplett gefesselt hat.

Das Beste ist, niemand ahnt, dass ich für Gage schwärme. Ich habe es keiner Menschenseele erzählt, und ich achte sehr darauf, mich bei unseren Gruppentreffen nicht zu verraten. Irgendwie habe ich das Gefühl, dass eine öffentliche Erklärung ihn schneller in die Flucht treiben würde, als wenn ich mich während dieses herrlichen, kinderfreien Wochenendes, an dem alles möglich zu sein scheint, in seinem Bett an ihn schmiege.

Was würde passieren, wenn ich es einfach tue?

O mein Gott, das würde ich nur zu gern wissen …

Iris' Geschichte können Sie in »Someone to Hold – Nur mit deiner Liebe« lesen, das 2023 erscheint!

ANMERKUNGEN DER AUTORIN

Danke, dass Sie Ronis (und Dereks) Geschichte gelesen haben! Ich hoffe, dass Ihnen dieser erste Band meiner Wilde-Witwen-Serie gefallen hat, die wiederum ein Spin-off meiner Fatal-Serie ist. Wenn Sie Sams und Nicks Geschichte bisher noch nicht kennen, können Sie mit »Fatal Affair – Nur mit dir« beginnen. Dereks und Victorias Geschichte entfaltet sich in Band 5, »Fatal Deception – Verlasse mich nicht«.

In Vorbereitung auf dieses Buch habe ich ein gutes Dutzend Memoiren und Tausende Instagram-Posts von jung verwitweten Frauen gelesen. Ihre Geschichten haben mich dazu inspiriert, über die einzigartigen Erfahrungen und vielfältigen Herausforderungen zu schreiben, die das Leben als junge Witwe mit sich bringt. Für die, die diese Reise haben antreten müssen: Ihnen gelten mein tiefer Respekt und meine Bewunderung für Ihren Mut und Ihre Stärke. Danke, dass Sie Ihre Geschichten mit uns teilen.

Von dem Moment an, in dem Roni in »Fatal Reckoning – Solange wir uns lieben« nach dem plötzlichen tragischen Tod ihres jungen Ehemannes aufgetaucht ist, wollte ich mehr über sie wissen. Ich weiß nicht, warum ihre Geschichte mich – und Sam – so berührt hat, aber ich konnte es nicht erwarten, dieses Buch zu schreiben. Von Anfang an hatte ich die Idee, Roni mit Derek zu verkuppeln, nachdem sie ihn in ihrem Viertel gesehen hat und anfangs findet, er hätte eine gewisse Ähnlichkeit mit Patrick. Die Vorstellung, diese beiden Menschen zusammenzubringen – zuerst in einer engen Freundschaft und dann in etwas, das tiefer geht –, hat mich nicht mehr losgelassen.

Die Idee zu den Wilden Witwen kam später, als ich mehr darüber gelesen hatte, wie junge Witwen und Witwer einander unterstützen, nachdem sie ihre geliebten Lebenspartner viel zu früh verloren haben. Ich liebe es, dass es eine so liebevolle Gemeinschaft gibt, die junge Verwitwete in die Arme schließt und ihnen hilft, mit ihrem Leben weiterzumachen. Und ich kann es kaum erwarten, mehr über die Mitglieder der Gruppe zu schreiben, die wir in diesem Buch kennengelernt haben.

Ein Wort noch zu der zeitlichen Abfolge dieser Serie: Weil die Wilden Witwen ihren Weg zu unterschiedlichen Zeitpunkten beginnen, wird die Abfolge nicht linear sein. Bitte versuchen Sie nicht, dieses Buch mit der parallel weiterlaufenden First-Family-Reihe in Einklang zu bringen, da sie nicht nahtlos ineinanderpassen. Die Handlungszeiten können ein wenig springen, und ich habe beschlossen, dass das für diese Serie in Ordnung ist, denn ich versuche, eine Bandbreite von Geschichten und Erfahrungen zu erzählen, die in verschiedenen Jahren stattfinden. Die zeitliche Abfolge bei der einen Witwe passt nicht notwendigerweise zu der bei einer anderen, und genauso ist es im wahren Leben auch. Einige Geschichten passieren parallel, andere überlappen sich. Ich werde mich bemühen, es nicht zu verwirrend werden zu lassen, doch das Ziel ist, dass jede Geschichte unter dem Schirm der Reihe für sich allein stehen kann.

Ich freue mich auf die Reise, auf die diese Serie uns mitnehmen wird, und hoffe, dass Sie mitkommen, wenn unsere Wilden Witwen sich auf die Suche nach ihrem zweiten Kapitel begeben. Gleich im Anschluss an diese Ausführungen folgt ein kurzer Ausblick auf Iris' Geschichte aus dem zweiten Buch der Wilden Witwen, »Someone to Hold – Nur mit deiner Liebe«.

Ein großes Dankeschön geht wie stets an mein Team: Julie Cupp, Lisa Cafferty, Jean Mello, Ashley Lopez und Nikki Haley, weil ihr meine Schreibkarriere immer unterstützt. Ohne euer

Wirken hinter den Kulissen könnte ich das, was ich tue, nicht tun, und ich bin jeder von euch zutiefst dankbar. Danke auch an Kristina Brinton für das umwerfende Original-Cover von »Someone Like You«. Sie hat es geschafft, genau den Look und das Gefühl einzufangen, die mir für diese Serie vorgeschwebt haben.

Danke an meine Beta-Leserinnen Anne Woodall, Kara Conrad und Tracey Suppo, dafür, dass ihr immer die Ersten seid, die meine Bücher lesen. Und an Linda Ingmanson und Joyce Lamb, meine ausgezeichneten Lektorinnen. An die Wilde-Witwen-Beta-Leserinnen Karina, Viki, Jennifer, Jennifer, Juliane, Gwen, Gina und Marianne: Danke für euren Input und euren Enthusiasmus für dieses erste Buch einer neuen Reihe.

Und an meinen Mann Dan und unsere Kinder Emily und Jake: Danke für die tägliche Freude und das Lachen sowie die nie endende Unterstützung für meinen Beruf.

An meine Leserinnen und Leser, die mir folgen, wohin auch immer die Muse mich trägt: Ihre Hingabe, Ihr Vertrauen und Ihre Freude über jedes neue Buch ehren mich. Ich bin jedem von Ihnen so viel dankbarer, als Sie je erahnen können.

XOXO

Marie

Wild Widows

Someone like you – Neues Glück mit dir (Wild Widows 1)

Someone to Hold – Nur mit deiner Liebe (Wild Widows 2)

Die Fatal Serie

One Night With You – Wie alles begann (Fatal Serie Novelle)

Fatal Affair – Nur mit dir (Fatal Serie 1)

Fatal Justice – Wenn du mich liebst (Fatal Serie 2)

Fatal Consequences – Halt mich fest (Fatal Serie 3)

Fatal Destiny – Die Liebe in uns (Fatal Serie 3.5)

Fatal Flaw – Für immer die Deine (Fatal Serie 4)

Fatal Deception – Verlasse mich nicht (Fatal Serie 5)

Fatal Mistake – Dein und mein Herz (Fatal Serie 6)

Fatal Jeopardy – Lass mich nicht los (Fatal Serie 7)

Fatal Scandal – Du an meiner Seite (Fatal Serie 8)

Fatal Frenzy – Liebe mich jetzt (Fatal Serie 9)

Fatal Identity – Nichts kann uns trennen (Fatal Serie 10)

Fatal Threat – Ich glaub an dich (Fatal Serie 11)

Fatal Chaos – Allein unsere Liebe (Fatal Serie 12)

Fatal Invasion – Wir gehören zusammen (Fatal Serie 13)

Fatal Reckoning – Solange wir uns lieben (Fatal Serie 14)

Fatal Accusation – Mein Glück bist du (Fatal Serie 15)

Fatal Fraud – Nur in deinen Armen (Fatal Serie 16)

Fatal Serie Bände 1-6

Fatal Serie Bände 7-11

First Family

State of Affairs – Liebe in Gefahr, Band 1

State of Grace – Für alle Ewigkeit, Band 2

Miami Nights

Bis du mich küsst

Bis du mich berührst

Bis du mich liebst

Die McCarthys

Liebe auf Gansett Island (Die McCarthys 1)

Mac & Maddie

Sehnsucht auf Gansett Island (Die McCarthys 2)

Joe & Janey

Hoffnung auf Gansett Island (Die McCarthys 3)

Luke & Sydney

Glück auf Gansett Island (Die McCarthys 4)

Grant & Stephanie

Träume auf Gansett Island (Die McCarthys 5)

Evan & Grace

Küsse auf Gansett Island (Die McCarthys 6)

Owen & Laura

Herzklopfen auf Gansett Island (Die McCarthys 7)

Blaine & Tiffany

Rückkehr nach Gansett Island (Die McCarthys 8)

Adam & Abby

Zärtlichkeit auf Gansett Island (Die McCarthys 9)

David & Daisy

Verliebt auf Gansett Island (Die McCarthys 10)

Jenny & Alex

Die Green Mountain Serie

Alles was du suchst (Green Mountain Serie 1)

Endlich zu dir (Green Mountain Serie 1/Story *1)*

Kein Tag ohne dich (Green Mountain Serie 2)

Ein Picknick zu zweit (Green-Mountain-Serie/Story 2)

Mein Herz gehört dir (Green Mountain Serie 3)

Ein Ausflug ins Glück (Green-Mountain-Serie/Story 3)

Schenk mir deine Träume (Green-Mountain Serie 4)

Der Takt unserer Herzen (Green-Mountain-Serie/Story 4)

Sehnsucht nach dir (Green-Mountain Serie 5)

Ein Fest für alle (Green-Mountain-Serie 5/Story 5)

Öffne mir dein Herz (Green-Mountain-Serie 6/Story 6)

Jede Minute mit dir (Green-Mountain-Serie 7)

Ein Traum für Uns, (Green-Mountain-Serie 8)

Meine Hand in Deiner, (Green-Mountain-Serie 9)

Mein Glück mit dir, (Green-Mountain-Serie 10)

Nur Augen für dich, (Green-Mountain-Serie 11)

Jeder Schritt zu dir, (Green-Mountain-Serie 12)

Ganz nah bei dir, (Green-Mountain-Serie 13)

Die Neuengland-Reihe

Vergiss die Liebe nicht (Neuengland-Reihe 1)

Wohin das Herz mich führt (Neuengland-Reihe 2)

Wenn das Glück uns findet (Neuengland-Reihe 3)

Und wenn es Liebe ist (Neuengland-Reihe 4)

Für immer und ewig du (Neuengland-Reihe 5)

Die Quantum Serie

Tugendhaft (Quantum-Serie 1)

Furchtlos (Quantum-Serie 2)

Vereint (Quantum-Serie 3)

Befreit (Quantum-Serie 4)

Verlockend (Quantum-Serie 5)

Überwältigend (Quantum-Serie 6)

Unfassbar (Quantum-Serie 7)

Berühmt (Quantum-Serie 8)

Andere Bücher

Sex Machine – Blake und Honey

Sex God – Garret und Lauren

Five Years Gone – Ein Traum von Liebe

One Year Home – Ein Traum von Glück

Mein Herz für dich

Nicht nur für eine Nacht

Take-off ins Glück

The Fall – Du und keine andere

Dieses Mal für immer

Helden küsst man nicht

Küsse für den Quarterback

Gilded Serie

Die getäuschte Herzogin

Eine betörende Braut

ÜBER DIE AUTORIN

Marie Force ist New-York-Times-Bestseller-Autorin von zeitgenössischen Liebesromanen und Romantic Suspense. Zu ihren Büchern gehören unter anderem die beliebten Reihen „Fatal“, „First Family“, „Gansett Island“, „Butler Vermont“, „Neuengland“, „Miami Nights“ und „Wild Widows“ sowie die erotische „Quantum“-Serie. Ihre Bücher haben sich weltweit bislang mehr als zehn  Millionen Mal verkauft, wurden in ein Dutzend Sprachen übersetzt und standen über dreißigmal auf der New-York-Times-Bestseller-Liste. Außerdem ist sie USA-Today- und #1-Wall-Street-Journal-Bestseller-Autorin und in Deutschland Spiegel-Bestseller-Autorin.

Ihre Ziele im Leben sind einfach: Bücher zu schreiben, solange sie kann, ihre beiden Kinder weiter dabei zu unterstützen, glückliche, gesunde und produktive junge Erwachsene zu werden, und niemals in einem Flugzeug zu sitzen, das Schlagzeilen macht.

Tragen Sie sich in Maries Mailingliste ein, um alles Wichtige über neue Bücher und Veranstaltungen zu erfahren. Folgen Sie ihr auf Facebook und auf Instagram.

www.ingramcontent.com/pod-product-compliance
Lightning Source LLC
Chambersburg PA
CBHW061044190726
48286CB00006B/1594